KB262002

네모의 책

LE LIVRE DE NEMO
by De Nicole Bacharan · De Dominique Simonnet

네모의 책

니콜 바샤랑 · 도미니크 시모네 지음 | 박창화 옮김

차례

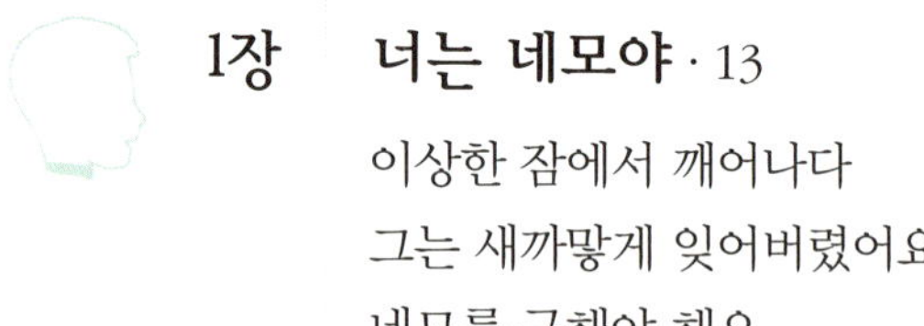

1장   너는 네모야 · 13

이상한 잠에서 깨어나다
그는 새까맣게 잊어버렸어요!
네모를 구해야 해요

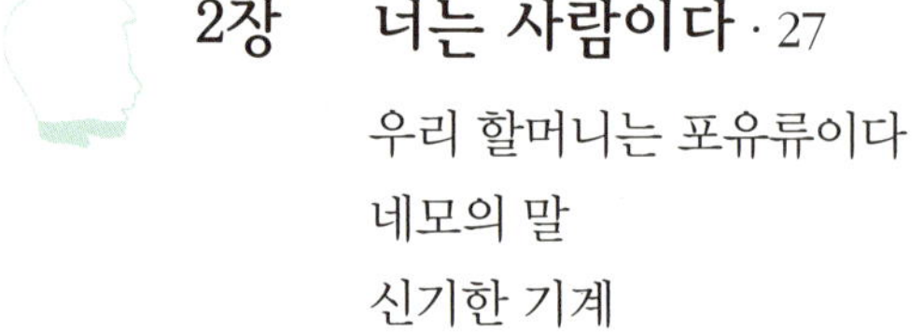

2장   너는 사람이다 · 27

우리 할머니는 포유류이다
네모의 말
신기한 기계

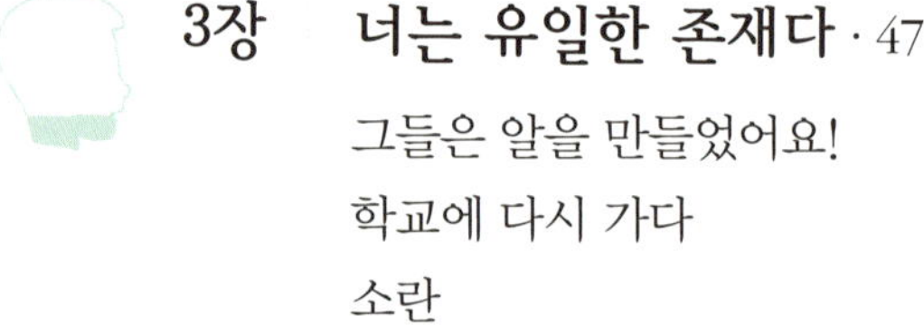

3장   너는 유일한 존재다 · 47

그들은 알을 만들었어요!
학교에 다시 가다
소란

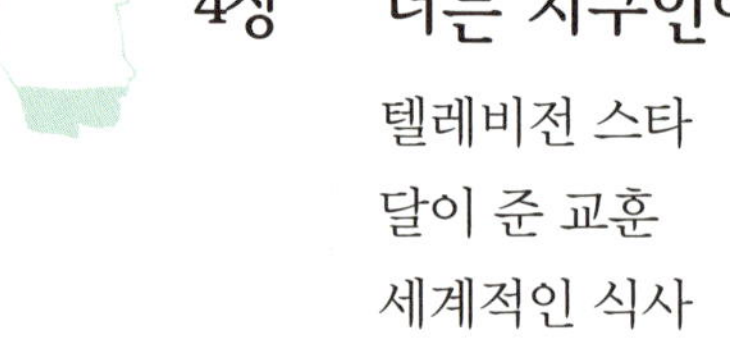

4장   너는 지구인이다 · 73

텔레비전 스타
달이 준 교훈
세계적인 식사

5장 **너는 별들의 자식이야** · 107

하늘에 뜬 네모
별이 총총한 산봉우리
토성의 고리 위에

6장 **너는 바다에서 생겨났다** · 135

가스파르의 목욕
바다 밑으로 내려간 네모
인어 공주의 눈물

7장 **너는 인류 가운데 한 사람이다** · 165

라스코의 보물
우리 모두 아프리카 원숭이 후손이다
코스의 바위산

8장 **너는 문명인이야** · 183

카이로에 간 네모
피라미드가 전하는 말
람세스 무덤 안에서

9장　너는 프랑스 사람이야 · 213

다리 아래 하룻밤
아폴로의 집에서
아주 고요한 들판

10장　너는 진보의 자식이야 · 235

은밀한 목소리
사라짐
네모가 비판 정신을 찾다

11장　너는 민주주의의 지킴이야 · 259

네모가 분노하다
모든 것을 바꾼 생각
총검의 힘

12장　너는 인간에 대한 기억을 품고 있다 · 287

석탄 흙더미 위에서
참호 속의 외젠 할아버지
파니 할머니의 다락방

13장 **너는 한 사람의 시민이다** · 327

하원에서 피운 소동
세계 시민
푸른 눈의 여인

14장 **너는 네모가 될 거야** · 355

과거가 외치는 소리
자료실의 비밀
절대 잊지 마, 네모

네모의 수첩

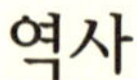

역사

세계의 기원 144

그리고 인류가 나타나다! 180

최초의 문명인들 188

프랑스 인의 조상이 된 이민자들 232

기독교도들의 시대 242

그들은 지구를 발견한다 256

자유를 얻어 가는 과정 284

기계의 세기 296

세계 대전이 일어나다 322

수학

천문학적 측정 126

삼각형의 비밀 196

정확한 도형을 만들려면 198

멋진 미지수 200

기호로 바꾸기 202

과자를 나누는 이야기 204

예술, 문학

내 작은 도서관 156

로마네스크 양식일까, 고딕 양식일까? 238

골짜기에 잠자는 사내 308

내 작은 영화관 324

내 작은 음악실 352

지리학, 생태학

가상의 지구 90
더위와 추위 92
지구의 일곱 가지 골칫거리 94~95
프랑스 본토와 해외 영토 114

과학, 천문학, 종교

사람의 몸 42, 44
우리는 우주 속 어디쯤 있을까? 122~123
오늘날의 종교 220
작은 불티, 사람 342

시민권

자유와 평등 274~275
프랑스 시민 330
유럽 시민 334

네모

우리가 여행하는 곳 11
내 가족 52

Némo

우리가 여행하는 곳

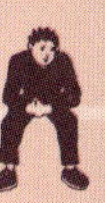

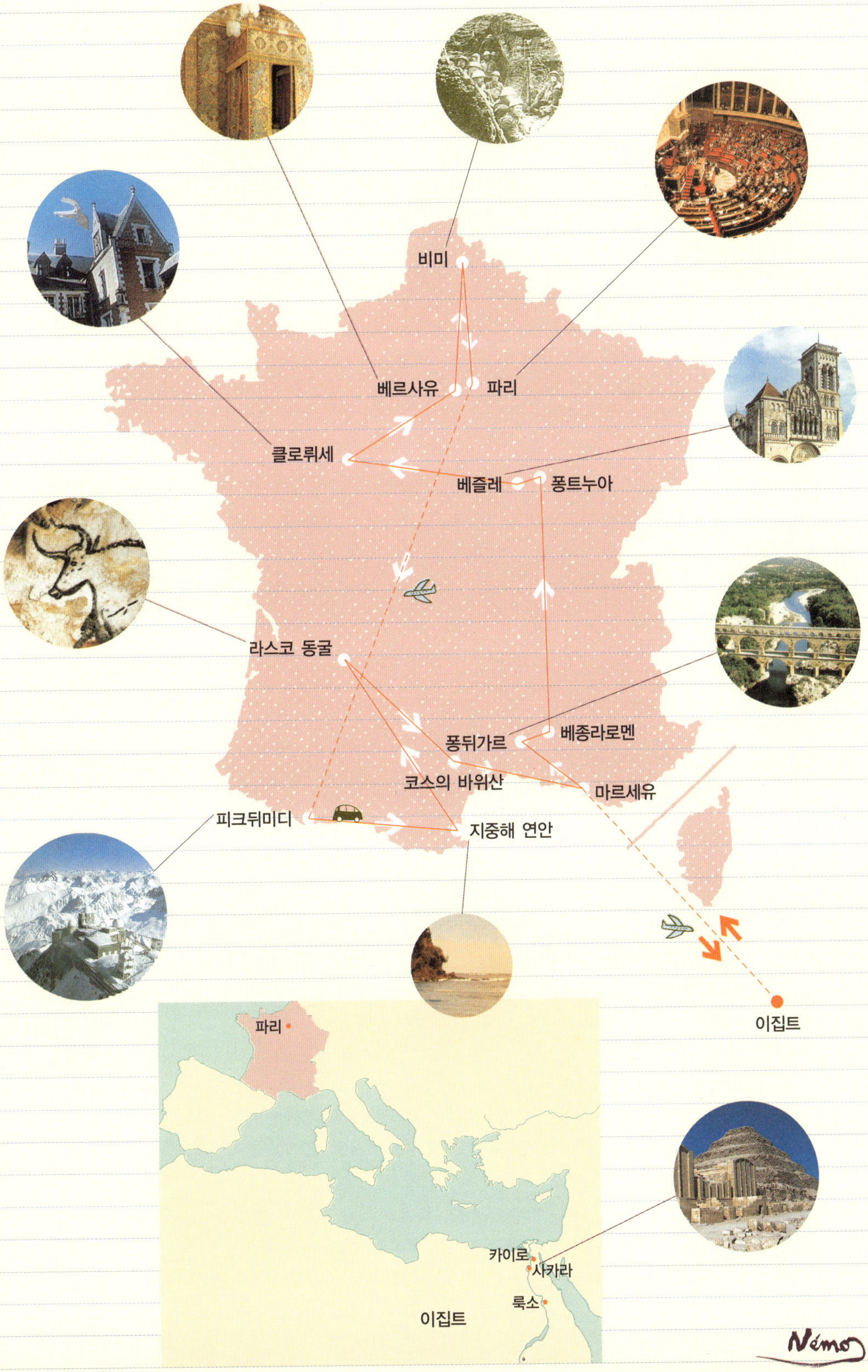
비미
베르사유
파리
클로뤼세
베즐레
퐁트누아
라스코 동굴
퐁뒤가르
베종라로멘
코스의 바위산
마르세유
피크뒤미디
지중해 연안
이집트
파리
카이로
사카라
룩소
이집트
Némo

이상한 잠에서 깨어나다

"띠…… 띠…… 띠…… 띠…… 띠…… 띠…… 띠……."

점점 더 날카로워지는 소리가 한층 더 끈질기게 그의 귀를 찢어 놓는 듯싶더니 머릿속을 후벼 파듯 고통스레 울려 퍼졌다.

"띠…… 띠…… 띠…… 띠…… 띠……."

그는 색깔도 소리도 없는 긴긴 밤에서 빠져 나오는 기분이었다. 아주 가볍디가벼운 몸은 차츰차츰 감각을 되찾아 갔다. 가장 먼저 자신의 몸무게가 느껴졌고 어렴풋하게 윤곽이 보였다. 이제 그는 등, 두 다리, 두 팔…… 그리고 쿡쿡 찌르는 듯한 소리가 맴도는 머리도 느껴졌다.

“띠…… 띠…… 띠…… 띠…… 띠…….”

그는 깊은 잠에 빠져 무거워진 눈꺼풀을 들어올리려 했다. 잠에서 깨어나는 참이었다. 그러나 두 눈을 떴다가는 이내 도로 감아 버렸다. 새하얀, 너무 새하얀 빛 때문에 앞이 보이지 않아서였다. 그는 천천히 가만가만 다시 눈을 떠 보았다.

“아이가 깨어나는 모양입니다.”

침대 위로 몸을 숙이고 있던 의사가 말했다.

“네모…… 네모…….”

감격에 겨워 속삭이는 듯한 목소리가 새어나왔다.

네모 머리맡에 앉은 어머니는 손바닥을 오므린 아들 손을 꼭 감싸 쥐고 있었다. 다시 네모의 손가락에 온기가 돌았다. 네모가 생기를 띠었다. 의식을 되찾는 중이었다.

작은 병실 안에 있던 사람들은 모두 한시름 놓은 눈치였다. 네모 아버지가 다가섰다. 여느 때처럼 네모 아버지는 겉으로는 침착한 듯 묵묵히 서 있었다. 그렇지만 그는 지옥에 갔다 온 것 같았다. 몇 시간 동안 그는 아버지로서 겪을 수 있는 가장 끔찍한 악몽을 체험했다. 그는 전화로 사고를 알려 주던 경찰관의 머뭇거리는 목소리를 다시 한 번 듣는 듯했다.

“댁의 아들이 방금 자동차에 치였습니다…….”

그 순간 하늘이 와르르 무너져 내리는 것 같았다. 응급 센터까지 달리고 또 달렸다. 그는 병실로 가는 길을 너무 느릿느릿 가르쳐 주는 여직원에게 고함을 쳤다. 짐수레를 밀고 가는 간호사를 떼밀기도 했다. 하나밖에 없는 아들 네모가 어쩌면 죽어 가고 있을지도 모를 일이었다.

그런데 아버지는 살아 있는데다가 겉보기에 아주 멀쩡해 보이는 아들이 침대에 누워 있는 모습을 보았다. 네모는 작은 갈색 머리를 들어 크고 새파란 눈으로 주위를 둘러보았다. 네모 어머니는 언제나 네모의 눈을 두고 '큰 바다'라고 말했다.

"모든 게 좋습니다. 교통 사고로 엄청난 충격을 받긴 했어도 부러진 데가 한 군데도 없습니다. 대단치 않습니다. 열한 살 난 아이치고는 튼튼한 편이에요. 금방 회복할 겁니다."

머리를 긁적이며 의사가 안심시켰다.

"띠…… 띠…… 띠…… 띠…… 띠…… 띠…… 띠……."

네모는 휘둥그레진 눈으로 모든 사람을 둘러보았다. 네모는 눈을 감았다가 다시 떴다. 세 사람이 자기 쪽으로 머리를 숙이고 있었다. 이 사람들은 누굴까? 내게 뭘 원하지? 그리고 여전히 들리는 이 소리는 무엇일까? 네모는 그 소리를 멎게 하려고 손을 뻗었다.

브누아 박사가 네모의 손짓을 알아채고 침대 가까이 있는 기구 쪽으로 걸어가 단추를 눌렀다.

"띠."

작은 소리가 멎었다.

"이게 네 심장 박동을 지켜볼 수 있게 해 주었단다. 그런데 이젠 더 필요 없게 됐어. 기분이 어때? 내 말 들려?"

브누아 박사가 네모에게 말을 걸었다.

네모는 그 사람의 입술이 움직이는 것을 바라보았다. 네모는 그 입에서 나오는 소리를 듣고 있었다.

"네모야, 내 말 들리니? 네모?"

브누아 박사는 같은 말을 되풀이했다.

이게 다 뭐지? 내게 무슨 일이 일어났지? 난 어디에 있지? 네모는 자신이 무엇을 보는지 깨닫지 못했다. 무엇을 듣는지도 몰랐다. 네모는 어떤 낯선 곳을 헤매는 느낌이었다. 눈을 감고 다시 잠들고 싶을 뿐이었다.

"네모야? 네모?"

불안한 목소리로 브누아 박사가 거듭 불렀다. 그는 부모 쪽으로 몸을 돌리면서 말을 이었다.

"뭔가 이상합니다. 다시 검사를 해 봐야 될 것 같습니다."

그는 새까맣게 잊어버렸어요!

벽도 천장도 하얀색이고 간호사들 옷도 하얀색이었다. 심지어 간호사들 구두도 흰색이었다. 사고당한 사람들이 입원해 있는 층으로 가는 흰색 승강기 안에서, 수니타는 왜 병원에서는 유채색을 쓸 수 없는지 궁금했다. 여기는 다 조용하고 느릿느릿하고 하야네. 다른 세계에 온 느낌이야, 솜으로 된 세계에. 이 곳에서는 들릴락 말락 낮은 목소리로 말하고 살금살금 걸어야 한다나.

수니타는 이틀을 기다려서야 네모를 면회할 수 있었다. 길고도 긴 이틀……. 수니타에게 네모는 같은 반 친구 이상이었다. 네모는 수니타가 속내 이야기를 할 수 있는 동무였다. 또한 네모는 수니타가 사랑하는 사람이었다.

네모는 눈이 아주 매력적이었다. 수니타는 네모가 매우 영리하다고 생각했다. 그렇지만 아무한테도 그런 이야기를 하지 않았다. 하여튼 어른들은 그 나이에 사랑을 할 수 있다고 믿지 않는다. "열한 살은 너무 어려, 수니타. 나중에 크면 알게 될 거야!" 어쩌고저쩌고 하고 수니타의 어머니는 같은 말을 되풀이하곤 했다. 그러나 수니타는 네모와 자신은 진정으로 사랑한다고 굳게 믿었다.

수니타는 지금 너덜거리는 진바지를 입고 어깨를 뒤덮는 더부룩한 머리를 한 채, 약 냄새 풍기는 병원 복도에서 어쩔 줄 모르고 서 있다.

네모의 주치의 브누아 박사가 복도에서 수니타를 기다리고 있었다. 브누아 박사는 수니타가 네모를 면회하기 전에 수니타에게 몇 마디 일러 주고 싶었다. 하얀색 긴 가운을 걸친 의사는 온화하기도 하고 우스꽝스러워 보이기도 했다. 의사는 머리털이 한 뭉치 곤두서 있는데다가 큰 나비 넥타이를 매고 있었다.

의사는 수니타에게 바로 소식을 알려 주었다.

"네모는 기억을 잃어버렸어. 아무것도 기억 못 해."

수니타는 한동안 잠자코 있었다. 의사가 무슨 말을 하는 걸까? 난 네모를 두 살 때부터 알고 지냈는데! 수니타와 네모, 이들 둘은 정말이지 떨어져 본 적이 없었다. 둘 사이엔 나누지 않은 이야기가 없었다. 텔레비전에서 본 것이나 부자와 가난뱅이, 세상에 대해 이야기를 나누었다. 또 물론 소년과 소녀, 부모, 사랑 그리고 신에 대한 이야기도 했다. 둘은 서로의 생각을 다 주고받았다.

그런데 네모가 아무것도 기억하지 못한다고? 전혀 아무것도? 수니타도 못 알아보고? 그럼 우리들의 비밀까지도 잊어버렸단 말이야?

"슬프게도 기억을 못 한단다. 이것을 '기억상실증'이라고 하지."

의사가 수니타에게 말해 주었다.

"기억……, 뭐라구요?"

수니타는 이해하지 못했다.

의사는 한결 부드럽게 말했다.

"새까맣게 기억을 잃어버리는 거란다. 어느 날 네 머릿속에 아무것도 없이 깨어난다고 상상해 봐. 텅텅 빈 채로 말이야. 마치 누군가 네가 잠자는 동안 모조리 지워 버린 것처럼 네 의견이나 생각, 추억을 몽땅 다 잃었다고 상상해 보라고. 네가 어디 있는지 또 네가 누군지 모를 정도로. 네 친구들이나 집, 부모님, 이름 그리고 네 모든 과거도 깡그리 잊어버릴 정도로 말이야. 그런데 바로 그런 일이 네모에게 일어났단다."

"설마 그럴 리가!"

수니타는 믿을 수가 없었다. 네모가 살아 있는데도…… 지워지고 사라졌다고? 그건 너무 터무니없는 소리야!

수니타는 머리에 떠오르는, 유일하게 조리 있는 질문을 하였다.

"네모의 기억은 어디로 가 버렸나요?"

의사는 한숨을 지었다. 수니타는 마음이 놓이지 않았다.

"그건 나도 몰라. 사람 뇌에서 무슨 일이 벌어지는지는 잘 알 수 없단다."

수니타는 눈물이 그렁그렁한 눈으로 의사를 쳐다보았다. 브누아 박사는 자기 설명이 부족하다는 것을 깨달았다.

"컴퓨터 써 보았겠지?"

의사가 물었다.

수니타는 머리를 끄덕였다. 수니타는 네모의 컴퓨터 앞에 앉아 오락을 하던 시간들을 떠올렸다. 그리고 한순간 눈을 감고는 다시 울지 않으려고 애썼다.

의사는 서둘러 말을 이어 나갔다.

"네가 어떤 문서를 저장시키면 그 문서가 기억 장치에 기록되지? 그런데 컴퓨터가 망가지면 때때로 문서를 되찾을 수가 없게 된다. 그러니까 교통 사고를 당한 네모도 그와 꼭 같은 상황이 된 거지. 아마 대부분의 기억들은 머릿속에 남아 있겠지만, 그 기억들을 더 이상 되살릴 수 없게 된 거야."

"안녕하세요……."

두 아이가 머뭇거리는 목소리로 나지막이 말했다. 학교 친구인 폴과 아르튀르였다. 폴과 아르튀르는 몇 미터 떨어진 곳에서 주춤주춤 하였다.

의사가 둘에게 다가오라고 손짓을 했다.

"네모는 새까맣게 잊어버렸대. 모조리 잊어버렸대! 자기 이름조차 모른대! 기억상실증에 걸렸대!"

수니타가 폴과 아르튀르에게 알려 주었다.

"그럴 리가!"

폴이 작은 안경알 너머로 얼빠진 눈을 휘둥그레 뜨고서 소리를 질렀다. 교실에서 네모가 사고당했다는 이야기를 듣긴 했지만 이 정도로 끔찍할 줄이야!

"그럼 네모는 완전히 바보가 된 거야?"

깜짝 놀란 표정으로 아르튀르가 물었다. 아르튀르는 숨을 한 번 크게 내쉬어 콧잔등으로 내려앉은 긴 머리카락을 쓸어올렸다. 아르튀르가 자기 머리를 매만지는 방식이었다.

의사가 끼어들었다.

"아아, 아냐! 네모는 여전히 영리한 상태야! 뇌의 기능은 매우 좋아.

하지만 모든 걸 다시 배워야만 해요."

한참 동안 침묵이 흘렀다. 정말 믿을 수 없는 일이었다.

"괜찮아지겠지."

폴이 아르튀르의 귀에 대고 속삭였다.

"네모를 볼 수 있을까요?"

더욱 어안이벙벙해진 수니타가 물었다.

"막 그러자고 할 참이었다. 그러나 조심! 매우 조용히 해 줘야 해. 네모는 지금 간호사와 이야기하고 있어요. 누가 알아, 너희들을 보면 네모의 기억이 되돌아올지."

조금 불안해진 세 아이는 의사 뒤를 따라 입원실로 살며시 걸어 들어갔다. 네모는 눈살을 찌푸리고 침대에 앉아 있었다. 파리한 얼굴로 하얀 침대 시트를 골똘히 바라보면서 약간 반항적인 표정을 지어 보였다. 수니타는 그런 네모의 모습이 무척 마음에 들었다.

수니타가 의사의 소매를 잡아당기며 속삭였다.

"네모가 아직 말은 할 줄 알아요?"

"그럼. 아직 어휘는 조금 부족하지만, 다행히 프랑스 말을 할 수 있어."

간호사는 침대 곁에 앉아 네모에게 질문을 하면서 공책에 필기를 했다.

"이름이 뭐니?"

"네모! 네모! 네모!"

"어디 사니?"

"……."

"보세요. 늘 같은 수준에 머물러 있습니다. 그게 되살아나지 않아요."

간호사가 의사에게 말했다.

네모는 몹시 화가 난 듯 간호사에게 눈을 흘겼다. 나는 정말 질릴 대로 질려 버렸어. "그게 되살아나지 않아요." 할 때, 나를 두고 끊임없이 수군대는 '그게' 뭘까?

네모는 이틀 전부터 자주 보았던 흰옷 입은 남자를 언뜻 보았다. 또 자기 곁에 키가 자그마하고 얼굴이 가무잡잡한 사람이 서 있는 것도 발견했다. 이 사람은 눈에 잔뜩 물기를 머금고 나를 바라보고 있지 않은가! 이상하다.

출입문께 또 두 사람이 서 있는데 이들은 서로 팔꿈치로 밀치며 소곤거리고 있었다. 그리고 여전히 입술이 새빨갛고 얼굴을 찡그린 여자도 있군. 그 여자는 "넌 네모야. 그러니까 넌 '나는 네모입니다.'라고 말해야 해." 하고 거듭거듭 말하면서 알아들을 수 없는 질문을 해댔다.

"나는 네모입니다! 나는 네모입니다!"

네모는 아주 불만스러운 듯 되풀이해서 말했다.

"얘, 네모는 '기억사실증' 때문에 퍽 불쾌한가 봐!"

폴이 아르튀르 귀에 대고 속삭였다.

"기억-상실-증. 네가 기억력이 없는 거 아냐?"

아르튀르가 폴의 말을 고쳐 주면서 쏘아붙였다.

브누아 박사가 나섰다.

"네모, 여기 수니타와 폴 그리고 아르튀르가 와 있어. 이 아이들한테 네가 사고를 당한 뒤부터는 과거를 더 이상 기억하지 못한다고 일러 주었어. 그런데 이것만 빼면 모든 검사 결과에 뇌의 기능은 매우 좋은 것으로 나와 있어.”

“뇌?”

네모는 무슨 말인지 이해하지 못했다.

“그래, 네 머리 안에 들어 있는 거 말이야.”

브누아 박사는 탄식을 하고는 세 아이들에게 말해 주었다.

“아, 이렇단다! 네모에게는 일일이 다 설명해 줘야 돼. 제 또래 아이가 알아야 하는 모든 걸 말야.”

“제 또래 아이가 알아야 하는 모든 걸 말야.”

네모가 기계적인 목소리로 말을 따라 했다. 네모는 기분이 아주 나쁜 모양이었다. 그래서 한 손을 이마에 갖다 대었다.

네모의 손짓을 눈치채고 브누아 박사가 말했다.

“네모를 쉬게 놔 두자. 우리 잠시 내 연구실에 가서 얘기할까?”

세 아이들은 의사 뒤를 바짝 따라갔다.

수니타가 네모 쪽으로 뒤돌아섰다. 수니타는 이상하게 손가락을 흔들더니 입가를 살짝 들어올리며 얼굴을 약간 찡그렸다.

네모는 눈을 감기 전에 ‘희한한 사람이군.’ 하고 생각했다.

네모를 구해야 해요

책과 서류들이 빽빽이 들어찬 작은 연구실로 들어오자, 수니타는 의자에 털썩 주저앉았다.

“네모는 나를 전혀 알아보지 못했어요!”

몹시 충격을 받은 듯 수니타가 소리쳤다.

“사실이야. 네모는 기억을 되살리지 못하고 있어.”

브누아 박사가 시인했다.

"네모는 다른 별에서 막 도착한 사람 같아요. 진짜 외계인처럼 보여요!"

아르튀르가 거들었다.

"오히려 아기 같다고 할 수 있지. 그런데 뉴런은 전혀 이상이 없어 보여."

브누아 박사가 아르튀르의 말을 고치면서 말했다.

"뭐라고 하셨어요?"

폴이 물었다.

"뉴런이라고 했다. 뉴런은 뇌를 만들고 있는 수십억 개의 기다란 세포들을 말해."

브누아 박사는 아이들을 차례차례 둘러보았다.

"옳아, 저 사람은 선생처럼 말하는데."

폴이 안경을 치켜올리면서 속삭였다.

브누아 박사가 수니타 쪽으로 몸을 돌려 말을 계속했다.

"수니타, 다섯 감각 덕분으로 네 뉴런은 끊임없이 영상이나 소리, 냄새, 맛 그리고 느낌을 받아들인단다. 뉴런은 이런 감각 가운데 가장 흥미로워 보이는 것을 기억으로 간직하는 거야, 알겠니?"

"네."

수니타가 대답했다. 그러나 수니타는 여전히 의사가 무슨 말을 하려는지 알아차리지 못했다.

"아기였을 때 너는 처음엔 아주 간단한 것밖에는 할 줄 몰랐단다. 숨쉬고, 삼키고 또 배고프면 소리치고, 눈을 감고 뜨고……. 그 다음에 네 뇌는 '배워야' 했어."

“아르, 아르*.”

폴이 아르튀르의 귀에 대고 속닥거렸다. 아르튀르는 터질 뻔한 웃음을 간신히 참았다.

계속 수니타를 바라보면서 의사는 침착하게 말을 이어 나갔다.

“네 어머니는 너를 앞에 두고 ‘엄-마’ 하고 수백 번 되풀이했다. 마침내 네 뇌가 어머니를 그렇게 부른다는 것을 깨닫게 되었어. 그 다음에 너는 엄마라고 말할 수 있게 되었고, 다른 말들도 알아듣기 시작했어. 그리고 네 주변에 있는 사물들 이름을 말하기 시작했어. 사실 네가 아는 모든 것은 이렇게 해서 ‘배운’ 거야. 그리고 네 뇌는 배운 것을 기억하게 되었고.”

“그렇다면 네모는 여러 해에 걸쳐 모든 걸 다시 배워야 한단 말이에요?”

수니타가 소리쳤다.

“아니란다! 네모의 뇌는 열한 살짜리의 잘 훈련된 뉴런을 갖고 있단다. 여전히 말할 줄 알아. 그게 네모한테는 많은 도움이 될 거야. 그러니까 네모는 몇 달이나 몇 주일 만에 빨리 다시 배울 수 있을 거야.”

“그렇지만 네모는 이상해요. 웃지도 않고 울지도 않아요. 여느 때 같지 않은걸요……..”

수니타는 할 말을 찾으면서 머뭇거렸다. 마침내 수니타는 한숨을 내쉬며 털어놓았다.

“네모는 이제 나를 사랑하지 않아요!”

*아르(Arreu) : 아르튀르(Arthur)의 애칭.

아르튀르와 폴의 얼굴이 새빨개졌다. 아아! 여자애들이란!

그렇지만 의사는 이 말을 진지하게 받아들였다.

"수니타 말이 맞아. 지금 네모에게는 또 하나 심각한 문제가 있어. 아무런 감정도 못 느낀다는 거야. 물론 화내는 것은 빼고 말이지."

"그럼 네모는 거의…… 컴퓨터와 마찬가지란 말이에요?"

수니타는 또다시 눈물이 글썽글썽해졌다.

"꼭 그렇지는 않아. 생각도 하고 반성도 하니까. 그런데 감정이란 또 다른 문제야. 의사들도 감정만큼은 어쩔 도리가 없어. 어쩌면 세계를 다시 발견해 가는 과정에서 감정도 되찾게 될 거야. 그러려면 여러 사람들을 만나 보고 갖가지 경험도 하며, 책도 읽고 직접 체험도 해 봐야 될 거야!"

"난 네모에게 초등학교 1학년 때부터 필기한 공책을 모두 갖다 줄 수 있어요."

수니타가 제의했다.

"난 네모를 데리고 롤러 스케이트를 타러 갈 수 있어요!"

아르튀르가 말했다.

"난 네모에게 내가 갖고 있는 모든 시디롬을 빌려 줄 수 있어. '오리진'까지도."

엄청난 희생을 각오하고 폴이 덧붙여 말했다.

"다들 아주 좋은 생각이에요. 롤러 스케이트를 타려면 좀 기다리는 게 좋아요……. 여러분들은 틀림없이 친구를 도울 수 있을 거예요. 친구에게 말도 건네고 이야기도 해 줘야 해요. 특히 친구를 사랑해야 합니다! 사랑이야말로 아이들의 배움을 돕는 가장 좋은 방법이지요. 하긴, 어른들도 마찬가지죠."

브누아 박사 말에 수니타가 단호한 표정을 지으며 말했다.

"맞아요, 네모를 구해야 해요."

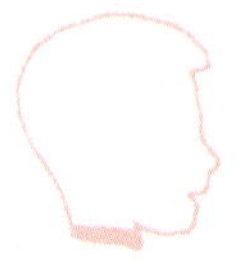

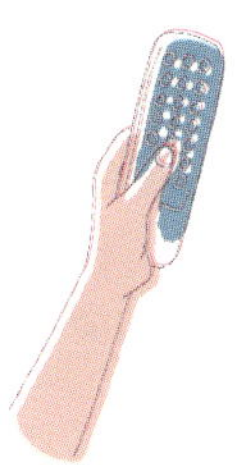

2장
너는 사람이다

우리 할머니는 포유류이다

"얼룩이 감쪽같이 사라져요! 빨래가 다시 눈처럼 하얗게 돼요!"

"이 지진으로 열 명 가량이 사망한 것으로 보입니다. 구조대는 아직 생존자를 더 찾아 내려 하고 있습니다."

"세계에서 가장 돈을 많이 받는 모델이 누구입니까? 10초를 드리겠습니다. 5천 프랑이 걸려 있습니다……."

네모는 미친 듯이 리모컨을 눌러 댔다. 갖가지 영상들이 화면에 잇달아 나타났다. 그러니까 저게 '세상'이란 말이지?

"조심해! 놈은 무기를 갖고 있어." 하는 말을 던지고 남자는 땅바닥으로 몸을 던졌다. 경찰차가 요란하게 타이어 끌리는 소리를 내며 멈춰 섰다.

“우리 주택 단지에는 경찰이 없단 말야. 넌 현실을 직시해야 해.”

챙 달린 모자를 거꾸로 쓰고 헐렁헐렁한 바지를 입은, 키가 껑충한 젊은이가 말했다.

“아침 한때 구름이 약간 끼겠고, 프랑스 전역에 걸쳐 대체로 맑은 날씨를 보이겠습니다.”

금발 머리 여인이 일기 예보를 하며 입을 크게 벌려 새하얀 잇바디를 드러내었다.

자동차를 전속력으로 몰기도 하고, 쉴새없이 서로서로 치고받으며, 또 가끔 어떤 여자에게 입을 맞추기도 하는 사내들…… 이리저리로 달음박질치는 만화 영화의 꼬마 주인공들…… 크로켓을 줄곧 먹어 치우는 고양이들…… 말 그리고 또 말, 억수같이 쏟아지는 말들……. 네모는 이런 가지가지 말들과 이상한 영상들로 머리가 꽉 차 버렸다. 만약에 세상이 저런 거라면…….

“이런, 텔레비전을 좋아하는 모양이구나!”

브누아 박사가 소리 없이 병실에 들어와 있었다. 하얀 가운을 입은 여자도 와 있었다. 쉬지 않고 질문을 마구 쏟아붓는 여자였다.

브누아 박사가 말을 이었다.

“오늘 퇴원하는 거 아니? 집으로 돌아갈 거야.”

집? 네모는 ‘집’이 어떤 것인지 궁금했다. “이 곳 병원과 비슷하게 생겼지만 좀더 작은 데야.” 하고 의사가 미리 설명해 주어 네모가 ‘집’이 어떤 곳인지 상상하게 해 주었다. 네모는 오직 ‘상상할’ 뿐이지 그게 어떤 곳인지는 알지 못했다.

“정말 집에 가야 돼요?”

네모가 물었다.

브누아 박사는 텔레비전을 껐다. 그리고 단호하게 대답했다.

"그래, 넌 아프지 않아. 더 이상 머리도 아프지 않고 반사 신경도 정상이야. 기억력은 글쎄…… 나가기 전에 다시 한 번 간단히 검사를 하자, 괜찮지?"

저 작자들이 또 시작하려 드는군! 네모는 눈살을 찌푸리며 의자에 몸을 파묻었다.

네모의 마음 속을 헤아리기라도 한 듯 브누아 박사가 입을 열었다.

"검사받는 게 늘 기분 좋은 일은 아니라는 걸 나도 알아. 그렇지만 결과는 용기를 돋우는 편이야. 일 주일 만에 넌 언어 능력을 어지간히 되찾았어. 네 생각을 점점 더 잘 표현하고 있어. 발레리와 검사할 동안 네 말을 들어 보마."

하얀 옷을 입은 여자가 앞으로 다가왔다. 이 여자는 팔에 서류철을 끼고 있었는데 평소보다 훨씬 더 두툼해 보였다.

"어느 나라에 살고 있니?"

여자가 질문을 시작했다.

"병원이오."

네모는 퉁명스럽게 대답했다.

"우리 나라를 뭐라고 부르니, 네모?"

발레리가 끈질기게 물었다.

"기억상실증?"

간호사는 머리를 절레절레 흔들었다.

"아냐, 프랑스지. 프랑스의 수도는 어디니?"

"몰라요……."

“프랑스의 큰 강에는 어떤 것들이 있니?”

네모는 아무 말도 하지 않고 어깨를 으쓱해 보였다.

의사가 발레리에게 손짓을 했다. 발레리는 서류를 여러 장 넘겨 다른 질문을 골라 냈다.

“율리우스 카이사르는 누구니?”

“고대 로마의 장군이오.”

네모는 서슴없이 대답했다.

발레리와 브누아 박사는 눈이 휘둥그레져서 서로 바라보았다.

“그 사람에 대해 아는 게 있니?”

발레리는 질문을 이어 나갔다.

“그는 머리에 작은 나뭇잎을 둘렀고, 늘 서커스를 구경하고 싶어했어요. 그런데 묘약을 찾지 못해 늘 불만에 가득 찬 사람이잖아요!”

“그한테 최대의 적은 아스테릭스와 오벨릭스였지?”

브누아 박사가 이어받았다.

“그럼요.”

네모가 말했다.

“발레리, 텔레비전에 나오는 인물들은 피해요.”

“네, 선생님. 네모, 누가 바스티유를 점령했니?”

“바스티유가 뭐예요?”

연필로 종이를 톡톡 치면서 간호사가 답해 주었다.

“프랑스 대혁명 때 있던 감옥이야. 포유류가 뭐니?”

“우리 할머니요.”

이 말을 듣자 의사는 이상한 소리를 냈다. 그는 자기 뺨 안쪽을 자근자근 씹었다. 아마 이가 아픈 모양이지?

의사가 말했다.

"혼동하는구나. 네 할머니는 마미 파니*야. 어제 너네 할머니가 너 보러 온 거 기억나니?"

네모는 화난 듯한 눈으로 의사를 노려보았다. 기억하고말고!

"하긴, 너네 할머니도 포유류에 속해. 너나 나처럼 말야. 계속할까요?"

간호사가 다시 몇 장을 더 넘겼다.

"분수가 뭐니?"

네모는 말없이 천장을 쳐다보았다.

"1킬로미터는 뭐야?"

"1킬로미터는 10헥토미터, 100데카미터, 1,000미터, 10,000데시미터, 100,000센티미터, 1,000,000밀리미터!"

"잘 한다, 네모!"

깜짝 놀란 의사가 소리쳤고, 발레리는 번개처럼 적어 나갔다.

"정말이지 저는 바보 멍청이가 아니라고요. 매번 0을 하나씩 더하면 돼요. 그램과 리터도 마찬가지죠."

네모가 대꾸했다.

"곱셈할 줄 아니?"

"구륙은 오십사, 구칠은 육십삼, 구팔은 칠십이, 구구는 팔십일."

네모는 거침없이 소리내어 외웠다.

의사가 소리쳤다.

"아주 잘 했어요, 잘 했어! 계속할까요."

*마미 파니(Mamy Fanny): 프랑스 어로 파니 할머니란 뜻으로, 포유류란 뜻의 마미페르(mammi-fère)와 네모가 혼동했다.

“명사가 뭐니?”

발레리가 물었다.

“어어…… ‘예’라는 말의 반대말.”

발레리가 네모 말을 가로막았다.

“신중해 봐. 기억하려고 애써 봐. 생각나니? 곱셈은 기막히게 잘 기억했잖아!”

“주어는 뭐지?”

네모는 잠자코 있었다.

“보어는?”

네모는 계속 입을 다물었다.

“명사의 복수는 어떻게 만드니?”

“알아요! 보석(bijou), 조약돌(caillou), 배추(chou), 무릎(genou), 올빼미(hibou), 장난감(joujou), 이(pou)! 그 다음에 무도회(bal), 사육제(carnaval), 축제(festival)!”

“우리한테 설명해 줄래?”

발레리의 말에 브누아 박사가 끼어들었다.

“그냥 두세요. 네모는 단지 예외들만 기억나는 모양입니다. 그러니까 복수에 x가 붙는 낱말들을 말한 거예요. 무도회, 사육제, 축제는 정상으로 s를 취하는 말들이고, 반면 어미가 ail 혹은 al인 다른 명사들은 복수어미가 aux가 되는 말들이죠.”

“주절이 뭐니?”

발레리가 무뚝뚝한 목소리로 질문했다.

“어어…… 중요한 건데, 그거?”

네모는 머뭇거렸다.

“여기서 멈춥시다.”

브누아 박사가 말을 끊었다. 양미간을 찌푸린 의사의 얼굴이 잔주름으로 뒤덮였다. 의사는 네모 쪽으로 몸을 돌렸다.

“우리가 지금 본 대로 네가 외워서 속속들이 알고 있던 자잘한 것들, 그러니까 몇몇 자동 현상은 쉽게 되살아나고 있어. 하지만 그 나머지는……”

“‘그게’ 되살아날까요?”

“어쩌면. 어쨌거나 너는 하루빨리 기본적인 것을 다시 배워야 해.”

“기본적인 것이라고요?”

“그래, 기본적인 것. 즉, 네가 누구며 어디에서 왔는가 하는 거 말이다. 네 자신의 역사, 네 조상들의 역사, 네 나라의 역사를 알아야 하는 거야.”

“그런 건 어떻게 배워야 돼요?”

네모는 피곤하고 무기력한 기분이 들었다.

브누아 박사는 한 손을 들어 곤두선 머리털을 매만지며 곰곰이 생각했다.

“용기를 내. 우선 너는 네 또래 아이들이 다 알고 있는 것을 다시 배워야 한다. 다시 말해 프랑스 어, 수학, 역사, 지리, 과학 따위를. 아주 빨리 배울 거라고 봐.”

“뭐 하려고 배워요?”

네모가 물었다.

“네 질문은 모든 아이들이 하나같이 의아하게 생각하는 점이지! 어쨌든 텔레비전을 보는 게 훨씬 재미있을 텐데, 그렇지?”

“물론이죠.”

브누아 박사는 잠깐 동안 생각했다. 네모의 질문이 그리 간단하지 않아서였다.

"뭐 하려고 배우느냐고? 음, 먼저, 세상을 더 잘 이해하고, 남들을 더 잘 이해하며, 너 자신을 더 잘 이해하려고 배우는 거야."

네모는 우울한 표정으로 시커먼 텔레비전 화면을 뚫어지게 바라보았다. 정말 이 모든 걸 다 배울 필요가 있을까? 오로지 자신이 남들과 전혀 다른 사람이라고 생각하지 않기 위해서?

의사가 다시 입을 열었다.

"너는 사람이야. 사람은 혼자서는 살 수 없어요. 사람은 반성을 하고 두뇌도 개발하며 지식을 나눠 가진단다."

의사는 네모의 어깨에 손을 얹고 눈을 똑바로 바라보았다.

"아이들한테 흔히 잊어버리고 말해 주지 않는 게 하나 있어. 사람은 배우면서 조금은 마법사가 된다는 거 말이야. 알아듣겠니?"

"능력이 생긴다는 뜻이에요?"

"바로 그 말이야! 보물을 발견할 수도 있을 테고, 멋진 세계로 들어갈 수도 있을 거야. 또 환상적인 여행도 할 수 있을 거야."

의사는 손목시계를 바라보았다.

"우리는 가 볼게. 면회 시간이 됐어."

그러자 네모가 탄식하며 말했다.

"아아, 안 돼요! 교통 사고를 낸 그 아저씨는 다시 만나고 싶지 않아요! 그 아저씨는 '아유, 가엾어라. 어린것이 가엾어!'라는 말만 계속한다니까요."

"어쩌겠니, 네모. 재수 나쁜 그 운전사도 차바퀴 앞에 널브러진 너를 보고는 너만큼이나 충격을 받았다구! 그 사람도 그 일을 못 잊고 있어……."

"그러니까 그 아저씨는 날 지겹게 한단 말이에요!"

의사가 출입문을 열자 수니타가 나타났다. 수니타는 목을 길게 빼고 네모를 바라보았다.

"얼른 들어와! 둘 다 시간이 많지 않아. 네모는 떠나기 전에 마지막 검사를 받아야 돼. 하지만 이번엔 질문은 없단다. 약속하마!"

의사가 눈짓을 하고는 멀어졌다. 발레리도 그 뒤를 따라 나갔다.

네모의 말

수니타는 침대 가장자리에 앉았다. 그러고는 아무 말 없이 생각에 잠긴 듯한 이상한 표정으로 네모를 바라보았다. 수니타는 뭔가 기다리는 모양이었다. 하지만 무얼 기다리지? 네모는 수니타가 면회 온 것을 이해할 수 없었다. 수니타는 여자 친구라고 이미 설명을 해 준 뒤였다. 좋아, 그런데 그게 무슨 소용이란 말인가? 네모는 부모가 뭔지 알고 있었다. 부모란 자식을 돌보는 어른이다. 하지만 친구는?

잠시 뒤 수니타가 말문을 열었다.

"그렇다면 사물들은 기억하니?"

"그렇고말고. 곱셈, 명사의 복수 그런 것들……. 그리고 또…… 율리우스 카이사르. 하지만 이건 텔레비전을 보고 알게 됐어."

"그럼 우리의 비밀도 기억나니?"

"무슨 비밀?"

수니타는 한숨을 짓고는 가방을 뒤졌다.

"봐라, 선물 가져왔다."

“선물?”

“그래. 선물은 널 위해 내가 주는 걸 말해. 풀어 봐.”

수니타는 금빛 리본을 두른 작은 상자를 내밀었다. 네모가 상자를 받아 들었다. 상자와 리본을 보자 네모에게 뭔가 어렴풋이 떠올랐다. 네모가 포장지를 뜯어 냈다. 푸른색 수첩이 나왔다. 수첩을 넘겨 보았다. 수첩에는 아무것도 적혀 있지 않았다.

수니타가 설명했다.

“네가 잊어먹지 말라고. 배우는 족족 적어 두렴. 그럼 휴대 기억 장치가 될 거야. 더군다나 이건 지워지지 않는 기억 장치란 말야!”

“그래서 너는 가방 가득 공책들을 넣고 다니는 거니?”

수니타는 입을 샐쭉하며 얼굴을 조금 찌푸렸다.

“그래, 보고 싶니?”

네모는 호기심 어린 표정으로 머리를 끄덕였다. 네모는 사람들이 가방 안에 무엇을 감추고 있는지 늘 궁금했다. 나만 빼고 모두 가방을 하나씩 들고 있잖아!

수니타가 가방 안에 든 것을 침대 위에 쏟았다. 가방에서 갖가지 것들이 쏟아져 나왔다. 책 몇 권과 공책 몇 권, 연필이 들어 있는 필통, 은박지 석 장, 네 번 접힌 종이 쪽지 두 개, 먹다 남은 비스킷 하나, 아주 조그만 거울 하나, 열쇠 꾸러미, 사진이 붙은 학생증.

네모는 공책 한 권을 펼쳐 몇 장을 넘겼다. 네모는 공책에 적힌 것을 소리내어 읽었다.

“연습 문제. 접두사나 접미사를 붙여 같은 ‘어족’의 말을 만드시오.”

말의 가족이라고? 사람들처럼? 네모는 이해하지 못했다. 부모님을 예로 들어 보자. 그들은 나를 계속해서 바라보고 눈살을 찌푸리며 입을 이상하게 다문다. 그런 표정을 짓는 게 내 가족이란 표시일까? 그렇지만 수니타도 그렇게 하고 의사까지도 그렇게 했는데, 수니타와 의사도 내 가족이란 말이야?

"말의 가족이 뭐야?"

네모가 물었다.

"서로 닮았거나 어느 정도 같은 것을 가리키는 낱말들을 말하는 거야. 앞에 붙는 짧은 말인 접두사나 뒤에 붙는 짧은 말인 접미사를 더하면, 같은 어족 낱말이 되는 거야. 예를 들어 참을성 있는(patient)과 참을성 없는(im-patient) 또는 종종걸음(trot), 종종걸음으로 걷다(trotter), 조금 빠른 종종걸음으로 걷다(trottiner), 종종걸음치기(trottinement)."

"네모(Némo), 네모테(némoter), 네모티네(némotiner), 네모티느망(némotinement)……. 이것들이 내 가족이야?"

"아냐, 아냐! 너는 사람이야. 따라서 네 가족은 사람들이야. 반면 말의 가족은 당연히 낱말들이지. 이거 적고 싶니?"

네모는 머릿속이 어지러웠다.

수니타는 말을 계속했다.

"수첩 맨 앞에 그림 하나 그려 줄게."

수니타는 필통에서 연필을 하나 꺼내 들고 아랫입술을 자근자근 깨물며 그림을 그리기 시작했다. 지우고 고치고 다시 그리고 하더니 드디어 그림을 네모에게 내밀었다. 갈색 머리 소년과 머리를 한 갈래로 길게 땋은 소녀가 서로 손을 잡고 있는 그림이었다. 수니타는 아래쪽에다 이렇게 써 두었다.

'네모를 위해, 수니타가. 네모야, 제발 빨리 돌아와!'

“무슨 말이야? 나는 여기 있는데!”

“너는 정말 여기 있는 게 아냐! 내 말은 예전처럼 말이야, 만약……
만약에 우리가 친구였다는 걸 알면, 그리고 내가 떠나는 걸 너도 원치
않는다는 사실을 알게 되면……. 그게 네 잘못이 아니라는 건 잘 알지
만, 네가 정말 이 모든 걸 까맣게 잊어버렸다는 사실이 믿기지 않아!
난 앞으로 어떻게 될까? 네가 날 도와 줘야 해!”

수니타는 더 이상 네모를 보지 않았다. 그녀는 두 손으로 얼굴을 가
리고 이상하게 등을 들썩거렸다.

저런! 사고를 당하고 기억상실증에 걸려서 문제 있는 사람은 난
데. 난 ‘도울’ 수가 없다고!

“너는 왜 떠나야 돼?”

네모가 불쑥 물었다.

그 순간 브누아 박사가 들어왔다. 브누아 박사는 수니타의 얼굴이
일그러진 것을 알아차렸다.

“어디가 안 좋니?”

“아니, 아니에요. 안녕, 네모. 집으로 너 보러 갈게. 안녕히 계세요,
선생님.”

수니타는 허둥지둥 제 물건들을 챙기며 말했다.

마지막으로 수니타는 네모 쪽으로 몸을 돌려 손가락을 입술에 갖다
대고는 사라졌다. 네모는 손에 들고 있던 푸른색 수첩을 의사에게 보
여 주었다.

“수니타가 준 거예요. 중요한 것들을 적어 두라고.”

“정말 좋은 생각이야! 기억력을 훈련하기에 아주 좋은 방법이야. 그
러나 지금은 검사를 하자. 출발!”

네모는 몸을 일으키면서 수니타가 침대 위에 두고 잊어버리고 간 종이 쪽지 하나를 발견했다. 네모는 쪽지를 펼쳐서 읽었다.

'나는 떠나지 않을 거야! 나는 떠나지 않을 거야! 나는 떠나지 않을 거야!'

도대체 이 여자애한테 무슨 일이 있는 거지?

신기한 기계

나를 우주로 보낼 작정인가? 아니면 내가 어떤 미치광이 학자의 손아귀에 붙잡혀 있나? 웃통은 벗고 반바지 차림으로 네모는 지금 자신이 좋아하는 텔레비전 연속극 '비밀 파견대'에 나오는 것과 비슷한 기계에 꼼짝없이 잡혀 있었다. 네모 주위에는 온통 경고 램프와 깜박이등, 모니터뿐이었다. 그는 러닝 머신 위에 서 있었다. 기다란 줄이 달려 있는 플라스틱 고리들이 가슴을 뒤덮었다. 그는 호기심 어린 눈으로 맞은편 거울을 통해 보이는 앙상한 두 다리와 뾰족 불거진 무릎을 관찰했다. 그런데 갑자기 발 아래로 바닥이 꺼지는 듯한 느낌이 들었다.

"자, 네모! 달려! 너는 뒤로 움직이는 러닝 머신 위에 서 있어. 평형을 유지하려면 앞으로 달려야 해."

브누아 박사가 말했다.

어쩔 수 없었다. 네모는 이미 전속력으로 종종걸음을 치고 있는 중이었다.

"무슨 소리예요?"

네모는 숨을 헐떡거리면서 말했.

실내에 '파-품, 파-품' 하는 빠르고 규칙적인 소리가 울려 퍼졌다.

"네 심장이 뛰는 소리를 크게 한 거야. 심장이 정상으로 작동하는지 알아보고 있어."

의사가 대답했다.

"내 심장이라구요? 왜 이렇게 빠르게 소리가 나죠?"

"심장은 마치 펌프 같은 일을 한단다. 온몸에 피가 돌도록 하지. 달릴 때는 심장이 더 빨리 뛴단다. 그러면 피도 역시 더 빨리 돌아서 근육에 힘을 주게 되지. 피는 당분과 지방, 산소를 운반한단다. 어이, 네모! 이제 속도를 늦춰!"

러닝 머신이 멈추었다. 네모는 다리를 계속 움직였다. 잠시 뒤 심장 뛰는 소리가 가라앉았다. 브누아 박사가 단추를 누르자 다시 고요해졌다.

"천천히 달려야 한다! 사고 이후 처음으로 힘껏 뛴 거잖니! 어쨌든 어떻게 달리는지는 잊지 않았구나."

"왜 잊어먹지 않았죠?"

러닝 머신을 내려오면서 네모가 물었다.

"아마 달리기를 하는 데에는 기억이 필요 없어서 그럴 거야. 사람 몸은 신기한 기계란다. 우리 몸은 늘 대단한 일을 해내지. 우리 의지와는 상관없이."

"대단한 일이오?"

"우선 달리기를 생각해 봐! 평형을 유지하는 것만도 큰일이야! 뼈가 있어서 너는 서 있을 수 있어. 그렇지 않으면 작은 걸레 조각처럼 완전히 물렁물렁해질 거야. 뼈 사이에 있는 관절은 발이나 무릎, 팔의 움직임처럼 더 복잡한 운동을 할 수 있게 해 준단다. 근육은 뼈를 잡아당겨 관절을 움직이지. 그것도 일 초에 열 번 가량 말이야!"

"모든 사람들이 다 그렇게 할 줄 알아요?"

네모가 물었다.

"그래, 아프지만 않다면 말야. 사람들 몸은 다 똑같이 만들어져 있어. 근육도 같고 뼈도 같아. 심장이 뛰는 것도."

"그런데 남들보다 훨씬 더 잘 달리는 사람도 있잖아요! 텔레비전을 보니까 도망칠 때 굉장히 빨리 달려야 하더라고요!"

"맞아. 남보다 더 빨리 달리는 사람이 있는가 하면, 키가 더 큰 사람도 있고, 힘이 더 센 사람도 있다. 피부가 하얀 사람도 있고 검은 사람도 있지. 머리가 금발인 사람도 있고 검은 사람도 있어. 하지만 이런 것들은 세세한 차이에 지나지 않아. 모두가 남자나 여자의 몸을 한 사람이야. 우리는 모두 같은 인간 가족 가운데 한 사람이야."

또 가족 이야기로군. 결국 가족을 벗어나지 못할 테지!

브누아 박사는 서랍을 뒤져 카드 한 벌을 꺼냈다.

"봐라, 네모. 모든 뼈를 보여 주는 뼈대 그림, 근육과 혈액 순환을 나타내는 그림이다. 이것들을 줄 테니까 수니타가 선물한 수첩에다 붙이렴. 또 네 라디오와 비교해 봐."

"저는 라디오가 없어요. 텔레비전을 더 좋아해요."

의사는 나비 넥타이를 고쳐 맸다. 의사의 양 볼에 주름이 잡혔다.

"라디오*는 네가 사고당한 다음에 찍은 엑스선 사진을 말하는 거야. 어떤 장치를 이용하면 몸 속을 볼 수 있지. 다행히 부러진 데가 한 군데도 없어!"

---

*라디오(radio) : '무선 전신', '라디오 방송', '라디오', '엑스선'이란 뜻을 갖고 있는 말인데, 네모는 이것을 '라디오'로 받아들였다.

사람의 몸

사람의 몸은 놀라운 기계로
우리 의지와는 상관없이 움직인다.
몸은 **뼈대**를 중심으로 만들어졌으며
관절로 서로서로 연결된 뼈 구조물이다.
고무줄처럼 탄력 있는 근육들이 뼈대를
매우 복잡하게 움직이게 해 준다.

소화기는 음식물을 용해되는 요소로
변화시켜 피로 들여보내거나(소화)
노폐물로 내보낸다(배설).

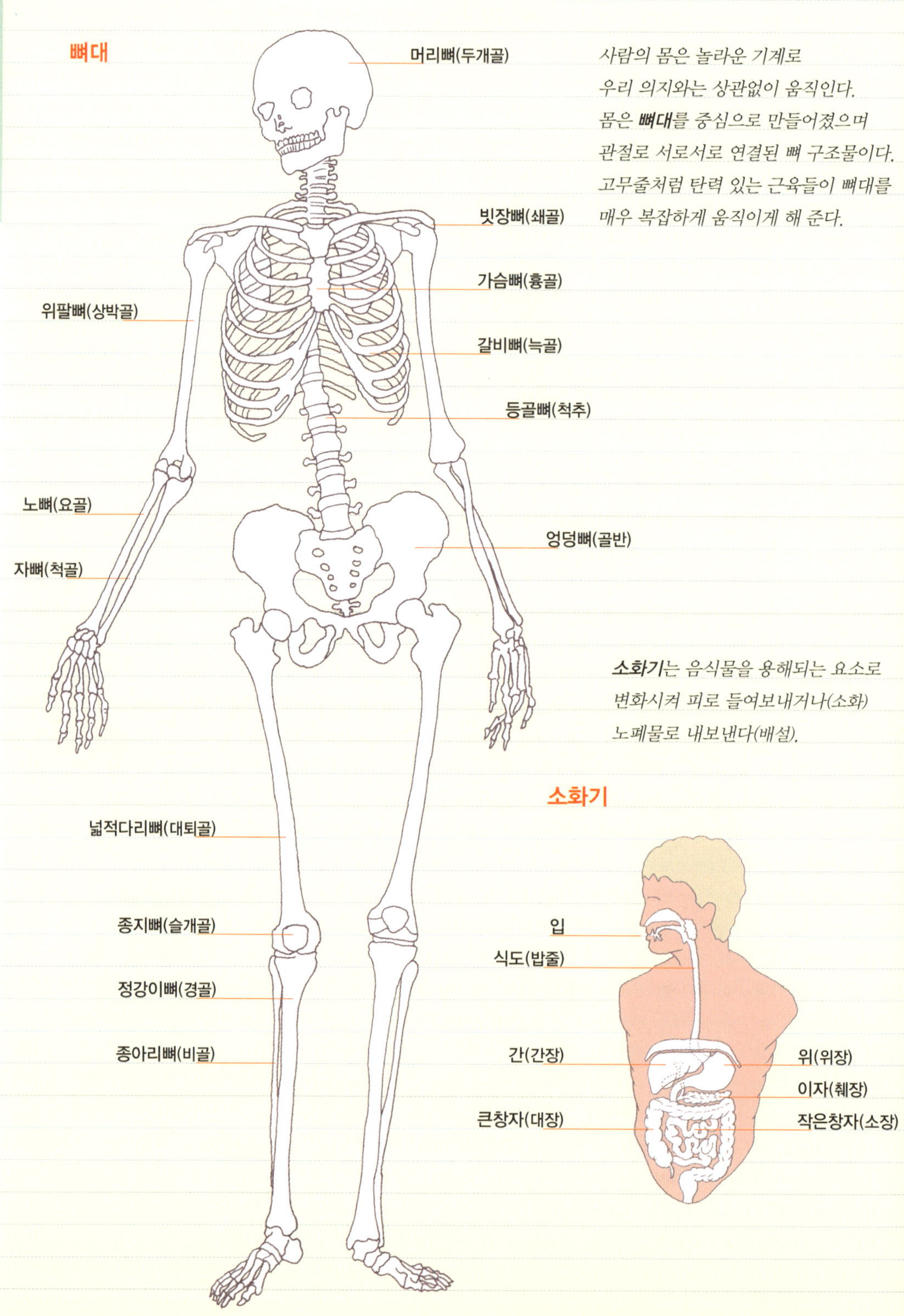

문을 한 번 살짝 두드리는 소리가 났다. 간호사가 얼굴을 내밀었다.

"네모 부모님이 도착하셨어요."

"좋아요, 좋아! 들어오시게 해요. 옷 입어라, 네모."

의사는 네모 아버지와 어머니에게 인사를 건넸다. 네모 부모는 손에 파란색 가방을 들고 있었다. 네모 소지품을 모두 챙겨 넣은 가방이었다.

"검사가 끝났어요! 결과는 다 좋습니다. 네모는 다시 정상으로 활동할 수 있습니다. 그렇지만 차츰차츰, 네모가 자기 리듬에 맞춰 세상을 다시 발견하도록 내버려 두세요. 많은 지식을 마구 쏟아붓지 마시고 질문에 대답만 해 주시면 됩니다."

의사가 알려 주었다.

"그런데 학교는……."

네모 아버지가 의사의 말을 잘랐다.

"한나절만 보내 어떻게 하나 살펴보시죠. 필요하면 언제든지 저를 부르세요. 자, 그럼 네모야, 또 보자. 행운을 빈다!"

네모는 의사가 내민 손을 바라보았다. 줄 게 아무것도 없으면서 왜 그러지?

의사는 네모 어깨를 살짝 두드렸다. 그러고는 복도 끝으로 멀어져 갔다. 이 모든 일들이 어찌나 빨리 진행되었는지 네모는 미처 깨달을 겨를이 없었다. 부모를 따라가야 했다. 부모는 네모를 돌보려고 여기 와 있었다. 그런데 그들은 날 어디로 데려가는 거지? 무슨 일이 일어나려는 걸까? 엄마는 몸을 기울여 내 손을 잡고는 놓아 주지 않는다. 이건 무슨 짓일까?

"자, 네모야, 걱정하지 마."

호흡기는 공기 중 산소를 빨아들인다.
허파는 피에 산소를 전달하고
이산화탄소를 배출한다(호흡 작용).
순환기는 산소와 영양소들을 온몸으로 분배한다.
신경계는 다섯 감각의 정보들을 뇌로 보내고,
뇌는 모든 기관에 명령을 내린다.
움직이게도 하고, 노래하게도 하며,
또는 의지에 따라 읽게도 만든다.

호흡기

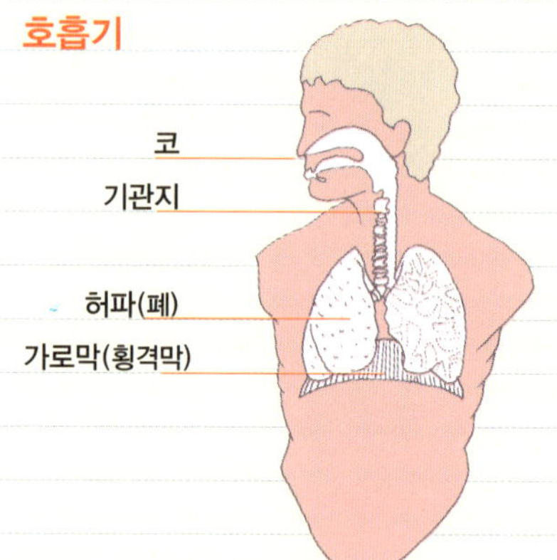

순환기

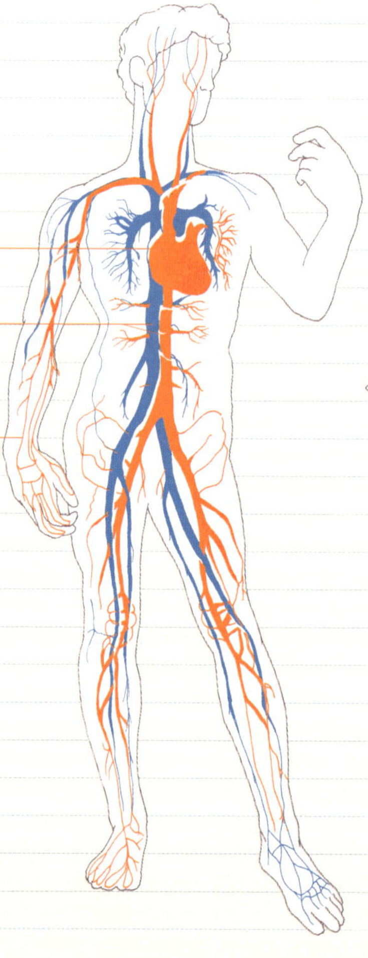

신경계

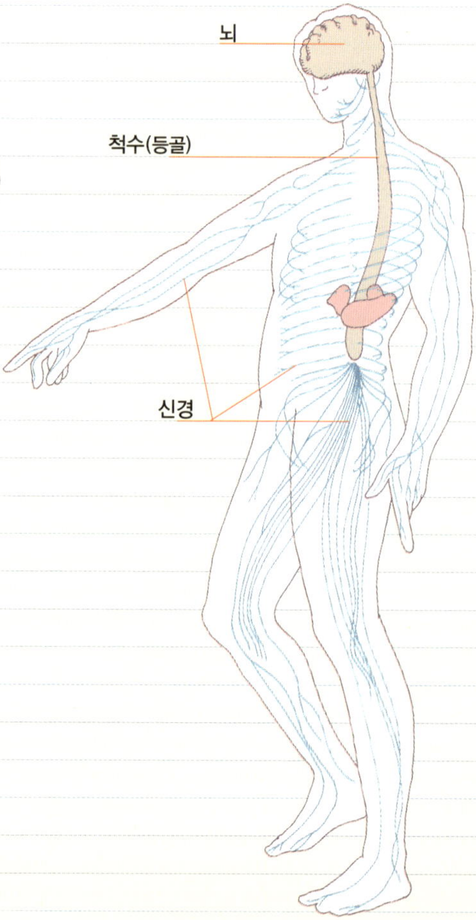

네모 어머니가 부드럽게 말했다.

네모는 걱정하지 말라는 말뜻을 이해하지 못했다. 손은 풀려났지만 네모는 계속해서 어머니 곁에 바짝 붙어 앞으로 걸어갔다. 세 사람은 함께 육중한 병원 출입문을 나섰다. 바깥에 나오자 자동차 소리에 귀가 먹먹해졌다. 삐걱삐걱, 부릉부릉, 빵빵 하는 소리가 사방에서 울려 퍼졌다. 네모는 이런 모습을 텔레비전에서 여러 번 보았다. 그런데 지금은 실제 상황이잖아! 이런 일이 나한테 일어날 줄이야!

"가자. 가까운 데 차를 세워 두었어."

네모 아버지가 한 손을 네모 어깨에 얹으며 말했다.

아버지는 푸른색 자동차 쪽으로 걸어갔다. 아버지가 뒷문을 열었다. 네모는 아버지를 바라보더니 이어 어머니를 바라보았다. 네모는 머리를 절레절레 저었다. 나는 이 안에 타고 싶지 않단 말이에요!

어머니의 눈이 묘하게 빛났다. 어머니는 눈을 찌르는, 흘러내린 금발 머리 한 올을 끊임없이 쓸어올렸다.

어머니가 말했다.

"겁먹지 마라, 네모야. 우리는 여기서 먼 교외에 살아. 차를 타고 가야 돼. 하지만 아주 조심조심 운전할 거야. 전혀 위험하지 않아."

엄마가 무슨 말을 하는 거지? 겁이라고? 나는 그저 단순히 차에 타고 싶지 않은 것뿐인데!

아버지가 네모 앞에 쭈그리고 앉았다. 그런 다음 자기 얼굴을 네모 눈 높이에 맞추었다.

"우리 집으로 돌아갈 다른 방법이 없단다. 약속할게, 아무 일도 없을 거라고."

네모는 선택의 여지가 없다는 것을 깨달았다. 그는 뒤쪽으로 살며시 들어갔다. 어머니가 네모에게 기다란 끈을 둘러매 주었는데 '찰칵' 하는 소리가 났다. 어머니는 뒷문을 닫고 앞자리로 가서 앉았다. 아버지가 작은 열쇠를 돌리자 차가 움직이기 시작했다. 네모는 옹송그린 채 시끄러운 소리를 피하려고 두 손으로 귀를 막았다. 그는 창밖을 내다보았다. 집과 걸어가는 사람들이 보였다. 자기 또래의 아이들도 보였다. 텔레비전에 나오는 것과 똑같잖아!

3장
너는 유일한 존재다

그들은 알을 만들었어요!

"엄마, 모닉스가 이상해요!"

네모가 계단 위쪽에 서서 숨가쁘게 말했다.

"모닉스가 갓 태어난 거니?"

어머니가 일층의 자기 사무실에서 소리쳤다.

"아뇨, 벌써 두 시간이나 됐어요."

"기분 표시계를 보도록 해라……."

괜찮은 생각인데. 네모는 되돌아가 컴퓨터 앞에 앉았다. 컴퓨터는 병원에서 돌아왔을 때 네모가 유일하게 알아본 물건이었다.

컴퓨터는, 아버지 표현에 따르면 '이루 다 말할 수 없는' 방 안에 떡 하니 자리잡고 있었다. 아버지의 그 말은 방이 '어질러졌다'는 뜻이었다. 방바닥에는 종이 쪽지, 책, 깨끗한 양말 —이따금 더러운 양말도 잔뜩 널브러져 있었다— 심지어는 아침에 샤워할 때 쓴 젖은 수건이나 먹다 남은 비스킷 통도 있었다. 아버지는 "어쨌거나 너는 정돈에 대한 기억은 되찾지 못했구나!" 하고 되씹었다. 그렇다면 난 그런 감각을 완전히 되찾은 셈인걸!

지금 네모는 '오리진'이라는 오락에 푹 빠져 있다. 폴이 빌려 준 오락 시디롬이었다. 가상 세계에서 어린 주인공을 키우는 놀이였다. 가상의 주인공에게 말하기나 걷기, 놀기를 가르쳐 주어야 했다. 주인공이 병에 걸렸을 때는 간호할 수도 있었다. 그런데 바로 새 주인공 모닉스가 화면 한구석에 처박혀 꼼짝 못 하고 있었다. 모닉스는 등을 대고 누운 채 귀를 늘어뜨리고 있었다. 네모는 모닉스의 체온을 재 보고 영양이 균형 있게 섭취되었는지 확인해 보았다. 그러나 기분 표시계는 살펴보지 않았었다.

어머니 말이 옳았다. '고독!'이라고 표시된 빨간 불이 반짝거렸다. 모닉스가 다른 주인공과 함께 있기를 바란다는 뜻이었다. 네모는 마우스를 눌러 이 어린 귀염둥이를 '오리진'의 또 다른 여자 주인공 조이 집에 넣어 주었다. 휴우, 녹색 불이다! 사람도 같은 반응을 보일까?

"모닉스가 괜찮아졌어요!"

네모가 소리쳤다.

어머니는 컴퓨터 화면에 너무 몰두한 나머지 그 소리를 듣지 못했다. 어머니 직업은 어린이를 위한 오락 프로그래머이다. 더욱이 바로 지금 어머니는 '아이디어 하나'에 매달려 있다. 어머니는 하루 내내 자판을 두드렸다. 중국식 잠옷을 줄곧 걸치고 뉴텔라*를 바른 바게트*

빵과 과일 요구르트밖에 먹지 않았다. 이런 종류의 먹을 거리는 네모도 아주 좋아했다. 병원에 있을 때보다 훨씬 더!

"네모!"

이번에는 아버지 목소리였다. 아버지가 연구소에서 돌아온 거였다. 연구소는 병원 같은 곳인데, 아버지는 털이 덮인 흰쥐로 실험하는 일을 했다. 네모는 일층에 서 있는 아버지의 두 손에 비닐 봉지가 들려 있는 것을 보았다.

"잼 바른 바게트라면 이제 신물이 난다! 라자냐*를 사 왔어."

"좋아요! 나 있는 데로 와서 먹어요. 아이디어를 놓치고 싶지 않아서 그래요."

네모 어머니가 소리쳤다.

네모 아버지는 네모를 쳐다보며 크게 한숨을 내쉬었다.

"컴퓨터는 정말 골칫거리야!"

세 사람은 작은 사무실에 모여 쿠션 위에 앉았다. 네모는 부모를 바라보았다. 어머니는 쉽게 흥분하는 성격에 순수한 금발과 통통한 얼굴, 위쪽으로 틀어 올린 머리 모양을 하고 있었고, 아버지는 아주 진지하고 침착한 성격에 얼굴은 야위었고 곱슬머리였다. 왜 내게 이 두 사람을 보내 주었지? 병원에서 다른 부모를 보내 줄 수 없어서였을까?

사무실엔 종이가 가득하고 서류들이 뒤죽박죽 쌓여 있었다. 또 높게 쌓아올린 책 더미도 언제 무너질지 모를 판이었다. 벽난로 위에는

*뉴텔라(Nutella) : 초콜릿과 밤으로 만든 잼의 상표.

*바게트(baguette) : 막대기 모양의 길쭉한 프랑스 빵.

*라자냐(lasagna) : 큰 리본 모양의 국수 종류로, 삶은 다음 토마토 소스와 함께 먹는 음식.

오래 된 사진을 넣어 둔 액자 몇 개가 줄지어 있었다. 네모는 이 사진들을 이미 여러 번 본 적이 있었다. 그렇지만 사진 속 인물에 대해 말을 꺼낸 적은 없었다.

그 중 한 사진에서 네모는 낯익은 얼굴을 보았다. 금발에 바싹 마르고 키가 껑충한 젊은이가 '비밀 파견대'에 나오는 경찰 헬리콥터와 비슷하게 생긴 헬리콥터에서 내려오는 모습이었다.

"내 동생 가스파르야. 우리 집안의 스타지! 기자란다. 지금은 인기 프로그램에서 사회를 보고 있어."

네모 쪽으로 다가오면서 어머니가 말했다.

"'지구는 우리 것'! 병원에 있을 때 텔레비전에서 본 적이 있어요. 그런데 그 사람이 우리 가족이라고요?"

네모가 탄성을 질렀다.

"네 삼촌이야. 그런데 형이라고 부르는 걸 더 좋아해. 엄마보다 다섯 살 어리거든. 그래서 '삼촌'이란 말을 들으면 좀 나이 들어 보인다고 생각해, 알겠니?"

"몰라요!"

"어떻게 부르든 그건 그렇게 중요하지 않아. 하지만 가스파르는 네게 정말 중요한 사람이야. 항상 너를 돌봐 줬어."

네모는 벌써 다른 사진을 보고 있었다. 그는 수니타를 알아보았다. 수니타가 어떤 부인과 함께 나무 아래에 앉아 있었다.

"수니타 어머니야. 너랑 수니타를 퐁텐블로* 숲으로 데려갔어. 너희 둘은 한나절 내내 나무에 기어오르며 놀았지!"

*퐁텐블로(Fontainebleau) : 파리 동남쪽 약 50킬로미터에 위치한 도시로 퐁텐블로 숲과 성이 유명한 관광지.

어머니가 설명해 주었다.

"수니타가 딴 사람 같네요."

네모 어머니가 사진을 자세히 보며 말했다.

"틀림없이 수니타는 그 때가 훨씬 행복했을 거야. 수니타 어머니의 얼굴도 변했어. 수니타 어머니는 지금 걱정이 많단다. 일자리를 찾지 못했거든. 어쩌면 자기 나라로 되돌아갈지도 몰라. 까마득히 먼 인도로 말이야."

"수니타 아버지는요?"

"이미 오래 전에…… 죽었단다."

죽었다고? 사라져 버렸다고? 네모는 전자 오락에 나오는 인물들을 떠올렸다. 이따금 그들도 역시 '죽었다'. 사라져 버렸다…….

네모 아버지가 말을 꺼냈다.

"그래. 사람이 아주 늙으면 어느 날 심장도 두뇌도 기능을 멈추게 된단다. 바로 '죽는' 것이지. 사고나 병으로 더 일찍 죽을 수도 있어. 수니타 아버지가 그런 경우야."

네모는 이미 다른 사진을 보고 있는 중이었다. 그 사진에는 아버지 와 어머니가 어떤 아이를 안고 있었다. 네모보다 훨씬 어린 아이였는 데, 네모는 그 아이가 누구인지 몰랐다.

"너야, 네모. 여덟 달 때 모습이야."

어머니가 설명해 주었다.

"절대 제가 아니에요!"

"맞대도! 너는 아기였어, 내 아기……."

네모는 눈을 동그랗게 뜨고 어머니를 쳐다보았다. 어머니의 얼굴이 상기되어 있었다. 아버지는 얼른 한 손을 들어 어머니의 팔에 얹었다.

내 가족

레옹
1885~1946

안나
1893~1983

리샤르
1899~1963

에버린
1907~1963

외젠
1894~1970

루이
1898~1918

노에미
1900~1973

할아버지
쟝
1923~

할머니
루이즈
1927~

외할아버지
기
1924~1981

외할머니
마미 파니
1930~

큰아버지
질
1951~

아버지
다니엘
1957~

어머니
실비
1960~

외삼촌
가스파르
1965~

나
네모

Némo

"마음을 가라앉혀⋯⋯. 처음부터 다시 시작하자고."

아버지는 서랍장을 뒤지더니 사진첩을 꺼내 첫째 장을 펼쳤다.

"아직 네 사진들을 보여 주지 않았다. 왜냐하면⋯⋯."

"저도 알아요. 의사 선생님께서 제가 물을 때만 대답하라고 했기 때문이죠!"

네모가 자신 있게 대꾸했다.

"그래! 보렴, 모든 게 이렇게 시작됐어."

첫 번째 사진은 흑백으로, 밝게 빛나는 활 모양의 띠였다.

"이 초음파 사진에 네가 나와 있어. 엄마 뱃속에 있을 때야."

구름 속에 빠져 있는 강낭콩 같은 게 나라고? 나는 기억을 잃어버렸어. 그러나 기억이 없다고 아무렇게나 얘기해서는 안 되지!

"믿을 수가 없어요."

네모가 말했다.

"상상하기 어렵다는 건 나도 안다. 처음에 너는 아주 작아서 너를 보려면 아주 크게 볼 수 있는 현미경이 필요했을 거야."

아버지가 이어서 말했다.

"아버지가 어떻게 알아요?"

네모는 의심쩍다는 표정으로 물었다.

"사람은 모두 똑같이⋯⋯ 으음⋯⋯ 그러니까 아주 작은 알*에서 시작되지."

"달걀이라구요? 냉장고 안에 있는 것 같은⋯⋯? 믿을 수 없어요."

아버지는 입술을 양쪽으로 벌리고 목구멍에서 소리를 냈다. 네모는

---

*프랑스 어에서 '알'(œuf)이라는 낱말은 '달걀'이나 '난자', '난세포'라는 뜻도 된다. 뒤에 나오는 '수정란'이라는 말도 원문에서는 '알'(œuf)로 나온다.

이제 이것을 '웃음'이라 부른다는 것도 알게 되었다.

"그렇지 않아! 달걀은 오믈렛을 만들지 않으면 병아리가 되지. 그런데 사람의 알은 아주 다르단다. 그걸 네 엄마와 내가 만든 것이라고 생각하자."

"두 분께서 알을 만드셨다고요?"

네모 어머니는 놀란 나머지 마지막 라자냐 한 입이 기도로 들어갈 뻔했다.

침착한 아버지는 종이 한 장을 꺼내 들고 동그라미를 하나 그렸다. 그리고 그 옆에 꼬리가 지그재그 모양인, 우스꽝스러운 작은 동물을 그려 넣었다. 아버지가 말했다.

"봐라, 실제로는 이것보다 훨씬 더 작아. 공처럼 커다랗게 생긴 것을 난자라고 하는데 여자 몸에서 생겨. 한편 남자는 수천만 개의 정자를 만든단다. 그 중 하나가 난자 속으로 들어가지."

마지막 말을 하면서 아버지는 연필로 작은 동물을 가리켰다. 아버지는 계속해서 말했다.

"이렇게 되면 난자가 '수정되었다'고 한다. 수정란이 된 거야."

어머니가 아버지의 말을 가로막았다.

"더 알기 쉽게 말해요. 이렇게 되려면 남자의 성기가 여자의 성기 안에 들어가야 해. 서로 사랑할 때 이렇게 서로 몸을 섞는 건 참 즐거운 일이야. 다행히 늘 아기를 만들려고 그렇게 하는 건 아니란다."

어머니는 웃음을 터뜨리며 마지막 말을 덧붙였다.

어머니는 이미 여느 때의 표정으로 되돌아와 있었다. 그런데 이번에는 아버지가 이상한 얼굴로 몸을 비비 꼬았다.

"애한테 다 말해 줄 필요가 있어요?"

아버지가 말했다.

"물론이죠! 모든 사람처럼 네모도 그게 흥미로울 거예요. 수정란이 되면 아기가 어머니 뱃속에서 자랄 수 있단다. 알겠니?"

"늘 알이 되는 거예요?"

네모는 이 사실을 믿기 힘들었다.

"그럼, 거의 그렇지. 가끔 난자가 수정되지 못할 때가 있다. 그럴 때는 의사한테 도움을 받을 수 있지. 의사는 난자와 정자를 꺼내 시험관에서 결합을 시켜. 그런 다음 수정란을 다시 어머니 뱃속에 집어 넣지. 하지만 이런 경우는 아주 드물어."

정말 병원에서는 별일이 다 일어난다니까!

"그 다음엔요?"

"그러니까 수정된 난자가 앞으로 태어날 아기의 최초 세포지."

이번엔 아버지가 말했다.

"세포라고요?"

네모가 아버지 말을 가로막았다. 얘기가 점점 까다로워지는데.

"우리 몸은 동물의 몸과 마찬가지로 세포로 이루어져 있단다. 모두 이 수정된 난세포에서 시작되지. 최초의 난세포는 무척 빠른 속도로 두 개의 세포로 나눠지고, 이 두 개의 세포가 각각 둘로 나눠지고, 네 개의 세포는 다시 각각 둘로 나눠지며……."

"한없이 계속되는군요!"

"이렇게 엄청난 세포가 만들어진다. 어떤 세포들은 심장이 되고, 어떤 것들은 뇌가 되고 또 어떤 것들은 뼈대가 되지. 태아는 엄마 뱃속에서 열 달 동안 자라서 태어날 준비를 한 뒤에 엄마 몸을 떠나는 거야."

“모든 아이들이 다 똑같아요?”

“그래. 아기들은 모두 다 같은 방식으로 자라나. 머리 하나, 팔 둘, 다리 둘에다 같은 기능을 하는 기관, 또 반성하고 사고하고 배우게 하는 뇌를 갖고 태어난다.”

아버지가 확신에 찬 어조로 대답했다.

“그런데 왜 서로 안 닮았어요?”

“우리들은 서로 닮았어, 완전히 똑같지는 않아도. 또 우리들은 저마다 유일한 존재야! 그러니까 네모 너도 유일한 존재인 거지! 세계를 통틀어 너랑 완전히 똑같은 사람은 아무도 없어.”

“어떻게 그렇게 자신만만하게 말씀하시죠? 아버지가 이 세상 아이를 모두 다 알아요?”

“그럴 필요가 없어. 수정란, 다시 말해 최초의 난세포에는 일종의 프로그램이 들어 있어……”

“컴퓨터 프로그램과 비슷하게 말야.”

어머니가 거들었다.

“사람의 프로그램은 유전자라고 하는데, 이건 네 몸의 모든 세포에서 발견되는 작은 실 모양의 염색체야. 유전자의 반은 정자에서 물려받은 것이고, 나머지 반은 난자에서 물려받은 거야. 그러니까 네 유전 프로그램은 우리 둘의 혼합물인 셈이지. 그리고 네 유전 프로그램은 유일한 거야. 바로 유전 프로그램이 네 눈 색깔, 머리 색, 귀 모양, 피부색을 만들어 낸 거야. 네모 너를 이루고 있는 모든 걸 말이다.”

어머니가 보충해서 말했다.

“네게 형제나 자매가 있다면 그들은 너랑 ‘닮은 얼굴’이었을 게다. 왜냐하면 그들도 엄마 아빠의 유전자를 물려받았을 테니까. 그렇지만 너와 똑같은 유전 형질을 물려받진 않았을 거야. 따라서 너랑 완전히 닮지는 않았겠지."

아버지가 어머니의 말을 끊었다.

"네게 쌍둥이 형제가 있는 경우를 빼고 말이야. 수정란이 둘로 나눠져서 같은 유전자를 가진 쌍둥이가 태어나는 일이 종종 일어난다. 겉보기에 쌍둥이는 똑같이 생겼어. 하지만 성격이나 생각이 반드시 같다는 말은 아냐."

어머니는 길게 한숨을 내쉬고는 자리에서 일어났다.

"세포나 난자 수업은 이제 그만! 넌 자야 해. 내일 학교 가는 건 잊지 않았겠지?"

잊어먹었다고? 그래도 기억을 두 번씩 잃어버리지는 않는다고요! 그렇지만 바로 그래서…….

"전 학교에 가고 싶지 않아요."

아버지가 웃음 띤 얼굴로 말했다.

"아이들은 너나없이 학교에 가야 한단다. 너는 알아서 잘 해 나갈 거야. 너는 예전같이 읽을 줄도, 쓸 줄도 알아. 또 네게 새로 생긴 기억력은 매우 좋아. 너는 다른 아이들보다 훨씬 빨리 배울 거야!"

네모는 자리에서 일어나 늑장을 부리며 계단 쪽으로 걸어갔다. 이 모든 게 사실일까? 아버지와 어머니가 정말 나를 만들어 냈다고?

학교에 다시 가다

"야아! 봐라! 네모야!"
"설마, 그럴 리가! 네모가 돌아왔어?"

"어, 네모는 옛날과 똑같네! 사고당했다는 거 거짓말 아냐?"

"여러분, 조용히 하세요!"

네모가 부모와 함께 교실 입구에 도착하자 소란이 일어났다. 이미 두 명은 네모한테 뛰어왔다.

"우리 기억나니? 말해 봐."

"너는 아르튀르고 또 너는 폴이야. 난 이제 잊어먹지 않아!"

네모가 대답했다.

"보세요, 선생님! 네모가 이제 잊어먹지 않는대요. 기억상실증이라는 건 엉터리야!"

또 한 아이가 외쳤다.

"토마, 얌전히 있어라. 폴, 아르튀르, 너희들 자리로 돌아가거라. 안녕, 네모. 난 네 프랑스 어 담당 르그루 선생님이야."

막 도착한 세 사람 쪽으로 걸어오면서 여선생이 말했다.

네모는 잠자코 있었다. 르그루 선생은 풍만한 가슴 때문에 텔레비전에 나오는 요리 프로그램 진행자와 닮아 보였다. 르그루 선생은 병원 정원에서 본 꽃과 비슷한 꽃이 그려진 원피스를 입고 있었다.

"돌았군! 녀석은 그것도 모르잖아!"

다시 토마가 탄성을 질렀다.

"그만 해! 네모를 가만 두라고."

수니타가 토마의 말을 잘랐다.

"넌 정말 지겨워!"

"토마!"

르그루 선생이 끼어들었다. 그러고는 네모 부모 쪽으로 몸을 돌렸다.

"너무 염려 마십시오. 네모도 돌아오고 해서 몇 가지 복습을 해 볼 생각입니다.”

네모 부모는 몇 번씩이나 뒤돌아보면서 멀어져 갔다.

“네모, 네 자리로 가서 앉아라.”

출입문을 닫으면서 르그루 선생이 말했다.

“저는 서 있는 게 더 좋아요.”

네모가 대답하자 교실 안은 웃음바다가 되었다.

“저도 서 있고 싶어요!”

에밀리가 말했다.

“조용히 해요! 네모, 네 자리는 수니타 옆이다.”

르그루 선생이 다시 말했다.

“쟤는 자기 여자 친구도 못 알아보는데! 바보야!”

한 아이가 소곤거렸다.

까무잡잡한 수니타의 볼이 빨개졌다. 수니타는 토마를 흘겨보았다.

“구제 불능 천치 같은 게!”

르그루 선생은 손뼉을 두 번 치고 교탁으로 되돌아갔다.

“여러분, 여러분은 네모한테 형편없는 본보기를 보여 주고 있어요. 수업 중에는 예의바른 말과 정확한 말을 써야 합니다. 은어나 저속한 말, 문법에 어긋난 말을 써서는 안 됩니다. 알았어요?”

르그루 선생은 네모가 여전히 교실 뒤쪽에 서 있다는 것을 알아차렸다.

“네모, 수니타 옆에 가서 앉을래? 수업을 시작할 거야.”

그제야 네모는 제자리에 가서 앉았다.

수니타가 네모 쪽으로 몸을 기울였다.

“괜찮니? 기억이 되살아났어?”

“별로. 어제 너랑 네 수정란을 지녔던 네 어머니랑 같이 찍은 사진을 봤어.”

수니타 눈이 휘둥그레졌다.

네모가 말을 계속했다.

“네 어머니는 너랑 아주 멀리 인도로 떠날 모양이더라.”

수니타는 머리를 끄덕이면서 재빨리 말했다.

“하지만 난 인도에 가고 싶지 않아! 인도에 가면 엄마는 가족에게 복종해야 돼. 전에는 네가 이 모든 걸 다 알고 있었는데……. 엄마는 오래 전에 프랑스로 도망쳐 와서 우리 아버지를 만난 거였어. 인도에 있는 엄마 가족은 절대 엄마를 용서하지 않았지. 그런데다 아버지는 돌아가셨어.”

“알아.”

“일단 엄마가 인도에 돌아가면, 엄마 부모는 엄마를 그들이 미리 정해 놓은 늙수그레한 남자와 결혼시킬 거야. 또 내가 열여섯이 되면 그들은 나도 결혼하길 바랄 거라구!”

“결혼한다는 게 뭐야?”

“음…… 함께 사는 거야, 같은 집에서. 부모처럼 같은 침대에서 잠자는 거야!”

“그럼 넌 왜 결혼하기 싫어하니?”

“이봐! 네모가 수니타랑 밖으로 나가고 싶은가 봐!”

파딜라가 쥘에게 소리쳤다.

“조-요-옹-히!”

르그루 선생이 냅다 고함을 질렀다.

“네모, 수업 시간에는 다른 사람과 얘기하면 안 돼. 수니타, 네가 모범이 될 거라고 기대했는데!”

르그루 선생은 잠시 말을 멈추었다.

“여러분들 가운데 어떤 학생은 여전히 단어의 갈래와 기능이 어떻게 다른지 이해하지 못하고 있어요.”

네모는 무슨 말인지 몰라 선생을 쳐다보았다. 르그루 선생은 한숨을 크게 내쉬었다.

“네모, 넌 책에서 문법을 다시 봐야 될 거야. 수니타가 널 도와 줄 수 있겠구나. 수니타는 연습 문제를 퍽 잘 풀었거든.”

네모는 수니타 쪽으로 몸을 돌렸다. 수니타는 눈을 감고 있었다. 얼굴에 굵은 물방울이 두 줄로 흘러내렸다.

“왜 그래?”

네모가 물었다.

“별거 아냐.”

수니타는 목이 잠긴 소리로 대꾸했다.

“그런데 라…… 그랑메르?”

“라, 뭐라고? 아, 그래! 라 그라메르*…….”

수니타는 손등으로 뺨을 닦았다.

“문법은 지루해. 사실 선생님들께서 설명해 주시지 않아도 넌 이미 다 알고 있는 거야!”

네모는 무슨 말인지 몰라 수니타를 바라보았다.

수니타는 말을 계속했다.

---

*그랑메르(grand-mère)는 프랑스 어에서 ‘할머니’라는 말. ‘라’(la)는 여성 명사 단수 앞에 붙는 정관사이다. 그라메르(grammaire)는 ‘문법’을 뜻하는 말. 두 낱말의 발음이 비슷해서 네모가 혼동한 것이다.

“그럼, 알고말고. 네가 말하거나 글을 쓸 때, 너는 문법을 모르고도 이용하는 셈이야. 문법이란 낱말들을 조화롭게 잘 배치하는 방식이라 할 수 있어.”

“그럼 알고 있는데도 왜 배워야 해?”

“정확하게 글을 쓰려면 따라야 하는 규칙들이 있기 때문이지. 예를 들면 낱말들을 서로 일치시켜야 한다, 동사를 주어에 일치시키고, 형용사를 명사에 일치시켜야……”

네모는 얼굴을 찌푸렸다.

“걱정 마, 어렵지 않아. 게다가 문법으로 놀이하면서 공부하면 덜 지겨워. 수첩에다 적으렴.”

르그루 선생은 학생들의 주의를 환기시키느라고 애를 썼다.

“우리 친구 네모에게 명확히 설명해 줄 겸 잠시 단어의 갈래가 나와 있는 과를 다시 봅시다.”

여선생이 말했다.

“아아! 안 돼요……”

아르튀르가 자기 머리를 두 팔로 감싸면서 탄식했다.

그러나 선생은 모른 척하고 네모에게 말을 걸었다.

“프랑스 어는 서로 다른 ‘갈래’에 속한 낱말들로 이루어져 있어요. 갈래는 변하지 않아요. 이를테면 ‘동사’는 영원히 ‘동사’로 남게 되는 거죠. 알겠니, 네모?”

네모는 ‘알았다’고 고개를 끄덕였다. 어렵지 않은걸!

“동사는 행위나 상태를 나타냅니다. 즉, 무엇을 하는가 혹은 어떤 것인가를 표현해요.”

선생은 칠판에 동사라는 말을 쓰려고 등을 돌렸다. 하얗고 굵은 분필로 글씨를 쓰는데 뻑뻑 소리가 났다.

"예를 들면?"

여선생은 이자벨을 바라보았다. 이자벨은 작은 코를 발름발름하더니 단숨에 대답했다.

"먹다, 잠자다, 놀다, 보다!"

"좋아요! 그 다음, '명사'는 사람이나 사물의 이름을 가리키는 말입니다."

"그렇다면 개들은?"

토마가 농담을 했다.

"조용! 또 '관사'와 '형용사'가 있어요. 형용사는 명사에 따르는 말입니다."

르그루 선생은 커다란 글씨로 써 나갔다. 명사, 관사, 형용사.

"명사는 때때로 더 짧게 말할 목적으로 '대명사'로 대신합니다. 카롤린?"

카롤린은 긴 갈색 머리를 뒤로 쓸어 넘겼다. 그리고 잠시 머뭇거리다가 우아한 목소리로 발표했다.

"음…… 나, 나(는)* 이런 것들이 대명사지요?"

"맞았어요. 나(는), 나, 너(는), 너, 그, 우리…… 계속합시다……. 또 '부사'도 있지요……."

선생은 목청을 돋우었다.

"앙토냉, 책상 모서리 두드리는 거 그만두지 못하겠니? 부사를 예로 들어 봐."

---

*나 : '나'라고 옮긴 것은 프랑스 어에서 강세형 인칭대명사 'moi', '나(는)'는 주격 인칭대명사 'je'를 가리킨다.

앙토냉은 집게손가락 하나로 두 번 세게 '탁, 탁' 하고 두드려 한 곡조를 마무리지었다. 그러더니 한 손으로 텁수룩한 금발 머리를 쓰다듬고는 거침없이 대답했다.

"도처에, 오랫동안, 드물게, 느리게. 또…… 되게*."

"되게도 부사는 부사지……. 마지막으로 '전치사'와 '접속사'가 남아 있어요. 접속사는 낱말이나 구를 연결하는 말입니다. '부사', '전치사', '접속사' 이 세 갈래는…… 조안나?"

"변화하지 않아요!"

조안나는 크고 깊어 보이는 두 눈을 치뜨면서 대답했다.

"그렇죠. 여성형도 없고 복수형도 없어요. 늘 똑같은 형태로 쓰입니다."

르그루 선생이 맞다고 지적한 뒤에 설명했다. 선생은 교탁 뒤 자기 자리로 되돌아가서 잠시 숨을 돌렸다.

"이 모든 것을 명심해라, 네모. 이게 문법의 기초야."

"알겠습니다. 잘 기억할게요. 하지만 무슨 쓸모가 있죠?"

"잘 들어 봐. 낱말들은 절 속에 들어 있어도 제 '갈래'를 유지하고 여러 기능을 가져. 그러니까 동사는 동사로 남아 있어. 그러나 동사는 변화시켜야 돼. 명사는 '주어'나 '보어'로 쓰여. 예를 들면 목적보어나 상황보어 등으로 말이야. 알아듣겠니?"

네모는 고개를 절레절레 저었다. 골똘히 생각에 잠긴 듯했다.

"모르겠어요! 솔직히 제가 이해하지 못하는 것들을 기억하고 싶진 않아요. 아무런 쓸모도 없잖아요!"

---

*되게 : 프랑스 어로는 'vachement'. 주로 '매우', '몹시'를 더욱 강조하여 쓰는 말로서 조금 점잖지 못한 말씨다.

네모가 얘기하자 야단법석이 났다.

“네모 말이 맞아!”

몇 명이 소리쳤다.

“바보 같아. 너희들은 형편없는 점수를 받을 테고, 또 정말 한심한 인간들이 되겠지!”

야스미나가 쏘아붙였다.

“정말 멍청한 여자애라니까!”

알렉스라고 하는 꺽다리 소년이 말했다.

“마초*!”

앙토냉이 말대꾸했다.

“그만 해요, 그만 해! 또다시 버릇없이 구는 사람은 문 밖으로 쫓아 버릴 거야*!”

르그루 선생이 소리질렀다. 소란은 가까스로 진정되었다.

네모는 출입문을 바라보았다. 문은 아무 이상도 없는데…….

“시간이 얼마 남지 않았어요. 아직 간단한 시험이 남아 있어요. 여러분들은 아주 아름다운 시 한 편을 배웠습니다. 이 시를 외울 줄 알아야 해요. 다시 말해 암기해야 합니다.”

암기해야 한다고? 설마 처음부터 다시 시작하려는 건 아니겠지! 네모는 점점 더 뛰쳐나가고 싶었다.

르그루 선생이 말을 이었다.

“수니타, 네모가 읽을 수 있게 네 공책 좀 펴 주렴. 이 시는 먼 지방

---

*마초(macho) : 에스파냐 어로 ‘남성 우월감에 사로잡힌 남자’라는 뜻.

*본문의 “문 밖으로 쫓아 버릴 거야!” 부분을 원문에서 글자 그대로 옮기면 “문이야!(C’est la porte!)”가 된다. 네모는 이 표현의 비유적인 뜻을 새겨듣지 못하고 엉뚱한 반응을 보인 것이다.

을 정복하러 떠나는 어부들을 노래하고 있어요. 셀리아, 네가 처음 두 구절을 암송해 봐라.”

금발 머리 소녀가 일어났다. 숱 많은 머리카락이 얼굴 한쪽을 가리고 있었다. 아이가 고개를 숙이자 머리카락이 아예 얼굴 전체를 가려 버렸다.

여자아이가 암송하기 시작했다.

“저들이 태어난 묘지를 넘어 날아오르는 큰 매들처럼…….”

그 아이의 목소리는 부드럽고 조금 가라앉아서 아주 신비롭게 들렸다. 네모는 눈을 감았다. 네모는 시에 나오는 낱말을 하나도 이해할 수 없었다. ‘큰 매’가 뭔가? ‘묘지’는? 또 ‘태어난’은? 그렇지만 그들이 바다라고 부르는 모든 물, 그리고 돛과 배가 있기에 네모는 텔레비전 영화를 볼 때처럼 빠져드는 기분이었다.

“서방 세계의 신비로운 바닷가에…….”

속삭이는 듯한 목소리로 셀리아는 끝을 맺었다.

“아주 좋아요, 아주 훌륭해. 마르탱이 계속해 볼까?”

르그루 선생이 말했다.

마르탱이 자리에서 일어났고 네모는 다시 눈을 감았다.

“매-일-저-녁-서-사-시-같-은-내-일-을-기-대-하-며-인-광-처-럼-빛-나-는-하-늘-빛…….”

네모는 별안간 잠이 달아나는 기분이었다.

“그만 해, 그만! 이제 바다 소리가 안 들려!”

네모가 소리쳤다.

“너, 머리가 어떻게 된 거 아냐? 시라고는 전혀 모르면서!”

마르탱이 쏘아붙였다.

네모는 선선히 인정했다.

"뭐가 뭔지 통 몰라. 그래도 들을 줄은 알아."

네모는 다시 눈을 감았다. 그리고 신비로운 셀리아 목소리를 흉내 내려고 애쓰면서 마지막 두 구절을 틀리지 않고 암송했다. 암송이 끝났을 때 네모는 학생들 모두가 말없이 자신을 바라보고 있다는 것을 알아차렸다.

"너…… 너, 이 시 배웠니?"

르그루 선생이 머뭇머뭇하며 네모에게 물었다.

"아뇨, 방금 읽었어요!"

"네모에게 새로 기억이 생겼어요! 놀라워요! 네모는 다 배울 수 있어요!"

수니타가 소리질렀다.

"아, 그럴 수가 있을까?"

카롤린이 말했다.

"대단한데!"

폴이 말했다.

"불쾌해!"

막심이었다.

"어쨌거나 네모는 중요한 것을 이해했어요. 바로 시에 음악성이 있다는 점을 느낀 거예요. 자, 쉬는 시간이군요. 이만 끝!"

르그루 선생이 말했다.

아이들은 네모를 밀치고 잡아끌고 부딪히기도 했다. 네모는 아이들에게 떠밀려 운동장까지 나왔다. 높은 담으로 둘러싸인 운동장에는 앙상한 나무 몇 그루가 심어져 있었다. 아이들 여럿이 네모 주위로 몰려들었다.

"왜 여기에 몰려 있어? 여기가 감옥이야?"

네모가 물었다.

"네 말이 맞아."

폴이 대꾸했다.

"말해 봐, 네모. 나 기억나?"

조안나였다.

"네모! 네모!"

네모의 소매를 잡아당기며 이자벨이 빽빽거렸다.

"그만 놔 둬! 좀체 네모랑 얘기를 할 수가 없다니까! 그런데 네모, 나 기억나, 안 나?"

"걔 가만 놔 둬! 귀찮게 하지 마!"

아르튀르가 끼어들었다.

"야! 너는 늘 네모 편이구나. 저 녀석의 기억상실증은 다 똑똑한 체하려는 속셈이라고!"

마르탱이 지지 않고 말했다.

"야, 네모! 1 더하기 1은 몇이니?"

토마가 쉿소리로 물었다.

"대답하지 마, 네모! 마르탱이 널 놀려먹으려고 그러는 거야!"

수니타가 거들었다.

"너한테 안 물어 봤어. 더러운 인도 계집애 주제에!"

수니타의 머리채를 세차게 잡아끌며 막심이 쏘아붙였다.

"이 더럽고 지독한 인종차별주의자!"

셀리아가 막심의 정강이를 발로 걷어차면서 되알지게 대들었다.

"입 닥쳐! 난 인종차별주의자가 아냐!"

막심이 소리쳤다.

"아니, 바로 네가 외국인을 싫어하는 놈이야! 넌 한 방 먹어야 돼!"

잔뜩 화가 난 앙토냉이 맞받았다.

앙토냉이 주먹으로 막심의 뱃구레를 힘껏 쳤다. 알렉스가 앙토냉의 등을 덮치면서 반격했다. 아르튀르는 앙토냉을 도우러 달려왔다. 폴도 잽싸게 뛰어들었다. 수니타 편 아이들과 반대편 아이들이 패싸움을 벌인 것이다. 네모가 이미 텔레비전에서 본 광경이었다! 네모는 무리 속으로 돌진했다. 그러더니 막심을 움켜잡고는 엎어치기를 시도하는 게 아닌가! 네모는 싸움판을 향해 달려오며 소리치는 교장 선생의 말소리도 듣지 못했다.

"멈춰요! 얼른 멈춰!"

싸움이 조금 수그러졌다. 그러나 아직도 주먹이 적잖이 오갔다. 토마는 눈두덩이 부풀어올랐다. 폴은 스웨터가 찢어졌다. 알렉스는 자기 팔을 잡고 인상을 찌푸렸다. 네모는 그 한가운데서 주먹을 앞으로 내밀고 서 있었다.

"이런 소란을 떤 게 바로 네모 너냐?"

교장 선생이 물었다.

"이 사람 누구야? 왜 이렇게 크게 소리치지?"

네모가 말했다.

"이건 해도 너무한데!"

교장이 외쳤다.

아이들은 슬그머니 농담을 하며 서로 바라보았다.

"네모가 잘못한 게 아니에요, 교장 선생님!"

수니타가 해명하려 들었다.

"가만 있어!"

교장이 소리쳤다.

"조용하길 바라면 당신이나 입 다물어!"

네모가 대꾸했다.

"모두 다 품행 점수 영점에 근신이야!"

교장이 훨씬 더 크게 고함을 질렀다.

"저 사람 경찰이야?"

깜짝 놀란 네모가 물었다.

몇몇이 킥킥대며 웃었다.

"조용! 당장 교실로 돌아가, 네모!"

교장이 다시 고함쳤다.

"나를 체포하는 거야?"

"따라와!"

네모는 교장의 말에 따랐다. 텔레비전에서도 사태가 이렇게 진행되었지!

교실로 되돌아왔을 때, 네모는 르그루 선생과 이야기를 나누고 있는 아버지를 보았다. 교장은 평정을 되찾으려고 애썼다.

"안녕하십니까, 네모 아버지. 사실대로 말씀드리겠습니다. 네모는 안 되겠어요. 사람도 제대로 알아볼 줄 모르고……. 곤란한 상황입니다. 다른 아이들도 주의가 산만해져 있습니다. 네모는 예의를 지킬 줄도 몰라요. 결국 제 생각엔 네모가 아직 학교에 올 상황이 아니라고 생각합니다!"

네모 아버지는 걱정스러운 표정으로 교장 애길 들었다.

"그렇지만 네모는 아주 빨리 배워 나갈 거예요."

르그루 선생이 끼어들었다.

"그야 물론이죠. 하지만 그 학생은 학교 생활에 알맞은 언행이 무엇인지 통 개념이 없습니다. 우선 예의에 대한 기본적인 기억부터 되찾아야 할 겁니다!"

교장이 르그루 선생의 말을 끊고 자기 말을 계속했다.

"그 문제야 우리도 어쩔 수 없는 것 아닌가요!"

"시간이 좀더 지나면……."

르그루 선생이 다시 말을 꺼냈다.

"두고 보면 알겠죠. 당분간은 네모를 집에 데리고 있을 작정입니다."

네모 아버지는 아주 무뚝뚝하게 말했다. 그 곳을 서둘러 떠나려고 네모 아버지는 교장과 르그루 선생에게 인사를 건넸다.

"잘 가라, 네모. 수니타를 통해 과제를 전달하마. 도움이 필요하면 전화하렴."

르그루 선생이 말했다.

네모는 르그루 선생이 자기 편이라고 생각했다. 네모는 수니타가 떠날 때 하던 작은 손짓을 떠올렸다. 그래서 네모는 한 손을 들어 손가락 두엇을 흔들었다. 르그루 선생도 네모가 하는 대로 따라 했다. 두 사람은 서로 이해한 게 아닌가!

거리로 나오자 네모가 아버지 쪽으로 얼굴을 돌렸다.

"그 여선생님은 아주 좋아요. 하지만 그 경찰이 버티고 있는 학교에는 가고 싶지 않아요!"

네모 아버지는 웃고 말았다.

"네게 알려 줄 게 있단다. 가스파르가 전화했어. 너랑 함께 텔레비전 방송을 하고 싶다는 거야!"

"나는 늘 텔레비전을 보는데?"

"이번에는 보는 게 아니고 텔레비전 속에 네가 나오는 거야. 네가 직접 말할 거라고!"

4장
너는 지구인이다

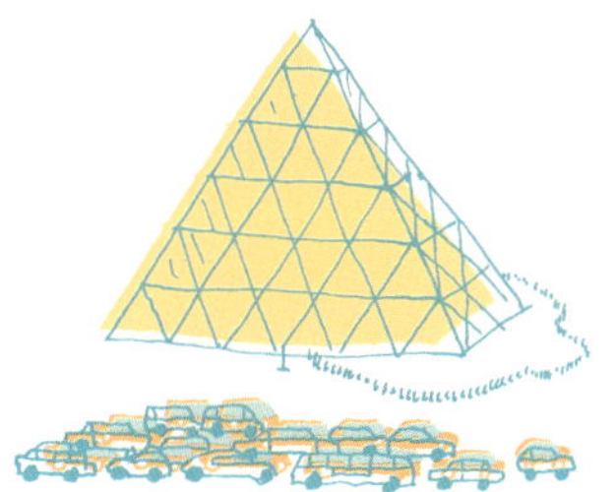

텔레비전 스타

주황, 빨강, 초록…… 주황, 빨강, 초록……. 네거리를 지날 때마다 네모는 간이 콩알만해지는 듯한 이상한 느낌이 들었다. 네모는 삼색 신호등도 자동차를 타고 가는 것도 다 싫었다. 다행히 가스파르는 파리 교통이 몹시 혼잡한데도 조심조심 운전을 했다. 아주 넓은 루브르 박물관 안뜰을 막 지나갔다. 안마당에는 놀라운 유리 건축물이 서 있었다. 가스파르는 "난 피라미드를 무척 좋아하지." 하고 말했다. 센 강을 가로지른 다음 강가를 따라 달렸다. 희한한 괘종 시계가 달린 옛날 역 건물을 고쳐 만든 오르세 미술관 앞을 지날 때 가스파르는 "저기 한번 데리고 갈게. 굉장한 그림들이 있어." 하고 말했다. 멀리 앞쪽으로 에펠 탑이 보였다. 네모는 저토록 높은 기중기를 어떻게 만들 수 있었을까 하고 생각했다.

센 강을 다시 건너 콩코르드 광장 한가운데 우뚝 서 있는 거대한 돌덩이 둘레를 한 바퀴 돌았다. "오벨리스크*야. 저것도 역시 이집트 유물이지." 하고 가스파르가 다시 말을 꺼냈다. 그들은 샹젤리제 거리로 들어갔다. 네모는 가스파르 쪽으로 흘긋흘긋 곁눈질을 해 댔다. 네모는 가스파르가 아주 재미있었다. 그는 네모에게 특별한 사람이었다.

오늘 아침 가스파르가 네모를 데리러 왔을 때, 네모는 텔레비전과 사진에서 이미 본 적이 있는 훤칠한 금발 머리 청년을 한눈에 알아보았다. 가스파르는 배낭을 복도에 내팽개치고 네모 부모와 포옹을 하고는 네모 앞에 우뚝 섰다. 그리고 아르튀르나 수니타가 그랬던 것처럼 네모에게 말을 걸었다.

"안녕, 네모! 넌 지금 진짜 스타가 됐어, 알아?"

네모 어머니는 자기 동생의 팔을 잡고 있었다.

"레아는 잘 지내?"

"순회 공연을 준비하고 있어. 레아를 따라가 볼 작정이야."

"네가 잘 돼야 할 텐데."

"레아는 무용가야."

네모를 위해 가스파르가 이렇게 덧붙였다.

네모 가족은 지난해 가스파르와 함께 수영장이 딸린 프로방스의 별장에서 휴가를 보냈다. 물론 네모에게는 전혀 그런 기억이 없었다. 네모는 하루 내내 물 속에서 놀았고, 가스파르와 아주 사이좋게 지냈다

*오벨리스크(Obélisque) : 고대 이집트에서 태양 숭배의 상징으로 세웠던 기념비. 네모진 거대한 돌기둥으로, 위쪽으로 갈수록 가늘어지고 꼭대기는 피라미드 모양으로 되어 있으며, 기둥 면에는 상형 문자로 국왕의 공적이나 도안 따위가 그려져 있다.

는 이야기를 들었다. 이런 일이 계속되지 않을 까닭이야 없지.

가스파르가 네모에게 책 한 권을 내밀었다.

"선물이야. 네 기억을 위해." 하고 가스파르는 수수께끼 같은 말을 속삭였다. 네모가 "어린 왕자." 하고 소리내어 읽었다.

"네 이야기랑 좀 비슷해. 자신이 떨어지게 된 세계를 알아 내려고 하는 소년 이야기야. 다른 별에서 온 이 아이는 수많은 질문을 한단다."

"다른 별이라고?"

네모는 무슨 뜻인지 이해할 수 없었다.

"나중에 모두 다 얘기해 줄게요, 네모 씨."

웃음을 지으며 가스파르가 말을 마쳤다.

그래, 가스파르 형은 좀 우스운 사람이라고 봐야겠지…….

"자, 보라고. 다 왔어!"

깊은 생각에 잠긴 네모에게 가스파르가 갑자기 말했다.

어느 새 웅장한 방송국 건물 앞에 도착해 있었다. 어마어마한 진열창 안쪽에 설치된 여러 대의 텔레비전 화면에는 이 방송국에서 내보내고 있는 똑같은 영상이 나타났다. 두 사람이 방송국에 들어서기가 무섭게 젊은 여자 한 명이 달려왔다.

"안녕하세요, 가스파르. 아! 이쪽은 네모 맞죠? 꾸물거릴 시간이 없어요. 분장사가 기다려요."

네모는 가스파르와 함께 작은 분장실로 들어가 아주 환한 조명이 비치는 거울 앞에 앉았다. 여자 분장사는 곧장 가스파르 얼굴에 오렌지색 크림을 바르기 시작했다.

“스튜디오 조명 때문이야. 언제나 색감을 좀더 줘야 하고, 조그만 흠집도 지워야 하지. 그러지 않으면 흠집이 두드러져 보이게 돼.”

가스파르가 설명했다.

“하지만 너는 크게 분장할 필요가 없겠는데.”

네모 눈 아래쪽에 분을 조금 찍어 바르면서 여자 분장사가 말했다.

“나한테 그런 칭찬을 해 주다니, 고맙습니다.”

가스파르가 우스갯소리를 했다.

“나이가 들면 들수록 더욱더 눈가림을 해야 한다니까. 네모, 역사적인 저녁을 맞을 준비는 됐어?”

네모는 가스파르를 따라 아주 복잡한 통로를 거쳐 조명등이 열 개가량 환히 비치는 드넓은 실내로 들어갔다. 중앙에 의자 여러 개가 원호 모양으로 놓여 있었고 무대 뒤쪽으로 배경 벽면이 걸려 있었다. 배경에는 지구를 나타내는 그림 위에 ‘지구는 우리 것’이라는 글귀가 씌어 있었다.

“초대 손님들께 인사하러 가자.”

가스파르가 속삭였다.

네모는 이제 이런 경우에 어떻게 해야 하는지 알고 있었다. 네모는 영화에서 본 적이 있는 배우와 역시 초대 손님으로 나온 브누아 박사, 그리고 ‘심리학자’라고 소개받은 여자의 손을 차례차례 조심스럽게 내리눌렀다. 그 다음 가스파르는 네모를 케이블 선과 전선이 뒤죽박죽 깔려 있는 중앙으로 데리고 갔다.

“여기가 ‘무대’야. 카메라 보여? 다섯 대야. 한 카메라에 빨간 불이 들어온다는 것은 연출자가 이 카메라에 잡힌 영상을 선택해서 시청자들이 보는 텔레비전 수상기로 내보낸다는 뜻이야. 이 카메라는 네 얼굴을 크게 잡을 것이고, 저것은 우리 모두를 다 멀리서 잡게 될 거야."

"안녕하세요, 가스파르 씨. 10분 뒤에 방송이 나가요!"

천장에서 내려오는 듯한 목소리였다.

"연출자야. 조정실로 같이 가 보자."

두 사람은 무대 장치 뒤쪽에 숨겨져 있는 작은 방으로 들어갔다. 그곳에는 갖가지 색깔의 버튼이 있었고, 몇 사람이 많은 화면 앞에서 바삐 움직였다.

"모든 카메라의 영상이 여기에 나타나게 되지. 영상 하나하나가 서로 다른 화면에 나타나는 거야. 버튼을 눌러서 연출자는 영상을 잇달아 나오게 한다. 연출자는 자기가 하고 싶은 대로 영상을 선택하는 거야. 예를 들면, 말하는 사람의 얼굴과 그 다음에 듣는 사람의 얼굴, 이어 두 사람을 더 멀리서 잡은 모습을……."

"자, 네가 한번 해 봐."

연출자가 제의했다.

네모는 버튼을 눌러 1번 카메라와 2번 카메라에 이어서 3번 카메라의 영상을 잇달아 나타나게 해 보았다. 재미있는 일이었다.

"어떻게 해서 방송이 나가는지 들어 봐. 글쓰기와 좀 비슷한데, 서로 다른 '장면들'을 연속시키는 거야. 낱말들을 줄지어 늘어놓으면 문장이 되듯이 텔레비전에서는 영상 하나하나의 끝과 끝을 연결하는 거야. 영화도 마찬가지고."

"그걸 배워야 해?"

네모가 물었다.

"그야 물론! 우리는 영상을 통해 쓰는 법을 배우지. 하지만 아이들 역시 영상 읽는 법을 배워야 할 거야. 연출자가 장면들을 어떻게 연결시켜 방송을 만드는지 알려고 해야 한단 말이야.”

“편집을 거친 다음은?”

“또 다른 문자라고 할 수 있는 신호로 바뀌어서 전선이나 건물에 설치된 케이블 선을 타고 나가지. 또는 전파가 되어 공중으로 퍼진 다음 집에 설치된 안테나에 이르게 되는 거지. 거의 순식간에 일어나는 일이야. 좋아, 이제 나가 보자고.”

두 사람은 스튜디오로 되돌아와 다른 초대 손님들 옆에 자리를 잡았다. 가스파르는 웃옷에서 막 꺼내 든 작은 하얀색 종이를 들여다보았다.

“내 기억 장치야. 겁나지 않니?”

가스파르가 속삭였다.

겁이라고? 네모는 ‘겁’이 어떤 건지 깨닫지 못한 상태였다.

“미안, 내가 잠깐 잊어버렸어……. 넌 감정을 잃은 게 오히려 잘 된 거야.”

가스파르의 얼굴이 더욱 창백해지더니 손이 조금 떨리고 있었다.

“방송 10초 전입니다.”

연출자가 말했다.

스튜디오에 달린 커다란 문들이 닫히고 모두 다 침묵했다.

“4, 3, 2, 1…….”

초읽기를 하는 소리가 들렸다. 짧은 음악이 울려 퍼졌다.

가스파르는 힘차게 몸을 일으켰다. 그리고 환히 웃는 얼굴로 카메라를 똑바로 바라보았다. 네모는 카메라에 빨간 불이 조그맣게 들어온 것을 보았다.

가스파르가 말하기 시작했다. 다시 한 번 지구 문제를 들고 나왔다.

가스파르는 '아프리카 말리의 한 소년에 얽힌 르포', '세계 인구에 관한 문제', '기억을 잃어버린 네모라는 소년의 놀라운 이야기'를 예고했다. 카메라맨이 어깨에 카메라를 메고 반쯤 땅바닥에 엎드린 채 네모 주변을 촬영했다. 네모는 바닥에 놓인 작은 화면에 자기 모습이 나타나는 것을 보았다. 영상으로 나타난 자신을 보니까 재미있었다. 네모는 가스파르처럼 해 보았다. 입가를 늘여 웃으려고 했다. 그렇지만 화면에는 이미 가스파르의 얼굴이 나타나 있었다.

한참 뒤에야 네모는 화면에서 제 얼굴을 다시 볼 수 있었다. 네모는 아프리카 말리의 어느 가족 이야기에 대한 르포가 마음에 걸렸다. 자신과 동갑인 열한 살짜리 소년에 얽힌 이야기였다.

소년의 이름은 콘티였다. 콘티는 사막 지대 같은 곳에서 살았다. 가족은 아버지와 어머니, 남자 형제가 넷, 여자 형제가 셋이었다. 다른 남자 형제 둘은 아기였을 때 죽었다고 했다. 가족이 살고 있는 집은 마른 진흙으로 지어져 있었다. 이들이 가진 것이라고는 조나 쌀 같은 음식물을 익히기 위한 냄비 몇 개, 연장 몇 가지, 모기장 구실을 하는 천 하나가 고작이었다. 콘티와 어머니는 날마다 우물에 물을 길으러 갔고, 불을 지필 나뭇가지를 찾아 한참을 걸어다녔다. 저녁이면 온 식구가 모여 앉아 반찬 한 가지만 달랑 놓고 쌀로 만든 죽을 손으로 떠먹었다. 콘티네는 텔레비전도 전화기도 전깃불도 없었고, 집 안에 수도도 없었다. 하지만 콘티가 불행해 보이지는 않았다. 그는 자전거를 갖고 싶어했다. 언젠가 이다음에 크면…….

'북반구와 남반구', '생활 수준'이라고 하는 이상한 말을 가지고 초대 손님들 사이에 열띤 토론이 지루하게 벌어졌다. 그리고 가스파르의 얘기는 세계 인구에 관한 문제로 넘어갔다. 가스파르는 영상을 보면서 해설을 했다. 병원에서 어린아이들에게 주사를 놓는 장면이 나왔다.

가스파르가 말했다.

"1초마다 전 세계에서 다섯 명의 아이가 태어납니다. 가장 가난한 나라에서 아이를 가장 많이 낳는데, 한 가족이 살아가기 위해 물을 긷고 나무를 하려면 대개 많은 가족이 필요하기 때문입니다. 역시 가장 가난한 나라가 평균 수명이 가장 낮습니다. 60억 지구인은 지구 위에 제대로 분산되어 있지 못합니다. 머잖아 세계 인구는 80억 혹은 100억을 헤아리게 될 겁니다. 어떤 사람들은 아주 부유하게 될 테고, 또 어떤 이들은 콘티처럼 몹시 가난하게 남아 있을 것입니다."

갑자기 카메라 여러 대가 네모 쪽으로 향했다.

가스파르는 여느 때보다 좀더 큰 목소리로 네모에게 말을 걸었다.

"네모, 모든 걸 다 봤는데, 본 소감이 어때?"

초대 손님들이 네모를 뚫어져라 바라보았다. 네모 얼굴이 모든 화면에 다 나와 있었다.

"그런데…… 지구인이라는 게 뭐야?"

네모가 더듬더듬 물었다.

침묵이 흘렀다. 아무도 이런 질문을 예상하지 못했다. 대답을 해야 할 판에 질문을 던지다니!

적잖이 당황한 가스파르가 다시 말을 꺼냈다.

"바로 너야. 지구에 사는 사람을 말해."

그리고 가스파르는 재빨리 카메라를 보며 말했다.

"자, 네모는 이렇답니다. 놀랍고 예민하며 영리합니다. 그는 기억을 잃어버렸지만 전 세계를 상대로 질문을 던지고 있습니다. 그렇지 않습니까, 박사님?”

“실제로 기억상실증 가운데 아주 드물고 흥미로운 경우라고 할 수 있습니다.”

브누아 박사가 대답했다.

가스파르는 네모 쪽으로 몸을 돌렸다.

“네 머릿속에 맨 처음 떠오른 영상은 어떤 거였니?”

하지만 이 질문도 네모의 흥미를 끌지 못했다. 네모가 되물었다.

“콘티 역시 지구인이야?”

가스파르가 대답했다.

“그렇고말고. 우리 모두가 다 지구인이야.”

“그렇다면 왜 콘티는 배고플 때 먹지 않지? 왜 콘티에게 먹을 것을 안 줘?”

초대 손님들이 무질서하게 발언을 해 댔다. 가스파르는 어렵사리 차례차례 이 사람 저 사람이 하는 말을 정리했다. 그리하여 가까스로 화제를 네모 이야기로 되돌려 놓았다. 브누아 박사는 네모가 병원에 있을 적 이야기를 했다. 또, 배우는 저녁마다 공연하는 연극의 엄청나게 많은 대사를 어떻게 기억하는지 설명했다. 자신은 방 안에 혼자 틀어박혀 벽에다 문장을 수없이 적었노라고 했다. 그는 대사를 더 잘 암기하기 위해 눈으로 볼 필요가 있었다고 털어놓았다.

“아마 네모도 사물을 더 잘 기억해 두려면 눈으로 보고 느끼고 감지할 필요가 있을 겁니다.”

브누아 박사가 이어서 말했다.

화면에는 과학자가 나와 뇌 속에는 여러 가지 기억이 존재한다고 설명하고 있었다.

"단기 기억은 소리나 영상, 그러니까 눈이나 귀가 포착하는 모든 것을 기억하기 위한 것입니다. 그리고 장기 기억은 그 자체가 여러 가지 칸으로 이루어져 있습니다. 사건, 이름, 장소를 위한 칸, 우리가 이해하는 것을 위한 칸, 자전거 타기처럼 우리가 무심코 자동적으로 하는 행동을 위한 칸이 있습니다."

브누아 박사가 말을 계속했다.

"네모는 장기 기억을 잃어버렸습니다. 그러나 구구단 같은 자동 현상에 대한 기억은 때때로 되살아납니다. 네모는 엄청나게 빨리 배울 수 있어요. 네모의 문제점은 감정을 느끼지 못한다는 점입니다."

'심리학자'라고 하는 여자가 끼어들었다.

"이것은 충격적일 수도 있어요. 이 꼬마가 자기 아버지도 어머니도 알아보지 못했다고 생각해 보세요. 이 꼬마는 유년 시절 기억을 죄다 잃어버렸어요. 이건 확실히 장애라구요!"

저 여자가 무슨 상관이람? 네모는 여자의 쇳소리가 귀에 거슬렸다. 왜 나를 '꼬마'라고 불렀을까? 나는 그렇게 작지도 않은데 말야!

"장애라고요? 좀 과장하시는 게 아닌지? 네모는 굉장히 영리한 아이예요."

가스파르가 발끈하고 나섰다.

그러자 '심리학자'라는 여자가 네모 쪽으로 몸을 돌리면서 다시 말을 꺼냈다.

"어쩌면 그럴지도 모르죠. 유년 시절 이야기 좀 해 볼래, 꼬마야. 아주아주 어렸을 때 기억 안 나?"

네모는 이런 질문에는 통 대답하고 싶지 않았다.

"그런 거 재미없어요. 저는 왜 콘티에게 먹을 것을 주지 않는지 알고 싶은걸요.”

네모는 쌀쌀맞게 말했다.

“뭐라구? 그게 흥미가 없다구? 아냐, 재미있을 거야. 한번 기억하려고 해 봐, 얘!”

여자가 계속 말했다.

네모는 머릿속에서 이상한 무언가가 일어나는 느낌이었다. 저 여자를 사라지게 하고 싶어. 집에서 리모컨을 누르듯이 딴 데로 돌려 버리고 싶다.

“저는 당신 아들*이 아니에요!”

네모가 대꾸했다. 이제 네모는 누가 자기 어머니이고 아버지인지 알고 있다. 우리 부모는 이런 경찰 같은 사람과는 아무런 관계도 없는데 말야.

“당신 학교로 돌아가세요!”

가스파르와 배우는 터져 나오려는 웃음을 참았다. 심리학자는 얼굴이 새빨갛게 변해 알아들을 수 없는 말을 더듬거리다가 끝내 입을 다물었다. 가스파르는 다시 침착하게 말을 꺼내 끝난다는 신호를 보냈다.

그리고 이렇게 끝맺었다.

“결국 지구는 우리 것입니다. 네모에게 행운이 있기를. 이 소년이 지구인들과 화해를 하려면 여러분 모두가 도와 줘야 합니다. 프로그램 담당자나 인터넷을 통해 네모에게 글을 보내 주십시오. 네모에게 여러분들의 메시지를 전달해 드리겠습니다. 안녕히 계십시오.”

---

*아들: 위에서 심리학자가 네모를 부르는 말인 '얘(mon garçon)'는 글자 그대로 해석하면 '내 아들'이 된다.

한 시간 뒤 네모와 가스파르는 집으로 돌아왔다. 두 사람이 정원 출입문을 넘자마자 네모 부모와 수니타가 뛰어나왔다.

"정말 멋졌어!"

수니타는 잠자코 있을 수가 없어 소리쳤다. 수니타는 눈을 반짝였고, 이를 다 드러내 보이며 웃었다.

"네가 왜 여기 있어? 여긴 너희 집이 아니잖아."

네모가 캐물으며 말을 건넸다.

반짝이던 수니타의 눈빛이 이내 스러졌다.

"우리 친구들 모두에겐 여기가 자기네 집이나 다름없어."

네모 아버지가 끼어들었다. 네모는 아버지에게 친구가 많으냐고 물었다.

매우 들뜬 어머니가 네모 말을 끊으면서 입을 열었다.

"가스파르, 방금 네 보조자한테서 전화가 왔어. 방송국으로 전화 수백 통이 걸려 왔는데, 프랑스 전역은 물론 외국에서도 걸려 왔다는 거야. 모두 다 네모를 돕고 싶고 네모한테 지구인이 뭔지 설명해 주고 싶다고 했대."

가스파르가 네모 쪽으로 고개를 돌려 장난스럽게 찡긋 웃어 보였다.

"내가 말했지? 하루아침에 네모 넌 스타가 돼 버렸다고!"

달이 준 교훈

잠시 뒤 스타는 영어로 '별'이라고 가스파르가 설명해 주었다. 네모와 가스파르는 수니타와 함께 저녁 식사를 기다리며 정원에 앉아 있었다. 매우 늦은 시간이었지만 전화가 끊임없이 울려 댔다. 친구들과 사촌들, 이웃들이 텔레비전에서 네모를 보았다며 축하해 주고 싶어했다. 네모는 부모가 전화를 받게 두었다. 그 모든 사람들이 자신을 아는 것처럼 말하는 것이 네모는 이상했다. 네모는 조금도 피곤하지 않았다. 그는 가스파르와 함께 여름 밤 하늘을 향해 머리를 뒤로 젖히고 모든 별들, 즉 모든 '스타들'을 계속 쳐다보고 싶었다.

"오늘 밤엔 별이 잘 안 보이는데. 보름달이 너무 밝아서."

가스파르가 설명해 주었다.

하늘에 뜬 달은 동그란 모양이었다. 달을 아무리 쳐다봐도 네모는 지루하지 않았다.

"저 위에 떠 있는 이상한 공은 거무스레한 점들이 박힌 사람 얼굴 같아."

"거무스레한 건 계곡과 산맥이야. 달은 잿빛 암석으로 된 공처럼 생겼는데, 28일 만에 지구를 한 바퀴 돈단다. 더 가깝게 보고 싶니?"

"응."

네모가 대답했다.

가스파르는 집 안으로 들어가서 엄청나게 큰 쌍안경을 가지고 돌아왔다. 쌍안경을 의자 위에 안정되게 놓고는 작은 돌멩이로 쌍안경을 받쳤다. 그리고 접안 렌즈에 눈을 대고 들여다보며 오랫동안 쌍안경을 조정했다.

"빨리 봐, 쌍안경 움직이지 말고. 달에 정확히 맞춰졌어."

네모는 눈을 서서히 쌍안경에 갖다 대었다.

"산이 보여!"

네모가 소리쳤다.

달 일부분이 네모의 시야에 들어왔는데 매우 가깝게 느껴졌다.

“그건 분화구야. 달은 지구에서 그다지 멀리 있지 않아. 실제 거리가 38만 킬로미터야.”

아주 가깝기도 하고, 아주 멀기도 하군. 네모는 먼지로 뒤덮인 사막을 관찰했다. 네모는 뒤로 쓰러질 듯한 느낌을 받았다.

“어! 나 넘어져.”

네모가 소리를 질렀다.

“절대 아냐! 네가 뒤로 가는 듯한 느낌을 받은 거야. 사실은 지구 전체가 스스로 돌면서 너를 끌어가는 거라고. 우리랑 같이 돌지 않는 어떤 것을 아주 멀리서 뚫어지게 바라보게 되면 그런 기분을 느낄 수 있어. 다시 보라고. 달이 지금 쌍안경에서 사라져 버렸어. 왜냐하면 우리가 돌고 있기 때문이지.”

모두가 달을 보고 싶어했다. “아아!” 하는 소리와 “어! 달이 안 보여!” 하는 소리가 들렸다. 가스파르는 자신이 뜻하지 않게 이 놀이를 발견해 낸 것이 무척 기쁜 나머지 웃음을 머금었다.

“저 위에 오래 된 자동차 몇 대와 골프 공도 하나 있는 거 아니?”

“자동차 몇 대라고? 저 위에?”

네모는 깜짝 놀랐다. 수니타조차 의심쩍은 눈초리로 가스파르를 쳐다보았다.

“그럼. 사람들이 70년대, 그러니까 내가 어렸을 때 저 위에 갖다 놓았어.”

“아! 아폴로 탐험대!”

가느다란 목소리로 수니타가 말했다.

“바로 맞췄어. 열여섯 명의 탐험대, 즉 우주 비행사들이 고성능 로켓을 타고 달나라에 갔다. 우주 비행사들은 높은 지대를 얼마간 산책

했지. 그리고 그들은 재미 삼아 그들이 가져간 기계들과 골프 공 하나를 내버렸어. 그 이후로는 아무도 달나라에 가지 않았어.”

“형도 못 갔어?”

“정말 가고 싶었지! 늘 가고 싶었어.”

“우주 비행사들이 발견해 낸 게 뭐야?”

“별거 아냐. 바위 몇 조각과 분석하려고 가져온 돌 몇 개가 고작이었어. 하지만 그들은 멀리서 지구를 바라볼 수 있었어. 바로 이게 진짜로 중요한 발견이었지. 최초로 지구인들이 지구 전체를 본 거야. 오늘 우리가 달을 쳐다보듯이 그들은 하늘에 떠 있는 조그만 공처럼 생긴 지구를 본 거라고. 기다려.”

가스파르가 집 안으로 사라졌다.

“달이나 우주 같은 건 가스파르가 워낙 좋아하는 것들이야, 알겠니? 그는 이런 얘기를 몇 시간이고 할 수 있는 사람이야.”

수니타가 속삭였다.

가스파르가 벌써 손에 우편 엽서 한 장을 들고 되돌아오고 있었다.

가스파르는 솔직히 털어놓았다.

“난 늘 이걸 지니고 다녀. 홀딱 반했거든. 저 위 달나라에서 찍은 사진이야.”

잿빛 먼지만 자욱한, 황량한 광경을 보여 주는 사진이었다. 밤 하늘 한가운데 푸른색 동그라미가 떠 있었다.

가스파르가 설명했다.

“지구야. 네모, 이 사진을 찍은 사람 자리에 네가 서 있다고 생각해 봐. 사막 한가운데 홀로 먼지 속에 발을 딛고, 아주 멀리 있는, 부서지기 쉬운 지구를 바라본다고 상상해 보렴. 얼마나 충격적이냐!”

“그런데 우리는 어디쯤 있는 거야?”

네모가 물었다.

“우리는 너무 조그맣기 때문에 찾아 낼 수 없어. 아주 가까이 다가가야 해. 지구로 돌아오는 우주 비행사들같이 네가 달에서 돌아온다고 생각해 봐. 우주선의 둥근 유리창을 통해 내다보면 지구는 더욱 커져 온 하늘을 다 차지한다. 지구 둘레에는 너울 같은 게 둘려 있지. 바로 지구 대기층인데 질소와 산소 또 다른 몇 가지 가스로 되어 있어. 적당한 온도를 유지시켜 주고 우리를 보호해 주는 포장 같은 거야.”

“우리를 무엇으로부터 보호하는데?”

네모가 물었다.

“태양으로부터. 지구는 태양과 아주 알맞은 거리에 놓여 있어. 너무 가까워서 타지도 않고, 너무 멀어서 얼지도 않아. 대기층은 태양 광선 일부를 막아 주어서 지구를 보호해.”

“지구 속에는 또 뭐가 들어 있어?”

“용해된 바위 핵이 있어. 이 핵은 온도가 엄청 높아 펄펄 끓는데, 가끔 화산 분출구를 통해 지표면으로 솟아나기도 해. 이것을 ‘용암’이라 불러. 다행히 대부분의 화산들은 이제 더 이상 용암을 분출하지 않아! 우주 비행사들처럼 좀더 가까이 가 보자. 이번에는 울퉁불퉁한 지표면, 즉 드넓게 펼쳐진 평평한 지대인 평원과 함께 높은 산맥도 알아볼 수 있어.”

“최고봉이 8,848미터인 히말라야는 우리 엄마가 살던 나라 가까이 있대.”

수니타가 조용조용 말했다.

“지구에 더 가까이 다가가면 특히 물을 볼 수 있어. 육지보다 물이 훨씬 많아.”

“지구를 바다 세계라고 부를 수도 있지.”

수니타가 한마디 거들었다.

“바로 그렇지. 세 개의 대양, 즉 태평양, 대서양, 인도양과 여러 바다가 지표면 3분의 2를 덮고 있어. 바닷속은 아주 깊어서 가장 깊은 곳은 11,000미터까지 내려가.”

“대양과 바다는 어떤 차이가 있어?”

네모가 물었다.

가스파르는 조금 당황했다.

“음…… 바다는 대양의 일부라고 할 수 있어. 북해나 지중해처럼 대륙 사이에 펼쳐진 바다 같은 경우 말이야. 바다를 가로지르지 않고 돌아다닐 수 있는 엄청난 넓이의 육지를 대륙이라고 불러……. 잠깐 기다려.”

가스파르는 다시 한 번 집 안으로 사라졌다. 그러고는 네모 방에 있던 지구의를 가지고 돌아왔다.

“이걸 보면 한결 쉬울 거야! 이게 지구고 또 지구는 다섯 대륙으로 이루어져 있어. 아프리카, 아메리카, 오스트레일리아라고 하는 거대한 섬으로 된 오세아니아, 그리고 얼음으로 뒤덮인 남극 대륙, 또 아시아와 우리가 살고 있는 유럽이 합쳐진 유라시아 대륙이지.”

“우리가 있는 곳이 정확하게 어디야?”

네모가 다시 물었다.

“파리는 대략 이쯤이야. 북위 48도, 동경 2도에 있어.”

가스파르는 손가락으로 지구의를 가리키면서 대답했다.

네모는 눈을 동그랗게 뜨고 가스파르를 바라보았다.

가상의 지구

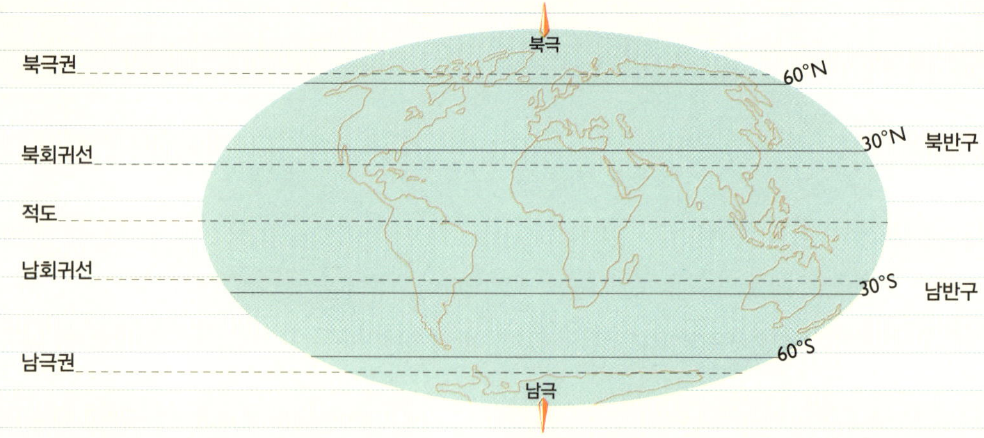

적도는 지구를 두 반구로 나누는 상상의 원이다. 다른 원들은 **위선**이라고 부른다.
이 위선과 비교한 지구 위의 한 지점을 **위도**라고 한다.

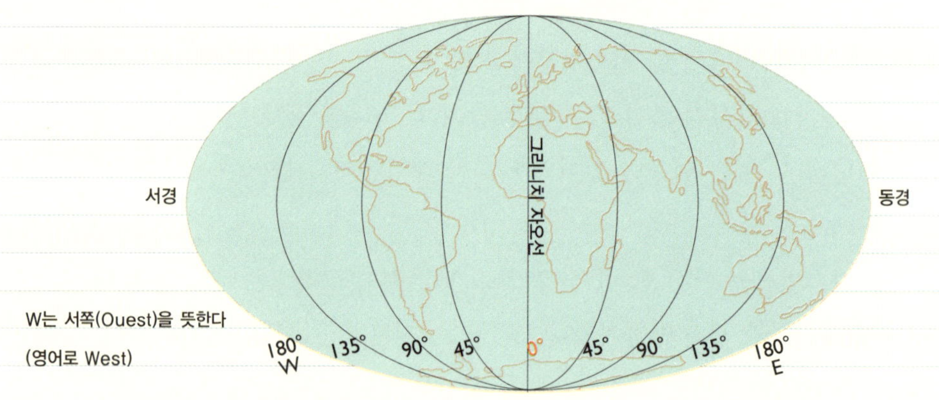

두 극점을 잇는 **경선(자오선)**이라 부르는 상상의 반원들은 지구 위 한 지점의 **경도**를 결정한다.

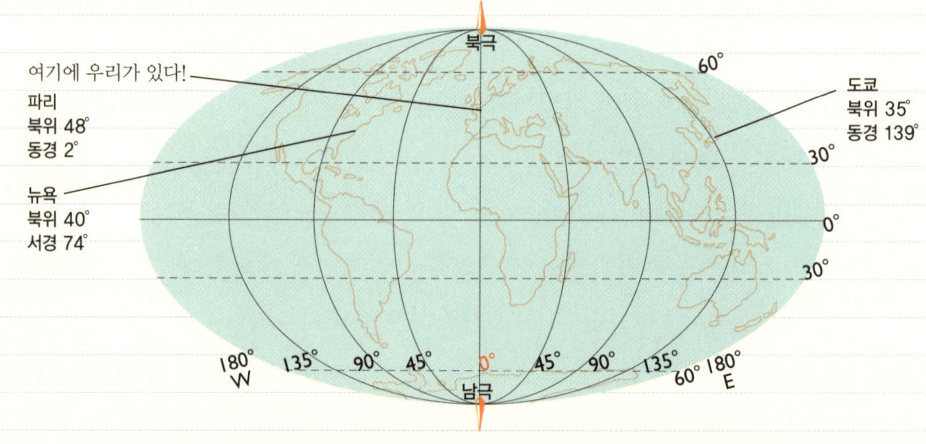

지구 위 모든 지점은 **좌표**, 다시 말해 위도와 경도로써 정확하게 위치를 표시할 수 있다.
예를 들면, 파리는 북위 48°와 동경 2°가 교차하는 지점에 자리잡고 있다.

가스파르가 계속 말했다.

"잠깐! 그림을 그려 보면 더 잘 이해될 거야. 네 수첩 줘 볼래?"

가스파르는 약간 납작하게 지구를 그리기 시작했다.

"평평한 종이 위에 지구의 면모를 다 그릴 수는 없어. 그래서 지구의 모습을 변형시킬 수밖에 없지. 지구 위 어디에 위치하는지 알아 내려고 '가상의' 점들과 선들을 만들어 낸 거야."

"이런 점들과 선이 실제로 있는 것은 아니야."

수니타가 정확하게 말했다.

"맞아. 먼저 북극이 저 위에 있고, 남극은 저 아래 있어. 지구는 팽이처럼 스스로 돌아간다. 마치 두 극을 통과하는 지축이 있는 것처럼."

가스파르는 수니타 말에 맞장구를 치며 계속 설명했다.

"양극은 몹시 추워!"

수니타가 거들었다.

"남극은 영하 90°C까지 내려간다. 대륙이기는 해도 온통 얼음으로 뒤덮여 있지. 북극 쪽에는 몇 미터 두께로 얼음만 얼어 있을 뿐이야."

"빙산이야."

네모가 드디어 가스파르의 말을 주의 깊게 듣고 있다는 것을 알고 수니타가 정확하게 말해 주었다.

"다음에 '위선'이라는 가상의 원들을 만들어 냈어. 한가운데 있는 가장 큰 원이 적도야. 적도는 지구를 두 부분으로 가르는 선이고, 이 두 부분을 두 '반구', 즉 남반구와 북반구라고 하지. 그리고 이 두 원은 북회귀선과 남회귀선이라고 불러."

수니타는 집게손가락을 지구의에 대고 46, 47, 48…… 하고 세어 나갔다.

더위와 추위

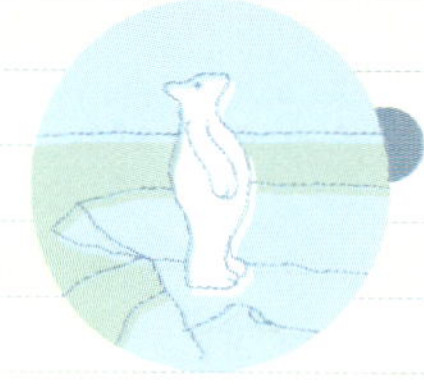

냉대성 사막 기후
사철 내내 아주 추우며
특히 겨울엔 몹시 춥다.
양극 지대 기후다.

기후는 위도뿐 아니라 경도 그리고
대양과 인접한 정도 등에 따라 결정된다.
이 때문에 기후는 아주 다양하다.

열대성 사막 기후
사하라 사막처럼 낮에는
아주 덥고 밤에는 춥다.
비가 거의 내리지 않는다.

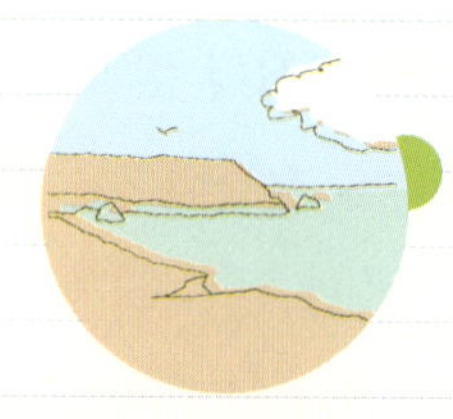

해양성 기후
프랑스 기후.
비가 자주 내리고
기온은 온화하다.

열대성 기후(사바나)
특히 남회귀선과 북회귀선
사이에 놓인 지역에 나타나는
기후로 연중 내내 덥지만,
한 철은 비가 계속 내린다.

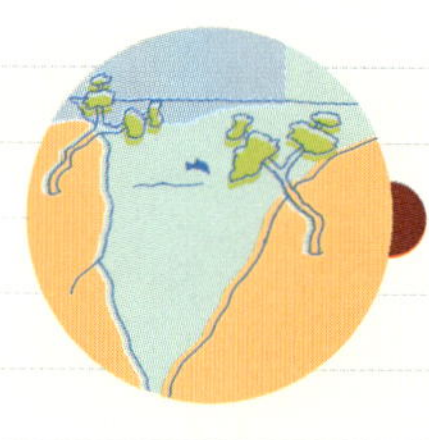

지중해성 기후
이탈리아처럼
겨울은 온화하고
여름엔 덥다.

적도 지방 기후(열대우림 기후)
아마존 숲 지대처럼
연중 내내 매우 덥고
비가 내린다.

대륙성 기후
시베리아 기후다.
겨울엔 몹시 춥고
여름엔 덥다.

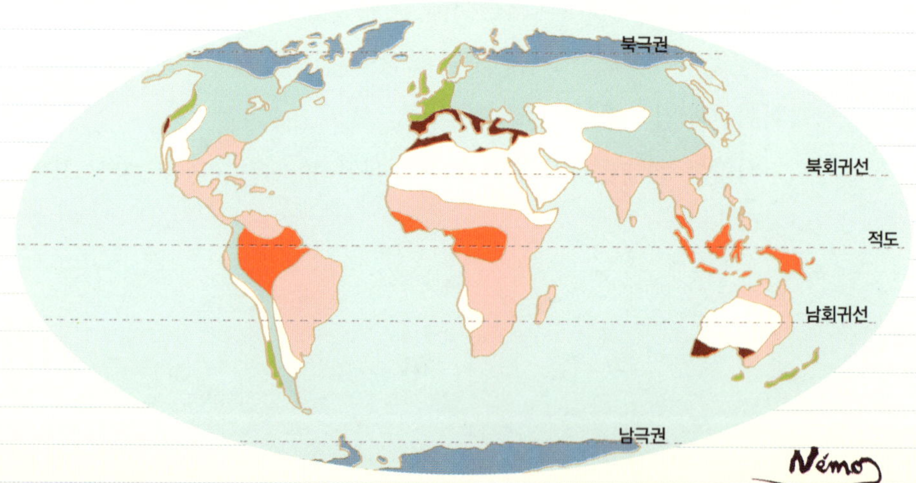

"파리는 북반구에서도 48도 위선에 걸쳐 있어. 알겠니?"

가스파르가 설명을 이어 나갔다.

"또한 다른 방향으로 그어진 선을 생각했는데, 지구를 오렌지 모양으로 쪼개는 선이야. 자오선이라고 하는 선으로 '경도'를 결정하지. 경도 영점을 영국 그리니치 천문대를 통과하는 것으로 정했어. 한쪽은 동경이고, 다른 한쪽은 서경인 거지."

수니타가 다시 셈을 했다.

"파리는 동쪽으로 경도 2도에 자리잡고 있어. 이것을 '동경 2도'라고 말해. 쉽지?"

재미있기도 한데……. 네모는 작은 아프리카 소년 콘티의 좌표를 찾아보고 싶었다.

"콘티가 사는 나라는 아주 더워. 극지대는 너무 춥고."

네모가 말했다.

가스파르는 지구의를 돌렸다.

"맞아. 남극권과 북극권, 남회귀선, 북회귀선과 적도 사이는 기후가 서로 다르지. 냉대 기후, 온대 기후 또는 열대 기후가 나타나. 이런 여러 기후가 있어서 지구에 다양한 식물이 자라는 거야. 사하라 사막처럼 넓게 모래로 덮인 지대가 있고, 적도 지역은 아마존 유역처럼 밀림이 우거져 있어. 또한 건조한 스텝 지역은 나무가 자라지 않는 온대 초원 지대로 드문드문 풀숲이 우거진다. 사바나 지역은 키 큰 풀들과 열대성 나무들이 자란다. 또한 냉대 기후에는 툰드라가 있는데, 이 지역에는 아주 작은 관목들만 조금 자란다……."

"그런데 우리가 사는 곳은?"

"우리가 사는 유럽엔 사계절이 있어. 왜 그런지 아니?"

지구의 일곱 가지 골칫거리

1. 여러 종들이 사라지고 있다.

해마다 수천 종에 이르는 동물들이 사라지고 있다.
사람들이 동물들을 죽이거나 서식지를 파괴하기 때문이다.
예를 들면 고래, 코끼리, 고양이과 동물, 곰 들의 수가 점점 줄어들고 있다.

2. 숲이 줄어들고 있다.

목재를 이용하거나 풀밭을 만든다고 인간은 큰 숲을
쓰러뜨리고 있다. 인간은 나무를 베어 내면서
동시에 수많은 식물들을 파괴하고 있다.
그런데 이 식물들 가운데 어떤 것들은 아주 유용한
식물들이다. 이를테면 이런 식물들은 새로운 약을
만드는 데 이용될 수도 있을 것이다.

인간이 지구를 차지하고 자연을 극복하기까지
수백만 년이 걸렸다. 오늘날에는 더 이상
원시 상태의 자연은 없다.
인간은 세계 거의 모든 지역에 가 보았거나 살고 있다.
그런데 인간들은 지금 지구를 위태롭게 하고 있다.

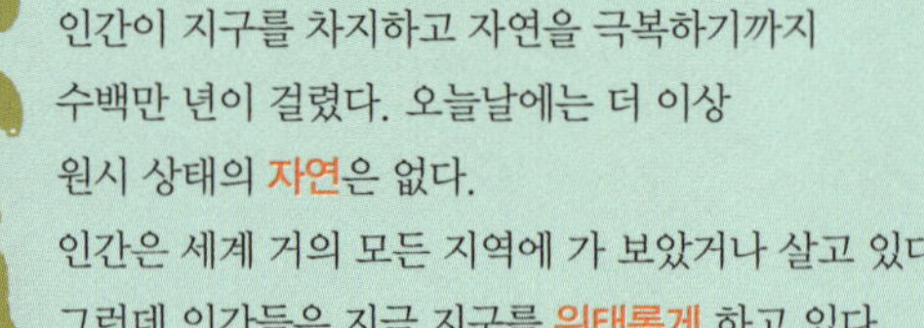

3. 사막이 늘어나고 있다.

큰 나무든 작은 나무든 가리지 않고 인간이
나무를 통째로 뽑아 내는데다 가뭄이 들어서
여러 지역이, 특히 아프리카가 온통 헐벗고 있다.

4. 공기는 점점 더 오염되어 간다.

세계적으로 인구가 과밀한 수많은 도시에서 공장과 자동차가
뿜어 내는 가스가 공기 중에 쌓여 호흡기 질환을 일으킨다.
연료를 점점 더 많이 소비할수록 공기는 더욱더 오염된다.

5. 산성비가 내린다.

공장에서 나온 오염 물질 때문에 하늘에서 산성비가 내려
나뭇잎을 갉아먹고 숲을 망가뜨린다. 또한 오염 물질이 호수에 쌓이게 되면,
호수 안에 있는 생명을 파괴한다.

6. 오존층이 엷어지고 있다.

아주 높이 대기권에 있는 오존층은 너무 강한 햇빛으로부터
우리를 보호해 주며 피부병에 걸리지 않게 해 준다.
그런데 이 오존층이 우리가 쓰는 가스(그 가운데 많은
'스프레이' 제품이 포함된다) 때문에 상하고 있다.

7. 기후가 따뜻해지고 있다.

석유나 석탄을 지나치게 소비해서
탄산가스 일부를 대기층에 내보내게 된다.
탄산가스가 지구 주위에 모이게 되면
온실 유리처럼 열을 흡수하여 저장한다.
그래서 기후가 따뜻해지고 있다.
아무 조처도 취하지 않는다면,
몇 세기 지나지 않아 양극 지대의 얼음이
서서히 녹게 되어, 해수면이 올라가고
여러 지역이 통째로 잠길지도 모른다.

다행히 대응하기에 너무 늦지는 않았다.
여러 동물들을 보호할 수 있다.
물을 아껴 쓰고, 사막 지역으로 변해 가는 곳에
다시 나무를 심으며, 우리들 생활 습관을
바꿈으로써 오염도 제한할 수 있다.
버리지만 말고 재활용하자.
오존에 해가 되지 않는 가스를 사용하자.
우리에게 지구는 하나뿐이다!

“그건 지구는 일 년 걸려 태양을 한 바퀴 돌지만, 늘 다른 거리에 있기 때문이야.”

수니타가 앞질러 대답했다.

가스파르는 수니타 말에 맞장구를 치면서 설명을 해 나갔다.

“맞아. 또한 지축이 기울어져 있기 때문이기도 해. 태양에 대한 지구의 위치에 따라 광선이 지구 정면으로 비치면 여름이고 덥지. 또 비스듬히 비치면 겨울이고 추운 거야. 바로 이 때문에 자연은 순환하지. 예를 들어, 나무들은 해마다 꽃을 피우고 열매를 맺는다. 이게 바로 지구의 놀라운 점이지.”

“열매가 놀라운 점이라고?”

네모가 가스파르 말을 가로막았다.

열의를 보이며 가스파르는 계속 설명했다.

“생명이야, 네모, 생명! 지구는 하나밖에 없는 행성*이야. 지구는 적어도 우리가 아는 한 생명을 간직한 유일한 떠돌이별이야. 식물과 동물이 있고, 또 우리 같은 사람이 있는……. 지구에 사는 사람을 지구인이라고 하는 거야, 네모. 생명이 있는 이 놀라운 떠돌이별에 사는 사람이 바로 지구인이야.”

“나는 이 별에 떨어지길 잘 했어, 형이 말하듯이!”

“그럼. 하지만 불행히도 우린 지금 지구를 위태롭게 하고 있어. 해마다 우리는 동물 수십 종을 죽이고 있어. 고래, 코끼리, 고양이과 동물, 곰 그리고 다른 많은 동물들이 머잖아 추억으로만 남게 될 거야.

*행성 : 태양 둘레를 공전하는 별들을 통틀어 이르는 말. 혹성이나 유성, 떠돌이별이라고도 함. 반면 항성(붙박이별)이라고 하는 것은 천구 위에서 서로 위치를 거의 바꾸지 않고 자체 에너지로 빛을 내는 별을 말함. 별자리를 이루는 별이나 태양, 북극성 따위.

넓은 숲을 파괴해서 수많은 동물들과 식물들이 사라지는 형편이야.”

“그런데 참…….”

네모는 갑자기 말을 멈추고 하늘을 향해 손을 뻗었다.

“저게 뭐야? 저 위에서 움직이는 점 말이야.”

가스파르와 수니타는 한참 만에 네모가 가리키는 것을 알아보았다.

수니타가 말했다.

“아마 비행기일 거야.”

가스파르가 제 생각을 밝혔다.

“아냐, 내가 보기엔 인공 위성인데. 인간이 쏘아 올린 인공 위성 수십 개가 지구 둘레를 돌며 전화나 텔레비전 전파를 전달하거나 지구를 관찰하기도 한다. 네모 넌 이 사실을 잘 알아야 돼. 이제 우리는 지구를 완전히 바꾸고 말았다는 사실을. 지구인이 된다는 것은 지구를 책임져야 하고, 지구를 좋은 상태로 후손들에게 물려줘야 한다는 뜻이야. 그러기 위해서는 지구에 온갖 정성을 다 쏟아야 돼. 우리에겐 지구와 바꿀 행성이 없어. 바로 이게 달에서 얻은 교훈이야!”

네모는 잠자코 있었다. 그리고 방금 들은 모든 이야기를 되새겨 보았다. 달, 인공 위성, 생명, 하나뿐인 지구. 한데 왜 지구인들은 모두 다 닮지 않았을까?

세계적인 식사

벌써 꽤 늦은 저녁 시간이 되었다. 그들은 이제 막 식탁에 앉았다. 조금 전에 수니타 어머니에게서 전화가 왔다. 네모에게 축하를 하고, 수니타가 네모 집에서 하룻밤 보내는 것을 허락해 주었다. 침대만 있다면 수니타는 정말로 제 집같이 편안할 거야, 하고 네모는 생각했다. 가스파르는 괜찮은 생각을 찾아 내기라도 한 듯 장난기 섞인 목소리로 네모에게 말을 걸었다.

"보라고, 우리가 이러쿵저러쿵했던 지구가 네 접시 안에 들어가 있어."

네모는 무슨 나쁜 일이 벌어지려나 잔뜩 신경을 쓰며 자기 접시를 내려다보았다.

"내 접시 안에?"

"그래, 이 쌀은 아시아에서 온 거야. 인도 북부 펀자브 지방 논에서 맨발로 벼농사를 짓는 사람들을 생각해 보렴. 어쩌면 그들은 너처럼 어린아이들일지도 몰라. 그리고 이 참치, 이것은 아프리카 코트디부아르의 먼 바다인 대양 한가운데서 잡아올린 거고."

"내가 내온 통조림 요리를 헐뜯을 생각은 아니겠지?"

네모 어머니가 빈정댔다.

짓궂은 가스파르가 다시 입을 열었다.

"난 통조림 요리에 이력이 났어. 이 과자에 들어간 초콜릿은 커피와 마찬가지로 남아메리카에서 온 거고. 설탕으로 말하면, 서인도 제도에서 자라는 사탕수수에서 추출한 거야."

"프랑스에서 난 건 하나도 없어요?"

깜짝 놀란 수니타가 말했다.

"우리 나라에서 재배한 밀로 만든 이 빵은 빼고 말야. 식사로 나온 음식은 모두 다른 대륙에서 온 거라고. 우리 접시 안에 온 세계가 다 들어가 있단 말씀이야!"

"우리가 그렇게 근사한 음식을 먹는 줄은 몰랐어."

포크를 공중으로 쳐들고 네모 아버지가 한마디 거들었다.

가스파르는 네모를 바라보며 말을 계속했다.

"우리는 운 좋은 사람들이라는 사실을 잊지 마. 지구인 대다수는 우리 같은 생활 수준을 못 누려. 대부분 자신들이 농사지은 것이나 기른 것밖에 먹지 못해."

또 그 '생활 수준' 타령이군. 네모는 자신이 이해할 수 없는 이런 어려운 말들이 싫었다.

"생활 수준이란 게 뭐야?"

네모가 물었다.

"네가 잘 알아듣게 말해 봐."

네모 어머니가 가스파르에게 떠넘겼다.

가스파르는 망설이다가 설명을 이어 나갔다.

"그것은…… 자신이 가지고 있는 재산, 자신이 쓸 수 있는 편의 시설, 자신이 받을 수 있는 의료 혜택 등이 어느 정도인가를 나타내는 거야. 네모, 대다수 지구인들은 생활 형편이 아주 어려워. 그리고 사람들의 생활 수준은 아주 공평하지 못한 실정이야. 자, 이것 봐."

가스파르는 의자 위에 있던 지구의를 다시 집어 들었다.

"북서쪽에 있는 나라들이 가장 잘 사는 나라들이야. 유럽 사람들은 잘 살뿐더러 가장 오래 살기도 해. 미국의 중산층 가정, 다시 말해 부자도 가난뱅이도 아닌 가정은 가진 게 많아. 자동차 한두 대, 방이 여러 칸인 단독 주택, 냉장고, 전자 레인지, 텔레비전, 컴퓨터 같은 최신 전자 제품들을 갖고 있지. 미국 국민은 일인당 일 년에 '평균' 10만 프랑 이상 벌어."

"와! 정말 미국 사람이 되고 싶은걸!"

수니타가 말했다.

가스파르가 계속 설명했다.

"이제 여기를 보자. 남반구에 있는 '개발도상국들'은 정반대야. 이곳 사람들은 일은 많이 하지만 필요한 장비가 제대로 없어. 같은 일을 하고도 인도 노동자는·미국 노동자보다 스무 배나 적게 받아."

가스파르는 손가락으로 인도를 가리켰다.

"인도에서는 한 사람이 한 해에 '평균' 1,500프랑을 번대. 언젠가 어떤 인도 가정에 초대를 받은 적이 있었어. 이 집은 아이가 넷인데, 아주 작은 집에서 살았지. 가진 것도 변변찮았어. 침대 하나, 탁자 하나, 금속 항아리 몇 개, 이불 몇 채, 사진 몇 장, 힌두교의 여러 신을 새긴 조각 몇 점. 이 조각품들이 그 집에서 가장 값진 거였지. 아버지와 어머니는 일거리를 찾게 되면 일 주일에 팔십 시간 이상을 일했어."

화가 난 수니타가 가스파르 말을 가로막았다.

"난 다 알아요! 그런데 엄마는 왜 거기로 돌아가고 싶어하는지 모르겠어! 엄마가 그 얘기를 꺼낼 때면 무척 슬퍼 보여요. 전 거기에 가고 싶지 않거든요! 그리고 네모도……."

수니타는 입을 다물었다. 네모는 무슨 말인지 몰라 수니타를 쳐다보았다. 수니타는 고개를 돌려 버렸다.

가스파르가 수니타를 달래려고 입을 열었다.

"어머니는 가족한테 도움을 받으실 수 있겠지. 인도에서 몇몇 사람들은 무척 안락하게 살아. 그러나 다른 많은 사람들은 아주 가난한 게 사실이야."

"심지어 구걸하러 다니고 길바닥에서 잠자는 아이들도 있대."

수니타가 중얼거리듯 말했다. 수니타는 머릿속에 떠오른 이상한 영상을 보는 듯 눈을 동그랗게 떴다.

네모는 뭐가 뭔지 이해하려고 애썼다.

"인도 애들이나 콘티 같은 가난한 애들을 왜 도와 주지 않아?"

네모가 다시 한 번 물었다.

"아프리카에 가뭄이 들어서 굶주림이 심할 때면 식료품과 의약품들을 보내지. 그러나 구호품이 너무 늦게 가는데다가 충분하지도 않아. 더욱이 이런 나라들은 전쟁 중일 때가 많아. 같은 나라 사람끼리 서로 죽이는 짓을 일삼지. 그런데 잘 사는 나라들은 이 사람들을 이용해먹어. 이들에게 커피나 카카오를 재배시키고 광석 캐는 일을 시키지만, 돈은 아주 조금밖에 안 줘. 가난한 나라에서는 돈도 도구도 모자라. 대부분 학교도 없어."

"걔네들은 정말 재수 좋은데!"

네모가 말했다.

가스파르가 웃으며 대꾸했다.

"아냐, 네가 잘못 생각하고 있어. 교육은 그 자체가 큰 재산이야. 교육을 더 많이 받을수록 생활 수준이 더욱더 올라가게 돼. 학교 덕택에 자신이 사는 세계를 이해할 수 있고, 또 자기 나라를 발전시키고, 스스로 기계를 만들기도 하고, 지구를 더 잘 가꾸는 법도 배운단다."

전화 벨이 울렸다. 가스파르는 호주머니에서 노란색 휴대 전화기를 꺼내 들었다.

"실례해요."

가스파르는 대화를 방해하지 않으려는 듯 자리에서 일어났다. 10분 뒤에 돌아왔을 때 가스파르는 아주 흥분한 것 같았다.

"방금 편성국장님과 통화를 했는데, 정말 믿지 못할 일이 일어났다

니까! 네모, 넌 오늘 저녁 진짜로 엄청난 성공을 거뒀어. 방송국 인터
넷 사이트가 네게 오는 메시지로 막힐 지경이라는 거야.”
“읽어 볼까?”
네모가 물었다.
“그래, 네 컴퓨터로 연결해 줄게. 저녁 식사가 끝나고, 네가 원한다
면.”
네모 아버지가 말했다.
“아니, 아니, 당장 가자구!”
들뜬 네모 어머니가 자리에서 일어서면서 남편 말을 가로막았다.
가스파르가 다시 입을 열었다.
“그게 다가 아냐. 시청자들이 네모 소식을 더 듣고 싶어한다는 거
야. 국장님은 그 정도로 성공을 거뒀다면, 결단코 계속해야 한다고 말
씀하셨어. 내가 네모를 따라다니면서 네모가 세계를 재발견하는 모습
을 영화로 만들자고 하셨다구.”
“네모가 나오는 영화?”
수니타가 말했다.
“그렇단다. 한데 이번엔 스튜디오에서 하는 게 아냐. 국장님은 이
번 여름에 우리 둘이서 가고 싶은 데라면 어디라도 여행하라고 제의
하셨어. 텔레비전에 소개도 할 수 있고, 네모가 더 쉽게 배울 수 있는
곳을 말이야. 물론 두 분이 동의를 하셔야 되지만.”
네모 부모 쪽으로 고개를 돌리면서 가스파르가 덧붙였다.
“운 한번 되게 좋네!”
네모 어머니가 탄성을 질렀다.
네모 아버지는 자기 생각을 침착하게 내세웠다.

"그 점은 곰곰이 따져 봐야 돼. 지금이 거의 휴가가 시작될 무렵이고, 물론 개학하기 전까지 네모는 학교에 안 갈 거고. 아울러 브누아 박사한테도 의견을 들어 봐야 할 거야. 또 레아는? 레아는 처남을 믿는 모양인데?"

가스파르는 흥분이 가라앉다가 레아 이야기가 나오자 갑자기 고개를 번쩍 쳐들었다.

"레아요? 이해할 거예요. 아주 괜찮은 여자거든요!"

수니타는 아무 말도 하지 않았다. 아무 내색도 않고 자기 접시만 내려다보았다. 가스파르가 수니타 쪽으로 몸을 돌렸다.

"어디가 안 좋니?"

"네모가 기억을 되찾으면 저한테 연락해 주실 거죠?"

수니타가 우물거리며 말했다.

"약속할게!"

가스파르는 화제를 바꿀 셈으로 인터넷에 도착한 편지를 읽으러 가자고 했다. 가스파르는 방송 프로그램의 서버에 접속하려고 비밀 번호를 쳤다. 네모한테 온 편지가 564통이라니! 가스파르는 처음 온 편지 몇 통을 화면에 띄웠다.

'네모에게. 난 프로방스에 살아. 난 너처럼 텔레비전에 나오진 않지만 나도 너랑 마찬가지로 지구인이야. 우리 집에 놀러 와. 그러면 네 기억을 되찾도록 도와 줄게. 세바스티앵, 12세, 아비뇽.'

'안녕, 네모. 텔레비전에서 정말 말 잘 했어. 지구인들은 모두 다 평등해야 된다구. 네게 비밀 얘기 하나 해 줄게. 나 역시 학교에서 배운 거 다 잊어먹었어. 하지만 걱정 마! 쓸데없는 것들이 수두룩해서 잊는 편이 낫지. 리자, 13세, 생말로.'

'네모에게. 넌 텔레비전에서 정말 멋졌어. 언제 또 볼 수 있어? 너를 좋아하는 지구인 쥘리.'

네모는 특히 여자아이들에게 인기가 아주 좋았다. 아주 멀리서 온 편지들도 있었다. 인공 위성을 통해 신기하게도 퀘벡 주 케이블 망을 통해 방송이 되었고, 뉴욕 프랑스 어권 한 채널에서 방송을 했으며, 유럽 여러 나라들과 심지어 아프리카와 아시아 몇몇 도시에 방송이 나갔기 때문이다.

'Hi, Némo. You were great! You're right : we are all human beings and should all be equal! We must help children like Kontie. I'm with you. Come and see me in NY. I love you. Linda.'

한 미국 소녀가 보낸 것이었다.

수니타가 요약해서 번역을 했다.

"뉴욕에 사는 한 여자아이인데 네가 아주 멋졌으며, 콘티 같은 아이들을 도와 주어야 한다고 썼어. 그 애는 너를 뉴욕에 초대한대."

수니타는 아주 나지막이 덧붙였다.

전자 우편이 배달된 시간을 읽으면서 가스파르가 말했다.

"5p.m.이군. 다시 말해 오후 5시야. 우리는 17시라고 하지. 뉴욕은 아직 낮이야. 지구가 한 바퀴 도는 데 하루가 걸리는 거 알고 있지? 지구를 가상의 24개 지역, 즉 24표준 시간대로 나눈 거야. 파리가 자정이면 뉴욕은 18시이고, 인도는 이미 아침 5시야. 자, 봐. 이 편지는 아침 8시에 일본에서 날아온 거야."

화면에 또 다른 메시지가 떠올랐다.

'안녕, 네모. 난 도쿄에 살아. 난 너처럼 프랑스 어를 배워. 오늘 아침 남동생과 함께 네가 나오는 방송을 봤어. 우리도 너랑 같은 생각이

야. 힘내. 그리고 우리한테 놀러 와! 미오.'

"그런데 참!"

네모가 입을 열었다. 네모는 한동안 잠자코 있었다. 그런 다음 내처 물었다.

"한데 어떻게 해서 이 모든 게 시작되었을까? 돌아가는 지구는 어디에서 온 걸까? 또 모든 지구인들은? 왜 지구인들은 모두 같은 말을 하지 않을까? 왜 그들은 평등하지 않을까? 왜 가난한 사람과 잘 사는 사람이 있는 걸까? 또 우리는? 왜 우리는 여기 있지? 왜……."

"아! 아! 아!"

네모의 질문을 가로막으며 가스파르가 끼어들었다.

"굉장한 질문들이야! 네 질문에 답하려면 얘기를 아주 길게 해야겠는데. 그러려면 시간이 필요해. 이야기는 오래오래 전, 수십억 년 전으로 거슬러 올라가지."

이번에는 가스파르가 입을 꼭 다물어 버렸다. 그리고는 아주 골똘히 생각에 잠겼다. 아무도 그를 방해하지 못했다.

갑자기 가스파르가 소리쳐 말했다.

"우리 둘이 뭘 하면 좋을지 알았어! 시간을 거슬러 여행하는 거야, 네모! 역사적인 장소를 여러 군데 가 보면 넌 역사를 더 잘 이해하게 될 거야."

"한데 형은 무슨 역사를 두고 하는 말이야?"

"네 역사 말야! 우주의 역사, 생명의 역사, 인간의 역사, 네 조상들의 역사……. 네 역사라고! 어쩌면 열한 살 먹은 네 기억을 되찾는 일은 하찮아 보일지도 몰라. 하지만 네가 태어나기 전에 사람들이 체험한 것이나 지구에 사람이 나타난 이래로 사람들이 배웠던 것, 심지어 그 이전의 역사까지도 알아야 해."

그 날 저녁, 네모는 잠자리에 들면서 머리가 터질 것만 같았다. 머
릿속에서 모든 것들이 뒤죽박죽 섞였다. 별, 텔레비전 방송국의 조명
불빛, 인터넷 화면에 반짝이던 말들, 수니타의 어두운 눈빛 그리고
'네 역사, 네 역사' 하고 되씹던 가스파르의 입……. 네모는 깊은 잠
에 빠져들기 전에 지구인은 이상한 존재야, 하고 생각했다.

5장
너는 별들의 자식이야

하늘에 뜬 네모

스피커에서 흘러 나오는 짧은 음악 소리가 제트 엔진이 윙윙대는 소리를 덮어 버렸다. 이제 승객들 모두가 자리잡고 앉았다. 둥근 유리창 밖으로, 네모는 아코디언처럼 주름진 이상한 통로가 비행기에서 멀어지는 모습을 보았다. 드디어 출발할 모양이지?

오늘 아침부터 네모는 줄곧 기다려 왔다. 샤를 드골 공항의 창구 앞에서, 탑승 대기실에서, 또 지금은 비행기 안에서. 얼마나 기나긴 시간인가! 네모는 자신을 묶고 있는 좌석 벨트를 신경질적으로 조몰락거렸다. 이 물건은 영 맘에 안 드는데. 왜 계속 묶여 있어야 하지?

"걱정하지 마, 도착하면 풀어 주마."

가스파르가 농담하듯 말했다.

모든 것이 다 재빨리 진행되었다. '여행'이라는 아이디어는 결국 텔레비전 편성국장의 마음에 들었다. 가스파르는 디지털 카메라 한 대를 받았다. 카메라맨의 도움을 받지 않고 가스파르 혼자서 네모를 촬영할 수 있는 장비였다. 이로써 단 둘이서만 여행하게 된 것이다. 브누아 박사 역시 매우 만족해했다. 브누아 박사는 네모를 유명한 유적지로 데려가는 일이 기억을 새로 채워 넣기에는 안성맞춤이라고 보았다. 그러나 수니타와는 얼마나 문제가 심각한가!

그들이 출발할 때 또 한 번 수니타의 두 눈에 눈물이 가득 고였다. 또 가스파르의 '여자 친구' 레아도 문제였다. 가스파르가 입버릇처럼 '영원한 내 사랑' 하며 떠벌리던 여자였다. 레아는 '해외 순회 공연'을 하러 먼저 미국으로 떠났다. 그 다음엔 일본으로 갈 예정이었다. 가스파르는 네모와 함께 떠나는 여행과 텔레비전 방송 때문에 레아와 합류하는 것을 포기했다. 그 후로 가스파르도 수니타와 같은 처지에 놓인 듯했다.

'자신이 가꾸는 꽃이 있는 어린 왕자처럼…….' 이상하다. 네모는 이 책을 매우 좋아했다. 그러나 다 이해하지는 못했다. 이를테면 이런 문장은 무슨 뜻인지 알 수 없었다.

'마음으로 보면 잘 볼 수 있지. 소중한 것은 눈으로 볼 수 없어.'

네모는 '기본적인 것'*이 무슨 뜻인지 알고 있었다. 브누아 박사가 '아이가 알아야만 하는 모든 것'이라고 여러 번 되풀이해서 말했기 때문이다. 그런데 왜 기본적인 것을 볼 수 없을까? 그리고 어떻게 마음으로 볼 수 있을까? 게다가 이 이야기에선 뭐가 '정말 진짜'지? 어린

---

*프랑스 어로 'essentiel'인데 우리말로 옮기면 '소중한 것', '기본적인 것', '본질적인 것'이라는 뜻을 지닌다. 본문에 쓰인 '소중한 것'을 네모는 '기본적인 것'으로 이해했다.

왕자는 실제 있는 인물일까? 다른 별에는 생명체가 없다던데, 어린 왕자는 어떻게 다른 별에서 올 수 있었을까?

네모 옆에 앉은 가스파르는 버스럭거리면서 커다란 종이 뭉치를 펼치고 있었다.

"프랑스 지도야."

가스파르가 네모에게 설명했다.

네모는 텔레비전에서 일기 예보를 할 때면 어김없이 나오던 '엑자곤'*을 알아보았다. 가스파르는 손가락으로 아주 아래쪽에 자리잡은 도시를 가리켰다.

"여기는 포라는 도시야. 남쪽으로 곧장 날아가면, 한 시간 남짓 걸려 여기에 도착할 거야."

"그럼 멀지 않은 거야?"

"아니, 멀지. 파리와 포 사이는 700킬로미터 이상 돼. 봐."

가스파르는 지도 아래쪽에 있는 작은 줄을 가리켰다.

"축척이라고 하는 거야. 2백만분의 1 축척이야. 그러니까 지도 위에서 1센티미터는 실제로 2백만 센티미터라는 거야."

"이 종이 조각이 2백만분의 1만큼이나 더 작은 거라고?"

"정확히 그래. 계산해 봐. 1센티미터는 실제 거리 20킬로미터야. 프랑스에서 가로가 가장 넓은 데가 거의 1,000킬로미터고, 또 세로가 가장 긴 곳도 1,000킬로미터야."

비행기가 서서히 움직이고 있었다. 창문 밖으로 공항 건물이 멀어져 갔다. 가스파르는 계속 이야기했다.

*엑자곤(hexagone) : 육각형이란 뜻으로 프랑스 본토가 육각형 모양을 하고 있어 달리 부르는 이름.

"일단 포에 도착하면 남쪽, 그러니까 피크뒤미디*로 더 내려갈 거야. 거기가 우리 여행의 출발 지점이지. 그 다음에 내가 지도에 표시해 둔 모든 곳에 들르게 된다. 이런 곳에 가면 네 역사를 얘기해 줄 수 있을 거야. 어떻게 보면 우린 시간 속으로 여행하는 셈이야, 네모."

갑자기 어떤 목소리가 가스파르의 목소리를 가로막았다.

"뤼카 기장과 승무원들은 포행 에어 버스 A320기에 타신 손님들을 진심으로 환영합니다."

귀를 먹먹하게 하는 시끄러운 소리와 함께 갑자기 비행기가 떨렸다. 또 다른 목소리가 흘러 나왔다.

"신사 숙녀 여러분, 곧 이륙하겠습니다."

"잘 봐. 미안, 난 이륙은 질색이야."

가스파르는 좌석에 몸을 파묻고 눈을 감으며 말했다.

바로 그 순간, 네모는 자기 몸이 좌석 등받이에 들러붙는 느낌이었다. 활주로가 전속력으로 지나가고, 땅바닥이 빠르게 멀어져 갔다. 비행기 날개 아래로 고속 도로의 자동차들과 집들이 아주 조그맣게 보였다. 멀리 에펠 탑도 보였다. 에펠 탑은 잿빛 융단같이 펼쳐진 파리의 건물들 위로 장난감처럼 서 있었다.

"감동적인데, 그렇잖아?"

가스파르는 재미있다는 얼굴로 네모를 쳐다보았다. 마치, 네가 무슨 생각을 하는지 다 안다는 투였다. 가스파르가 네모 쪽으로 고개를 돌렸다.

"정말이지, 사람도 별거 아냐. 좀 높이 오르면 알게 될 거야! 이런,

---

*피크뒤미디(Pic du Midi): 피레네 산맥에서 뾰족한 산봉우리에 붙는 이름인데, 본문에서는 투르말레 재 위에 자리잡은 천문대가 있는 곳을 가리킨다.

하고많은 개미들 가운데 한 마리구나, 하는 생각을 하게 되지."

창 밖 풍경이 한순간 얇은 구름층에 가려 흐려졌다. 비행기는 다시 쨍쨍 내리쬐는 햇살 아래 아주 새파란 하늘 속으로 들어갔다. 아래로 보이는 구름 떼가 마치 샹티 크림*의 거품처럼 뭉글뭉글하고 새하얀 산들처럼 모여 있었다. 그 위를 거닐고 싶은 기분이 들 정도였다.

가스파르가 눈을 찡긋하며 말을 꺼냈다.

"나도 늘 저 위로 산책하러 가고 싶었어. 하지만 저건 물방울에 지나지 않아, 네모. 엄청난 물방울들이 같이 떠도는 거야."

"물방울들도 포에 간다고?"

"아니! 이봐, 너한테 유머 감각이 생기고 있잖아?"

"뭐가 생긴다고?"

"유머–감각. 사람들을 웃게 만드는 거야, 알아?"

아니, 네모는 이해하지 못했다. 네모는 사람들이 왜 웃는지 알 수 없었다.

가스파르가 다시 말했다.

"좋아, 관두자. 어렸을 적에 난 〈작은 물방울, 페를레트〉라는 책을 무척 좋아했어. 물방울의 여행 이야기지."

"얘기해 줘."

"작은 물방울은 셀 수도 없이 많은 다른 물방울들처럼 대양 속에 살고 있었대. 어느 날 그 물방울이 해수면에서 편히 쉬고 있을 때였어. 따스한 햇볕이 물방울을 어루만지자 그만 물방울은 증발하여 하늘로 올라가게 되었어. 하늘 위에서 그 물방울은 자기 자매들과 함께 작은

*샹티 크림(crème Chantilly) : 휘저어 거품을 낸 달콤한 크림.

먼지 뭉치 둘레로 모여 구름 하나를 만들었어. 바람이 떼밀어 주자 물방울들은 아주 먼 여행을 떠나기로 했대. 그러던 어느 날, 너무 꽉 차 버린 구름이 갑작스레 수없이 많은 물방울들을 놓아 버렸는데, 이것들이 비가 되어 땅 위로 떨어졌어. 물방울들은 잠시 들판에 머물러 있다가 시내로 미끄러져 들어갔어. 시내는 그 물방울들을 큰 강으로 데려다 주었대."

"끝이야?"

"아니. 강물에 섞인 작은 물방울은 커다란 관 속으로 빨려 들어가게 되었어. 그 관을 통해 공장으로 실려 갔지. 그 곳에서는 이 물방울과 함께 딸려 갔던 온갖 찌꺼기들을 따로 떨어뜨렸대. 그 다음 작은 물방울은 다른 관으로 보내졌어. 땅 속으로 오랫동안 여행을 한 끝에 그 물방울은 너같이 어린 사내아이의 집에 도착했대. 물방울은 그 아이의 몸 위로 흘러내렸어. 비눗물이 눈에 들어가서 소년은 물방울을 알아보지 못했대. 그리고 물방울은 더러운 관으로 빠져 들어갔어. 그리하여 또다시 강물 속으로 들어갔지. 물방울은 강물에 오랫동안 실려 바다까지 이르고, 강물과 함께 바다로 흘러 들어갔대. 그 곳에서 작은 물방울은 자기 자매들을 다시 만났어. 자신이 출발했던 지점으로 되돌아온 거지. 또다시 새로운 여행을 떠나기 전에 말이야."

"근데, 형."

네모가 말했다.

"실례합니다!"

음료수를 가득 실은 손수레를 밀고 오던 여자 승무원이 두 사람 쪽으로 몸을 기울이며 말했다.

"콜라 드시겠어요, 오렌지 주스 드시겠어요?"

가스파르가 승무원에게 물었다.

"샴페인이 없는 건 아니겠죠? 우리 출발을 축하해야지. 네모, 넌 조금만 마셔. 알았지?"

네모는 샴페인 잔을 바라보았다. 어디에서 나왔는지 거품들이 보글보글 샴페인 위로 떠올랐다. 비행기 뒤로는 벌써 구름 떼가 사라지고 없었다. 아래로 펼쳐지는 풍경은 그야말로 한 폭의 그림 같았다. 초록, 노랑, 황갈색 작은 칸으로 나눠진 지표면이 연달아 나타났다. 때때로 마을 하나가 검은 얼룩처럼 드러났다.

가스파르가 다시 말을 꺼냈다.

"아주 평평해 보이지 않니? 바생 파리지앵 평야야. 우리는 보스 평야 위에 떠 있어. 이 지역에서는 밀, 보리, 유채와 다른 여러 곡물들을 재배해서 전 세계로 수출하고 있어. 자, 네 수첩에다 적으렴."

가스파르는 네모에게 작은 종이 쪽지를 내밀었다. 프랑스 본토 지도로 주요 지역을 표시한 것이었다.

지도를 가리키며 가스파르가 설명했다.

"평야가 네 개 있어. 바생 파리지앵 평야, 바생 아키텐 평야, 알자스 평야, 시용 로다니앵 평야. 그리 높지 않은 고생대 산악 지대 고원으로는 보쥬, 아르덴, 마시프상트랄이 있어. 그리고 제3기에 형성된 높은 산악 지대로는 쥐라 산맥, 피레네 산맥, 알프스 산맥이 있고. 몽블랑 정상은 4,808미터야. 그리고 큰 강이 다섯 개 있어. 센 강, 루아르 강, 가론 강, 라인 강, 론 강. 이 큰 강들에 합류하는 강들도 아주 많아. 이런 강들을 지류라고 하지."

가스파르는 만족해하는 눈치였다.

"이게 프랑스 기초 지리야. 잘 기억해 둬, 네 나라니까. 봐라……."

프랑스 본토와 해외 영토

프랑스 본토

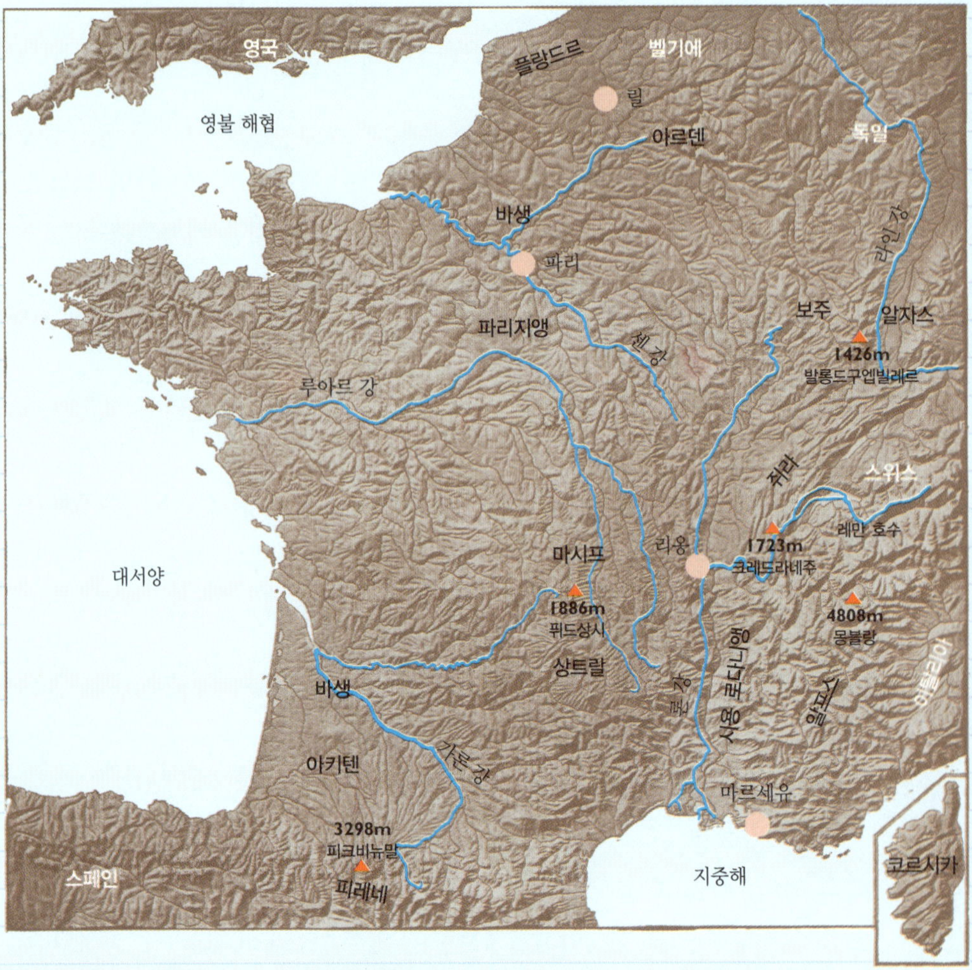

프랑스 해외 영토

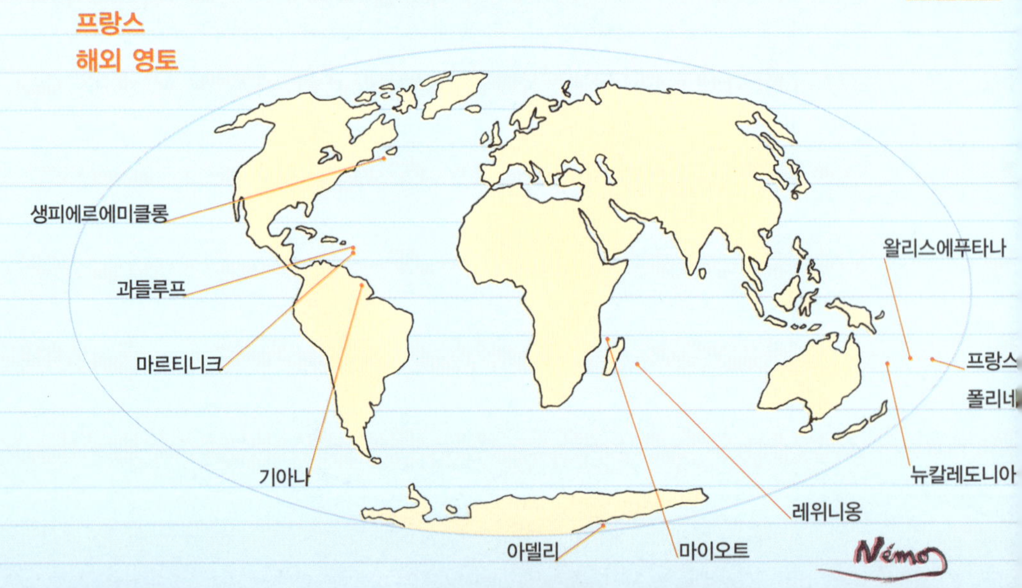

비행기 아래로 들판을 가로지르는 청회색 리본 같은 것이 눈에 띄었다.

가스파르가 해설을 곁들였다.

"루아르 강이야. 루아르 강은 산에서 발원하여 수십 개 지류가 합쳐져 커진 다음 대서양으로 흘러 들어간다. 프랑스에서 야생 상태로 남아 있는 유일한 강이야."

"야생이라고?"

네모가 물었다.

"그래. 마치 길들여지지 않은 동물처럼 말야. 루아르 강은 다른 강처럼 수로로 변하지 않았어. 그래서 옛 모습 그대로야. 폭이 크고 변화무쌍하고 불규칙적이지. 해마다 많은 비가 내리고 강물이 불어나서 흘러 넘쳐. 흔히 강이 범람한다고 말해. 루아르 강은 인간이 변화시키지 않고 놔 둔 자연으로 흔치 않은 경우지. 적어도 지금까지는……. 잠깐만 기다려."

가스파르가 손을 흔들어 여자 승무원을 불렀다. 가스파르가 몇 마디 속삭였는데 네모는 알아듣지 못했다. 여자 승무원은 이내 객실 끝으로 사라졌다. 잠시 후 승무원은 되돌아와서 "잘 됐습니다." 하고 말해 주었다.

"자, 내가 비밀 장소로 데려가 주마."

가스파르가 말했다.

가스파르는 네모를 비행기 앞쪽으로 데리고 가서 작은 출입문을 밀쳤다. 조종실이었다. 그 곳에는 버튼 수십 개가 반짝거렸고, 갖가지 핸들과 표시등 따위들이 빽빽했다. 기장과 부조종사가 고개를 돌려 두 사람에게 인사를 건넸다.

“어서 오세요. 자리에 앉으시죠.”

가스파르가 작은 카메라로 조종실 안을 촬영하는 동안, 기장은 네모에게 모든 기구들을 설명해 주기 시작했다. 가스를 조절하는 큼지막한 핸들, 방향을 바꾸거나 고도를 조절하는 핸들, 조종에 필요한 모든 정보를 알려 주는 컴퓨터 화면, 관제탑과 연락을 취하기 위한 무선 전화 장치, 진행 방향을 알려 주는 나침반, 경보 장치, ‘플랩’* 바늘……. 또한 비행기의 기울기를 알려 주는 작은 지구의처럼 생긴 것도 돌아가고 있었다. ‘수평의’라고 기장이 설명해 주었다.

“비행기는 무게가 130톤이고, 우리는 현재 시속 900킬로미터로 날고 있어.”

가스파르가 덧붙여 설명했다.

“속도 단위야. 한 시간에 900킬로미터를 간다는 말이야.”

네모는 매료되었다. 기장은 잠시 네모를 자기 자리에 앉게 해 주었다. 네모가 비행기 조종사가 된 것이었다. 네모와 가스파르는 한동안 두 조종사와 이야기를 나누었다. 네모는 더 있고 싶었다.

마침내 두 사람이 객실로 되돌아왔을 때, 검은 머리를 길게 기른 아가씨가 두 사람을 불렀다. 가스파르는 아가씨한테 웃어 보였다. 그 여자는 바로 네모에게 말을 걸었다.

“안녕하세요? 네모 씨 맞죠?”

그 여자가 이렇게 말했다.

“아, 예…….”

네모가 아주 놀란 듯이 대답했다.

*플랩(flaps) : 비행기가 이착륙할 때 쓰는 날개.

"텔레비전에서 봤어요. 아주 훌륭했다고 말해 주고 싶었어요. 변하지 말고 계속 그대로 남으세요. 여행 잘 하세요."

네모는 어쩔 줄 몰라하면서 제자리로 돌아왔다.

"알겠지? 이미 넌 스타가 됐다고 내가 말했잖아."

이상한 말투로 가스파르가 나지막이 말했다.

네모가 물었다.

"무슨 일이야? 형은 그 여자가 형한테 인사하길 바랐어?"

가스파르는 웃고 말았다. 그리고 창 밖으로 눈길을 돌렸다.

"봐, 마시프상트랄 위로 나는 중이야. 노년기 산악 지대야. 보주나 아르덴같이 마시프상트랄에는 아직 화산이 몇 개 있는데, 다행히 현재는 사화산이야."

"저기서도 사람들이 살아?"

"물론. 그러나 많지는 않아. 한 변이 1킬로미터인 정사각형 땅덩어리를 그려 봐. 이 지역엔 농가가 아주 띄엄띄엄 자리잡고 있는데, 1제곱킬로미터에 사는 사람이 15명을 넘지 않아. 이런 경우, 이 지역의 인구 밀도가 낮다고 하지. 프랑스 북부 지방을 보면 같은 면적에 사는 사람이 300명이야. 도시 지역에는 인구가 아주 많아. 파리와 파리 교외 지역을 합치면 거의 천만 명이고, 프랑스에서 두서너 번째 가는 큰 도시인 리옹, 마르세유, 릴은 백만이 넘어. 좋아, 지루한 모양이구나."

스타가 된 네모는 사실 지리에 별로 흥미가 없어 보였다. 몇 분 전부터 네모는 기분이 조금 이상했다. 머릿속에 뭔가 들끓었다. 이런 느낌과 아울러 네모는 아주 가벼워지는 느낌이 들었다. 지난밤처럼.

간밤에 자는 동안 네모에게는 아주 놀라운 일이 일어났다. 사고를 당한 후 처음으로 머릿속에 영상이 떠올랐던 것이다. 마치 텔레비전을 볼 때처럼. 그런데 그 속에서는 자신이 주인공이었다. 그는 날아다니며 집에서 산책을 했다. 그래, 새처럼 날아다니면서. 팔다리를 크게 흔들고, 뒤쪽으로 공기를 내뿜으며 앞으로 나아갔다. 이렇게 해서 계단 위로 날아오르고 어떤 가구 위에 올라앉았다. 그리고 이층 창문을 통해 정원으로 내려앉았다.

"비행기 안에서도 날고 싶어."

큰 소리로 말하는 줄도 모르고 네모는 혼잣말을 했다.

"야아, 애 봐라. 샴페인에 취했구나!"

가스파르가 웃으면서 말했다.

샴페인이라고? 그게 머릿속을 간질간질하게 하나?

스피커에서 목소리가 흘러 나왔다.

"신사 숙녀 여러분, 조금 뒤에 포 공항에 착륙하겠습니다. 안전 벨트를 매어 주시고 등받이를 세워 주십시오."

즐거운 표정으로 가스파르가 설명했다.

"남부 지방에 온 거야. 여기에서 파리와는 완전히 다른 기후와 식물을 보게 될 거야. 조심, 곧 착륙한다니까……."

가스파르는 좌석에 몸을 꼭 기댄 채 눈을 감았다. 가스파르는 착륙역시 싫어했다.

별이 총총한 산봉우리

몇 시간 뒤 네모와 가스파르는 다시 구름 위에 올라와 있었다. 경이로운 산꼭대기에서 두 사람은 아무 말도 하지 않고 세찬 바람에 날려갈까 봐 서로 착 달라붙었다. 이 또한 꿈 같았다. 둘은 하늘 속에 파묻혀 있는 셈이었다. 돌로 지은 거대한 성의 테라스 위에 앉아 있었다. 굉장히 큰 하얀 버섯 무더기 가운데 있는 테라스였다. 버섯 모양을 한 것은 천문대의 둥근 지붕이었다.

"천문대는 프랑스에서 가장 높은 곳에 있는 건물 가운데 하나지. 정확하게 해발 2,877미터야."

풍경을 촬영하려고 카메라를 꺼내며 가스파르가 정확하게 말해 주었다.

네모는 고단했는데도 눈앞에 펼쳐진 풍경을 보자 야릇한 기분이 들었다. 뾰족한 산봉우리들이 구름 바다 위쪽으로 머리를 삐쭉 내밀고 있었다. 네모는 새처럼 위에서, 길게 이어진 피레네 산맥을 내려다보았다. 눈부시게 새파란 하늘에 서서히 기울어 가는 붉게 물든 해도 보았다. 인간 세상과 아주 멀리 떨어진 다른 세계에 와 있는 기분이었다. 네모는 이제 어린 왕자가 왜 늘 해가 지는 모습을 바라보는지 이해할 수 있을 것 같았다.

공항에 도착해서 시간이 한참 흐른 뒤에야 그들은 이 곳 천문대에 도착할 수 있었다. 먼저 공항에서 자동차를 타고 줄곧 구불구불한 산간 도로를 따라 투르말레 재까지 달렸다. '재'란 내리막길이 되기 전에 길이 가장 높이 올라간 산마루라고 가스파르가 설명했다. 가스파르는 네모가 '기억을 되살릴 수 있을 만한' 기회를 좀처럼 놓치지 않았다. 한편 네모는 산모롱이를 돌 때마다 배가 꼬이는 느낌이 들어 여기에 더욱 신경이 쓰였다.

그 다음에 두 사람은 다른 길로 접어들었다. 피크뒤미디까지 가는 비포장 도로였다. 거대한 안테나가 눈에 들어왔다. 그런데 그것이 다가 아니었다! 그 다음에 가스파르는 네모를 작은 오솔길로 데려갔다. 꾸불꾸불 이어지는 오솔길은 끝 간 데 없었다.

천문대로 오는 도중 네모는 이따금씩 귀에서 뭔가 부딪히는 소리를 들었다. 귀가 다시 조금 아파 왔다. 가스파르가 네모를 안심시켰다.

"당연해. '대기압' 때문이야. 지구를 둘러싸고 있는 대기층이 우리를 누르고 있어. 높이 올라갈수록 공기 밀도는 낮아져. 다른 말로 하면 덜 **빽빽**하다는 거야. 따라서 공기는 우리 고막을 덜 누르게 되지. 고막은 귀 안에 있는 작은 기관이야. 고막은 부딪히는 소리를 내면서 바깥 공기와 몸 안의 공기 사이에서 평형을 되찾아 주지."

가스파르가 입을 다물었다. 네모는 바람 소리밖에 듣지 못했다. 어느 새 날이 거의 저물어 있었고, 산 또한 고요했다. 가스파르는 카메라 플래시를 켜고 별들을 배경으로 네모를 촬영했다. 아마 멋진 영상이 되리라.

"여기는 공기가 오염되지 않았어. 공기가 맑고 아주 '투명해'. 어느 곳 못지않게 별을 잘 볼 수 있는 데야. 그래서 이렇게 높은 곳에 천문대를 지은 거야."

네모는 하늘 가득히 박힌 별들을 두루 쳐다보았다. 이렇게 뒤죽박죽인 별 가운데서 어떻게 뭐가 뭔지 갈피를 잡는담?

가스파르는 한 무리로 빛나는 점들을 가리키며 말했다.

"가장 찾기 쉬운 건 큰곰자리를 만들고 있는 일곱 별이야. 이 별들은 국자 모양을 하고 있어."

네모는 그 별들을 쉽게 찾아 냈다. 별 무리는 수평선 가까이, 바로 네모 앞에 떠 있었다.

"큰곰자리는 대웅좌라고도 하지. 국자 오른쪽을 따라 똑바로 가면 별이 또 하나 보이지? 이 별은 작은 국자 손잡이 끝에 놓여 있는데, 국자는 위쪽에 자리잡고 있어."

네모는 눈을 크게 뜨고 잠시 두리번거리다가 자신 있게 소리쳤다.

"찾았다!"

"그게 북극성이야. 북극성은 항상 북쪽을 가리키는 별이야. 그래서 밤길을 갈 때 유용하단다. 그리고 작은 국자는 '작은곰자리'라고 불러. 우리가 지구에서 별을 쳐다볼 때 이런 별자리들이 그려 보이는 모양은 방향을 잡는 데 도움이 되지."

가스파르는 견우성, 직녀성, 왕관자리, 뱀자리, 백조자리, 용자리, 독수리자리 등을 잇달아 가리켰다.

"별은 몇 개나 있어?"

네모가 물었다.

"아휴! 몰라. 아마 10억 곱하기 10억에 또 수십억을 곱한 만큼 될 거야."

"그게 얼만데?"

"0들의 이야기야. 10억 곱하기 10억은 1뒤에 0이 18개나 붙어. 0을 모두 쓰는 것을 피하려고 0의 수만큼 아주 작게 10^{18}이라고 적어. 그리고 '10의 18제곱'이라고 읽어. 별의 수는 사실 무한대야."

"무한대라고?"

"그 말은 그럴 거라고 생각하는 것보다 늘 더 많다는 뜻이야. 한계가 없다는 거지."

"그렇다면, 하늘은 어디까지야?"

네모가 물었다.

발등을 밟히기라도 한 듯 가스파르는 또다시 소리를 내질렀다.

우리는 우주 속 어디쯤 있을까?

은하수

'은하수'라고 하는 우리 은하는 **2천억** 개의 별들로 된 갈레트 모양의 성운이다.
우리는 우리 은하의 가장자리, 즉 태양계 속에 살고 있다.

태양계

태양에서 가장 가까운, 암석으로 이루어진 행성들

수성 : 달처럼 많은 운석 구덩이가 있는 큰 바윗덩어리로 절벽과 평원도 여러 개 있다.
그러나 이 행성에는 대기가 없다.
금성 : 행성들 가운데 가장 밝게 빛나며, 지구와 크기가 비슷하다.
산과 들은 황산으로 된 노란 구름 장막으로 가려져 있다.
구름 아래쪽은 아주 뜨겁다. 480도! 생명체가 살 수 없다.
지구 : 우리가 사는 행성! 생명체가 있는 유일한 행성이다.
화성 : 역시 생명체가 살기에 적합하지 않다! 붉은색을 띤 사막이며,
쇳가루로 된 먼지 바람이 불고, 대기는 이산화탄소로 되어 있다.
기온은 영하 14도이다. 그래도 인간은 화성에 몹시 가고 싶어한다.
엉뚱한 생각이다.

거대한 행성들

목성 : 지구보다 천 배나 더 큰 행성. 인간은 절대 목성 표면에는 내려앉지 못할 것이다.
진짜 표면은 없는 거대한 가스 덩어리이기 때문이다. 열다섯 개가 넘는 위성이 주위를 돌고 있다.
토성 : 바위와 얼음으로 된 고리를 여러 개 두른 가장 아름다운 행성. 토성 역시 가스 덩어리다.
아주 크지만 가볍다. 물 위에 놓인다면 토성은 뜨게 되리라!
토성의 위성 가운데 하나인 타이탄은 지구와 제법 닮았다.
하지만 태양에서 너무 멀리 떨어져 있어(10억 킬로미터) 생명체는 살 수 없다.

태양계의 행성들

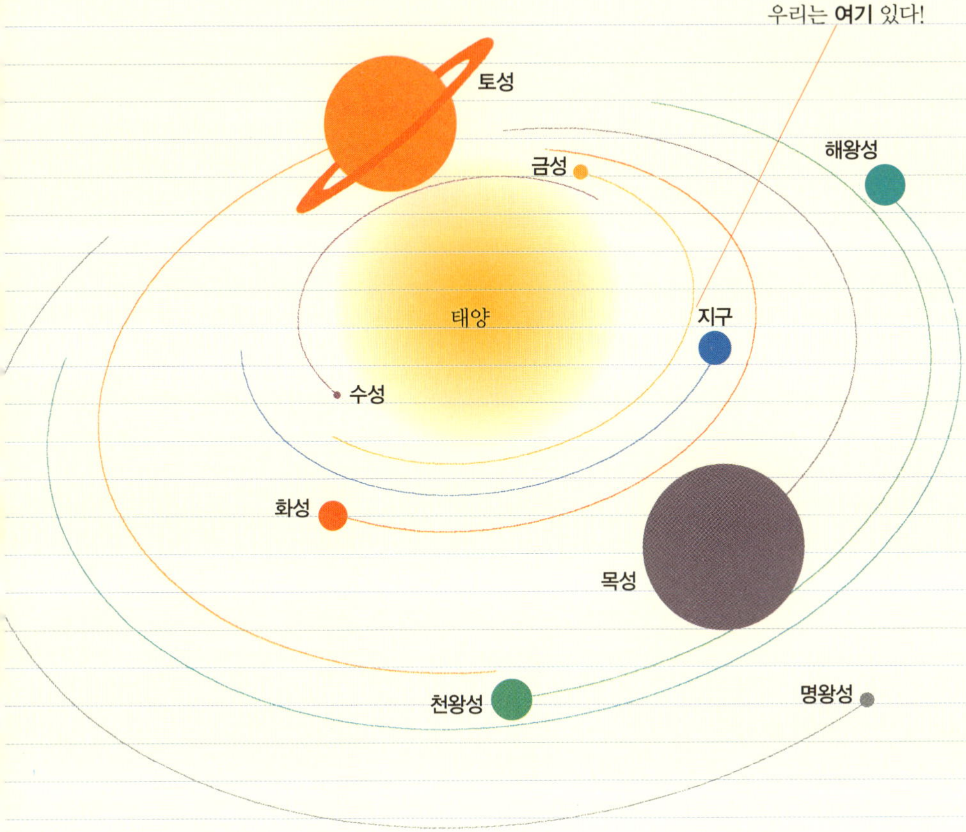

작은 행성들

천왕성 : 초록빛이 나고 얼어붙어 있는 이 행성은 용해된 큰 암반 핵, 암모니아와
물로 된 대양, 헬륨과 수소로 된 가스층이 있다. 천왕성은 아주 가느다란 고리 여러 개와
작은 위성들에 둘러싸여 있다.

해왕성 : 지구에서 40억 킬로미터 이상 떨어진 이 행성은 천왕성과 비슷하게 생겼다.
이 행성 역시 초록빛을 띠고, 가스층은 수소, 헬륨, 메탄으로 되어 있다.

명왕성 : 해왕성과 함께 가장 멀리 있는 행성이며 또 가장 신비로운 행성.
이 행성은 아주 차가운 가스(메탄)로 이루어져 있고, 이것 때문에 거울처럼 빛나 보인다.

또 열 번째 행성이 있지 않을까 하고 생각하고 있지만 아직 발견하지는 못했다.

"저런! 또 대단한 질문인데! 지구는 다른 여덟 개 행성처럼 태양이란 별 주위를 돈다. 여덟 행성은 수성, 금성, 화성, 목성, 토성, 천왕성, 해왕성, 명왕성이다. 하지만 태양도 수많은 별 무리 가운데서 아주 작은 별에 지나지 않아. 이 수많은 별 무리가 '은하수'라고 부르는 우리 은하야. 하늘에 줄무늬를 내는 길쭉한 자국 보이지?"

네모는 실제로 은하수를 보았다. 약간 흐릿하게 보이는 하얀 띠였다.

"자, 그러니까 저게 은하수야. 2천억 개의 별들이 모여 만든 구름이지. 은하수는 가운데가 약간 두꺼운 갈레트*처럼 생겼어. 우리는 은하 가장자리에 살고 있어. 그 때문에 우리가 은하수 가운데를 보면 이 띠밖에 볼 수 없는 거야. 마치 갈레트를 수평으로 쥐고 눈앞에 놓은 것처럼 말이야."

"그 다음에는 뭐가 있어?"

"으흠, 안 끝났군! 우리 은하도 역시 이와 비슷한 수의 별로 된 수십억 개나 되는 외부 은하들처럼 우주 속에서는 아주 쪼끄매. 지구에서 보면 외부 은하들은 고성능 천체 망원경으로나 겨우 볼 수 있는 정말 조그만 점들에 불과하지."

"응. 그런데 천체 망원경으로는 어디까지 볼 수 있어?"

네모가 또 물었다.

가스파르는 잠시 잠자코 있었다. 그러고는 테라스에 길게 뻗어 누웠다. 가스파르는 배낭을 베개 삼아 베면서 네모에게도 그렇게 하라고 권했다.

"좋아. 편안히 누워. 머릿속으로 여행을 떠나 보자고. 이륙해서 전

---

*갈레트(galette) : 밀가루나 전분을 주원료로 하여 오븐이나 팬에 구운 동그랗고 납작한 과자.

속력으로 지구로부터 멀어진다고 상상해 봐. 10미터 올라가면 천문대의 둥근 지붕 위가 된다. 1킬로미터 올라가면 작은 비행기의 고도, 10킬로미터면 오늘 아침 우리가 탄 큰 비행기의 고도에 이른다. 100킬로미터가 되면 우리는 대기권을 벗어난다. 더 멀리 올라가 보자. 38만 킬로미터 날아오르면 달에 도착한다. 그리고 1억 5천만 킬로미터를 날면 태양에 이른다. 60억 킬로미터를 날면 명왕성, 그러니까 태양계에서 가장 멀리 있는 행성에 다다르게 되지."

네모는 눈을 감았다. 텔레비전에서 본 적 있는 '별들의 전쟁'처럼 검은 우주 공간에서 폭발하여 타 버리는 자신을 그려 보았다.

가스파르는 말을 계속해 나갔다.

"30경* 킬로미터를 주파하면 우린 은하 한쪽 끝에 이르게 된다. 그 다음엔 거대한 허공이야. 외부 은하들은 너무나도 멀리 있어. 수백 경 킬로미터 거리에 있지. 사실 0이 너무 많이 붙어서 이런 거리는 제대로 알 수 없어. 그래서 광년으로 말하지."

"뭐로?"

네모는 이 모든 숫자에 알알하게 취해 버렸다. 샴페인 거품이 머릿속으로 올라오는 느낌이 들었다.

가스파르가 거듭 말했다.

"광년. 다시 설명해 줄게! 빛은 매우 빨리 이동하는 무척 작은 입자들로 돼 있어. 이 입자는 1초에 30만 킬로미터를 간다."

"이거야 원!"

"지구에 있는 우리한테는 무척 빠르지. 하지만 우주에서는 그렇지

*30경 : 3×10^{17}
참고 : 1조(10^{12})=1억(10^{8})×10000, 1경(10^{16})=1조×10000, 1해(10^{20})=1경×10000.

천문학적 측정

은하계 한쪽 끝까지 가는 데 **30경 킬로미터**라니! 샴페인을 마신 것만큼이나 머리가 빙빙 도는 숫자다. 갈피를 잡으려고 좀더 실용적인 측정 단위를 만들어 냈다.

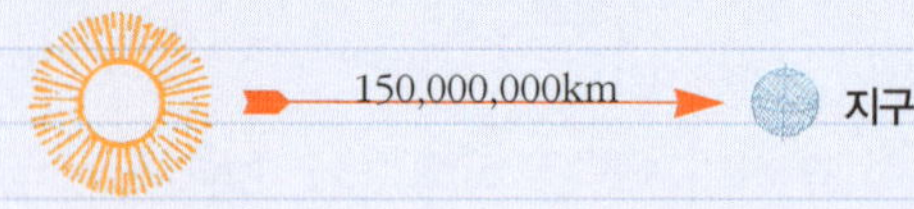

햇빛은 1억 5천만 킬로미터를 1초에 300,000킬로미터 속도로 주파하여 지구에 이른다.

$$\text{속도} = \frac{\text{거리}}{\text{시간}} \qquad \text{시간}_{(s)} = \frac{\text{거리}\,(km)}{\text{속도}\,(km/s)}$$

따라서 햇빛이 지구에 도달하려면 $t = \dfrac{150000000}{300000} = 500\ s$

1분은 60초다. 따라서 $\begin{array}{c|c} 500 & 60 \\ \hline 20 & 8 \end{array}$ **t = 8분 20초**

우리가 바라보는 태양은 실제로 8분 20초 전 모습이다. 다행히 태양은 별로 바뀌지 않는다!

광년

빛은 **1초**에 300,000킬로미터를 간다.

1분이면 $300{,}000 \times 60$

1시간이면 $300{,}000 \times 60 \times 60$

1일이면 $300{,}000 \times 60 \times 60 \times 24$를 가고,

1년이면 빛은 $300{,}000 \times 60 \times 60 \times 24 \times 365$를 간다.

다시 말해 **9조 4천6백억 킬로미터**를 간다. 이 거리를 '1광년'이라고 부른다.

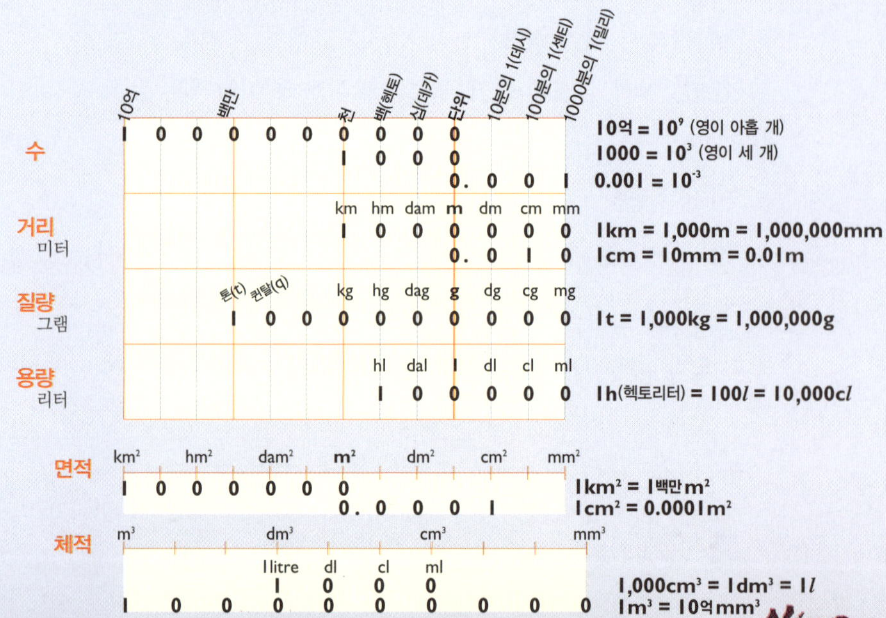

	10억			백만			천	백(헥토)	십(데카)	단위	10분의 1(데시)	100분의 1(센티)	1000분의 1(밀리)	
수	1	0	0	0	0	0	0	0	0	0				$10억 = 10^9$ (영이 아홉 개)
							1	0	0	0				$1000 = 10^3$ (영이 세 개)
										0.	0	0	1	$0.001 = 10^{-3}$

	km	hm	dam	m	dm	cm	mm	
거리 미터	1	0	0	0	0	0	0	1km = 1,000m = 1,000,000mm
				0.	0	1	0	1cm = 10mm = 0.01m

	톤(t)	퀸탈(q)		kg	hg	dag	g	dg	cg	mg	
질량 그램	1	0	0	0	0	0	0	0	0	0	1t = 1,000kg = 1,000,000g

	hl	dal	l	dl	cl	ml	
용량 리터	1	0	0	0	0	0	1h(헥토리터) = 100l = 10,000cl

	km²	hm²	dam²	m²	dm²	cm²	mm²	
면적	1	0	0	0	0	0	0	1km² = 1백만 m²
				0.	0	0	0	1
								1cm² = 0.0001m²

	m³		dm³		cm³		mm³	
체적			1litre	dl	cl	ml		1,000cm³ = 1dm³ = 1l
			1	0	0	0		
	1	0	0	0	0	0	0	0	0	1m³ = 10억mm³

Némo

않아. 거리가 엄청나기 때문에. 달빛이 우리한테 오는 덴 거의 1초가 걸린다. 햇빛은 8분이 걸리고, 가장 가까운 별빛은 4년이 걸려. 저 멀리 있는 외부 은하의 빛은 지구까지 오는 데 수십억 년이 걸려. 무슨 말인지 알겠니?"

"좋아, 아주 오래 걸리는데……. 그 전에 죽겠는걸."

네모가 대꾸했다.

"맞아. 밤 하늘에 뜬 직녀성을 볼 때, 사실 우리는 8년이 걸려 도달한 영상을 보는 거야. 그리고 고성능 천체 망원경으로 120억 광년 떨어진 외부 은하를 관측한다면, 결국 우리는 120억 년 전 모습 그대로를 보는 거야. 아마 그 외부 은하는 오늘날 존재하지 않을지도 모르지. 멀리 바라보는 것이 바로 시간 속으로 가는 여행이니까!"

"시간이 뭐야?"

"네모!"

가스파르는 길게 한숨을 내쉬었다.

"네가 어려운 질문을 하고 있다는 거 아니?"

"형은 기억이 있잖아!"

"좋아. 하지만 모르는 것도 엄청나. 그건 위대한 학자들도 마찬가지야. 많이 알면 알수록 풀어야 할 어려운 문제는 더 많아진다는 걸 깨닫게 되지."

"그런데 시간은?"

"시간이란 가정하기 아주 어려운 거야. 1초가 어떤 건지는 대략 알고 있지? 내가 '하나, 둘' 하고 말하면 1초는 이미 지나간 거라고. 60초가 1분이다. 또 60분은 1시간이고. 여기까지는 문제 없지? 1일은 24시간이고, 1년은 365일이다. 1년이란 긴 시간이야. 특히 아이일 때는."

"왜 아이일 때 더 그래?"

"나이가 들면 들수록 시간이 더 빨리 지나간다고 느끼기 때문이지. 1세기, 다시 말해 100년이란 세월은 꽤 길게 느껴진다. 하지만 사실은 별거 아냐. 이 사실을 알아야 돼, 네모. 네가 태어나기 전에도 시간은 있었다는 걸. 텔레비전이 나오기 전 시절이나 비행기가 나오기 전 시대에도 있었어. 인간이 야생 동물을 쫓기 위해 불을 둘러싸고 한데서 자던 때에도 있었다. 또 지구에 동물들만 살던 때에도 있었고, 아예 지구가 존재하지 않았던 때에도 시간은 있었다."

죽 늘어놓는 설명을 다 듣고서 네모는 가만히 있었다. 네모는 아직도 물어 볼 질문들이 수두룩했다. 하지만 지금 그는 차가운 돌바닥에서 몸을 부르르 떨었다.

"추운 모양이구나. 자, 들어가자."

같이 다니는 동생 건강에 늘 신경을 쓰는 가스파르가 말했다.

토성의 고리 위에

건물 안으로 들어간 두 사람은 미로 같은 복도를 따라갔다. 복도는 온갖 기구로 가득한 방으로 이어졌다. 천문대에 도착했을 때 두 사람을 맞이했던 천문학자는 천문대 내부를 한 바퀴 죽 둘러보게 했다. 맑은 눈에 키가 훤칠한 사내였다.

가스파르는 매우 흥분되어 있었다. 책상 위에 놓인 전화기를 보자마자 가스파르는 그쪽으로 달려들었다. 레아한테서 뉴욕으로 전화를 해 달라는 메시지를 받아 놓은 터였다. 하지만 이런 높은 데서는 휴대 전화기가 말을 듣지 않았다. 그리하여 그는 맨 먼저 눈에 띈 수화기를 들고 번호를 눌렀지만 한참 기다렸다가 실망하며 수화기를 내려놓았다. 수십 번을 걸어 보았다. 레아하고는 통 연락이 되지 않았다. 미국은 오후였다. 레아가 이미 떠나 버렸거나 돌아오지 않은 거였다.

네모는 살짝 신호를 보내 천문학자를 안심시켰다. 가스파르가 늘 이렇게 행동하는 건 아니에요!

그들은 그 유명한 하얀색 둥근 지붕으로 가는 복도를 따라갔다. 네모는 거대한 장치들을 발견했다. '굴절 망원경'과 '반사 망원경'이 여러 대 보였다. 어떤 것들은 엄청나게 컸다.

"여기서는 우주를 연구해요."

천문학자는 만족스러운 표정으로 자기 집 정원 이야기를 하듯 설명했다.

네모는 반사 망원경 하나를 들여다볼 수 있었다. 아마추어 천문학자들이 이용하는 천체 망원경이었다. 대단한걸! 네모는 눈 깜짝할 사이에 지구에서 10억 킬로미터 이상 옮겨 갔다. 고리를 여러 개 두르고 있어 보석 같은, 행성 가운데 가장 아름다운 토성이 보였다. 네모는 토성에서 눈을 뗄 수가 없었다.

"고리들은 뭐예요?"

네모가 질문했다.

"행성 둘레를 도는 작은 바위와 작은 얼음덩어리들이지."

천문학자가 대답했다.

"어떻게 그걸 알지요?"

네모가 즐겨 하는 질문이었다.

"몇 년 전에 우주 탐사를 보냈어. 무슨 말이냐면, 로봇을 태운 우주

로켓을 쏘아 올린 거야. 토성, 목성, 천왕성으로 떠난 로봇들이 멋진 사진을 보내 왔어."

"로봇들은 되돌아왔나요?"

네모가 물었다.

"아, 아냐! 어떤 것들은 이미 태양계를 벗어났어. 다른 행성에 사는 주민을 만날 경우를 가정해서, 로봇에게 메시지와 남녀 한 쌍을 그린 그림, 음악 소품들을 딸려 보냈어."

네모는 경탄해 마지않았다.

"외계인들이라고요? 어린 왕자 같은? 이티처럼 생긴? 외계인은 있는 거예요?"

천문학자가 대답했다.

"그럴지도 몰라. 그러나 그럴 경우, 외계인들은 우리와 너무 멀리 있어서 그들을 만나려면 수천만 년이 필요할 거야. 그 때가 되면 우리들은 없어질 테고……."

그들은 또 다른 둥근 지붕 아래로 갔다. 이번 지붕은 먼젓번보다 더욱 컸다.

"프랑스에서 가장 큰 천체 망원경이야. 지름이 무려 2미터나 되는 거야!"

천문학자가 설명했다.

"놀라운데요!"

가스파르가 탄성을 질렀다.

천문학자는 이 망원경을 이용하여 찍은 사진을 수십 장 보여 주었다. 온통 별이 총총한 사진들이었다. 이름이 이상한 별들과 번호가 붙은 별들도 있었다. '이중성',* '나선 은하',* '백색 왜성',* '퀘이사'* 등과 같은 별들도 있었다.

"우주는 참 신기한 거네. 왜 이 모든 게 존재해 왔을까? 그리고 나 네모는 왜 존재하는 걸까?"

네모가 이런 질문을 하자, 가스파르는 두 손으로 머리를 감싸고 크게 웃어 버렸다. 가스파르는 천문대측에서 빌려 준 작은 방으로 들어갔으면 했다. 방에 가서 대답해 줄 요량이었다.

"네게 얘기해 줘야 하는 건 바로 이 세계의 역사야, 간단히 말해서!"

"그럼 해 줘!"

"오늘 저녁은 안 돼, 네모. 날이 새기 전에 좀 자 둬야 해."

"아주 쪼끔만."

네모가 물고늘어졌다.

"좋아. 우주, 별, 행성, 지구, 생물체, 이 침대, 이 의자, 너, 나……. 이런 모든 것은 맨눈으로는 볼 수 없는 아주 작은 조각들로 구성되어 있어. 이런 작은 조각을 원자라고 한다."

"난 세포들로 이루어진 줄 알았는데!"

네모는 아버지가 가르쳐 준 것을 완벽하게 기억해 냈다.

"세포 역시 많은 원자로 이루어져 있어."

*이중성 : 맨눈으로 보면 하나로 보이지만 망원경으로 보면 둘로 보이는 별.

*나선 은하 : 와상성운이라고도 함. 소용돌이 모양의 성운으로 수백만 광년 되는 은하계 밖에 있다.

*백색 왜성 : 지름과 광도가 작은 항성.

*퀘이사 : 아주 먼 곳에 있어 언뜻 보기에 별처럼 보이나, 매우 강력한 전파와 에너지를 내뿜는 항성 모양의 천체. 태양의 1조 배에 이르는 에너지를 가졌다고 함.

“그런데?”

“120억 년 전, 원자로 이루어진 최초의 입자들이 나타났어. 그 입자들이 서로서로 결합하여 별이 되고 행성이 되고 또 그 다음 지구 위에 생명체가 만들어졌지. 네 몸은 우주 조각들로 이루어진 거야. 그러니까 네모 너는 별들의 자식이야.”

누워서 눈을 감고 가스파르 말을 듣고 있던 네모는 한참 동안 아무 말도 없었다. 그러다가 네모는 다시 본색을 드러냈다.

“120억 년 전에는 무슨 일이 일어났는데?”

“빅뱅이라고 부르는 우주의 시작이지……. 어쨌거나 시작일 거라고 생각하는 거야.”

가스파르는 멈칫했다가 다음 말을 했다.

“형이 말한 빅뱅 이전에는 뭐가 있었어?”

가스파르는 투덜거리며 말했다.

“그 질문 할 줄 알았지! 자자, 네모야!”

하지만 가스파르는 네모에게 대답하지 않고는 배겨 낼 수가 없었다.

“그 전에는 아무것도 없다고 치자. 빅뱅이 바로 우주의 시작이야. 또 시간의 시작이고.”

네모는 벌떡 몸을 일으켰다. 네모는 화가 나다시피 했다.

“아무것도 모르겠어! 언제나 ‘그 이전’이란 건 있잖아. 형은 내가 태어나기 전, 나 이전에도 사람들이 있었다고 말하지 않았어?”

가스파르는 하품을 해 대며 다시 말을 꺼냈다.

“맞아. 하지만 넌 아무것도 아니었으며, 태어나기 전에 넌 존재하지 않았다는 사실을 상상하기 어렵겠지. 마찬가지로 빅뱅 이전에 아무것도 없었다는 사실을 상상하기 어려운 거야. 하여튼 그건 알 수가 없어. 음, 그렇다면 다른 문제지만, 신을 믿어야 해."

"뭘 믿는다고?"

네모는 진짜로 화를 냈다.

"아이구! 이런! 이런! 하루 내내 물었는데 지겹지도 않아? 신에 대한 애기는 다음에 하자."

가스파르가 탄성을 내질렀다.

네모는 조금 가라앉았다. 그리고 물었다.

"어떻게 우주 조각들이 나를 만들어 냈지?"

가스파르가 한숨을 지었다.

"네모! 넌 포기란 걸 모르는구나! 그렇게 되기까지는 수십억 년이 걸렸어. 빅뱅이 일어난 뒤 조립 놀이같이 원자 조각들이 결합해서 분자를 만들었어. 원자들의 결합체인 분자는 스스로 여러 가지 가스를 만들었고, 최초의 가스 구름을 만들어 냈던 거야."

"그 다음에는?"

네모는 잠자고 싶은 생각이 전혀 없었다.

"가스 구름 내부에 있던 물질이 마치 수프 안에 엉겨붙은 덩어리처럼 작은 공들을 만들어 냈어. 이 공들이 별이 된 거야. 이렇게 해서 50억 년 전, 한 가스 구름 가장자리에 태양이 생겨났어. 그 주위로 우주 먼지들이 모여 원시 불덩이를 만들었고, 서서히 식으면서 행성들이 생겨난 거야. 그 가운데 지구도 생긴 거고."

네모는 잠시 잠잠했다. 그런 다음 또 질문을 했다.

"그 다음에 지구에는 무슨 일이 일어났어?"

"네가 원하면 내일 해 줄게. 약속해. 하지만 이제 자자, 됐니?"

네모는 마지못해 침대 시트 밑으로 미끄러져 들어갔다. 그러나 네모는 곧바로 잠에 곯아떨어졌다. 그 날 밤에도 네모는 날아다니는 꿈을 꾸었다. 천체 망원경이 그를 지구에서 아주 먼 구름 위로 내동댕이쳤다. 그는 당나귀를 타고 별들이 총총한 이상한 풍경 속을 여행했다. 길을 가는데 어떤 아리따운 여인이 따라오며 카메라로 그를 촬영했다. 그리고 그 여인은 엄청나게 큰 잔 가득 샴페인을 따라 주었다. 갑자기 네모는 머릿속이 매우 뜨거워졌다. 그는 자신이 태양 쪽으로 다가갔다는 사실을 깨달았다. 안전 벨트를 매라고 소리치는 목소리가 들려 왔다. 그러나 이미 너무 늦어 버렸다. 그는 우주의 어둠 속으로 떨어지고 있었다.

6장
너는 바다에서 생겨났다

가스파르의 목욕

"너한테 온 전화야."

가스파르가 네모에게 휴대 전화기를 내밀며 말했다.

네모는 뒷좌석에서 잠에 곯아떨어져 있다시피 했다. 이제 자동차 여행에 익숙해진 네모는 더 이상 교통에는 신경 쓰지 않았다. 대신 차가 흔들거리면 아기처럼 졸았다. 그러자 여러 시간 걸리는 여행이 오히려 더 빨리 지나가게 되었다.

두 사람은 어제 피크뒤미디를 떠나 지중해 연안을 향해 거의 하루 내내 달렸다. 가스파르는 네모에게 바다를 꼭 보여 주고 싶었다. 저녁 무렵 그들은 어떤 호텔 앞에 멈추었다. 병원 같은 호텔이었다. 방은 알록달록하게 장식되어 있었다. 전화만 걸면 누군가 먹을 것을 갖다 주었다.

어젯밤에 잠을 많이 자 두었는데도 또 잠이 몰려왔다. 자동차가 달리자 네모는 잠에 빠져들었던 것이다.

"여보세요?"

"나야."

네모는 잡음에 뒤섞여 울리는 목소리의 주인공이 수니타임을 알았다.

"끔찍해! 인도에 있는 엄마 친척들이 비행기표를 보내 왔어. 2주 뒤에 인도로 떠나야 돼. 엄마는 벌써 짐을 꾸리기 시작했어. 네가 뭔가 해 줘야 돼!"

"누구? 나? 뭘 해야 되는데?"

"네모 넌 하나밖에 없는 내 친구잖아. 네가 없으면 난 절망에 빠질 거야."

"그런데 넌 왜 떠나고 싶지 않아?"

"벌써 말했잖아! 엄마는 그런 사람이랑 결혼할 수 없어! 엄마는 그 사람을 좋아하지도 않아! 그들은 언젠가는 나도 결혼시키려 들 거라구! 널 더 이상 못 보게 될 거란 말야. 네모, 왜 넌 아무것도 깨닫지 못하니. 제발 기억을 되살려 봐. 우린 모든 준비를 다 해 놓았잖아."

수니타의 목소리는 흐느낌에 파묻혀 버렸다.

늘 똑같은 말이잖아. 우리가 뭘 준비해 두었다고?

"문제가 생겼어?"

가스파르가 끼어들었다.

네모는 가스파르에게 전화기를 건네 주었다. 하지만 수니타는 이미 전화를 끊어 버린 뒤였다. 가스파르는 걱정스러운 모양이었다. 가스파르는 아무 말 없이 운전을 하더니 입을 열었다.

"들어 봐, 네모. 넌 감정에 관계된 기억을 잃어버렸어. 그렇지만 이해하려고 노력해야 돼. 수니타는 네 여자 친구야. 수니타는 널 사랑해."

"나도 알아! 수니타의 눈에 물이 고이는 게 사랑이야?"

네모가 가스파르 말을 끊으며 말했다.

"다행히 그게 다는 아냐! 사랑이란 마음 속으로 아주 강한 뭔가를 느끼는 거야. 사랑하는 사람이 곁에 있으면 기분이 좋고, 또 곁에 없으면 허전함을 느끼는 거야."

"배고픈 것과 비슷한가?"

가스파르는 웃고 말았다.

"그럴지도 모르지. 그렇지만 그 이상이야. 길드는 거지. 어린 왕자와 여우처럼 관계를 만들어 내는 거야."

"지겨워. 무슨 얘기를 하는지 통 모르겠어. 난 다른 사람들과 똑같지 않단 말야!"

네모는 기분이 좋지 않았다. 볼이 화끈거렸고, 온몸이 아주 기분 나쁘게 쩌릿쩌릿했다. 배워 봐야 무슨 소용이 있을까? 결코 난 그걸 모를 텐데. 나한테는 항상 뭔가 모자랄 텐데. 네모는 쪼그리고 앉아 입을 다물었다.

"걱정 마, 난 지금 그대로라도 널 좋아해. 아! 봐라!"

가스파르가 다시 말했다.

자동차는 막 깎아지른 듯한 낭떠러지로 둘러싸인 작은 만으로 접어드는 참이었다. 네모는 다시 고개를 쳐들었다. 아주 놀라웠다. 그들 앞에는 아무것도 없었다. 집도 나무도 울타리도 없었다. 오직 거대하게 펼쳐진 푸름밖에 없었다. 바다!

"멈춰! 멈춰!"

자동차가 멎자마자 네모는 자동차 문을 열어젖히고 바닷가 쪽으로 내달았다. 그는 심호흡을 했다. 축축하고 찝찔한 느낌이 좋았다. 혓바닥에 아주 감미로운 맛이 묻어 났다. 눈이 조금 따끔거렸다. 그는 성큼 커 버렸고, 힘이 더 세진 느낌이 들었다. 또 이미 바다를 본 적이 있는 것 같았다. 발이 노란 가루 속으로 푹푹 빠졌다. 그래서 그는 속도를 늦추어야 했다. 두 다리가 점점 더 무거워지는 느낌이었다. 네모 앞에 펼쳐진 바다는 흔들리고 부풀어오르며 일렁거렸다. 아무 생각 없이 네모는 신발과 바지, 셔츠를 벗어던지고 물에 첨벙 뛰어들었다.

"네모! 네모! 기다려!"

가스파르가 크게 손사래를 치며 달려왔다.

"네모! 물에 빠져!"

하지만 네모는 듣지 않았다. 네모는 파도 속으로 사라졌다.

미치다시피 된 가스파르가 옷을 입은 채 물에 뛰어들었다. 그는 있는 힘을 다해 쏜살같이 헤엄을 쳤다. 더 이상 네모가 보이지 않았다. 벌써 가라앉았단 말인가?

몇 미터 앞에서 갑자기 작은 갈색 머리가 물 위로 솟아올랐다. 네모였다. 멋지게 개구리 헤엄을 치고 있었다. 때로 배영을 하기도 했다. 파도를 뚫고 지나가는 놀이도 했다. 네모가 헤엄을 치고 있었다. 예전처럼.

"괜찮아? 괜찮아? 난 너 때문에 기절할 뻔했어."

네모는 아주 편안해 보였다. 네모를 잠시 물 밖으로 나오게 하느라고 가스파르는 꽤나 애를 먹었다. 가스파르가 화난 얼굴로 물을 뚝뚝 흘리며 나오는 모습을 보고 바닷가에 있던 사람들은 웃음을 터뜨렸다. 얼마나 그럴싸한 구경거리인가! 네모는 모래 위에 내던져 놓은 배낭에서 카메라를 꺼냈다. 찍지 말라고 하는데도 네모는 가스파르를 촬영하기 시작했다.

"넌 물에 빠져 죽었을지도 몰라!"

가스파르가 되풀이해서 말했다. 그는 단단히 화가 나 있었다.

네모가 대꾸했다.

"난 어떻게 해야 하는 줄 알고 있었어. 이전에도 난 그렇게 하지 않았어?"

"물론이지. 사고나기 전에 넌 헤엄을 잘 쳤지. 하지만 사고당한 뒤엔 잊어먹은 줄 알았어. 근데 넌 확실히 잊어먹지 않았어!"

네모는 기분이 상쾌했다. 바다가 마음에 들었다. 바다를 이미 봤던 것 같은 느낌이 들었다. 바다가 내 가슴 속을 뜨겁게 달구었어. 아마 내가 바다를 사랑한다는 뜻이 아닐까?

"난 바다를 사랑해! 바다를 사랑해! 바다를!"

네모는 깡충깡충 뛰면서 거듭 말했다.

가스파르가 젖은 옷을 벗는 동안 네모는 모래 위에 앉아 있었다. 바다는 참 이상한 곳이지. 끝이 보이지 않네.

"저쪽이 무한대야?"

"아니, 그저 수평선이야. 바다는 저 너머로 계속되지만, 지구가 둥글기 때문에 더 이상 볼 수가 없어."

가스파르는 몸을 말리려고 네모 곁에 몸을 쭉 뻗고 누웠다.

"너처럼 많은 이들이 바다를 좋아하지. 아마 아주 오랜 추억을 새겨서 그럴 거야. 우리는 바다에서 생겨났거나 아니면 거의 바다에서……."

"어떻게 그래? 물 속에서?"

"어제 하던 얘기를 계속해야겠는데."

가스파르가 말했다.

"해 봐."

네모가 말했다. 네모는 쭈그리고 앉은 채 무릎을 두 팔로 감싸안고 이야기 들을 태세를 갖추었다.

가스파르가 이야기를 시작했다.

"어디까지 얘기했지?"

"40억 년이 좀더 된 때였지. 지구가 막 나타났어. 하나의 불덩이야. 형은 그 불덩이가 서서히 식어 갔다고 했어."

"좋아. 그 다음 수백만 년 동안 지구는 단단해지면서 부글부글 끓는 용암의 핵 둘레에 암석 지각을 만들게 돼. 대기권 가스 일부가 물로 변해 바다와 대양이 생겨나지. 처음에는 지옥이야. 어마어마한 번개, 사이클론,* 폭풍우 등이 득실거려. 우주에서 작은 물질 조각들이 어떻게 결합하는지 기억하지?"

"알고말고."

"그런 식으로 지구 대기층에서 조립 놀이는 계속되지. 원자들은 점점 더 복잡한 분자들을 만들어서 지구 위에 비를 뿌리지. 이 놀이는 수백만 년 동안 대양에서도 계속됐어. 분자들이 아주 중요한 뭔가를 만들 수 있을 때까지 말이야. 즉, 분자들이 자기 복제를 하기 시작할

---

*사이클론(cyclone) : 열대성 저기압. 태풍과 성질이 같으며 때때로 해일을 일으켜 낮은 지대에 큰 재해가 발생한다.

때까지 말야.”

“그런데?”

네모는 어떤 점에서 이 놀이가 흥미로운지 궁금했다.

“생명이 시작된 거란 말이다, 얘야!”

“난 형의 아버지*가 아냐!”

“그건 그저 하나의 표현법이야. 대양 가장자리에 최초로 나타난 생물들은 몇 개의 세포로 이루어져 있었어.”

“그럼 우리 몸을 이루는 세포들 같은?”

“어느 정도. 그리고 20억 년 전에 바닷말이 나타났어. 조립 놀이는 계속되지. 또 다른 세포들이 덩어리로 모여 해파리, 지렁이, 물렁물렁한 산호 같은 좀더 복잡한 생물을 만든다.”

“복잡하다고, 지렁이가?”

“그럼. 지렁이는 수천 개나 되는 세포로 돼 있어. 그 때 생물계는 크게 둘로 나누어졌어. 한편에 빛과 탄산가스를 받아들이고 산소를 내뿜는 ―광합성이라고 부르는 거야― 생물들, 즉 식물들이 있다. 다른 한편에 호흡을 해서 산소를 빨아들이고 탄산가스를 내뿜는 생물들, 즉 동물들이 있다. 너도 잘 알지? 식물과 동물은 서로를 필요로 한다는 걸. 자, 봐라.”

가스파르는 네모에게 조금 전부터 꼼지락거리고 있는 조개를 가리켰다. 작고 물렁물렁한 것이 안에서 바삐 움직였다.

“뭐야?”

---

*프랑스 어에서 ‘mon vieux’를 잘못 이해한 경우다. ‘vieux’는 ‘노인, 고참, 아버지, 어머니, 부모’라는 뜻과 함께, 본문에서 가스파르가 ‘얘야’ 하고 말했듯이 ‘여보게, 자네’라는 호칭으로도 많이 쓰인다.

“연체 동물. ‘삿갓조개’야. 삿갓조개는 바위에 붙어 있다가 바닷말을 먹으려고 살금살금 움직이지. 무척추 동물이야. 무척추 동물은 뼈대가 없는 동물을 말해. 무척추 동물 가운데 몇몇은 그래도 조개 껍데기나 등 껍데기를 가진 것도 있지. 생명이 시작될 무렵 지구 위에는 무척추 동물만 살았어. 이 동물들은 물 속에서만 살았어. 바깥 세상은 살기 힘든 곳이었으니까.”

“왜?”

“대기층에 아직 산소가 충분하지 않았고, 또 오존층도 없었거든. 오존층은 태양의 자외선을 막아 주지. 자외선은 생명에 위험한 거야. 어떤 생물도 물 밖에서는 살아남지 못했을 거야. 단지 몇몇 작은 갑각류들만 위험을 무릅쓰고 뭍으로 나올 수 있었어. 그러니까 생명은 물 속에서 시작된 거지. 최초의 척추 동물인 물고기는 5억 년 전에 나타났어.”

“새로 나타난 게 물고기 뼈야?”

가스파르는 고개를 끄덕였다. 그는 웃음을 되찾아, 열의에 차서 설명을 이어 나갔다.

“그러던 어느 날, 까닭은 모르겠지만 자연계에는 놀라운 일이 일어나게 되지. 성이 생긴 거야! 수컷과 암컷이 생긴 거란 말야!”

“그래서?”

그것이 어째서 놀라운 일인지 몰라 네모가 물었다.

“늘 똑같은 세포들만을 한없이 자기 복제 하던 시절이 막을 내린 거지! 이제 수컷 세포와 암컷 세포가 뒤섞여 또 다른 세포가 생겼어. 즉, 앞의 두 세포와 다른 알세포가 생겨난 거야. 유전자라는 말 생각 나지?”

"우리 세포 속에 들어 있는 것으로, 생명체를 만들어 내고 제 기능을 하게 하는 프로그램이지."

네모가 줄줄 외웠다.

"맞았어! 그러니까 양 성이 생겨나서, 자연에는 유전자를 혼합하여 그 때마다 부모와 다른 유일한 개체를 만들어 내는 수단이 생긴 거야."

"난 이미 다 알고 있어! 사람으로 치자면 부모가 있고, 부모가 만들어 낸 알세포와 같은 거지. 또 그 다음에는?"

"그 다음에는 모든 게 다 바뀌지. 생명은 끊임없이 새로운 생명체를 만들어 낸다. 수억 년 안에 생명체는 지구 전체에 퍼지게 돼. 대기가 바뀌었거든. 이제 물 밖에서도 살 수 있게 된 거야. 그 때 뭍에는 최초의 나무들이 번식한다. 동물들은 물 속에서도 뭍에서도 살아갈 수 있는 습성이 생겨. 차츰차츰 아주 다양한 종들이 지구를 가득 채워 간다. 날짐승, 길짐승, 헤엄치는 동물, 뛰는 동물……. 그리고 2억 5천만 년 전엔 공룡들이 지구를 장악하지."

"진짜 공룡들이? 공룡은 텔레비전에만 나오는 거 아니야?"

가스파르는 웃음을 터뜨렸다.

"물론! 공룡들은 진짜 있었어. 모든 아이들이 다 아는 사실이지! 아! 미안, 네모. 갖가지 공룡들이 다 있었어. 예를 들어 브라키오사우루스는 키가 이 절벽 높이에 해당하는 무려 12미터에 이르렀대! 그런데 이 거대한 도마뱀들은 6천4백만 년 전에 사라졌어."

"왜? 공룡들은 꽤 튼튼해 보이던데!"

"무슨 일이 일어났는지는 몰라. 어쩌면 커다란 돌덩이로 된 운석이 지구와 충돌해서 엄청난 화재가 일어나고, 지구는 자욱한 먼지로 뒤

세계의 기원

45억 년 전 태양이라는 별 둘레에 지구가 생겨난다.

35억 년 전 얕은 물 속에서 최초의 세포들이 나타난다.

20억 년 전 대양에서 최초의 바닷말들이 번식한다.
대기 가운데 산소가 풍부해진다.

그 뒤 10억 년 동안에 일어난 것

8억 년 전 해파리와 지렁이 또 물렁물렁한 산호가 나타난다.

5억 년 전 최초의 물고기들이 나타난다. 바다 기슭이 이끼로 뒤덮인다.

4억 1천만 년 전 최초의 육지 식물들이 자란다. 대기는 숨쉴 만해진다.

3억 9천만 년 전 몇몇 약삭빠른 물고기들이 물 밖으로 뛰쳐나온다.

3억 5천만 년 전 숲이 지구를 덮기 시작한다.

2억 5천만 년 전 공룡들이 지구를 지배한다.

2억 년 전 최초의 포유류가 출현한다.

1억 5천만 년 전 최초의 새들이 날아오른다.

6천5백만 년 전 공룡이여 안녕! 포유류가 지배자가 된다.

계속…….

덮이고 나중에는 극심한 추위를 몰고 왔을 거야. 결국 작은 동물들만 살아남았겠지.”

“안됐는데……”

“확실하진 않아. 이렇게 해서 스스로 열을 내기 때문에 파충류보다 추위를 잘 견디는 포유류가 파충류를 대신하게 되었지.”

“포유류? 뭔가 생각이 나는데.”

네모가 눈을 반짝이며 말했다.

“포유류는 새나 물고기같이 알을 낳지 않고, 몸 안에 새끼를 배는 동물이야. 새끼가 태어나면 포유류는 젖을 먹이지. 새로운 종들은 이렇게 나타났어. 고양이과 동물, 맘모스, 원숭이 그리고 어느 날 사람이……”

“대단한 이야기군! 이제 끝났어?”

네모가 말했다.

“아직. 어쨌든 넌 왜 우리가 대양에서 태어났는지 이해할 수 있겠지? 지구 위의 모든 생명들, 즉 모든 생물들은 최초의 세포들에서 비롯되었어. 우주나 생명, 사람의 역사는 결국 수십억 년 동안 계속되어 온 똑같은 역사지.”

네모는 무의식적으로 모래 위에 그림을 그렸다. 목이 길쭉한 공룡이 활짝 웃고 있는 그림이었다. 조금 뒤에 네모는 다시 질문을 했다.

“그런데 왜 그 때마다 새로운 식물들과 동물들이 나타나? 새로운 종들은 어디에서 생겨난 거야?”

“생물들은 자연의 변화에 적응하려고 차츰차츰 변화해 왔어. 이것을 ‘진화’라고 불러.”

네모는 형이 암만 말해도 난 뭐가 뭔지 통 모르겠어, 하는 듯한 표정이었다.

가스파르가 다시 설명했다.

"좋아. 나무에 뚫린 구멍에서 작은 벌레들만 잡아먹고 사는 새를 상상해 봐. 그런데 기후가 바뀌어 벌레가 점점 줄어 간다고 가정해 보렴."

"새들한테 문제가 생기겠지."

"바로 맞았어. 그런데 다른 새들보다 부리가 더 뾰족하고 긴 새들이 있어. 그러니까 이런 새들은 먹이 찾는 일이 한결 수월하지. 그렇지 않은 새들보다 더 잘 살아남고. 세월이 흐르면서 보통 새들은 그 수가 줄어드는 반면, 부리가 긴 새들은 늘어나게 되지. 그리고 그 자손의 자손, 또 그 자손의 자손⋯⋯."

"또 그 자손의 자손은⋯⋯."

네모가 이어서 말했다.

"역시 긴 부리를 가질 거야. 여러 세대가 지나면 그 지역에는 부리 긴 새들만 남게 될 거라고. 부리 긴 새들은 가까운 지역에 사는 부리 짧은 새들과는 짝짓기를 하지 않을 거란 말야. 서로 다른 두 종이 존재하면서 진화를 하는 거야. 그러나 주의! 이렇게 되려면 시간이 걸린다는 사실을 알아야 해. 수천 년, 어쩌면 그보다 많이."

"거참, 더디게도 진화하네!"

네모가 소리쳤다.

"최초의 세포가 출현하고 나서 사람이 나타날 때까지 20억 년이 걸렸어. 20억이라고, 네모! 사람의 생명은 생명의 역사에 견주면 한낱 작은 불티에 지나지 않아!"

네모는 다시 잠깐 침묵을 지켰다. 이 모든 걸 다 상상하기란 쉽지 않은데.

네모가 다시 말을 꺼냈다.

“난 형 얘기를 믿고 싶어. 그런데 어떻게 그걸 알 수가 있지? 그 때는 지구 위에 아무도 없었는데. 얘기해 줄 사람이 아무도 없었는데 말야.”

“화석을 통해 발견해 냈어. 화석은 바위 속에 보존됐다가 굳어진 동물이나 식물의 잔해를 말해.”

“수백 년 동안? 아직도 잔해가 남아 있어?”

“그래. 잔해는 조금씩 조금씩 땅으로 뒤덮였어. 네 뒤쪽 절벽에 새겨진 큰 줄무늬를 봐.”

네모는 해변을 따라 벽처럼 솟은 엄청난 암벽을 관찰했다. 암벽은 네모가 어제 호텔에서 먹었던 밀페유*와 비슷했다.

가스파르가 설명해 주었다.

“시간이 흐름에 따라 침전물, 다시 말해 지층이 쌓이게 돼. 가장 깊은 쪽이 가장 오래 된 게 분명해. 지층 가운데 조개 껍데기 화석을 발견하면 대략 그 연대를 추정할 수 있어.”

“하지만 어떻게 지층의 역사를 알아?”

“식물 화석들을 보면 그 시대의 기후를 알 수 있어. 동물 화석은 옛날에 지구 위에 어떤 종들이 살았는지 알려 주지. 서로 다른 두 시기의 화석들을 비교해 보면, 동물이 어떻게 진화했는지 추측할 수 있어. 탐정이 하는 일 같은 거야.”

“〈셜록 홈즈〉 시리즈처럼 말야?”

*밀페유(millefeuille) : 크림과 얇은 빵 껍질이 번갈아 가며 층층이 포개져 있는 직육면체 모양의 과자.

“그럴지도 몰라. 바다 동물 화석 덕분에 대양이 어디까지 펼쳐졌었
는지도 알 수 있어. 이렇게 해서 3억 4천만 년 전 지구에는 대륙 하나
와 바다 하나밖에 없었다는 사실을 알아 냈어.”

“단 하나라고?”

네모가 눈을 동그랗게 뜨고 물었다.

“아, 물론! 그리고 5천만 년 전에 거대한 땅덩이가 갈라져서 오늘날
우리가 살고 있는 다섯 대륙이 됐지. 지구 역시 진화한 거야. 오늘날
에도 여전히 지각은 여러 판으로 떨어져 나가 마그마 위에 떠다닌다.
마그마가 있는 부분은 용해 상태로 있어. 판은 움직이면서 서로 포개
지기도 해. 판이 서로 부딪히는 곳에서는 때때로 지진이 일어나지.”

가스파르는 말을 중단했다. 네모가 딴전을 부리는 것 같아서였다.
네모는 윈드 서핑 보드 위에 똑바로 서려고 안간힘을 쓰는 사람을 넋
을 잃고 바라보고 있었다.

“이거야 원, 내 말을 안 듣고 있잖아. 이제 일어나야 돼. 안 그러면
스테이크처럼 구워질 거야.”

아닌게아니라 제법 더웠다. 내리쬐는 햇볕에 살갗이 따끔거렸다.

가스파르가 말했다.

“가자. 카페에서 기다릴래? 내가 약속을 하나 만들어 볼게.”

“약속?”

“그래, 바다와 만나는 약속. 깜짝 놀랄걸.”

바다 밑으로 내려간 네모

가스파르는 네모를 데리고 가까이 있는 작은 항구로 갔다. 그리고 둘은 하얀색 배에 올라탔다. 배에는 푸른색으로 크게 '잠수 클럽'이라고 씌어 있었다. 우리는 곧 바다 밑으로 내려간다!

네모는 뱃전에 걸터앉아 뱃머리 위로 부서지는 파도를 바라보았다. 가스파르가 미리 이렇게 일러 두었다.

"너를 가르치려고 마음먹었으니까 저 밑에 뭐가 있는지도 보여 줘야 돼. 넌 수영할 줄 아니까."

가스파르가 모든 준비를 다 해 두었다. 어린아이는 폐활량이 적기 때문에 공기통을 지고 해야 하는 잠수는 보통 허용되지 않는다. 그러나 네모는 예외로 해 주었다. 전화로 연락하자 브누아 박사도 조심해야 한다는 조건으로 허락을 했다. 브누아 박사는 "네모가 공포심을 모르는 모양이니 유리할 거예요." 하고 덧붙였다.

가스파르는 이미 갑판 위에 장비를 펼쳐 놓았다. 마스크는 물론이고 조끼, 바다 밑에서 숨쉬게 해 주는 장비인 커다란 압축 공기통 따위였다. 공기통에는 지침판과 남은 공기의 양을 알려 주는 작은 바늘이 달려 있었다. 그리고 깊이에 따라 공기 압력을 바꾸는 압력 조절기도 있었다.

가스파르는 네모에게 상기시켰다.

"피크뒤미디에서 귀가 기압 변화를 어떻게 느꼈는지 기억하지? 이번에는 물이 우리 몸을 누르는 거야. 10미터 아래로 내려가면 물은 수면보다 두 배나 더 세게 누른다. 20미터 깊이가 되면 세 배 이상이 되지. 따라서 오랫동안 잠수할 수도, 더 깊이 내려갈 수도 없어. 마치 여러 명이 우리를 사방에서 꽉 죄는 것처럼 우리 몸이 점점 더 압착되기 때문이야."

배가 멈추었다. 작은 바위섬 가까이 닻을 내렸다. 거기서는 해안이 거의 보이지 않았다. 네모는 잠수 클럽 책임자에게 도움을 받아 장비를 갖추었다. 몇 분 지나지 않아서 네모는 장비 무게를 못 이겨 주저앉아 버렸다.

가스파르가 네모에게 말했다.

"걱정 마, 물 아래로 내려가면 훨씬 가벼워지니까. 잠수하려면 납으로 된 허리띠도 차야 해. 그러지 않으면 내가 네 한쪽 발을 아래로 끌어당겨야 할걸. 공처럼 다시 물 위로 떠오르지 않게 말야!"

가스파르는 뚱뚱한 오리처럼 보였다. 굉장히 큰 고무 오리발을 신은데다 마스크를 써서 두 눈이 튀어나와 보였다.

가스파르가 설명했다.

"우리 신호로 말하자."

가스파르는 오른손 엄지와 검지로 동그라미를 만들었다. 나머지 세 손가락은 쭉 펴서 위로 향했다. 이 신호가 '오케이, 모든 게 좋아!' 하는 뜻이다. 그는 손으로 다른 동작을 해 보였다. 손을 수평으로 하고 손가락들을 벌린 채 오른쪽에서 왼쪽으로 움직였다. 이것은 '잘 안 돼.'이다.

"이 두 개가 기본적인 신호야. 다른 것들은 쉽게 짐작할 수 있을 거야."

가스파르는 네모가 작은 사다리를 타고 내려가는 것을 도와 주었다. 그리고 두 사람은 물 속에서 다시 만났다.

기적 같은데! 정말 모든 게 한결 가볍게 느껴졌다. 네모는 가르쳐 준 대로 조심스럽게 따라 했다. 조끼에서 공기를 조금 빼내어 수면 바로 아래쪽에서 평형을 유지했다. 가스파르의 신호에 따라 몸을 뒤집고 물갈퀴를 흔들어 깊은 곳으로 내려갔다. 네모는 통에서 꾸르륵꾸르륵 공기가 빠져 나가는 소리와 자기 숨소리밖에 듣지 못했다. 온통 짙은 푸른색뿐이었다. 아래쪽으로 바위 언덕이 나타났다. 바위 언덕은 길쭉한 바닷말들로 덮여 있고 그 둘레로 줄무늬 있는 물고기들이 바글바글했다. 네모는 물갈퀴를 천천히 움직여 물고기들이 있는 데로 나아갔다. 가만가만 날아갔다. 둥둥 떠다녔다. 꼭 꿈 속 같았다. 그는 바위산 능선을 따라 날았다. 그러다가 입이 튀어나온 뚱뚱한 물고기와 부딪힐 뻔했다. 물고기는 비트적거리며 달아나다가 해저 절벽 가장자리에 잠시 머물렀다. 그리고 머리를 먼저 디밀고 해초들이 일렁거리는 계곡 쪽으로 내려갔다. 네모는 모르는 생물들이 들끓고 있는 이상한 세계를 날고 있었다. 그는 더 이상 무게를 느끼지 못했다.

가스파르는 네모 앞쪽에서 느릿느릿 헤엄쳐 나갔다. 그리고 이따금 멈추어서 네모한테 식물이나 동물을 보여 주었다. 가스파르는 잠시 네모의 팔을 잡아끌어 바위산에 뚫린 구멍을 가리켰다. 그러나 네모를 멀리 떨어져 있게 했다. 머리 하나가 바위 틈으로 비죽이 나왔다. 바위와 같은 색이라 겨우 알아볼 수 있었다. 네모는 커다란 두 눈과 날카로운 이빨을 보았다. 가스파르가 네모더러 물러서라는 손짓을 했다. 둘은 또 다른 낭떠러지 쪽으로 날아갔다.

가스파르는 네모한테 이미 말했던 '오케이?' 신호를 규칙적으로 보냈다.

'오케이.'

네모는 같은 식으로 반응을 보였다.

암벽들은 약간 칙칙한 색깔을 띠고 있었다. 파란색, 초록색, 밤색……. 가끔 발 아래로 시커멓고 깊은 구렁이 열렸다. 네모는 구렁으로 내려가고 싶었다. 그러나 가스파르가 슬그머니 네모의 팔을 잡아끌었다. 너무 깊숙이 내려가는 모험을 해서는 안 돼. 네모는 자신이 물 속에 있다는 사실을 잊어버렸다. 이미 한 마리 새가 되어 있었다.

갑자기 가스파르가 다가왔다. 공기통에 달린 조그만 지침판을 쥐고 네모에게 보여 주었다. 네모는 벌써 반 이상의 공기를 소모한 상태였다. 가스파르는 손으로 수면 쪽을 가리켰다. 올라가야 한다는 신호였다. 벌써……. 아래쪽에서 쳐다보면 수면은 빛으로 된 거대한 지붕처럼 보였다. 마지못해 네모는 조끼에 공기를 조금 넣어 부풀어오르게 했다. 그러고는 천천히 떠올랐다.

배 위로 올라와 장비를 벗어던지자마자, 두 사람은 자신들이 본 것을 앞다투어 이야기하려고 쉴새없이 서로의 말을 가로막았다.

네모는 끊임없이 되새겼다.

"정말 멋졌어! 내가 얼마나 잘 날아다니는지 형 봤지? 꿈 속 같았어!"

가스파르가 말했다.

"우리가 마주쳤던 물고기들 가운데 가장 굵은 놈은 농어였어. 그걸로 기막힌 요리를 만들지."

"그런데 구멍 속에서 잘 안 보였던 굵직한 머리통에 이빨이 총총 박힌 물고기는?"

"곰치야. 구멍 속에 몸을 잘 숨기는 물고기인데 뱀처럼 생겼어. 이놈에겐 너무 가까이 다가가지 않는 게 좋아. 이놈은 위태롭다고 느끼면 달려들어 물어뜯거든."

성대, 놀래기, 작은 산호 가지, 완전한 동물도 완전한 식물도 아닌 아주 이상한 것도 보았다고 가스파르가 덧붙였다.

"동물과 식물의 중간 단계에 있는 거야. '포지도니'라고 하는 커다란 해초류지. 하지만 이 해초들은 공장과 도시에서 오염 물질을 내보내기 때문에 점점 더 수가 줄어들고 있어. 심한 오염으로 수많은 해저 동식물들은 영양을 취하고 번식할 영역을 빼앗겨 살아남기 힘든 지경이야."

"바다 밑에는 몇 종이 살고 있어?"

"알 수가 없어! 플랑크톤같이 아주 작은 것도 있고, 고래처럼 거대한 것도 있어. 모든 종들은 서로서로를 필요로 하지. 플랑크톤은 작은 물고기의 먹이가 되고, 작은 물고기들은 큰 물고기들의 먹이가 되지."

네모가 가스파르의 말을 자르면서 끼어들었다.

"큰 물고기들은 우리의 먹이가 될 수 있어."

"그래. 그리고 육지에서도 육식 동물은 초식 동물을 잡아먹고, 초식 동물은 식물을 먹고 살지. 또 식물들은 죽어서 썩었거나 다른 동물들이 땅 속으로 되돌려 보낸 동물들에게서 영양을 취하지. 이런 게 자연의 순환이야. 식물이 동물한테 먹히고, 또 동물은 다른 동물한테 먹히는……."

네모가 말을 중단시켰다.

"또 이 동물은…… 잡아먹히고……. 슬프네, 자연이란."

"자연은 잔인하다고 할 수도 있지. 하지만 어떤 것들이 살기 위해서는 다른 것들이 죽어야 돼. 죽음이 없으면 삶도 없을 거야."

"내가 말 잘 했지. 슬픈 거야."

네모가 거듭 말했다.

"슬픈 일은 바로 사람들이 자연을 너무 엉망으로 만든다는 거야. 자연을 파괴하며 대양을 고갈시키고 있어. 지중해는 이제 예전같이 물고기가 풍부하지 않아. 지중해 연안은 많이 오염돼 있어."

배가 부두에 도착했다. 네모는 녹초가 되었다. 몸이 천근만근이었다. 카메라를 꺼내 들고 있던 가스파르는 네모에게 스쿠버 다이빙 하는 사람들과 포즈를 취하라고 주문했다. 마침내 네모가 트랩을 떠나자 그들은 모두 "잘 가요, 네모 선장!" 하고 소리쳤다. 네모가 하고 싶은 건 오직 하나밖에 없었다. 눈을 감고 잠에 빠져드는 것.

"넌 좀 쉬어야 돼. 바다를 아주 좋아하는 널 위해서 오늘 저녁엔 또 깜짝 놀랄 일이 기다리고 있어."

가스파르가 말했다.

"뭔데?"

"그걸 말해 주면 깜짝 놀랄 일이 안 되지."

인어 공주의 눈물

하마터면 그들은 늦을 뻔했다. 네모가 저녁까지 잤기 때문이다. 가스파르는 미국에 있는 레아에게 여러 번 전화했지만 통화하지 못했다. 그 다음 두 사람은 잘 다려진 바지로 '깨끗하게' 차려입었다. "골치 아프네, 시차라는 거!" 하고 가스파르가 신음 소리를 냈다.

두 사람은 그 도시의 큰 극장으로 향했다. 그들은 '연극'을 보기로 되어 있었다. 네모는 어떤 연극인지 잘 몰랐다. 그는 가스파르 옆자리에 앉아 초조하게 기다렸다. 객석은 금세 가득 찼다. 네모 또래의 아이들이 많았다. 네모는 물어 보고 싶은 게 한 가지 있어서 좀이 쑤셨다.

"아 참, 왜 그 사람들이 나를 '선장'이라고 불렀지?"

"그 얘기 아직 못 들었어? 네모 선장은 쥘 베른이라는 유명한 프랑스 작가의 〈해저 이만 리〉라는 책에 나오는 주인공이야. 네모 선장은 사람들을 믿지 않고 대양 속으로 도피했어. 잠수함을 타고 여행을 했지. 네 부모님은 그 네모 선장을 생각하며 이름을 지어 준 거야. 네모란 이름은 멋져."

"아직도 살아 있어? 진짜 네모 말야."

"아니, 아니. 만들어 낸 인물이야. 쥘 베른은 엄청난 상상력을 가진 사람이었어."

"상상력이 뭐야? 형은 나한테 자꾸 '상상해 봐' 하는데, 난 잘 모르겠어."

가스파르는 머리를 긁적였다. 그러더니 설명하기 시작했다.

"상상력이라는 것은 영상이야. 머릿속으로 그려 내는 영상이라고. 꿈과 비슷하지만 깨어 있는 상태에서 자기 생각을 이끌어 가면서 그려 보는 거지. 많은 얘기를 만들고 그 얘기에 인물들을 등장시켜서 우리 맘에 드는 거라면 다 하게 만든다고. 우리가 상상력을 발휘하면 원하는 데는 어디라도 갈 수 있고, 어디든 살 수 있으며, 하고 싶은 것을 맘대로 할 수 있어."

"그렇다면 날아갈 수도 있는 거야?"

"그래, 피터 팬처럼. 피터 팬은 침실 창문에서 날아올라 '사라진 아이들이 있는 섬'을 찾으러 가. 또 조나단 리빙스턴 갈매기는 언제나 더 빨리, 더 높이 날고자 하지."

내 작은 도서관

어린 왕자 – 앙트완 드 생텍쥐페리

해저 이만 리 – 쥘 베른

갈매기의 꿈 – 리처드 바크

보물섬 – 로버트 루이스 스티븐슨

인어 공주 – 한스 크리스티안 안데르센

정글북 – 루디야르 키플링

찰리와 초콜릿 가게 – 로알드 달

피노키오의 모험 – 칼로 콜로디

올리버 트위스트 – 찰스 디킨스

집 없는 아이 – 헥토르 말로

톰 소여의 모험 – 마크 트웨인

홍당무 – 쥘 르나르

작은 아씨들 – 루이자 메이 알콧

소피의 불행 – 세귀르 백작 부인

나의 라임 오렌지 나무 – 호세 마우로 데 바스콘셀로스

높은 곳에 사는 고양이 이야기 – 마르셀 에메

삼총사 – 알렉상드르 뒤마

닐스 홀거손의 신기한 여행 – 셀마 라거뢰프

이상한 나라의 앨리스 – 루이스 캐롤

사자 – 조제프 케셀

피터 팬 – 제임스 바리

로빈슨 크루소 – 미셸 투르니에

안네의 일기 – 안네 프랑크

Némo

"갈매기가 이름도 있어?"

"책에서는 안 되는 게 없어. 동물에게 말을 시킬 수도 있고, 〈이상한 나라의 앨리스〉처럼 마법의 거울을 통과할 수도 있지. 〈보물섬〉에 나오는 짐처럼 신비에 싸인 장소를 발견할 수도 있어. 또 이제 곧 보게 될 〈인어 공주〉같이 바다 밑에서 살 수도 있어."

"그거 다 읽어 보고 싶어."

네모가 말했다.

"물론 그래야지. 네가 기억을 잃은 덕분에 이 모든 책들을 다시 발견할 수 있는 거야. 넌 운이 좋다니까! 원한다면 네 수첩에 내가 좋아했던 책 목록을 적어 줄게. 나중에 서점에 가자고, 됐지? 쉿, 시작한다."

약하게 바닥을 두드리는 소리가 잇달아 났다. 뒤이어 아주 세게 세 번을 두드리는 소리가 났다. 누가 갇혀 있는 게 틀림없다고 네모는 생각했다. 그 사람을 풀어 줘야 시작할 텐데. 곧 이어 붉은색 커튼이 올라가고 배경이 나타났다. 네모가 오늘 오후에 보았던 것과 비슷한 해 저였다. 길쭉한 바닷말들이 푸르스름한 바위에 붙어 있었다. 새하얀 조개들이 거품이 이는 모래톱에 반쯤 모습을 드러냈다.

천장에서 들려 오는 듯한 소리가 울려 퍼졌다.

"아주 멀고도 먼 큰 바다 한가운데, 바닷물은 싱그럽기 그지없는 수레국화 꽃부리같이 푸르고, 순수하기 이를 데 없는 수정처럼 맑았어요. 또 깊기로 말하면 하도 깊어서 어떤 닻도 밑바닥에 닿지 못할 정도였답니다. 그래서 수면에 이르려면 하고많은 교회 종탑들을 쌓아 올려야 할 거예요. 그 바다의 깊고 깊은 곳에 바다 사람들이 살고 있었는데……."

그 목소리는 부드러우면서도 열정적이었다. 그리고 문장들이 공기 속으로 감미롭게 스며드는 듯했다. 네모는 프랑스 어 선생이 했던 말을 떠올렸다.

"이 말들이 음악이 되는 거야. 바다 소리가 들려."

네모가 속삭였다.

가스파르는 놀랍다는 듯 네모를 바라보았다.

"그래, 아름다워."

가스파르는 달리 해 줄 말이 없었다.

"그 곳에는 식물들이 자라는데, 식물의 잎은 어찌나 부드러운지 조금이라도 물이 움직일라치면 해초들이 일렁거려 마치 살아 있는 사람처럼 이동합니다. 크고 작은 물고기들이 이 해초의 가지 사이로 미끄러져 들어가거나 쉬기도 합니다. 뭍에서 새들이 나무 사이로 날아다니듯 말이에요."

인어 공주가 무대에 나타났다. 인어 공주는 미끄러지듯 움직이는 것 같았다. 인어 공주는 금발 머리를 빗어 넘기고 물고기 꼬리를 늘어뜨렸다. 이런 인물은 '실제' 존재하는 인물이 아님은 말할 것도 없다. 하지만 아무래도 좋았다. 네모는 이미 상상의 인물 세계를 알고 있었다. 상상의 세계가 현실보다 더 재미있었다.

인어 공주는 산호로 지은 궁궐에 살고 있었다. 창문은 호박으로 되어 있고, 지붕은 조가비로 이어져 있었다. 궁궐 문은 물결에 따라 저절로 열리고 닫혔다. 인어 공주는 저 궁궐에 사는 게 행복했을 텐데. 그러나 인어 공주는 바깥 세상인 뭍에 가고 싶어했다. 참 이상하다고 네모는 생각했다. 난 바다 밑과 하늘 위로 가고 싶은데. 근데 인어 공주는 땅에 오르고 싶어하니……. 야릇한 이야기야.

인어 공주는 언젠가 난파선의 왕자를 구해 준 적이 있었는데, 그 왕자를 꼭 다시 만나고 싶어했다. 인어 공주는 왕자를 사랑했다. 사랑이야! 결국 또 사랑 타령이군.

인어 공주는 목소리를 잃는 대신 다리를 얻어 인간 세상에서 살고자 했다. 비록 그것 때문에 죽는 한이 있을지라도……. 인어가 죽으면 시신은 거품으로 변해 큰 바다에 흩어진다. 한편 인간은 풍선과 비슷한 영혼을 가지고 있는데, 죽으면 별나라로 올라간다. 이처럼 사람들은 완전히 사라지지는 않는다.

할머니 인어가 설명했다.

"인간의 영혼은 공기를 타고 반짝이는 별로 올라간단다. 우리가 물 밖으로 나가면 신비스러운 뭍을 발견하듯이 인간의 영혼은 빛나는 하늘로 올라가는데, 이 곳은 우리가 결코 구경하지 못할 낯선 나라야."

운도 없지! 왕자는 얼굴도 모르는 이웃 나라 공주와 결혼을 하고 말았다. 수니타 어머니가 인도로 돌아가면 그렇게 되듯이, 하고 네모는 생각했다.

인어 공주는 이 일로 몹시 마음이 아팠다. 그래서 인어 공주는 바닷물에 몸을 던졌다. 하지만 물고기 꼬리는 이제 더 이상 없었다. 인어 공주는 거품으로 변했다.

그런데도 이야기는 행복하게 끝났다. 마음씨 착한 공기의 정령들이 인어 공주를 붙잡아서 하늘로 올려보냈다. 인어 공주는 이미 고통을 받을 만큼 받았기 때문이다.

"그리하여 황홀해진 인어 공주는 눈을 들어 하늘을 쳐다보면서 처음으로 눈에 뜨거운 눈물이 고이는 것을 느꼈습니다."

연극은 이렇게 결말이 났다.

또 눈에 물이 고이는군, 하고 네모가 말했다.

막이 내리자 모든 사람들이 한 손을 다른 한 손에 부딪혀 때리기 시작했다. 네모는 텔레비전에서 이미 이런 광경을 본 적이 있었다. 네모는 옆 사람들이 하는 대로 손바닥이 아프도록 손뼉을 쳐 댔다. 틀림없이 등장 인물들을 무대 위로 다시 불러 내는 신호였다. 그러나 인물들은 연기는 하지 않고 그 대신 웃음만 지었다.

"좋았어?"

극장을 나오면서 가스파르가 물어 보았다.

네모는 대답은 않고 이해할 수 없다는 눈초리로 바라보았다.

"더 간단하게 말할게. 더 있고 싶었어, 아니면 나가고 싶었어?"

가스파르가 끈덕지게 물었다.

네모는 어쩔 줄을 몰랐다. 결코 나가고 싶지 않았다. 이런 게 '좋아하는' 거라면 물론 그랬다. 네모는 좋았다. 물론 사랑이나 영혼 그리고 눈물이라는 것은 빼고 말이다.

"난 말이야, 아름답다고 생각해."

가스파르가 제 생각을 말했다.

"아름다운지 아닌지 어떻게 알아?"

네모가 물었다.

가스파르는 한참 동안 곰곰이 생각에 잠겼다.

"쉽진 않아! 어쨌거나 남이 네게 그런 말을 하도록 기다려선 안 돼. 흔히 사람들은 남이 하는 대로 따라 하는 데 만족하지. 남들이 박수를 치니까 자신들도 박수를 쳐. 남들이 아름답다고 하는 걸 들었기 때문에 사람들은 이 그림이 아름답다고 말해. 사실 저 혼자 판단하려면 용기가 필요해. 너 혼자만 그렇게 생각한다고 할지라도 제 의견을 가진다면 스스로 배우게 돼.”

“하지만 어떻게?”

“자주 음악을 듣고, 그림을 많이 보고, 책도 많이 읽어야 해. 그러면 모르는 사이에 차츰차츰 무엇이 아름답고 아름답지 않은지, 그리고 무엇을 좋아하고 좋아하지 않는지를 알게 될 거야. 사실 아름다움은 ‘아는’ 게 아냐. 느끼는 거지.”

네모는 잠시 생각에 잠겼다. 흥미로운데, 형이 말해 준 것. 그래, 그런데 ‘느끼려면’ 어떻게 해야 되지?

가스파르가 말했다.

“자신감을 가져. 네 마음 속에 뭐가 있는지 귀 기울여 봐. 조금 전에 네가 말이 음악이 된다고 했을 때, 넌 그 말을 아름답다고 생각한 거야. 그 이전에 이미 말이 네 속에서 뭔가, 기분 좋은 그 무엇, 즉 감동을 불러일으켰다는 거지.”

“그런 거야, 감동이란 게? 그걸 내가 잊어버렸다고? 말에서 음악을 듣는 걸?”

“저런! 그것뿐이 아냐. 오늘 네가 ‘난 바다를 좋아해!’ 하고 외쳤을 때, 그것 또한 감동이었어. 말하자면 넌 행복했던 거야. 그래서 나 역시 행복해졌어.”

가스파르 말이 옳았다. 헤엄칠 때 네모는 어떻게 해서 자기 안에서 뜨거운 뭔가가 느껴졌는지 잘 기억하고 있었다. 그러니까 이미 여러 차례 말한 바 있는 감동이란 것을 되찾아 가는 중이었다.

“그리고 눈물은?”

“감동이 너무 지나친 나머지 흘러 넘치는 거야! 너무 슬프거나 반대로 너무 기쁘기 때문이지. 예를 들면 어떤 사물이나 사람을 아주 강렬하게 좋아할 때지.”

그런데 말야, 그걸 못 벗어나는군, 하고 네모는 생각했다. 이런 얘기는 늘 사랑으로 끝났어. 내가 바다를 좋아하는 건 맞아. 그런데 사람을 좋아하는 것은? 그건 어떻게 알지?

두 사람 앞쪽으로 보이는 조그만 항구에는 닻줄 끝에 매달린 배들이 가만가만 흔들거렸다. 돛대란 돛대마다 작은 불빛이 빛났다. 이 불빛은 보태진 별처럼 밤 하늘에 뚜렷이 보였다. 이제 하늘인지 땅인지 알 수 없었다. 호텔로 돌아가기 전에 네모와 가스파르는 잠시 부둣가를 거닐었다.

“사랑이란 결코 잘 이루어지지 않아! 인어 공주를 봐!”

호텔에 돌아왔을 때 네모는 이렇게 주장했다. 한편, 가스파르는 다시 한 번 미국에 있는 레아와 통화해 보려고 애썼다.

“곧이곧대로 받아들이지는 마. 인어 공주는 없어. 그건 이야기고 전설일 뿐이야.”

전화기를 내려놓으면서 가스파르가 대꾸했다.

“그런데 형 여자 친구 레아는 진짜 있는 거야?”

가스파르는 난처한 표정을 지으며 네모를 바라보았다.

“아! 넌 정말로 감정을 되찾아 가고 있어. 또 짓궂어지기 시작하는데? 자, 들어 봐.”

가스파르는 휴대 전화기의 번호를 하나 누른 다음 잠시 기다렸다. 그리고 코드를 치고 네모에게 전화기를 내밀었다. 네모는 파리에 있는 가스파르의 자동 응답기에 녹음된 여인의 목소리를 들었다. 목소리가 달콤하다고 네모는 생각했다.

“가스파르, 나야. 어디 간 거야? 넌 소식이 없는데다가 통화도 안 되고. 정말 악몽이야. 난 서해안 쪽으로 떠나. 전화해 줘, 제발. 정말 보고 싶어. 너무너무 사랑해.”

“왜 ‘너무너무’야?”

네모가 물었다.

가스파르는 조금 난처해졌다.

“‘매우’라는 뜻보다 강하게 말하려고 그런 거야. 가끔 아주 센 뜻을 지닌 말을 찾지 못하기도 해. 그래서 그런 단어를 생각해 낸 거야.”

가스파르는 침대 위에 앉아 있었다. 녹초가 된 것 같았다. 네모는 형이 아픈 사람처럼 슬퍼하고 있다는 걸 깨달았다.

“미안해. 감정이란 고통스러운 거야?”

네모는 인어 공주의 할머니가 손녀에게 한 것처럼 한 손으로 가스파르의 어깨를 쓰다듬으며 부드럽게 말했다.

“사랑은 즐거운 거야. 때로는 고통스럽기도 하고. 나중에 알게 될 거야.”

“난 모를 거야. 아니, 됐어! 더구나 의사 선생님께서 그렇게 말씀하셨단 말야!”

가스파르가 대꾸했다.

“다시 사랑을 안 할 거라고? 아니, 다시 하게 돼! 누구라도 사랑할 수 있어. 모든 사람에겐 사랑이 필요해. 그게 바로 동물과 다른 점이기도 하지. 이제 자야 돼, 네모. 내일 아침에는 아주 일찍 출발해야 하거든. 우린 최초의 인간들을 찾아 나서게 될 거야. 몇몇 사람만이 방문할 수 있는 아주 놀라운 곳이지.”

네모는 쉽사리 잠자리에 들었다. 머릿속은 온통 바다 밑 영상들로 가득 찼다. 그는 인어 공주와 오후에 있었던 바닷속 탐험을 집요하게

생각해 내려고 애썼다. 그런 것들을 골똘히 생각하다 보면 아마 꿈을
불러 올 수도 있지 않을까?

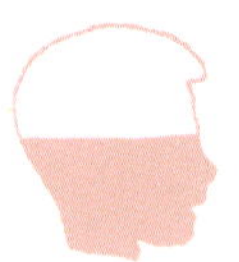

7장
너는 인류 가운데 한 사람이다

라스코의 보물

그 곳은 틀림없이 지구에서 가장 잘 보존된 장소일 거라고 가스파르가 미리 귀띔해 주었다. 동굴 어귀는 몽티냑이라는 작은 마을 위로 우뚝 솟아오른 산꼭대기에 숨겨져 보이지 않았다. 그들은 먼저 철책 울타리를 통과해서 암벽 속으로 움푹 들어간, 눈에 잘 띄지 않는 돌계단을 타고 내려간 다음, 첫 번째 방호 철문을 넘고 두 번째 문을 지나야 했다.

이번만큼은 가스파르가 입을 다물었다. 그들은 세계에서 가장 널리 알려진 그 유명한 라스코 동굴을 보게 될 참이었다. 이 동굴은 선사 시대 걸작품으로 알려져 있다. 관광객들은 똑같이 만들어서 진짜 동굴 가까이 설치해 놓은 가짜 라스코만 볼 수 있었다. 진짜 동굴은 일반인들에게는 출입이 금지된 상태였다. 하지만 이 날은 예외로 네모와 가스파르 그리고 그들을 안내하는 고고학자에게 허용되었다.

"왜 출입이 금지됐어요?"

네모가 물었다.

"보호하려고! 우리가 숨쉴 때 탄산가스를 내뱉는다는 거 알지?"

고고학자가 설명했다. 고고학자는 'r' 발음*을 아주 세게 굴리며 말했고, 배가 불룩하게 튀어나왔는데도 걸음이 무척 빨랐다.

네모가 대답했다.

"알아요! 산소를 빨아들이고 탄산가스를 내뱉는 거죠. 식물과는 반대예요."

"좋아, 아주 잘 대답했어……. 그러니까 너무 많은 사람들이 동굴 안으로 들어가게 되면 탄산가스가 모여 그림을 망가뜨리게 돼. 그림들은 아주 오래 된데다 매우 망가지기 쉬우니까. 알겠니? 이 곳에는 1만 7천 년 전 사람이 그린 최초의 그림들이 있어. 정말 보물이지!"

"우리가 숨쉬는 건 괜찮아요?"

"우리는 특별히 허락을 받았어! 우리는 단지 세 사람이고 또 안에서 20분 이상 머물 수 없게 돼 있어. 이 정도라면 그림에 해롭지는 않을 거야. 하지만 신발을 소독해야 돼."

고고학자는 두 사람에게 액체가 가득 찬 용기를 가리켰다.

"거기에다 신발 바닥을 담가. 그렇게 하면 세균이나 꽃가루로 인해 동굴이 오염되는 걸 막아 주지."

"세상에!"

*프랑스 어에서 'r' 발음은 아주 특이한데 우리말의 'ㅎ'에 가까운 소리다. 파리 지방의 발음과 달리 고고학자의 발음은 남프랑스 사람들이 그렇게 하듯 'r'을 'ㄹ'에 가깝게 굴리는 경우다.

네모는 이런 세심한 주의에 깜짝 놀랐다.

세 사람은 바위 속으로 뚫린 가파른 터널을 타고 내려갔다. 둥근 천장 아래쪽에서 찰랑거리는 물소리만이 들려 왔다. 공기에서 아주 오래 된 흙내가 풍겼다.

"과거의 냄새."

가스파르가 속삭였다. 그는 비밀을 함께 나눠 가지기라도 하듯 나지막이 말했다.

안내하는 고고학자가 손전등을 꺼 버렸기 때문에 그들은 다시 어둠 속에서 몇 걸음을 옮겼다. 어슴푸레한 빛에 적응시켜 조금 뒤에 받게 될 충격에 미리 대비하려는 의도였다. 고고학자는 둘에게 걸음을 멈추라고 일렀다.

"잘 봐, 네모. 우린 선사 시대로 들어가는 거야."

손전등이 켜졌다. 그리고 네모는 보았다. 네모 주위로 마술 같은 광경이 펼쳐졌다. 거대한 황소와 검은 갈기를 가진 말, 암소, 사슴 따위가 여러 마리 보였다. 바위에 그려지고 새겨진 기막히게 아름다운 동물들이었다. 너무나 아름답고 섬세해서 마치 어제 그려 놓은 것 같았다. 1만 7천 년 전 우리 조상들이 남긴 미술 작품이었다.

그들은 한참 동안 한마디도 하지 않고 서 있었다. 네모가 먼저 침묵을 깼다.

"그런데 왜 선사 시대 사람들은 이렇게 후미진 곳에다 동물들을 그렸을까요?"

고고학자가 웃었다. 그러자 얼굴에 주름이 생겼다.

"좋은 질문이야, 좋은 질문. 그림을 보여 줄 생각이었다면 쉽게 갈 수 있고 찾기 쉬운 곳에 그려 놓았을 거야."

“그런데 왜?”

네모는 답을 듣고 싶었다.

“아마 비밀 의식을 치르거나 신들과 교통하기 위해서였을 거야.”

“신이 뭐예요?”

네모가 조용히 물었다.

고고학자가 짙은 눈썹을 위로 치켜올렸다.

가스파르가 끼어들었다.

“자연이나 인간의 운명을 지배하는, 보이진 않지만 우월하고 전능한 힘을 가진 존재야.”

고고학자가 가스파르의 설명을 확인해 주었다.

“정확해요, 정확해! 라스코 동굴 벽화를 남긴 사람들은 동굴 깊숙이 들어가면서 어쩌면 또 다른 세계, 즉 주술 세계로 들어간다고 믿었을지도 모르지. 하지만 그들이 믿은 신이 어떤 건지는 몰라. 아마 앞으로도 절대 알 수 없을 거야.”

다시 얼마 동안 그들은 그림으로 뒤덮인 좁은 터널 속으로 더 들어갔다. 그런 다음 고고학자는 자기 손목시계를 톡톡 두드렸다. 그리고 두 사람에게 마지못해 말했다.

“이제 올라가 봐야 돼요.”

네모와 가스파르는 기억 속에 잘 새겨 두려고 벽화들을 또다시 바라보았다.

네모가 가스파르한테 말했다.

“이건 절대 잊지 않을 거야. 형, 무슨 일이야?”

“아무것도 아냐.”

가스파르는 네모를 계단으로 이끌면서 대답했다.

그렇지만 네모는 벌써 낌새를 알아챘다. 가스파르의 눈에 눈물이 고였다. 또 시작이야! 감동의 눈물. 네모는 눈을 꼭 감아 보았다. 어쩔 수 없는데, 눈물이 한 방울도 나오지 않는걸. 한데 눈물은 어떻게 흘리는 걸까?

우리 모두 아프리카 원숭이 후손이다

그들 눈앞에 깎은 듯한 산이 구불구불한 레이스처럼 펼쳐져 있었다. 네모와 가스파르는 몽티냑으로 내려가는 길가 바위에 앉아 있었다. 네모는 짐승 가죽을 두르고 바위 사이로 비틀대며 걸어가는 최초의 사람들을 떠올려 보았다. 그들이 굵은 땀방울을 뚝뚝 흘리며 암벽을 기어오르고 있었다. 그들은 얼마나 희한한 삶을 살았을까! 그들은 어디에서 왔지? 원숭이의 후손이라고 가스파르가 이미 그 전에 말해 주었다. 하지만 어떻게?

"그런데 최초의 사람들이 어떻게 원숭이 '후손'이야?"

네모가 물었다.

"아, 또 올 게 왔군!"

가스파르는 이렇게 반응을 보였다. 그러고는 잠시 생각에 잠겼다가 말을 계속했다.

"원숭이는 우리 사촌뻘쯤 되는 셈이지."

"그렇다면 형이 원숭이네! 팔이 길쭉하니까 형은 아마 원숭이 후손일걸. 하지만 난 아냐!"

"우리가 '인간은 원숭이 후손이다.'라고 하는 건 우리 조상이 침팬지라는 뜻이 아냐. 사람과 원숭이는 아주 오래 전에 공통 조상을 가졌다는 말이지. 그게 700만 년 전 일이야.”

“우아! 라스코 벽화보다 훨씬 오래 전이네!”

네모가 크게 소리쳤다.

“그렇고말고. 수백만 년이 걸려 엄청난 세대가 지나서 이 동물이 바뀐 거지.”

“진화한 거야.”

네모가 끼어들었다.

“그럴지도 몰라. 우리의 아주 오랜 조상은 네 발 짐승에, 과일이나 뿌리를 먹으며 아프리카에서 살았어. 우리 조상이 살던 지역의 기후가 더 건조해졌다고 보는 거야. 숲은 키 작은 나무 몇 그루가 드문드문 자라는 사막 같은 사바나로 바뀌고. 차츰차츰 뒷다리 둘을 짚고 일어섰던 짐승들이 유리하게 되었어. 그들은 더 멀리 바라보고 주변을 살피며, 두 손이 자유로워서 도구를 쓸 수도 있었던 거야.”

“그들은 여전히 원숭이였어?”

“중간이야. 아직 진짜 인간도, 그렇다고 순전히 원숭이도 아니었어. 이들을 ‘오스트랄로피테쿠스’라 불러.”

“그런데 그런 걸 어떻게 다 알아?”

가스파르는 한숨을 내쉬었다. 늘 마찬가지야! 네모한테는 아는 사실을 얘기해 주는 것만으로는 안 돼. 어떻게 그 사실을 아는지도 아울러 얘기해 줘야 돼. 가스파르는 참을성 있게 다시 입을 열었다.

“고고학자들이 화석과 뼈, 뼈 가운데서도 특히 오랫동안 남아 있는 턱뼈와 이 조각들을 수백 개씩 발견해 냈어. 고고학자들은 우리 조상의 뼈대를 재구성하는 데 성공했던 거야.”

“바다 화석처럼?”

“맞았어. 원자를 분석하는 기계를 가지고 고고학자들은 유골 연대를 추정할 수 있어.”

“좋아. 하지만 작은 뼛조각만 가지고서는 우리 조상들이 어떻게 살았는지 알 수 없잖아!”

“아니, 바로 그것으로 알 수 있어. 이 하나를 고성능 현미경으로 검사해 보면, 맨눈으론 볼 수 없는 아주 가는 줄이 보여. 이것은 그 사람이 무엇을 먹었는지, 예컨대 채식을 했는지 아닌지를 알려 주지. 넓적다리뼈 한 부분을 검사해 보면, 그 사람이 두 다리로 걸었는지 나무에 기어올랐는지를 알 수 있어. 루시라고 들어 봤어?”

“여자애야?”

가스파르는 웃어 버렸다.

“그럴 거야. 어쨌든 오스트랄로피테쿠스 여자애는 350만 년 전에 살았어. 그 뼈대는 지금까지 발견된 것 가운데 가장 완전해. 이것 덕분에 우린 조상에 대해 엄청나게 많은 지식을 얻게 됐지. 루시는 키가 작았는데 1미터도 채 안 됐대. 채식을 했고 약간 구부정한 자세로 깡충깡충 뛰었지. 나무에 기어올랐으며 벌써 작은 돌멩이를 이용해 뿌리 껍질을 벗겼어.”

네모는 깜짝 놀랐다.

“와! 아마 루시는 공격적이진 않았을 거야! 루시가 최초의 인간……음, 최초의 여잔가?”

“최초의 인간들은 사실 오스트랄로피테쿠스의 후손들이야. 최초의 인간들은 300만 년 전에 나타났어.”

“그들도 아프리카에서 살았어?”

“처음에는 그랬지. 이 사실을 잘 알아야 해, 네모. 모든 사람은 기원

171

이 같다는 사실을! 내가 들려 준 이야기 첫머리를 떠올려 봐. 빅뱅, 서로 결합하는 원자 입자들, 수많은 가스 구름과 별들의 형성을. 그 다음에 행성들, 또 지구에서 생명이 발달한 것, 바닷말, 동물 그리고 우리 인간을 말야. 우리는 가스 구름과 박테리아 또 원숭이 후손이야. 백인이든 흑인이든 황인종이든 혹은 에스키모든 우린 모두 같은 종에 속해. 다시 말해 우리는 모두 아프리카 조상의 후손이야!"

코스*의 바위산

공기에 백리향이 날리고 바위가 달아오른 게 느껴졌다. 네모는 바람을 쐬려고 차창에 머리를 기댔다. 남서부 프랑스의 향기에는 나무 그늘에 앉아 몽상에 잠기고픈 욕구를 불러일으키는 그 무엇이 있었다. 하지만 그런 생각은 다 부질없었다. 가스파르가 다음 여행지에 빨리 도착하려고 서둘렀다. 자동차는 메마른 계곡과 털가시나무로 뒤덮인 언덕을 수없이 가로질렀다. 마을은 드물었다. 최초의 인간 시대 이후로 풍경이 그리 많이 바뀌지는 않았으리라.

네모는 가스파르가 설명해 준 것을 늘 골똘히 생각했다. 모두 아프리카 원숭이 후손…… 유일한 인류……. "인종이란 존재하지 않아. 어느 나라 출신이라든지 피부색 따윈 중요한 게 아냐. 우리는 모두 다 같은 인류에 속하니까." 하고 가스파르가 이미 여러 번 되풀이하여 말해 준 터였다.

*코스(Causse) : 프랑스의 중앙 산악 지대인 마시프상트랄 남쪽의 석회질 고원. 표면은 침식으로 평탄하나 카르스트 현상의 영향으로 천연 우물과 함몰 구덩이(돌리네) 등으로 구멍이 많이 나 있다. 좁고 깊게 파인 계곡은 캐년(canyon) 지형을 만든다.

“우리는 사람이야, 동물이야?”

조금 있다가 네모가 물었다.

가스파르는 대답하기 전에 약간 뜸을 들였다.

“우리는 포유 동물, 척추 동물, 영장류에 속하는 동물이야. 하지만 우리는 동물 그 이상이지. 시작부터 인류는 다른 어떤 종도 할 수 없는 것을 해냈어. 자연을 극복하고 동물 세계를 벗어나기 시작했던 거지.”

“어떻게?”

“인류는 수만 년 동안 진화해서, 더욱더 영리해지고 세계와 자기 자신을 점점 더 이해할 수 있게 됐어. 맨 먼저 ‘호모 하빌리스’(솜씨 좋은 사람)가, 그 다음엔 ‘호모 에렉투스’(서 있는 사람) 그리고 마침내 ‘호모 사피엔스’(지혜 있는 사람)가 50만 년 전에 나타났지. 우리는 바로 ‘호모 사피엔스’야.”

“이런……. 난 그만큼도 박식하지 않은데.”

“어쨌든 넌 영리해. 최초의 인류는 이미 오스트랄로피테쿠스보다 더 큰 뇌를 가졌고, 부싯돌 같은 개량된 도구를 만들 줄 알았지. 이 시대를 ‘구석기 시대’라고 부른다. 그리고 50만 년 전에 그 후손들은 불을 발견했어.”

“어디서?”

가스파르는 웃었다.

“성냥 가게에서! 아니, 농담이야. 불은 자연에 존재하고 있었어. 예를 들어 벼락으로 불탄 숲이나 화산 용암에 말야. 최초의 인간들이 불타는 사바나를 향해 도망치는 모습을 상상해 보렴. 얼마나 겁에 떨었겠니!”

“겁? 아플 거라고 생각했어?”

"어쩌면……. 또 달도 없는 밤에 온통 새까만 어둠 속에서 야생 동물의 온갖 위협에 노출돼 있다고 생각해 봐. 그 때 잉걸불을 간수해서 나무로 불을 피우는 방법을 알아 낸 거지. 그러던 어느 날 그들은 스스로 불꽃을 만들 줄 알게 된 거야. 나무 막대기를 마른 풀잎에 대고 비비거나 부싯돌을 서로 부딪쳐서 말이지. 불을 손에 넣은 후에야 야생 동물들로부터 자신들을 지키고 고기도 익혀 먹고 불을 쬘 수도 있었지."

"그 사람들은 계속 아프리카에서 살았어?"

"그들은 조금씩 이동해서 점점 더 멀리 퍼져 나가 아시아와 유럽에 정착했어. 이 곳에서는 조금 특이한 네안데르탈인이란 종이 오랫동안, 그러니까 25만 년 전에서 4만 년 전까지 살다가 사라졌지."

"왜?"

가스파르는 네모를 흘끔 보았다.

"이 모든 얘기는 뼛조각을 통해 추측한 거야. 다 알지는 못해. 네안데르탈인들은 우리 조상 '호모 사피엔스'에 속하는 크로마뇽인과 동시에 살았어. 어쩌면 네안데르탈인들은 크로마뇽인들과 싸우지 않았을까? 그래서 네안데르탈인들이 몰살되지 않았을까? 어쨌든 밝혀진 사실에 따르면 크로마뇽인들만 살아남았다는 거야."

"그 다음에는?"

"그들이 자식을 많이 낳아 사람 수가 불어나서 지구를 지배했던 거야! 300만 년 전 지구 인구 수는 15만 명에 지나지 않았어. 1만 년 전에는 2천만이 되었고."

"또 오늘날은 거의 60억이고. 형이 이미 말해 줬잖아."

네모가 기억해 냈다.

“저길 봐.”

자동차가 좁고 꾸불꾸불한 길로 접어들었을 때 가스파르가 네모의 말을 가로막았다.

네모는 차창 밖으로 펼쳐진, 암벽처럼 직선으로 깎아지른 듯한 산을 보았다. 산은 마치 버려진 성 같은 느낌이 들었다.

“코스의 바위산이야. 우리가 가는 데가 바로 저기야.”

가스파르가 알려 주었다.

길이 비포장 도로로 바뀌었다. 떡갈나무 사이로 난 오르막길이었다. 아주 오래 올라간 다음 그들은 외딴 농가 앞에 다다랐다. 거기부터는 경사가 가파른 꾸불꾸불한 오솔길을 따라 걸어서 올라가야 했다. 돌멩이들이 발 아래로 굴러 떨어졌다. 이따금 두 사람은 돌멩이 때문에 비틀거리기도 했다.

가스파르가 숨을 헐떡거리며 설명했다.

“시대를 바꾸는 거야. 선사 시대는 아주 길었어. 그 시대 사람들은 오랫동안 비슷한 방식으로 살았지. 사냥과 채집으로 먹고 살면서 끊임없이 영역을 바꿨어. 떠돌이 생활을 했던 거지.”

“우리처럼 말야!”

네모가 대꾸했다. 네모는 두 손을 호주머니에 찌른 채 용감하게 올라갔다.

“우리는 여행하는 동안만 떠돌이지! 반면 그들은 평생 떠돌이로 살았어. 그런 다음 1만 년 전, 기후가 따뜻해지고 숲이 넓어져 울창하고 컴컴해지면서 썩어 가는 나무들과 덤불로 들어차게 돼. 사람들은 채집이나 사냥을 하지 않고도 식물을 재배하고 동물을 기를 수 있다는 것을 알아 냈어. 농경과 목축을 생각해 낸 거지. 엄청난 변화야!”

"왜 엄청난 거지?"

"사람들이 자연을 이용하기 시작하면서 정착 생활을 하게 됐거든."

"세-당, 뭐라고?"*

네모가 물었다.

가스파르는 웃으면서 다시 말해 주었다.

"세당테르. 넌 나보다 말장난을 훨씬 못 하는구나! 그 말은 더 이상 떠돌이 생활을 하지 않는다는 뜻이야. 이 시대를 '신석기 시대'라 불러. 다시 말해, 갈아서 만든 도구를 사용하는 간석기 시대야."

가스파르는 잠시 말을 중단하고 숨을 돌렸다. 그런 다음 설명을 이어 나갔다.

"나무 자루와 돌을 갈아서 만든 돌도끼를 써서 사람들은 숲 속의 작은 빈터에 있는 장애물을 치우고 마을과 밭을 만들게 돼."

"그걸 어떻게 알아?"

"곧 보게 될 거야."

가스파르가 대답했다. 굵은 땀방울이 뚝뚝 흘러내렸다.

몇 분 뒤 두 사람은 드디어 바위산 꼭대기에 이르렀다. 온 계곡을 굽어볼 수 있는 바로 그 곳에 숲 속의 빈터가 펼쳐져 있었다. 아래쪽에 있는 평원을 한눈에 알아볼 수 있었다. 네모 둘레엔 온통 잔뜩 쌓인 오래 된 돌밖에 보이지 않았다.

"한 마을의 잔해야."

가스파르가 설명해 주었다.

더위 때문에 모자를 쓴 남녀가 무리지어 아주 작은 삽과 솔로 흙을

---

*정착 생활을 하는 사람이란 뜻의 프랑스 어는 'sédentaire(세당테르)'이다. 네모는 이 말을 잘못 알아듣고 두 음절만 발음해서 '세-당, 뭐라고?(C'est-dans-quoi?)' 하고 물은 것이다.

긁어 내고 있었다. 이런 이상한 일꾼들 가운데 한 사람이 네모와 가스파르를 맞이하러 앞으로 나왔다.

"우리한테 설명해 주실 고고학자셔."

가스파르가 네모에게 속삭였다.

의례적인 인사 대신 고고학자는 이렇게 말했다.

"신석기 시대에 오신 걸 환영해요! 여기 네모 씨가 왔네! 신석기 시대가 어때? 3천 년 전쯤 여기는 초가 지붕으로 덮이고 돌로 지은 집들이 서 있었어, 알겠니?*"

고고학자는 남부 지방의 노래하는 듯한 목소리로 말했고, 네모를 보면서 말끝마다 '알겠니?' 하고 말했다.

물론 난 보고 있지! 난 기억상실증에 걸렸지만 눈이 멀지는 않았어요. 네모는 마을을 둘러보았다. 마을이라기보다는 마을의 잔해를 보았다. 조그만 벽과 도기 조각들이 보였다. 네모는 '상상'해 보려고 무진 애를 썼다. 머릿속으로 집들을 그려 보려고 노력했다.

흙바닥 위로 팽팽하게 줄을 쳐 놓아서, 초등학생 공책의 모눈처럼 작은 정사각형으로 경계가 져 있었다. 고고학자들은 구획마다 번호를 붙이고 거기서 발견한 모든 것을 적어 두었다. 대단한 참을성과 면밀함이 필요한 일이었다. 아주 하찮은 도기 조각 하나라도 옛 사람들의 생활 방식에 대해 많은 정보를 줄 수 있기 때문이다. 가끔 운 좋게 뼛조각도 발견되었다.

네모는 고고학자들이 일하는 모습을 바라보며 그래서 이 사람들을 '연구자'라고 부른다고 생각했다. 네 발로 기어다니며 칫솔 같은 것으

---

* '알겠니?'라고 옮긴 'tu vois?'라는 프랑스 어 표현은 이미 한 말을 강조하거나 앞으로 할 말에 대해 주의를 끌기 위한 표현이다. 글자 그대로 해석하면 '보이니?'가 된다.

로 땅을 긁어 내며 여름을 보내다니, 참 희한한 일이지!

안내를 맡은 고고학자가 설명을 계속했다.

"여기서 음식을 준비하던 아궁이 자리를 발견했어, 알겠니? 검게 탄 나무를 검사해 보면 이 곳에 단풍나무, 떡갈나무가 있었다는 사실을 알 수 있고, 또 그 시대 식생을 재구성할 수도 있어. 씨앗도 발견했는데 이것으로 보아 그 때 사람들이 보리와 밀을 경작했다는 걸 알 수 있어. 또한 동물들 유골도 발견했어. 그건 그들이 양, 염소, 소를 치며 여전히 사슴, 노루, 멧돼지를 사냥했다는 것을 증명하는 것이지, 알겠니?"

"이게 세계 최초의 마을이에요?"

네모가 물었다.

"아니. 가장 오래 된 것은 기원전 9000년쯤으로 거슬러 올라가는데, 팔레스타인 지역의 예리코에 있어. 이것보다 훨씬 오래 된 거야, 알겠니?"

네모는 머리 위로 재빠르게 몰려드는 거대한 먹구름 떼를 눈여겨 보았다. 몇 분이 지나자 바람이 일고 천둥이 치면서 장대 같은 소나기가 쏟아졌다. 사람들은 모두 야트막한 벽 위에 쳐 둔 천막 안으로 대피했다.

후줄근해진 가스파르가 토를 달았다.

"이 지역은 언제나 갑작스럽게 폭우가 내려."

가스파르의 빳빳했던 머리카락이 곱슬곱슬해지기 시작했다. 한편 고고학자는 아무 일도 없었다는 듯 자기 이야기를 계속했다.

"중동 지역, 프랑스 남부 지방에 살던 사람들은 찰흙을 구워 도기를 만들고 양식을 간수하는 법을 알아 냈어. 그 뒤에 그들은 금속, 특히 주석과 구리 합금인 청동을 만들어 냈지. 신석기 시대는 인류 역사에서 진정한 혁명기였어, 알겠니?”

네모는 눈살을 찌푸렸다.

“진정한 뭐라고요?”

“혁명. 이 말은 모든 게 다 바뀌었다는 뜻이야. 살아가는 방식과 사람들 사이의 행동 양식까지도, 알겠니? 사람들은 마을 단위로 모여 살고, 경작할 수 있는 땅을 나눠 가지며, 우두머리를 뽑게 돼. 차츰차츰 어떤 가족들은 다른 가족보다 더 부유해졌지.”

네모는 자신이 파 놓은 함정 같은 질문을 던졌다.

“그걸 어떻게 알아요? 그건 땅바닥에서 볼 수 없잖아요!”

“아니, 볼 수 있어! 몇몇 무덤에서는 부유함을 나타내는 물건들이 많이 발견되었어. 이런 무덤은 틀림없이 남보다 더 중요한 사람들 무덤이었다고, 알겠니?”

가스파르가 한숨지었다.

“벌써 가난한 사람, 부유한 사람 그리고 ‘중요한 사람’이라니!”

고고학자는 덧붙여 말했다.

“이 시대에 사람들은 고인돌을 세우게 되는데, 이건 거대한 무덤이야. 또 선돌도 세우는데, 긴 돌을 똑바로 세운 이 돌은 아마 하늘을 보고 방향을 잡는 데 도움을 주는 기구였을 거야. 또 사람들은 멋진 조각상과 수많은 예술품을 만들었지, 알겠니?”

가스파르가 덧붙였다. 가스파르는 고고학자의 우스꽝스러운 말버릇을 저도 모르게 따라 했다.

“사람은 동물과 아주 다르게 됐단다, 알겠니? 목축이나 농경을 생각해 내서 자연에서 해방된 건 잘 된 일이었지. 하지만 이 때문에 여

그리고 인류가 나타나다!

아주 먼 조상들

3천5백만 년 전 큰 원숭이들이 아프리카에 살고 있다.

700만 년 전 몇몇 큰 원숭이들은 자기들끼리 따로 떨어져 그들 나름대로 진화를 하게 된다.

350만 년 전 아직은 사람은 아니고 또 순전히 원숭이도 아닌 루시 같은 오스트랄로피테쿠스가 자주 뒷다리 둘로 일어서서 산다. 오스트랄로피테쿠스는 100만 년 전쯤 사라진다.

300만 년 전 최초의 인간들(호모 하빌리스)이 아프리카에 산다. 호모 하빌리스는 돌로 도구를 만들고 아주 간단한 용품을 제작한다 (150만 년 전까지).

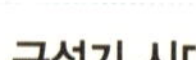

구석기 시대

170만 년 전 더 큰 뇌를 가지고 한결 진화된, 또 다른 인류인 호모 에렉투스(서 있는 사람)는 간석기로 도구들을 개량한다(부싯돌과 수정).

100만 년 전 지혜 있는 사람인 호모 사피엔스가 나타난다.

50만 년 전 사람이 불을 다룬다.

25만 년 전 호모 사피엔스에 속하는 야릇한 인류인 네안데르탈인이 나타난다. 네안데르탈인은 4만 년 전까지 살게 된다.

15만 년 전 또 다른 호모 사피엔스인 크로마뇽인이 근동 지방에서 성장하여 4만 년 전부터는 유럽에 정착한다. 크로마뇽인은 우리의 직접 조상이며 우리와 흡사하다. 얼굴 모습이 같고 지능도 같다. 크로마뇽인들은 떠돌이 생활을 한다. 그들은 이동을 하며 사냥과 고기잡이를 하여 먹고 산다.

4만 5천 년 전 사람이 아메리카에 이른다.

1만 7천 년 전 프랑스에서 크로마뇽인들은 라스코 동굴에 멋진 그림을 그린다.

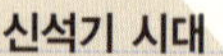

신석기 시대

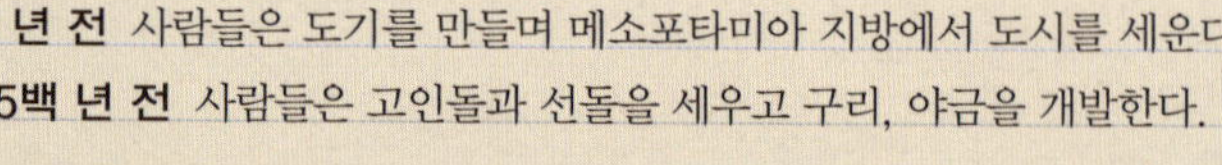

1만 년 전 엄청난 변화다. 근동 지방에서 사람들은 농경과 목축을 생각해 내고, 마을을 이룬다. 이들은 정착 생활을 하게 된다.

6천 년 전 사람들은 도기를 만들며 메소포타미아 지방에서 도시를 세운다.

4천5백 년 전 사람들은 고인돌과 선돌을 세우고 구리, 야금을 개발한다.

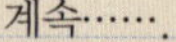

계속……

러 가지 문제도 발생하게 된다. 우두머리는 권력을 잡고, 사람들이 서로 싸우고, 잘 사는 사람과 가난한 사람 사이에 불평등이 커지게 된 거야.”

폭우는 쏟아질 때만큼이나 재빨리 물러갔다. 가스파르는 연구자들에게 고맙다고 말하고, 드넓은 발굴 현장 한가운데서 네모를 오랫동안 촬영했다. 그런 다음 네모를 데리고 왔던 길을 다시 내려갔다.

얼마 뒤 네모가 물었다.

“그러니까 사람과 동물의 차이가 그거야? 자연을 ‘지배하는’ 거?”

가스파르는 깜짝 놀라 네모를 바라보았다.

“잘 이해했구나! 하지만 인간은 더욱 허약해지기도 했지. 인간의 아기는 요령껏 대처하는 법을 가르쳐 줄 어른 없이 홀로 내버려 두면 살 수 없을 거야. 사람은 다른 사람들이 없으면 아무것도 아냐, 네모. 우린 모두 배워야 하고, 아는 것은 나눠 가져야 돼.”

“학교?”

네모가 뾰로통해져서 말했다.

“그게 다는 아냐. 유일하게 사람만이 자기 자신에 대해 문제를 제기하고, 미래를 생각하며, 죽게 된다는 사실도 알지. 유일하게 감정도 있고 말야.”

조금 현학적인 가스파르의 말을 듣고 놀란 네모가 혼잣말을 했다.

“이거 낭패네! 그렇다면 난 지금 사람도 아니잖아.”

가스파르가 벌컥 화를 냈다.

“아니, 맞다니까! 넌 가장 사람다운 사람이야. 네 감정이 어디론가 사라지긴 했어도 곧 되찾게 될 거야. 그리고 네가 질문을 많이 던져도 난 괜찮아.”

두 사람은 자동차를 세워 둔 농가 앞으로 내려왔다. 네모는 부리나케 자동차 안으로 들어가 곧바로 뒷좌석에 쭉 뻗고 누워 버렸다. 무척 긴 하루였다.

시동을 걸면서 가스파르가 덧붙였다.

"이런저런 생각 다 접어 두고 푹 쉬어. 내일 우린 또 비행기를 탈 거야. 이집트행 비행기를. 다른 나라, 다른 문화를 볼 거야."

"알았어."

네모는 기어 들어가는 목소리로 대답했다.

다시 비행기를 탄다는 생각을 하자 네모는 즐거웠다. 높은 데서 아래를 내려다보는 건 무척 신나는 일이다. 어쩌면 나를 또 한 번 조종석에 앉게 해 줄지도 몰라.

8장
너는 문명인이야

카이로에 간 네모

네모 주위로 아이들 한 무리가 몰려들더니 네모를 빙 둘러쌌다. 아이들은 네모에게 우편 엽서를 내밀며 알아들을 수 없는 말로 뭐라고 뭐라고 외쳤다. 가스파르는 네모의 티셔츠 소매를 잡아끌며 아이들한테서 벗어나려고 걸음을 재촉했다. 아이들은 소란을 피우며 가스파르와 네모를 뒤쫓다가 군중들 속으로 사라졌다.

카이로의 길거리는 지독하게 혼잡했다. 낡아 빠진 트럭들은 제복 입은 교통 경찰이 빽빽 불어 대는 호루라기 소리에도 아랑곳하지 않고 큰길을 가로막았다. 반쯤 망가진 자동차들은 계속해서 경적을 울려 댔다. 짐에 짓눌린 작은 당나귀들이 보도를 꽉 메운 사람들 틈새를 헤치고 먼지 속에서 힘겹게 걸음을 옮겼다.

이집트는 정말 난장판이군! 하긴, 놀랄 일도 아니지. 우린 아프리카에서 가장 큰 도시에 와 있으니까. 인구가 천만이라니! 네모는 될 수 있으면 자동차에서 멀리 떨어져서 걸으려고 했다. 그러나 한편으론 이 모든 게 오히려 재미있다고 생각했다. 사람들은 네모가 지나가면 뒤돌아보았다. 심지어 가스파르의 머리카락을 만져 보려고 다가오는 사람도 있었다.

"형, 이 있는 거 아냐?"

텔레비전에서 본 적 있는 끔찍한 기록 영화를 떠올리며 네모가 물었다. 영화에서는 이상한 벌레들이 아이의 머릿속을 기어다니며 피를 빨아먹는 장면이 있었다.

"그게 아냐."

저도 모르게 머리를 긁으며 가스파르가 대꾸했다.

"내가 금발이잖아. 여기선 아주 보기 드물어서 그런가 봐."

두 사람이 길에서 마주친 여자들은 대부분 검은 옷을 입고 얼굴을 베일로 가렸다. 여자들은 눈만 내놓고 다녔다. 한편 남자들은 푸른색이나 긴 흰색 튜닉을 입고 다녔다. 커다란 찻쟁반을 손에 든 식당 종업원이 노래를 흥얼거리며 자동차들 틈새를 비집고 길을 빠져 나가고 있었다. 네모는 여기저기를 두리번거렸다. 도착한 지 채 두 시간도 되지 않았는데, 더위와 소음 때문에 네모는 이미 얼이 빠진 듯했다.

가스파르는 네모를 종려나무가 있는 어떤 카페로 데리고 갔다. 그곳에는 조그만 뜰이 있었는데, 뜰 한가운데에 있는 분수에서 물이 솟구쳤다. 아주 시원한 곳이었다. 작은 새들이 탁자 위로 마구 날아다녔다. 여기서는 도시의 소음도 어렴풋하게 들릴 뿐이었다.

가스파르는 박하차와 팔라펠을 주문했다. 팔라펠은 크림 소스에 적신 짭짤하면서도 바삭바삭한 이상한 과자였다.

"맛있는데."

손가락 끝을 핥아먹으며 네모가 중얼거렸다.

"이집트 사람들은 날마다 이 과자를 먹는대. 이건 누에콩과 다른 여러 가지 콩을 죽처럼 으깨 만든대."

가스파르가 말했다.

탁자 옆에 사내 몇이 쭈그리고 앉아 있었다. 사내들은 커다란 항아리에 연결된 기다란 파이프 끝을 태연하게 빨아 대며 잡담을 했다. 네모는 호기심 어린 눈으로 그들을 바라보았다.

"저 사람들은 물부리라고도 할 수 있는 수연통을 빨아 담배 연기를 마시는 거야. 담배 피우는 것처럼."

가스파르가 설명했다.

"왜 땅바닥에 쭈그리고 앉아 있어?"

"여기서는 그래."

"왜 긴 옷을 입고 있어? 청바지 입은 나보다 덜 더워?"

"그럴걸."

"왜 남자들밖에 없어?"

"여자들은 카페에 들어올 권리가 없으니까."

"왜 여자들에겐 권리가 없어?"

"왜, 왜, 왜! 넌 왜 하고 끊임없이 물을 거야! 왜냐하면 여긴 모든 게 다르니까! 이 점을 네가 알아 주면 좋겠어. 우린 문명이 다른 데 와 있는 거야."

"문, 뭐라고?"

"무-ㄴ-며-ㅇ."

가스파르가 네모 쪽으로 몸을 돌려 또박또박 말했다.

"그건 민족 전체가 살아가는 방식, 생각하는 방식을 뜻해."

"이집트 사람 모두가 똑같이 생각한다고?"

가스파르는 눈을 들어 하늘을 쳐다보았다. 이런 가스파르의 표정엔 네모 녀석이 알기 시작했다는 것과 이 끈질긴 녀석에게 걸려들면 빠져 나가지 못할 거야, 하는 뜻이 담겨 있었다.

"그게 아냐. 한 사람 한 사람은 다 남들과 달라. 개개인은 다 유일한 존재라고."

"그 얘긴 어디에선가 들었던 것 같은데."

네모는 약간 빈정거리는 표정으로 가스파르의 말을 막았다.

"그래도 세계 각 지역의 사람들은 저마다 어느 정도 같은 방식으로 말하고 행동하고 웃어. 또 같은 방식으로 세계를 이해하고, 삶이나 죽음 같은 것도 마찬가지 방식으로 설명해. 이게 바로 문명이야."

"그런데 왜 문명은 여러 가지야?"

"문명은 역사의 결과물이야. 신석기 시대에 이르러 사람들은 무리 지어 처음으로 마을에 모여 살기 시작했어, 기억나?"

"아이 참. 혹시 형이 기억을 잃어버린 거 아냐? 확실히 기억해! 어제 신석기 시대 유적지에 갔었잖아!"

"그래 그래, 좋아. 같은 지역에 사는 사람들은 여러 가지 비슷한 습관을 갖게 돼. 또 자신들이 발견한 것들을 서로 나눠 가졌지. 자기들만의 말을 하게 되었고, 이 말은 차츰차츰 다른 말과 구별되었어."

가스파르는 배낭을 뒤졌다. 그 틈에 종업원이 차를 다시 따라 주었다. 종업원은 은으로 된 찻주전자를 탁자 위로 아주 높이 쳐들고 있었다. 그렇지만 찻잔 밖으로 단 한 방울도 흘리지 않았다. 네모는 종업원을 뚫어져라 바라보았다.

"나일 강 주위에 푸른 띠와 거대한 사막이 보이지? 이게 이집트야."

가스파르는 네모 앞에 지도를 펼치며 말을 이었다.

"좀더 동쪽, 그리고 더 북쪽을 보렴. 티그리스와 유프라테스라는 두 강 사이에 한 지역이 있는데, 이 곳은 아주 오래 전부터 메소포타미아로 불렸어. 흙이 기름져서 식물들이 잘 자랐기 때문에 농부들은 이 곳에 터를 잡았지. 그들은 여러 마을을 합쳐 도시를 여럿 건설했어."

"여러 도시를, 정말?"

"그럼. 도로와 궁궐과 신전을 갖춘 그야말로 진짜 도시였어. 5천5백 년 전쯤에 살았던 고대 메소포타미아 주민들을 수메르 사람이라고 하지. 메소포타미아는 맨 처음 나타난 문명이야. 수메르 사람들은 바퀴를 발명하기도 했을 정도라니까!"

"그게 무슨 대수라고……."

"바퀴는 굉장히 중요해! 아주 무거운 짐을 나르고, 땅에서도 더 빨리 갈 수 있었거든."

"하지만 그것 빼고 최초의 문명인들이 해 놓은 게 뭔데?"

가스파르는 잠시 생각에 잠겼다.

"그 사람들은 항해를 했고 무역을 했지. 게다가 그들이 썼던 말은 다른 지역, 유럽이나 인도로 퍼져 나갔어. 그 말이 우리가 지금 쓰고 있는 여러 말의 기초가 되었을 거야. 게다가 그들은 문자를 발명했다구! 문자가 발명되면서 모든 게 바뀌었지."

"'문자'라고! 그건 진짜 발명이네! 그런데 왜 '모든 게 바뀌었어'?"

"잘 생각해 봐! 문자 덕분에 우린 전갈을 보내고, 사건을 얘기하고, 계산도 할 수 있잖아. 고대 문명인들이 어떻게 살았는지 알 수 있는 것

최초의 문명인들

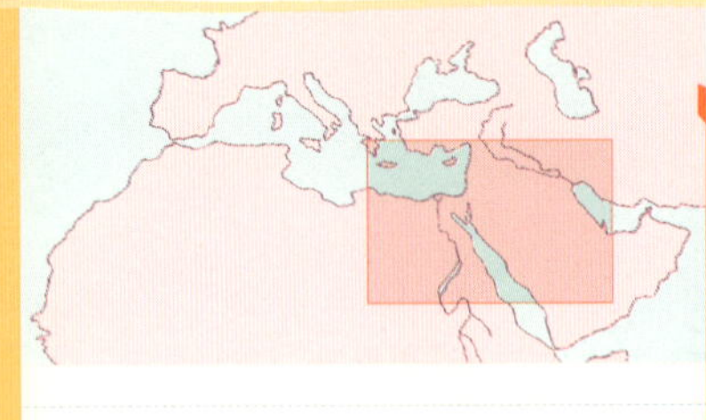

최초 문명의 유적이 유프라테스 강과 티그리스 강 사이 메소포타미아 지방에서 발견되었다. 아마도 이 문명은 기원전 8000년쯤으로 거슬러 올라갈 것이다. 유럽, 인도, 중국, 이집트에서 차츰차츰 다른 문명들이 나타났다.
이집트에서는 기원전 5000년쯤 나일 강가에 농경민들이 정착했다. 문자를 만들어 냄에 따라 선사 시대를 작별하고 최초의 역사 시대인 **고대**로 들어간다.

기원전 3500년 메소포타미아 지방에서 수메르 사람들이 바퀴와 문자를 발명한다.

기원전 3000년 메네스 파라오가 남이집트와 북이집트를 합친다. 파라오 문명은 3천 년 동안 지속된다.

기원전 1800년 바빌로니아 사람들이 옛 수메르 영토에 자리잡는다. 바빌로니아 사람들은 점성술과 수학에 매우 뛰어난 사람들이다.

기원전 1500년 그리스에서 최초의 문명이 발생한다.

기원전 1100년 아시리아 사람들도 메소포타미아에 제국을 설립한다. 지중해 연안 종족인 페니키아 사람들이 알파벳을 만들어 낸다.

수메르 문자
쐐기 문자

기원전 1000년 중앙 아메리카와 남아메리카에서 최초의 문명이 나타난다

이집트 문자
상형 문자

기원전 753년 로마 시가 세워진 해. 로마는 고대 로마 제국의 수도가 된다

기원전 500년 고대 그리스 문명이 큰 도시들, 특히 아테네에서 꽃핀다.

한자
표의 문자

기원전 327년 마케도니아의 알렉산더 대왕은 그리스 문명을 인도까지 전파시킨다.

기원전 146년 그리스와 그 북쪽 이웃 나라 마케도니아는 로마에 합쳐진다

N **유럽 문자**
알파벳

계속…….

도 문자로 기록된 자료가 남아 있는 때부터야."

네모는 카페의 큼지막한 간판을 바라보았다. 많은 선과 점, 쉼표와 알 수 없는 기호들이 적혀 있었다. 네모가 물었다.

"최초의 문자들은 어떻게 생겼는데?"

"처음에는 사물들을 그림으로 나타냈어. 그렇지만 너무 길고 복잡했지. 그래서 소리를 나타내는 그림을 이용했어. 이런 식으로 적은 기호를 가지고 엄청나게 많은 단어들을 만들 수 있었지. 그 뒤에는 너도 아는 문자를 바탕으로 알파벳을 만들어 냈어."

"난 그림으로 글씨를 쓰는 사람을 한 번도 본 적 없는데!"

"중국에서는 아직도 그래. 사물과 소리를 나타내는 그림이라고 할 수 있는 표의 문자를 사용한다고. 봐라."

가스파르는 배낭을 뒤져 종이 한 장을 꺼냈다. 그리고 텐트 모양을 한 작은 기호를 그렸다.

"이게 '사람'이란 뜻이야. 다리가 둘이니까."

"그럴 듯한데."

가스파르는 먼저 것과 비슷한 두 번째 기호를 덧붙였다.

"이건?"

"두 사람?"

네모가 지레 짐작으로 대답했다.

"아니, 이건 '뒤쫓다'라는 뜻이야. 어때?"

"괜찮은데."

네모는 가스파르를 '흘끔' 보았다. 가스파르가 웃었다.

"이상한 표정 짓지 마! 난 중국말은 몰라. 널 놀라게 해 줄 몇 가지 밖엔. 어쨌든 우리는 문자 덕분에 수메르 사람들의 뒤를 잇는 다른 위대한 문명들이 있었다는 사실을 알 수 있는 거야. 여전히 메소포타미아 지역에서 바빌로니아와 아시리아 사람들이 이룩한 문명이 생겨났어. 그 다음에는 인도, 중국, 아메리카에서……. 또 우리와 좀더 가까운 지중해 연안에서는 그리스와 로마 사람들이 문명을 일으켰고."

"맞아, 맞아. 나도 로마 사람들은 좀 알아. 근데 문자를 쓰지 않았던 사람들은 문명인이 아니잖아?"

"그렇게 말할 수는 없어. 문자가 없는 사람들이 이룩한 문명도 있었거든. 우리가 거의 모르긴 해도. 오늘날도 여전히 사헬의 투아레그 사람들이나 남아프리카의 부시맨 같은 몇몇 종족들은 문자를 쓰지 않아. 그래도 이야기를 해서 지식을 전달하지. 나이 많은 사람들과 어른들이 아이들을 가르치는 거야."

"책도 없이?"

"우리 둘이 하는 것처럼 말이야. 말을 하고 이야기를 들려 준대. 그 사람들에게 가장 중요한 일은 아이와 가르치는 사람 사이에 맺어지는 관계라는 거야. 그들은 그 관계를 책보다 더 소중하게 여긴대. 어떻게 생각해?"

"난 형한테 배우는 게 좋아. 더 빨리 알게 되거든. 그런데 또 내 수첩을 읽어 보면 배운 것들이 머릿속에 더 잘 들어오는 느낌이 들어. 적어도 절대 잊어먹지 않을 거란 자신감이 든단 말야!"

"맞아. 글은 전갈을 보내려고 쓰기도 하지만 잊어버리지 않기 위해서 쓰지. 자식들이 기억하도록 말야. 기억을 하려고……."

"사고를 당했을 경우에."

하고 네모가 말했다.

네모는 팔라펠을 더 달라고 주문했다. 네모는 팔라펠을 몹시 좋아했다. 터번을 두른 종업원이 접시에 수북하게 팔라펠을 갖다 주었다. 그렇지만 네모는 급히 집어삼켜야 했다. 가스파르가 재촉해서였다. 또 갈 길이 남았다니! 이번 여행도 피곤한데!

피라미드가 전하는 말

이집트인 운전사는 차를 천천히 몰았다. 안락한 자동차 뒷자리에 앉긴 했어도 네모와 가스파르는 나일 강을 따라가는 자갈길에서 몸이 흔들렸다. 카이로의 소란은 떨쳐 버렸지만, 엄청나게 많은 사람들은 여전했다. 여자들은 버거운 짐 보따리를 들고 다니고, 당나귀는 굉장히 큰 수레를 끌고 갔다. 그리고 자전거들은 트럭들 사이로 교묘하게 빠져 다녔다. 자동차는 줄곧 길 가는 사람이나 짐승과 부딪힐 뻔했다. 파리보다 교통이 훨씬 더 복잡했다.

강가를 따라 흙으로 지은 작은 집들이 줄지어 있었는데, 이 집들은 그 주위에서 노는 아이들 모두가 살기엔 너무 작아 보였다.

가스파르는 잠시나마 불안감을 떨쳐 버리려는 듯 입을 열었다.

"오늘날 이집트는 가난해. 수백만에 이르는 사람들이 나일 강가에 모여 있지만 먹고 살 거리도 찾기 힘들어. 하지만 그 옛날 문명이 발생할 즈음 이 나라는 아주 잘 살았었지."

"문명이 발생할 때부터 나일 강가에 사람이 살고 있었어?"

"그럼. 이집트 문명은 세계에서 가장 오래 된 문명 가운데 하나야. 이집트 문명은 메소포타미아 문명보다 몇백 년 뒤에 나타났지. 그 때 이미 나일 강은 사막 가운데 길게 자리잡은 일종의 오아시스로서 물을 공급하고 시원하게 해 주었지. 아주 오래 전부터 나일 강가에는 유목민들이 모여들었어. 그들은 강가에 터를 잡고 농사꾼이 되었어.”

네모는 카이로에서부터 흘러내려온 드넓은 강을 바라보았다. 진한 초록빛을 띤 나일 강은 거무칙칙했다.

가스파르가 다시 말을 꺼냈다.

“옛날, 나일 강은 여름마다 강물이 불어났어. 강물이 넘쳐 계곡이 물에 잠기곤 했지. 그리고 다음 여름이 될 때쯤 원상태로 돌아갔지. 그 덕분에 땅이 기름져서 농사짓기엔 그만이었지. 기원전 3000년쯤 어떤 영리한 사람이 나일 강가에 사는 주민들을 모조리 끌어모았어. 그 사람이 첫 번째 이집트 왕, 즉 최초의 파라오야. 어마어마한 역사가 시작된 거야.”

“얘기해 줘.”

“너무 길 텐데. 이집트 문명은 3천 년 동안 계속되었지. 파라오를 수십 명 거치고 전쟁과 위기를 여러 차례 겪었는데…… 아이구!”

운전사가 갑작스레 핸들을 꺾었다. 길 한가운데로 걸어가던 당나귀 한 마리를 가까스로 피한 것이다. 가스파르의 얼굴빛이 창백해졌다. 가스파르는 멈칫멈칫 이야기를 다시 계속했다.

“고대 문명이 시작되던 무렵, 고대 이집트에서 나라를 다스리던 파라오는 매우 부유한 귀족들에 둘러싸여 살았어. 파라오는 의사, 장사꾼, 신기한 보석들을 만들던 장인, 읽고 쓸 줄 아는 서기, 사제 등을 여럿 거느렸지. 고대 이집트 사람들은 신전과 거대한 기념물을 많이 세웠는데, 그 가운데 파라오 무덤이 그 유명한 피라미드야.”

가스파르는 입을 다물었다. 그리고 앞자리 등받이를 신경질적으로 두드리면서 차량 흐름을 살폈다.

도로를 한 시간쯤 달린 다음 자동차는 오른쪽으로 돌았고, 먼지가 폴폴 날리는 비포장 도로를 기어오르기 시작했다. 풍경이 갑자기 바뀌었다. 차는 종려나무 숲을 빠져 나가 사막으로 들어갔다. 모래 언덕 위에서 뒤쪽을 바라보면 나일 강 계곡이 그대로 보였다. 네모가 비행기에서 보았던 초록빛 작은 띠였다. 그 곳에 수백만 이집트 사람들이 빽빽이 모여 살고 있었다. 이집트도 그다지 넓지는 않군.

"봐라, 봐!"

길을 돌자 언덕 위에 돌로 만든 어마어마한 건축물이 막 드러났다. 하늘을 향해 올라가는 거대한 계단 같았다. 피라미드였다.

"모든 건축물 가운데 가장 오래 되었고, 인류가 돌로 만든 최초의 위대한 건축물이야."

가스파르가 피라미드를 가리키며 말했다.

네모는 피라미드를 바라보았다. 저게 아름다운 건가?

네모와 가스파르는 차에서 내렸다. 가스파르는 카메라를 꺼냈다. 얼마나 고요한지 바람 소리만 들려 왔다. 저 멀리 낙타 등에 올라탄 아이 하나가 지나갔다. 피라미드는 새파란 하늘을 배경으로 선명하게 드러났다. 네모는 오랫동안 피라미드를 바라보았다. 그리고 생각에 잠겼다. 피라미드는 물론 오래 된 거야. 그래, 아름답다고 할 만해.

피라미드 둘레엔 허물어진 신전의 잔해인 돌로 된 거대한 벽들이 우뚝 솟아 있었다. 네모와 가스파르는 두 줄로 늘어선 높은 기둥 사이로 걸어갔다. 그 미로 속을 빙글빙글 돌고 돈 뒤에야 가스파르는 마침내 그가 찾는 사람을 발견해 냈다. 터번을 두른 이집트 사람 둘과 벽을 검사하고 있는 키 작은 남자였다. 그 남자는 흰색 양복 차림에 모자를 쓰고 있었다. 넥타이도 매고 있었다. 이상하기도 하지, 이렇게 더운 날에……

가스파르가 네모에게 속삭였다.

"저기 계신 분은 교수님이셔. 가장 뛰어난 이집트 연구가지. 일흔 살 때부터 피라미드를 고치는 —흔히 '복원한다'고 한다— 일을 하고 계시는 분이야. 저분은 바로 이 피라미드 옆, 사막 언저리에 있는 작은 집에서 사신대. 젊은 시절 못지않게 날렵하시대!"

교수는 가스파르를 알아보았다. 두 사람은 이미 만난 적이 있는 사이였다. 둘은 서로 아주 좋아했다. 네모도 교수가 대단한 사람이라는 사실을 단박에 알아차렸다. 교수는 피라미드에 대해 모르는 게 없는 사람이었다.

교수는 피라미드 쪽으로 두 사람을 데리고 가면서 설명했다.

"이 피라미드는 기원전 2660년쯤 임호테프라는 위대한 건축가가 조세르 파라오를 위해 만든 거였어."

네모가 외쳤다.

"그런데 이집트 사람들은 뭐 하러 피라미드를 만들었어요? 오랫동안 피라미드에서 살 작정도 아니었을 텐데!"

"피라미드는 집이 아니고 무덤이란다! 고대 이집트 사람들은 죽은 사람의 영혼은 절대 죽지 않고 마치 그림자처럼 피라미드 주위를 산책하러 되돌아온다고 생각했단다."

영혼이라고……? 네모는 인어 공주 이야기를 떠올렸다. 그렇지만 감히 노학자의 이야기를 가로막지는 못했다.

교수는 말을 이어 나갔다.

"그래, 조세르는 피라미드 계단을 통해서 자신의 영혼이 태양신한테까지 올라갈 수 있다고 믿었단다."

네모는 보이지 않는 인물이 피라미드를 타고 올라가는 모습을 얼른 그려 보았다. 이제 상상하는 건 아주 쉬웠다.

네모가 물었다.

"그럼 다른 왕들도 조세르 영혼과 함께 그들의 영혼을 올려보낼 수 있었어요?"

"아니란다. 파라오마다 각자 자신의 무덤을 장만했어."

피라미드 발치로 다가가면서 교수가 대답했다.

"모두 다 피라미드를 원했어요?"

"많은 파라오들이 피라미드를 건축했지. 그 뒤에 파라오들은 차라리 산 속에 무덤을 파도록 했어. 오늘날 남아 있는 피라미드 가운데 오직 조세르 피라미드만 계단이 있어. 다른 피라미드들은 거대하고 매끈매끈한 삼각형 네 개로 만들어졌지."

네모는 가스파르 쪽으로 몸을 돌렸다.

"삼각형이 뭐야?"

"저런……! 교수님 덕분에 난 거의 쉴 줄 알았는데."

가스파르는 교수에게 네모가 교통 사고를 당해 기억상실증에 걸린 거며, 텔레비전 출연과 여행하게 된 이야기를 들려 주었다.

"게다가 전 네모에게 수학과 프랑스 어를 다시 가르쳐 주기로 네모 부모님과 약속했죠. 그게 어떤 건지 아시겠죠!"

교수는 부드럽게 웃었다.

"너는 진정 누구냐, 네모? 과거를 탐험하는 사람이냐, 아니면 숙제를 끝내지 못한 불쌍한 아이냐?"

"전 제가 누군지 잘 몰라요……."

교수가 다시 웃기 시작했다.

"두 사람 모두 공부 좀 하자고. 자, 조금 있다 다시 올게. 나도 계산

삼각형의 비밀

고대 이집트 사람들은 이미 **기하학**('땅을 측량한다'는 뜻이다)을 이용하여 피라미드를 건축하거나
나일 강가 들판에 경계선을 그었다. 도형으로 가장 많은 놀이를 한 사람들은 그리스 사람들이다.
그리스 사람들은 많은 공식과 법칙을 만들었다(16세기에 프랑수아 라블레라는 작가는 이를
'정리'라고 부르게 된다).
가장 간단한 도형이며 세 변을 가진 삼각형을 가지고 놀다 보면 **삼각형**에는 많은 비밀이
숨어 있음을 알게 된다.

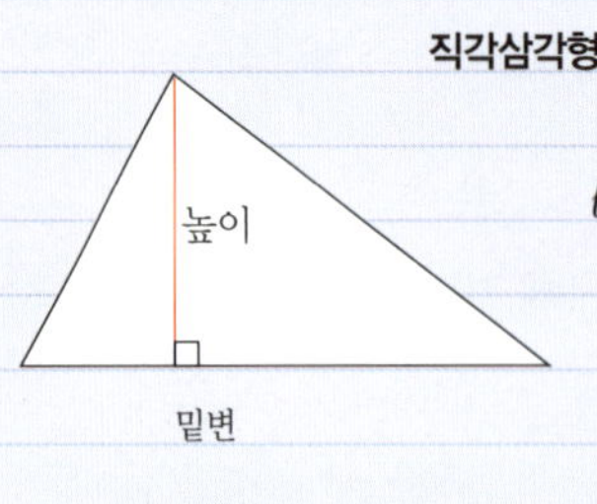

세 각 : 삼각형의 세 내각의 합은 180°이다.
둘레 : 세 변의 합
넓이 : 밑변 × 높이 × $\frac{1}{2}$

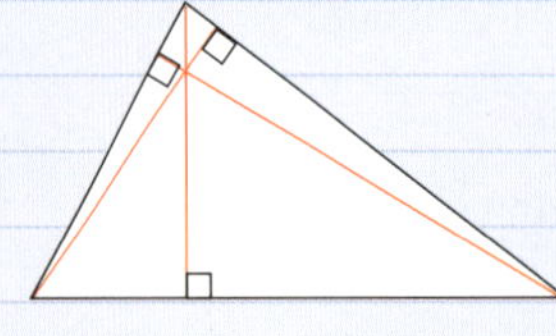

높이

꼭지점에서 밑변으로 내린 수직선이다.
세 개의 수직선들은 한 점에서 만난다(수심).

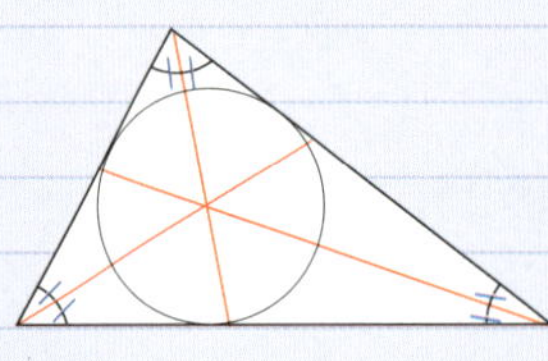

이등분선

각의 이등분선은 꼭지점을 같은 두 각으로 나눈다.
세 각의 이등분선은 내접원의 중심(내심)이 되는
한 점에서 만난다.

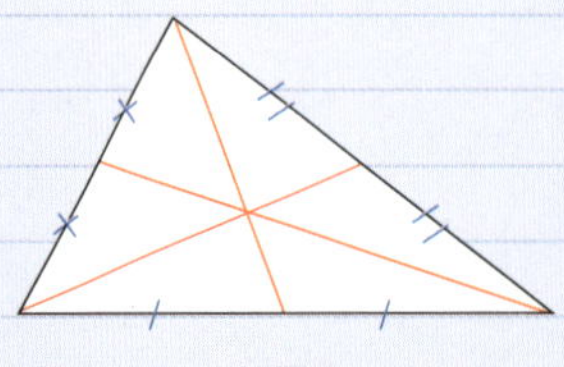

중선

중선은 꼭지점과 마주 보는 대변의 이등분점을 연결한다.
세 중선은 한 점에서 만난다. 이 점은 꼭지점으로부터
중선의 3분의 2 지점에 있는 무게 중심이다.

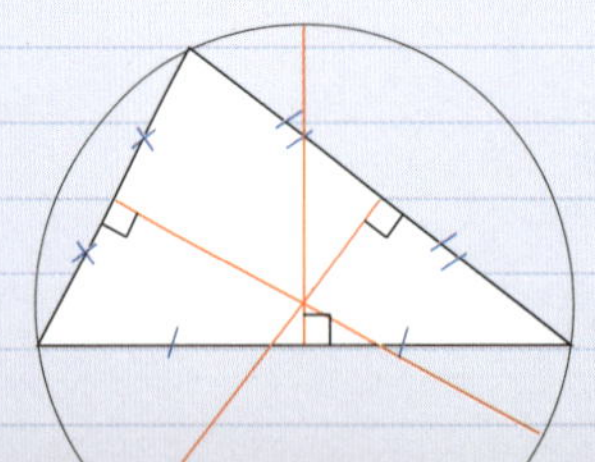

수직이등분선

수직이등분선은 세 변을 이등분하여 나누는 수직선이다.
세 개의 수직이등분선은 외접원의 중심이 되는 한 점(외심)에서
만난다(외심은 꼭지점으로부터 같은 거리에 있다).

Némo

할 게 있어서. 우리는 지금 신전 기둥 하나를 복구하고 있어. 기하라면 우린 여기서 날마다 공부하고 있다고!"

교수는 일꾼들을 만나려고 종종걸음으로 자리를 떴다.

그 날 아침 피라미드 옆을 지나가던 몇몇 사람들은 이상한 광경을 보았다. 피라미드 맞은편 기둥 그늘 아래, 책상다리를 하고 앉은 갈색 머리 소년과 키 큰 금발 머리 청년이 두 팔을 크게 휘두르며 먼지 속에서 신기한 도형들을 그리고 소리 높여 토론하는 걸 말이다. 네모와 가스파르가 수학 공부를 하고 있는 모습이었다!

어쩌면 위대한 건축가 임호테프의 영혼이 이 두 사람을 지켜보았을지도 모른다. 그 날 신기하게도 네모 머릿속에 작은 기억의 실마리들이 불쑥 떠올랐기 때문이다.

네모가 뇌까렸다.

"파이는 3.14…… 그걸 모르는 사람은 없지! 원 둘레를 구하려면 파이와 반지름을 두 배로 곱하지. 그걸 2Pi R이라 하지."

큰 자갈 두 개를 들어올리며 가스파르가 말했다.

"돌 두 개*. 내가 좀체 그걸 기억하지 못하니까 아버지가 정원에 가서 돌 두 개를 가져오라고 하셨어. 그 뒤로는 절대로 잊지 않았지!"

"그리고 원의 넓이는 반지름의 제곱에다 파이를 곱한 값이야."

열중한 네모가 말을 이었다.

직각삼각형, 이등변삼각형, 정삼각형. 마름모, 정사각형, 사다리꼴. 그리고 비례식, 분수. 암기해서 알았던 공식들이 한꺼번에 되살아났다. 네모는 한 치의 실수도 없이 공식들을 차례차례 수첩에 기록했다.

*2Pi R과 돌 두 개(deux pierres)는 '되 피에르'로 발음이 같다.

정확한 도형을 만들려면

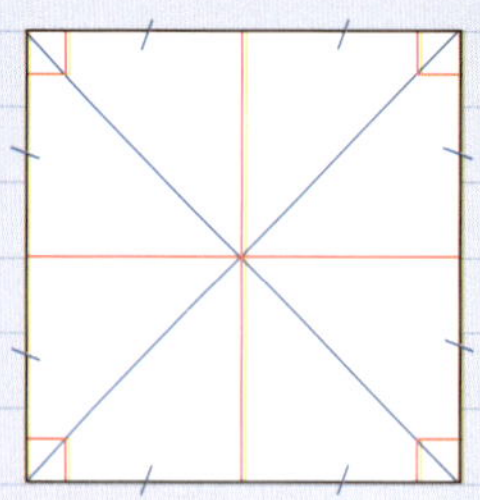

정사각형

변 : 네 변의 길이가 같고, 두 변이 서로 평행이다.

각 : 네 각은 직각이다.

둘레 : 한 변 × 4

넓이 : 한 변 × 한 변

대각선 : 두 대각선은 가운데서 만난다.
　　　　　두 대각선은 길이가 같다.

중선 : 두 중선은 가운데서 서로 직각으로 만난다.

대칭선 : 대칭선이 네 개 있는데,
　　　　　대각선 두 개와 중선 두 개다.

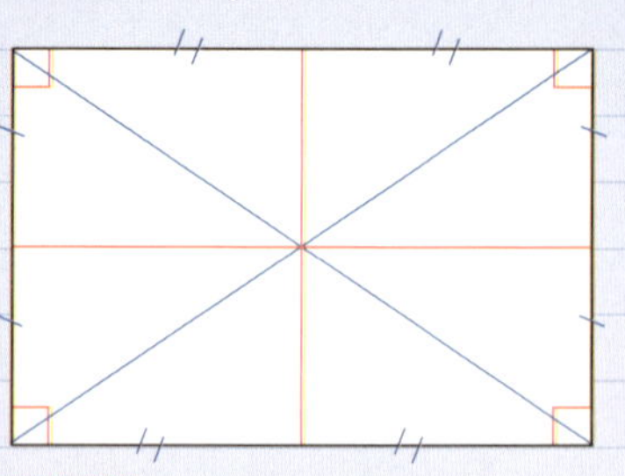

직사각형

변 : 마주 보는 두 변의 길이가 같고 평행이다.

각 : 네 각은 직각이다.

둘레 : (가로 + 세로) × 2

넓이 : 가로 × 세로

대각선 : 두 대각선은 가운데서 만난다.
　　　　　두 대각선은 길이가 같다.

중선 : 두 중선은 가운데서 직각으로 만난다.

대칭선 : 대칭선이 두 개인데, 두 개의 중선이다.

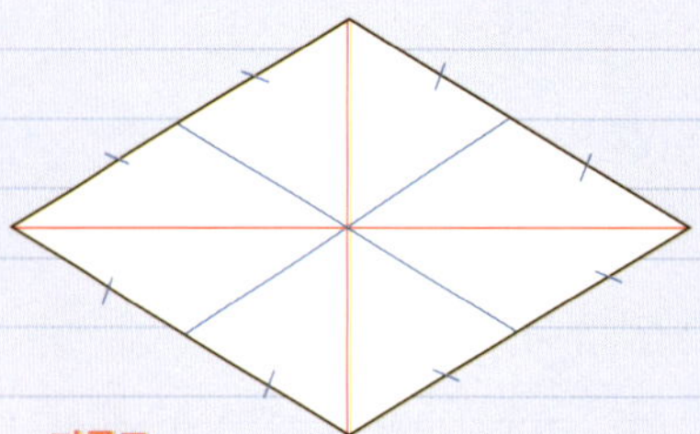

마름모

변 : 네 변이 길이가 같다.

각 : 마주 보는 두 각은 서로 같다.

둘레 : 한 변 × 4

넓이 : (대각선 × 대각선) ÷ 2

대각선 : 두 대각선은 가운데서 서로 수직으로 만난다.

중선 : 두 중선은 가운데서 서로 만난다.

대칭선 : 대칭선이 두 개인데, 두 개의 대각선이다.

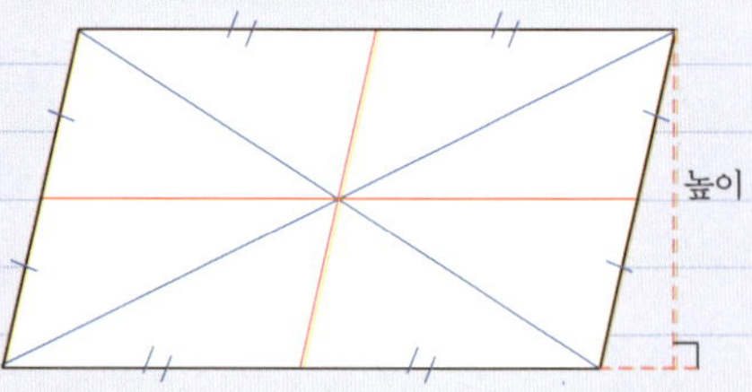

평행사변형

변 : 마주 보는 두 변이 길이가 같고 평행이다.

각 : 마주 보는 두 각이 서로 같다.

둘레 : (가로 길이 + 세로 길이) × 2

넓이 : 가로 길이 × 높이

대각선 : 두 대각선은 가운데서 서로 만난다.

중선 : 두 중선은 가운데서 서로 만난다.

대칭선 : 대칭선은 없다.

사다리꼴

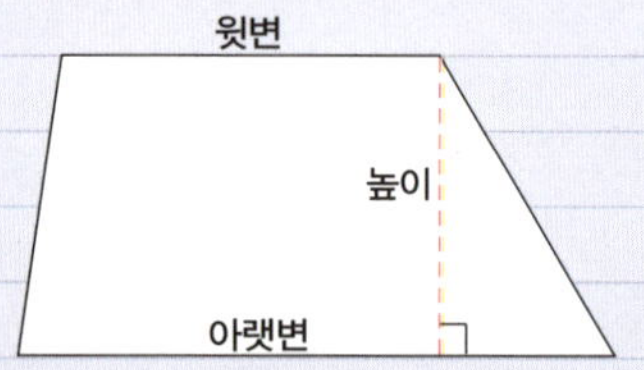

마주 보는 두 변이 평행이다.

넓이 : $\dfrac{(아랫변 + 윗변)}{2} \times 높이$

원

AB = 지름

$OA = OB = R$ (반지름)

원의 둘레 = $2\pi R$

원의 넓이 = πR^2

$\pi = 3.14$

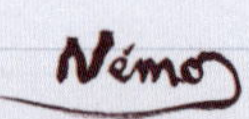

잠시 뒤에 가스파르가 말했다.

"거참, 희한하게 영감을 받은 모양이네! 조세르의 영혼이 태양에 이르렀는지 아닌지는 모르겠는데, 괜히 이상하게 머리가 지끈거리기 시작하네."

가스파르가 손을 이마에 갖다 댔다.

"교통 사고를 당한 사람이 나야, 형이야?"

네모는 빈정거리는 투로 말했다.

두 사람은 교수를 다시 만났다. 교수는 그들을 작은 피라미드로 데리고 갔다. 거대한 피라미드 가까이 작은 피라미드가 여러 개 있었다. 머리를 부딪히지 않으려고 등을 구부린 채 좁고 긴 터널을 내려가서야 지하에 있는 갖가지 방들에 다다랐다. 가장 넓은 방에 커다란 석관이 놓여 있었다. 파라오의 미라가 들어 있던 석관이었다.

교수는 고대 이집트 사람들이 어떻게 왕을 묻었는지 설명했다. 파라오 몸에서 '내장을 빼내고', 정성껏 고른 약초로 채워서 소독을 하고 얇은 천으로 감싼 다음, 그것을 피라미드 중앙에 있는 커다란 석관에 넣는다. 가구나 값비싼 보석들도 같이 넣는다. 이렇게 해서 그들은 파라오를 영원히 간직하려고 했다. 그러나 지난 몇 세기 동안 무덤 대부분이 발견되어 약탈당했다.

저녁 무렵 네모와 가스파르는 아쉬워하며 교수와 헤어졌다. 네모는 피라미드와 멀어지면서 몇 번이나 되돌아보았다. 교수는 네모를 계속 지켜보고 서 있었다. 어떻게 보면 교수는 임호테프의 작업을 물려받은 셈이었다. 교수는 불가사의한 피라미드가 앞으로도 여러 세기에 걸쳐 오래오래 보존되도록 복원하려고 애쓰는 것이었다. 마치 과거 문명이 미래 문명에 남겨 놓은 전갈처럼…….

멋진 미지수

대수를 하는 것은 흔히 수수께끼를 푸는 일이다. '미지수'(수학 언어로는 **X**라고 부른다)의 가면을 벗겨 내야 한다.
따라서 문제를 풀기 위해서는 수사를 하는 탐정처럼 따져 본다.
– 찾고 있는 것을 정한다(범죄를 저지른 멋진 미지의 여인).
– 알고 있는 것을 정한다(문제에 주어진 정보들).
– 수학 언어로 문제를 나타낸다(**방정식**을 세운다고 한다).
– 방정식을 푼다. 등식 기호(=) 한쪽에 **X**를 둠으로써 정리를 한다.

주의 : 프랑스 어에서 철자법에 실수를 하더라도 그 내용은 이해할 수 있다. 그러나 수학에서는 그렇지 않다.
하나만 잘못하면 나머지는 다 엉터리가 되기 마련! 그러므로 매우 치밀해야 한다.

예 : 1kg에 120프랑 하는 초콜릿 175g은 값이 얼마일까?

찾고 있는 것 : 175g의 초콜릿 값 = **X**

알고 있는 것 : 초콜릿 1kg은 120프랑이다.

수학 언어로 표시 :   1000 g ——— 120 F $\dfrac{1000}{175} \times \dfrac{120}{X}$
   175 g ——— **X**

비례식으로 다음과 같이 쓸 수 있다 : $1000 \times X = 175 \times 120$

방정식을 푼다. $X = \dfrac{175 \times 120}{1000} = \dfrac{21000}{1000} = 21\ F$

예 : 나는 **15프랑**을 가지고 있다. 1kg에 120프랑 하는 초콜릿을 얼마나 살 수 있는가?

찾고 있는 것 : 내가 살 수 있는 초콜릿의 양 = **X**

알고 있는 것 : 초콜릿 1kg은 120프랑이다.

수학 언어로 표시 :   1000 g ——— 120 F $\dfrac{1000}{X} \times \dfrac{120}{15}$
   X ——— 15 F

이번에 비례식은 이렇게 쓴다 : $1000 \times 15 = 120 \times X$

방정식을 푼다. $X = \dfrac{1000 \times 15}{120} = 125\ g$

가장 간단한 방정식은 미지수가 하나밖에 없다.

예 : $2X + 4 = 8 \longrightarrow 2X = 8 - 4 \longrightarrow 2X = 4 \longrightarrow X = \dfrac{4}{2} \longrightarrow X = 2$

그러나 수학 과정은 중학교에서 고등학교로 올라감에 따라 훨씬 복잡한 방정식들을 풀어야 한다.

예를 들면 : $3X^2 + 2X + 3 = 0$ (2차 방정식이다, 미지수 **X**의 차수가 2이기 때문이다.)

혹은 미지수가 **X**와 **y** 두 개인 방정식도 푼다. 그래도 푸는 방법은 똑같다.

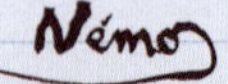

이튿날 네모와 가스파르는 비행기를 타고 더 남쪽으로, 그러니까 나일 강가에 있는 룩소로 갔다. 옛날에는 이 도시를 테베라고 불렀다. 테베는 파라오들의 수도였다. 종려나무를 심어 놓은 정원과 신전의 굵은 기둥들, 돌로 발코니를 장식한 호텔들이 보였다. 삼각형 돛을 단 작은 배들이 강물을 가르고 있었다. 집들은 대부분 한쪽 강기슭에만 지어져 있었다. 반대쪽에는 황량한 황토색 산밖에 보이지 않았다.

가스파르가 설명했다.

"우리는 산 사람의 영토에 있는 거야. 다른 쪽은 죽은 사람의 영토지. 저기 계곡 깊숙이 사막 한가운데 왕과 왕비의 무덤이 있어."

그 곳에 가려고 네모와 가스파르는 강 양편을 오가는 이상하게 생긴 배를 탔다. 그저 평평한 마룻바닥에 수십 명은 됨직한 사람들이 빽빽이 들어차 있었다. 베일을 쓴 여자들과 구릿빛 얼굴을 한 남자들, 또 팔에 공책만 한 권 달랑 끼고 학교로 가는 아이들이었다. 가스파르는 경계하는 듯 주위를 재빨리 둘러보았다.

"왜 그래? 연착인가?"

네모가 물었다.

"아니. 하지만 좀 빨리 출발했으면 해서. 이집트에는 여행객들을 그다지 좋아하지 않는 사람들이 있어. 이런 사람들을 이슬람 '근본주의자'라고 하지. 이 사람들은 모든 사람들, 심지어는 외국 사람들한테까지 자기들 믿음이나 생활 방식을 강요하려 들어. 여자들을 봐, 여자들은 검은 베일로 머리와 얼굴까지도 가려야만 돼.

"여자들이 자신을 숨기는 거야?"

계산하는 것은 추려 내는 일이다.
흔히 등식 기호(=)의 한쪽에 숫자들을 다시 정리해서 모아야 한다.
이렇게 하려면 간단하게 연산 법칙을 알아야 한다.

괄호를 없앤다 (a, b와 c는 숫자다)

$a + b = b + a$ 　　예 : $5 + 3 = 3 + 5 = 8$ 　　순서를 바꿀 수 있다(교환 법칙).

$a \times b = b \times a$ 　　예 : $5 \times 3 = 3 \times 5 = 15$ 　　순서를 바꿀 수 있다(교환 법칙).

$a + (b + c) = a + b + c$ 　　예 : $5 + (3 + 2) = 5 + 3 + 2 = 10$

(괄호 앞에 + 기호가 오면 부호가 바뀌지 않는다.)

$a - (b + c) = a - b - c$ 　　예 : $5 - (3 + 2) = 5 - 3 - 2 = 0$

(괄호 앞에 − 기호가 오면 부호가 바뀐다.)

$a \times (b \times c) = a \times b \times c$ 　　괄호를 없앨 수 있다.

$k \times (a + b) = ka + kb$

$k \times (a - b) = ka - kb$

등식 기호(=)를 반대쪽으로 이동시킨다

숫자를 등식 기호(=) 반대쪽으로 이동시키면, +는 −가 되고 또 −는 +가 된다.

$a + b = c$ 　$\longrightarrow$　 $a = c - b$ 　　예 : $5 + 3 = 8$ 　$\longrightarrow$　 $5 = 8 - 3$

$x + b = c$ 　$\longrightarrow$　 $x = c - b$ 　　예 : $x + 2 = 5$ 　$\longrightarrow$　 $x = 5 - 2 = 3$

$a - b = c$ 　$\longrightarrow$　 $a = c + b$ 　　예 : $7 - 2 = 5$ 　$\longrightarrow$　 $7 = 5 + 2$

$x - b = c$ 　$\longrightarrow$　 $x = c + b$ 　　예 : $x - 3 = 2$ 　$\longrightarrow$　 $x = 2 + 3 = 5$

x의 값은 반대쪽으로 이동시킨 숫자를 계산한 값과 같다.

$a \times b = c$ 　$\longrightarrow$　 $a = \dfrac{c}{b}$ $(b \neq 0)$ 　예 : $5 \times 3 = 15$ 　$\longrightarrow$　 $5 = \dfrac{15}{3}$

예 : $3x = 2$ 　$\longrightarrow$　 $x = \dfrac{2}{3}$

$\dfrac{a}{b} = c$ 　$\longrightarrow$　 $a = c \times b$ 　　예 : $\dfrac{15}{3} = 5$ 　$\longrightarrow$　 $15 = 5 \times 3$

예 : $\dfrac{x}{2} = 3$ 　$\longrightarrow$　 $x = 3 \times 2 = 6$

$\dfrac{a}{b} = \dfrac{c}{d}$ $(b, d \neq 0)$ 　　또한 　　$a = \dfrac{c}{d} \times b$ 　　또는 　　$c = \dfrac{a}{b} \times d$

또는 　　$\dfrac{a}{b} \diagdown\!\!\!\diagup \dfrac{c}{d}$ 　$\longrightarrow$　 $a \times d = c \times b$ 　　(대각선으로 곱했을 때) $(b, d \neq 0)$

"그래. 근본주의자들 말대로라면 여자들은 아무 권리가 없어. 여자는 남자에게 복종해야 돼. 너도 알겠지만 많은 나라에서 여자들이 학대받고 있어."

가스파르는 입을 다물었다. 배가 부두에서 멀어졌는데도 많은 사람들이 계속 배 위로 기어올랐다. 어떤 사람들은 배에 뛰어오르기 전에 자전거를 들어 마룻바닥으로 집어던지기도 했다. 네모는 균형을 잃을 뻔한 소년 하나를 붙들어서 마룻바닥 위로 끌어당겼다.

물에 빠질 뻔한 소년이 되풀이해서 말했다.

"슈크란, 슈크란. 브티트칼람 앵글리지?"

네모는 알아들을 수 없어 고개를 저었다.

소년이 말을 바꿨다.

"잉글리시, 잉글리시?"

"프랑세, 프렌치."

네모가 대답했다.

"프랑스 사람! 아! 파리지엔느*, 에펠 탑, 샴페인!"

"샴페인을 아니?"

키 작은 이집트 소년은 쾌활했다. 아이가 손짓을 하자 아이의 친구들이 금세 네모를 둘러쌌다. 네모와 아이들은 강을 건너는 내내 큰 몸짓을 해 가며 토론을 벌였고, 대추야자를 서로 나눠 먹었으며, 자기들 공책을 꺼내 보여 주기도 했다. 네모의 수첩은 이 손에서 저 손으로 돌고 돌았다. 가스파르는 몹시 기뻐서 이 장면을 촬영했다. 텔레비전에 나오면 멋진 영상이 되리라.

*파리지엔느(Parisiennes) : 파리 여자들.

과자를 나누는 이야기

분수로 만든다는 것은 '**여러 조각으로 자른다.**'는 뜻이다. 분수는 중세 사람들이 말했듯이 '부서진 수'이다. 분수는 이런 식으로 쓴다.

$$\frac{a}{b}$$

a → 분자
b → 분모

이해를 돕기 위해서 과자 조각들로 나타낼 수 있다. 예를 들어 보자.

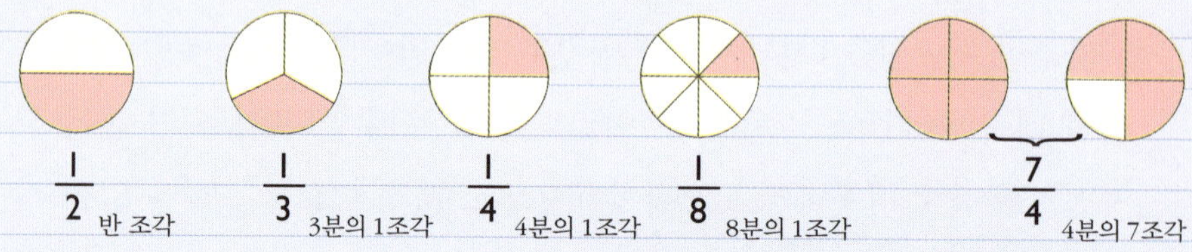

$$\frac{1}{2}$$ 반 조각 $$\frac{1}{3}$$ 3분의 1조각 $$\frac{1}{4}$$ 4분의 1조각 $$\frac{1}{8}$$ 8분의 1조각 $$\frac{7}{4}$$ 4분의 7조각

분수는 그 결과를 정수로 쓸 수 없는 나눗셈이다. 나눗셈을 하면 분수는 **소수**로 바뀐다.

$$\frac{1}{2} = 0.5 \qquad \frac{1}{3} = 0.333333\ldots \qquad \frac{1}{4} = 0.25 \qquad \frac{7}{4} = 1.75$$

약분하기

가능하면 같은 수로 분자와 분모를 나누어서 분수를 한결 간단하게 한다(2 또는 3 등으로 나눠 본다).

예 : $\dfrac{15}{25} = \dfrac{5 \times 3}{5 \times 5} = \dfrac{\cancel{5} \times 3}{\cancel{5} \times 5} = \dfrac{3}{5}$ 예 : $\dfrac{5}{11}$ 는 약분할 수 없다.

전체 부분을 찾아 낸다

예 : $\dfrac{9}{4}$ 9 가운데 4는 몇 번 들어가 있나?
대답 : 2번하고 **4분의 1**이 남는다.

$\dfrac{9}{4}$ 는 $2 + \dfrac{1}{4}$ 로 쓸 수 있다.

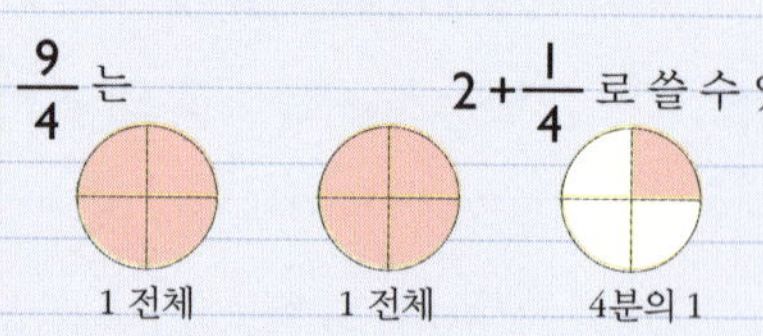

1 전체   1 전체   4분의 1

두 분수의 더하기나 빼기

$$\frac{a}{d} + \frac{b}{d} = \frac{a+b}{d} \ (d \neq 0) \qquad \frac{a}{d} - \frac{b}{d} = \frac{a-b}{d}$$

두 분수의 분모가 같을 때 다음처럼 한다 : $\dfrac{2}{5} + \dfrac{1}{5} = \dfrac{2+1}{5} = \dfrac{3}{5}$ $\dfrac{3}{8} + \dfrac{4}{8} = \dfrac{7}{8}$

두 분수의 분모가 다를 때는 공통분모를 찾아서 계산한다.

예 : $\dfrac{3}{4} - \dfrac{1}{2} = \dfrac{3}{4} - \dfrac{1 \times 2}{2 \times 2} = \dfrac{3}{4} - \dfrac{2}{4} = \dfrac{3-2}{4} = \dfrac{1}{4}$

두 분수의 곱하기

$$\frac{a}{b} \times \frac{c}{d} = \frac{a \times c}{b \times d} \ (b, d \neq 0)$$ 분자와 분모를 각각 곱한다.

예 : $\dfrac{5}{2} \times \dfrac{1}{3} = \dfrac{5 \times 1}{2 \times 3} = \dfrac{5}{6}$

분수로 나누기

분자와 분모를 서로 바꿔(역수) 곱한다. 예 : $\dfrac{2}{\frac{1}{3}} = 2 \times \dfrac{3}{1} = 6$ $\dfrac{\frac{5}{2}}{\frac{1}{3}} = \dfrac{5}{2} \times \dfrac{3}{1} = \dfrac{15}{2}$

백분율

$$x\% = \frac{x}{100}$$ 예 : 150의 12% = $150 \times \dfrac{12}{100} = \dfrac{1800}{100} = 18$

Némo

네모와 가스파르가 도착했을 때 자동차 한 대가 기다리고 있었다. 네모는 새로 사귄 친구들과 헤어져야만 했다.

그 곳에서 몇 분을 달리자 그 유명한 왕들의 계곡 어귀에 도착했다. 햇빛을 받아 누래지고 부서진 바위들로 된 사막이었다. 길가에 멈춘 관광 버스에서 반바지 차림의 여행객들이 꾸역꾸역 쏟아져 나왔다. 그들은 하나같이 카메라를 배에 늘어뜨렸으며 굵은 땀방울을 뚝뚝 흘렸다. 무장 경찰들이 여행객들을 따라다녔다. 가스파르는 군중들 속에서 멀리 떨어져 나와 네모를 데리고 작은 계단으로 내려갔다. 계단은 '일반인 출입 금지'라고 씌어 있는 철문으로 가로막혀 있었다. 가스파르는 서슴지 않고 탕탕 세 번을 두드렸다.

"또 비밀스러운 곳이야? 형은 모르는 사람이 없네!"

네모가 말했다.

"여행 준비 한다고 내가 시간 보낸 거 알지? 또 텔레비전이라고 하면 안 열리는 문이 없어."

가스파르 말이 옳았다. 문이 열리자 하얀색 끈이 달린 바지를 입은 갈색 머리 아가씨가 나타났다. 그녀는 네모와 가스파르를 기다리고 있었다.

"네모 맞지? 난 조제핀이야. 람세스 2세 무덤에 온 걸 축하해."

조제핀이 네모한테 손을 내밀며 말했다.

그들은 일반인들은 들어가지 못하게 되어 있는 가장 위대한 파라오의 무덤 안으로 들어갈 참이었다.

그 곳은 라스코 동굴과 비슷했다. 도수 낮은 전구가 긴 통로를 밝히고 있었고, 통로는 산 속으로 비탈이 심하게 내리받이로 나 있었다. 정말 훌륭한 광경인데! 벽은 온통 그림과 조각으로 뒤덮여 있었다. 수

많은 인물들이 보였다. 몇 명은 머리가 동물 형상이었다. 그림 속 인물들은 줄지어 걸어가고 있었다. 뒤이어 배와 새 그리고 뱀이 여럿 보였다. 조그만 그림들로 뒤덮인 기둥들이 즐비했다.

"상형 문자야. 고대 이집트 문자."

이미 낮은 목소리로 말하기 시작했던 가스파르가 소곤소곤했다.

"여기서 우리는 〈죽은 이들의 책〉에 나오는 한 구절을 찾아볼 수 있어. 다른 세계에서 영혼이 살아남는 데 도움이 되는 글과 주문들이지."

조제핀이 설명했다.

"어떤 다른 세계?"

네모가 물었다.

"죽음의 세계, 오시리스 신의 왕국을 말해. 이집트 사람들은 신성한 배를 타고 호수를 가로지르면 그 곳에 다다른다고 믿었대. 하지만 죽은 사람은 우선 시험을 거쳐야 했대. 살아 있는 동안 뭘 했는지 설명해야 했어."

계단은 여러 방으로 통해 있었다. 어떤 방들은 커다란 돌무더기로 막혀 있었다. 아직도 람세스 왕의 무덤 정리가 끝나지 않은 모양이었다. 석관은 이미 산산조각 나 버렸고, 미라는 오래 전부터 한 박물관에 전시되고 있었다.

조제핀이 말을 이어 나갔다.

"사람들은 파라오를 신처럼 떠받들었어. 태양신의 아들이라고 믿었지."

네모는 깜짝 놀랐다.

"태양신이라고! 이집트 사람들은 모든 사람이 별들의 자식이란 걸 알았나? 그들은 빅뱅을 알았을까?"

가스파르가 큰 소리로 웃기 시작했다.

"절대 아냐! 그건 어디까지나 믿음이었어. 다른 모든 사람들처럼 그들도 우주를 설명하려 했던 거지. 그들에게는 태양이 아침마다 세계를 다시 만드는 신이었어. 이집트 사람들은 온갖 신들을 다 상상해 냈어. 죽음의 신 오시리스, 이시스 여신, 또 그들의 아들인 호루스……."

"또 글과 지혜의 신, 풍요의 신, 진리와 정의의 신, 사랑의 신도 있었어."

조제핀이 덧붙였다.

"사랑의 신은 틀림없이 소녀였겠지."

네모가 말을 끊으며 끼어들었다.

가스파르가 재미있다는 듯이 네모를 바라보았다.

"대단해! 사랑의 여신을 하토르라고 불렀는데 음악과 춤의 여신이기도 했어. 하토르는 또한 죽은 이들을 보호하고 그들의 여행을 돕기도 했지."

조제핀이 네모를 불 켜진 벽 쪽으로 안내하면서 말했다.

"봐, 사랑의 여신은 람세스를 돌보고 있어. 여신이 예쁘지 않니?"

하토르 여신은 그 벽에 그려져 있었다. 그림으로 장식된 튜닉을 입고 있는 늘씬한 아가씨였다. 튜닉은 통이 좁았고 속이 내비칠 듯했다. 숱이 많은 검은 머리가 어깨를 덮고 있었다. 희미한 불빛에 비친 여신은 마치 살아 있는 것 같았다.

"아름다워요."

네모가 선뜻 말했다. 네모는 자기 속에 벌써 열기가 조금씩 번져 가는 것을 깨달았다. 잘 돼 가는데, 난 정말 무엇이 아름다운지 알기 시작한 거야!

조제핀이 맞장구쳤다.

"아! 그래. 고대 이집트 사람들은 대단한 예술가였어. 누구도 그들만큼 잘 할 순 없을 거야."

조제핀은 미술품을 복원하는 일을 했다. 몇 달 전부터 날마다 무덤 속으로 내려와 오랜 세월에 몹시 손상된 그림을 복원했다. 그녀는 고대 회화의 비밀을 캐내려고 얼마나 애쓰고 있는지 설명해 주었다. 심지어 좋은 색상을 얻기 위해 산에 나는 풀이나 돌을 이용한다고 했다.

네모와 가스파르는 큰 바위에 앉아 조제핀이 일하는 모습을 바라보았다. 가스파르는 쉬지 않고 조제핀을 촬영했다.

"와아, 저 여자가 형 맘에 드는구나. 저 귀여운 아가씨 말야!"

네모가 속삭였다. 네모는 이런 표현을 이미 텔레비전에서 들은 적이 있었다.

가스파르는 눈살을 찌푸리며 네모를 노려보았다.

"쉿! 넌 너무 많이 알기 시작했어!"

그러나 네모는 벌써 다른 생각을 하고 있었다.

"여러 신들은 진짜야, 아니면 상상이야?"

"모든 건 네가 신을 믿느냐 아니냐에 달려 있어. 다시 말해 네게 종교가 있느냐 없느냐에 달린 거지."

"종교가 뭐야?"

가스파르는 한쪽 눈을 찡긋해 보였다. 네가 이 질문을 할 줄 알았지, 하는 표정이었다. 가스파르가 설명하기 시작했다.

"세상을 어떤 식으로 설명해 놓은 것을 믿는 것이 바로 신앙심이야. 다른 모든 종교들처럼 고대 이집트 종교도 중대한 질문들에 답하려고 했어. 죽은 다음에는 무슨 일이 일어날까? 어떻게 세계가 시작되었을까?”

“그건 형이 이미 나한테 말했잖아. 빅뱅 때문이라고!”

“빅뱅은 현대 과학에서 말하는 거고. 그런데 왜 빅뱅이 일어났고, 왜 우주가 생겨났을까? 어떤 이가 아니면 어떤 것이, 신 혼자서 아니면 여러 신들이 이 모든 걸 만들었을까? 이런 건 알 수 없어.”

“그런 건 모른다고? 형은 내가 어디에서 왔는지, 형 말마따나 내 기원이 어떤 건지를 설명해 준다고 세계로 끌고 다니고 있잖아. 그런데 이제 무덤 속에 와서 정답을 모른다고 하다니!”

예쁜 화가 아가씨가 손을 멈추고 놀란 눈으로 둘을 돌아보았다.

가스파르가 그녀에게 말을 걸었다.

“늘 이래요! 아가씨는 답을 아시는지요?”

네모 쪽으로 고개를 돌리며 조제핀이 대답했다.

“유감스럽게도 몰라요.”

가스파르가 다시 설명했다.

“신을 믿느냐 안 믿느냐는 늘 제기돼 온 문제였어. 위대한 고대 문명에는 으레 여러 신들이 있었어. 예를 들어, 대서양 저편의 그리스 사람들은 또 다른 신들을 믿었다. 최고의 신 제우스, 바다의 신 포세이돈, 지혜의 여신 아테네, 사랑의 여신 아프로디테.”

“또 여자네, 당연히.”

네모가 대꾸했다.

조제핀이 웃음을 터뜨렸다.

“이상해요, 두 사람 다!”

조금 주의가 산만해진 가스파르가 다시 입을 열었다.

“그 뒤에 고대 로마 사람들은 그리스 신들을 그대로 이어받게 돼.
그렇지만 이름이 바뀌지. 유피테르, 넵튜누스, 미네르바, 비너스……”
“이집트 사람들에게 있던 태양신은 없었어?”
“당연히 있었지. 아폴로라고 불렀어. 아폴로는 아침마다 네 마리 말
이 끄는 태양의 수레를 타고 저녁이 올 때까지 돌아다닌다고 믿었어.”
“아폴로가 잠들 때가 밤이야?”
“그래. 이런 수많은 얘기들은 신들의 모험을 통해 자연 현상을 설명
하기 위해 만들어졌지. 이런 얘기들을 ‘신화’라고 해.”
‘귀여운 아가씨’가 붓을 내려놓았다. 올라갈 때가 된 것이다.

지상으로 올라왔을 때 네모는 계곡에 내리비치는 새하얀 햇살이 눈
부셔 눈을 뜰 수 없었다. 네모는 줄곧 이런 생각을 했다. 발 아래로 보
이는 산에는 여기저기 암벽을 파서 만든 거대한 무덤이 즐비하네. 무
덤에는 죽은 이들을 지키는 여러 신들의 조각상들도 딸려 있군. 근데
이런 신들이 진짜로 있었는지 아닌지는 아무도 몰라. 참 이상한 곳이
지…….

가스파르는 네모를 데리고 옆쪽 무덤으로 갔다. 그 무덤 역시 관광
객들에게는 금지된 곳이었다. 람세스 자식들 무덤으로 최근에 발견된
것이다. 무덤 들머리는 관광 버스 주차장 바로 옆에 있어서 눈에 잘
띄지 않았다. 한 미국인 연구자가 두 사람을 어두침침한 작은 방들로
이루어진 미로 속으로 데려갔다. 그 연구자는 무덤에서 장애물을 치
워 내는 중이었다. 통로 끝에 이르자 네모는 죽음의 신이자 무덤 지킴
이인 오시리스 상과 맞닥뜨렸다.

돌아오는 배 위에서 네모는 멀어져 가는 왕들의 계곡을 오래오래
바라보았다. 머릿속은 온통 영상들로 가득했고 총천연색 기억이 생겨

났다.

그러나 가스파르는 아직 프로그램을 끝맺으려 들지 않았다! 멋진 룩소 광장에 있는 호텔에서 잠시 쉰 다음, 가스파르는 다시 네모를 카르낙 신전으로 데려갔다. 이집트 사람들은 미치광이였나 봐! 또다시 어마어마한 건축물이 나타났다. 아주 넓은 홀에 거대한 기둥들이 그야말로 숲을 이루듯 세워져 있었다. 네모는 이제 아무 설명도 귀담아 듣지 않았다. 하지만 숨바꼭질하는 원리를 재빨리 다시 알아 냈다! 기둥이 나올 때마다 네모는 재미있어하며 가스파르를 피해 기둥 뒤에 몸을 숨겼다. 가스파르는 손에 카메라를 들고 네모를 뒤쫓아 달렸다.

"네모! 기다려!"

가스파르는 많은 기둥들 사이에서 망설이다가 뒤로 되돌아가 다른 길로 접어들었다. 진짜 미로였다.

"네모? 네-모?"

가스파르는 잰걸음으로 기둥들을 몇 바퀴나 돈 다음 불러 보았다. 대답이 없었다. 네모를 찾을 수가 없었다.

한 시간이 지나자 어둠이 내렸다. 가스파르는 유적지를 샅샅이 다 뒤져 보았다. 관리인이나 여행객들에게 물어 보기도 하고, '네모' 하면서 얼마나 소리쳤는지 모른다. 네모가 길을 잃은 게 틀림없었다.

가스파르는 발길을 되돌려 도시의 거리들을 뒤지기 시작했다. 그는 다시 신전과 나일 강가 사이를 돌아보았다. 상점마다 발을 멈추고, 카페마다 들어가 본 뒤 호텔로 되돌아갔다. 가스파르는 공포심에 사로잡혔다. 어떻게 네모를 잃어버릴 수 있단 말인가? 네모한테 무슨 일이 일어난 걸까? 객실에 처박혀 경찰을 부르는 것도 단념하고 있을 때 전화 벨이 울렸다.

"손님, 팔라펠을 어디로 가져갈까요?"

"뭐라고요?"

"팔라펠 말입니다. 정원 쪽에서 그걸 주문했답니다. 그런데 정원 어디죠?"

가스파르는 호텔의 큰 계단을 급히 뛰어내려갔다. 그리고 잔디와 종려나무 사이에 있는 아주 넓은 공원으로 달음박질쳤다. 잠시 후 가스파르는 빽빽한 울타리 뒤쪽에서 새어나오는 아이들 목소리를 들었다. 가스파르는 태연하게 웃고 있는 네모를 발견했다. 네모는 한 떼의 아이들에게 둘러싸여 있었다. 아이들은 열띤 토론을 벌이고 있었다.

가스파르의 일그러진 얼굴을 보자 네모가 말했다.

"어떻게 된 거야? 형 어디 갔다 오는 거야?"

네모는 가스파르가 왜 그토록 얼빠진 표정을 짓는지 알지 못했다. 네모는 가스파르에게 해명했다. 형을 찾지 못하게 되자 그는 신전을 빠져 나왔다가 배에서 사귄 친구들과 우연히 마주치게 되었다. 마차로 관광객들을 데리고 다니는 아이 하나가 끼여 있어서 아이들과 사륜마차로 산책을 했다. 그리고 그 다음은 가스파르가 늘 권한 대로 한 거였다. 친구에게 고마움을 표해라. 네모는 아이들 모두를 호텔로 불러 저녁 식사에 초대했다. 이리하여 네모가 팔라펠 스물다섯 접시를 주문한 거였다. 호텔은 참 대단한 데야. 주문만 하면 되잖아. 뭐가 문제란 말이야?

9장
너는 프랑스 사람이야

다리 아래 하룻밤

"네모! 일어나!"

가스파르가 네모의 팔을 가만히 흔들었다. 자동차는 이미 멈춰 서 있었다. 캄캄한 밤이었다.

"어디야?"

네모가 기어 들어가는 소리로 겨우 물었다.

"퐁뒤가르! 자, 눈 떠! 내려서 좀더 걸어가야 돼."

네모는 생각을 가다듬으면서 기지개를 켰다. 어제부터 너무 많은 일들이 일어났다.

어제 아침에 그들은 카이로 공항에 있었다. 세관원은 카메라와 휴대 전화기, 카세트 따위가 가득한 가방을 보더니 온갖 트집을 잡았다.

213

가스파르는 네모가 알아듣지 못하는 말로 교섭을 벌였지만 어쩔 수가 없었다. 세관원은 필름을 보자고 했다. 시간이 지날수록 가스파르는 짜증이 났고, 경찰은 더욱더 엄하게 여권을 검사했다. 그러다가 세관원은 창구 뒤에 가려 보이지 않던 네모를 발견했다. 그러자 모든 게 달라졌다! 세관원은 호주머니에서 이에 쩍쩍 달라붙는 사탕 과자를 꺼냈다. 네모가 사탕 과자를 우물우물 씹는 동안, 세관원은 동료들한테 손짓을 해서 가스파르와 장비를 풀어 주게 했다. 하지만 너무 늦었다! 비행기가 이미 떠나 버린 것이다! 길고 지루한 이야기가 다시 시작되었다. 이번 상대는 다른 비행기에 자리를 잡아 주는 일을 맡은 안내양이었다. 결국 두 사람은 로마로 날아갔고 거기서 마르세유행으로 갈아타려고 꼬박 세 시간이나 기다렸다. 가스파르는 네모를 촬영하려고 했지만 네모는 "르포에 질려 버렸어!"라는 말만 내뱉었다.

가스파르는 카메라 앞에서 아주 편안한 표정으로 말했다.

"자, 지금 우리는 로마에 왔습니다! 각 시대를 체험하는 이 여행에서 네모가 역사에서 매우 중요한 이 도시에 경의를 표하는 것은 당연한 일입니다. 로마를 떠나 네모는 마르세유에 도착하고, 그런 다음 조상들의 흔적이 남아 있는 장소를 들르면서 북쪽으로 서서히 거슬러 올라가게 됩니다. 네모가 집에 도착할 때쯤이면 그는 20세기와 만나게 될 것입니다."

형은 지독한 거짓말쟁이야. 우린 로마에 들를 예정이 아니었잖아! 하지만 영화를 위해서는 잘 된 일이지, 하고 네모는 생각했다. 마침내 두 사람은 저녁 무렵이 되어서야 마르세유에 도착했다. 둘은 곧장 퐁 뒤가르로 향했다.

“따라올래?”

어둠 속에서 가스파르가 속삭였다.

“크게 말해도 돼. 나 깼어!”

강가를 따라 나 있는 나무나 수풀을 피하면서 네모는 가스파르 뒤를 따라 걸었다. 네모는 어디다 발을 디뎌야 할지 몰랐다. 콸콸거리는 이상한 소리가 들려 왔다. 금방이라도 물에 빠지는 건 아닐까? 마치 검은 구름을 가로질러 나아가는 느낌이었다. 숨쉬기가 힘겨웠다. 하늘이 아주 낯선 노란색으로 빛났다.

“탐조등이야. 우리가 가는 길을 밝혀 줄 거야.”

가스파르가 설명했다.

갑자기 거대한 삼층 다리인 퐁뒤가르가 빛을 받아 뿌옇게 나타났다. 웅장한 아케이드가 일층과 이층을 이루고 맨 위층은 모두 작은 아치들로 덮여 있었다. 네모는 하늘을 가득 뒤덮고 있는 총총한 별들을 더 잘 보려고 머리를 뒤로 젖혔다. 그러자 넓은 교각 사이로 별들이 쏟아지는 듯했다.

엄청나게 큰 교각에서 몇 미터 떨어진 곳에 둘 다 말없이 앉았다. 멀리서 말소리와 웃음소리, 기타 소리가 들려 왔다. 네모는 어깨에 걸쳤던 푸른색 스웨터를 껴입었다. 이 곳의 밤은 이집트보다 한결 서늘하게 느껴졌다. 그제야 네모가 물었다.

“이 다리는 왜 이렇게 커? 강은 아주 조그마한데!”

“옛날에는 아주 긴 ‘수로’의 일부였어. 저 위에 있는 작은 아치들을 통해 샘물을 님* 시까지 나르는, 돌로 만든 도랑이었지. 하지만 아주

*님(Nîmes) : 원형 경기장을 비롯해서 고대 로마의 유적이 많이 남아 있는 프랑스 남부 지방의 도시.

오래 전부터 이 수로를 쓰지 않게 됐어. 수로는 거의 2천 년쯤 된 거야! 그러니까 이 수로는 기원 1세기쯤에 만들어졌지.”

“기원? 그게 다 뭐가 뭔지 모르겠어!”

가스파르가 탄식하며 말했다.

“맞아, 네게 아직 그걸 설명해 주지 않았구나. 기원은 예수 그리스도가 탄생한 때부터 오늘까지 이르는 모든 시기를 말해. 몇몇 나라는 다른 사건을 시발점으로 삼아 연대를 달리 세기도 하지. 하지만 우리는 ‘로마 시는 예수 그리스도 탄생 전 753년에 세워졌다.’ 하고 말해. 또는 ‘로마 제국은 476년에 멸망했다.’ 하고 말하는데, 다시 말해 예수 그리스도 탄생 후 476년이란 뜻이야.”

“예수가 중요한 인물이야?”

작은 조약돌 몇 개를 앞쪽으로 던지면서 네모가 다시 물었다.

가스파르는 깍지 낀 두 손을 목 뒤로 괴어 풀밭에 길게 드러누웠다.

“오늘 저녁은 편히 보낼 줄 알았는데…….”

가스파르가 투덜거리며 말했다.

“억지로 설명할 필요 없어.”

화가 난 네모가 말했다.

“화내지 마……. 정말 좀 피곤해! 게다가 그게 그리 간단치 않거든……. 고대 여러 종교 기억하고 있지?”

“그래, 그래. 이집트 사람들, 그리스 사람들, 로마 사람들……. 그들은 여러 신들을 믿었어.”

“맞아. 그러니까 기원전 2000년쯤 메소포타미아에서 아브라함이라는 사람이 신은 하나밖에 없다고 알렸어. 우주의 창조자는 유일하다고.”

“유일신……? 아브라함은 그걸 어떻게 알았대?”

“신이 직접 자기한테 말했다고 주장했어. 이런 걸 ‘계시’라고 하지.”

“그게 사실이야?”

네모는 확실한 것을 원했다. 그러나 가스파르는 멀리 떠 있는 별들을 바라보았다.

“글쎄, 언제나 신앙심, 즉 믿음이 문제지. 신앙심만 있다면 증거가 없어도 진심으로 감동해서 믿게 되거든.”

“증거 없이도…….”

네모가 한풀 꺾여 되풀이했다.

“걱정하지 마! 많은 사람들이 다 믿는 건 아냐. 몇몇 사람들은 전혀 믿지 않는다고.”

가스파르는 네모를 격려하려고 어깨를 부드럽게 토닥거려 주었다. 그러고는 말을 이어 나갔다.

“아브라함 신을 믿는 사람들을 유태인이라고 불러. 유태인들은 메소포타미아를 떠나서 팔레스타인, 오늘날 이스라엘이라고 하는 나라로 왔어. 그 뒤로 아시아, 아메리카, 유럽으로 퍼져 정착했지. 한데 하마터면 이들은 사라질 뻔했어.”

“왜?”

“유태 민족은 아주 비극적인 역사를 살아왔어. 나중에 얘기하자, 오늘 저녁은 말고.”

“그런데 예수는? 아직 대답해 주지 않았잖아.”

가스파르가 웃기 시작했다.

“넌 절대 잊어먹는 법이 없구나! 또 넌 점점 더 늦게 자고 싶지? 그러니까 예수는…… 예수는 바로 팔레스타인 지방에서 거의 2천 년 전에 태어났어."

"거기가 어디야?"

"지중해 연안. 예수도 유태인이었어. 예수는 신의 이름으로 말했어. 사람들은 서로 돕고 서로 사랑하며 더불어 살아야 한다고 말이야. 예수는 사랑에 관한 말을 많이 했지……."

"또 그 얘기야!"

"그럼! 사람들은 늘 사랑 이야기를 하지! 하여튼 예수의 말을 싫어하는 이들이 있어서 예수는 사형을 받았어. 바로 그 때부터 예수가 진정으로 유명해지기 시작한 거지."

"죽었는데 어떻게 그럴 수 있어?"

"예수 친구들이 예수는 '부활했으며', 즉 다시 살아났으며 예수가 신의 아들이라고 주장했어."

"이거야 참……. 신의 아들 역시 신이야? 하지만 이것도 증거가 없잖아? 신앙심이 필요하다 그 말이야?"

"그래, 잘 이해했다! 예수를 믿는 사람들을 기독교도라고 하지. 그런데 유태인들은 예수가 신의 아들이라고 믿지 않아. 유태인들은 계속 신의 사절, 즉 '메시아'를 기다리고 있지."

꽤 오랫동안 기다리는 셈이군, 하고 네모는 생각했다. 하늘에는 국자 자루가 뚜렷한 큰곰자리를 완전히 볼 수 있었다. 네모는 작은곰자리를 눈길로 찾았다. 그리고 쉽사리 북극성을 발견했다. 그러니까 네모의 앞쪽이 북쪽이었다. 한참 뒤에 네모가 다시 입을 열었다.

"사실 유태인들과 기독교도들은 같은 신을 섬기지만 기독교도들에겐 예수가 더 있다 그거야?"

가스파르가 고개를 들었다.

“거의 그런 셈이지. 같은 신을 섬기는 종교가 또 하나 있어. 회교라고 하는 이슬람 교도들의 종교지.”

“유태교나 기독교하고는 또 어떻게 다른데?”

“회교는 7세기에 아라비아에서 시작됐어. 회교도들이 알라라고 부르는 신이 마호메트라는 선지자에게 말을 걸어 코란이라는 성전을 받아쓰게 했다는 거야.”

“선지자가 뭐야?”

“신의 사자야.”

“이집트에서 형이 회교도 얘기를 했어. 여자들에게 강제로 베일을 쓰게 한다며.”

“몇몇 회교도들이라고 했지. 회교 근본주의자들 말야. 이들은 자기네들과 생각이 다른 사람들을 죽이기까지 해.”

“정말 끔찍하네!”

“그럼. 모든 진리를 다 안다고 믿는 사람들은 매우 위험해. 다행히 모든 회교도들이 다 그렇게 행동하진 않지만!”

네모는 베일을 쓴 이집트 여자들을 떠올렸다. 몇몇 안 되는 여인들이 옹기종기 무리를 이룬 모습은 서글퍼 보였다. 그들은 무덤 속에 그려진 아름다운 여인들과 닮은 데가 없었다. 아마 ‘옛날’이 더 살기 좋았던 게 아닐까?

가스파르가 덧붙였다.

“잘 기억해 둬. 세계에는 이 밖에도 많은 종교들이 있어. 또 사람마다 자신이 믿는 것을 자유롭게 선택할 수 있어야 해.”

“난 티벳 불교도가 되고 싶어.”

네모가 말했다.

오늘날의 종교

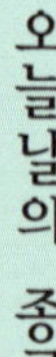

동양 종교들(혹은 아시아 종교들)에서는 현자가 가르침을 맡아 자기 지식과 경험을 나눈다.

힌두교 : 기원전 2500년 무렵 인도에서 생김. 힌두교도들은 여러 신을 믿는다(브라만, 비쉬뉴, 시바 등). 이들은 죽은 다음에 '죽은 이의 영혼이 다른 육체에 깃든다.'고 생각한다.

불교 : 아시아에서 불교도들은 기원전 **6**세기 무렵 인도에 살았던 부다('축복받은 사람' 혹은 '깨달은 사람')라는 현자의 가르침을 따른다. 이들은 연민(다른 사람들의 고통을 깨닫는 일), 비폭력, 자비를 실천한다.

신도 : 기원전 700년부터 일본에서 생김. 신도교도들은 자연과 결합되기를 바라며 일본의 위대한 영웅들과 조상들을 숭배한다.

일신교들(단 하나의 신을 섬김)은 모두 기원전 1850년 무렵 메소포타미아에 살았던 아브라함을 공통 시조로 섬긴다. 아브라함은 유일한 우주의 창조자인 신이 자신에게 직접 말했다고 주장했다. 이것을 '계시'라고 한다.

유태교 : 유태인들은 〈토라〉(율법)의 가르침을 따른다. 〈토라〉에는 세계 창조와 아브라함과 그 자손들의 역사가 담겨 있다. 이들은 삶의 큰 규범들(살인하지 마라, 훔치지 마라, 거짓말하지 마라 등)을 알려 주는 '십계명'에 복종한다. 이들은 계속 신의 사절인 메시아를 기다리고 있다.

기독교 : 기독교도들은 기원 초기에 팔레스타인(오늘날 이스라엘)에 살았던 유태인 예수가 메시아라고 믿는다. 예수는 사랑과 평화라는 메시지를 가르쳤다. 십자가에 못박혀 죽은 다음 예수는 부활(다시 살아남)했을 거라고 한다. 기독교도들은 〈구약성서〉(유태인의 〈토라〉와 같은 원문)와 예수의 일생을 이야기하는 〈신약성서〉로 된 성서를 연구한다. 수많은 기독교 교회가 존재하고 있다. 가톨릭 교회, 그리스정교 교회, 신교 교회……

회교 : 570년에서 632년까지 아라비아에 살았던 마호메트는 신이 자신에게 〈코란〉이란 책을 받아쓰게 했다고 주장했다. 코란은 회교도 개인 생활이나 가족 생활, 사회 생활을 규정한다. 아프리카와 아시아에 많은 회교도들이 있다.

Némo

가스파르는 깜짝 놀라 네모를 바라보았다.

"텔레비전 르포를 봤는데, 티벳 불교도들은 인상이 좋아 보이고 늘 즐겁게 사는 사람들 같았어. 하지만 이들은 죽음을 당하기도 하고, 자기네 나라에서 쫓겨나기도 했어. 이들을 지켜 줘야 돼."

네모는 2천 년 동안이나 그 곳에 버티고 있는 거대한 수로를 오래오래 쳐다보았다. 오늘날에도 사람들이 이처럼 아름다운 다리를 만들 수 있을까? 네모는 가스파르 쪽으로 몸을 구부렸다. 그리고 가스파르의 호흡이 느려진 것을 알아차렸다. 그는 이미 잠들어 있었다.

"가스…… 가스파르!"

네모는 가스파르를 흔들어 깨우려고 했다.

"응? 뭐라고?"

가스파르는 눈을 끔벅거렸다.

"형, 자? 누가 퐁뒤가르를 만들었는지만 물어 보려고 했는데."

가스파르는 두 손으로 얼굴을 비벼 댔다.

"뭐라고? 퐁뒤가르?"

가스파르가 거듭 말했다.

"그래! 누가 만들었냐고?"

네모가 가스파르의 귀에 대고 속삭였다.

"로마 사람들."

가스파르가 희미한 소리로 대답했다.

"로마 사람들이 프랑스에서 무슨 짓을 했어?"

"네모…… 그건 전혀 딴 얘기잖아……."

가스파르가 항의하듯 말했다. 그리고 가스파르는 반대쪽으로 구르더니 다시 잠에 곯아떨어졌다. 가스파르가 금방 깨어나지 않으리라는 것을 깨닫자 네모는 가스파르의 배낭에 든 자동차 열쇠를 슬그머니 집어 들었다. 이불 삼아 덮을 양으로 여행 가방에 들어 있는 스웨터 몇 개를 가지러 갔다. 되돌아온 네모는 가스파르 옆에 누웠다. 네모는 드넓은 여름 하늘을 한참 동안 쳐다보았다. 그러고는 별빛을 받으며 잠들었다.

아폴로의 집에서

"아이고, 등이야!"

가스파르는 계속해서 투덜거렸다. 아마도 조약돌 하나를 깔고 누워 잤던 모양이다. 하지만 네모는 몸이 아주 가뿐했다. 둘은 일찍 퐁뒤가르를 출발했다. 론 강을 가로지르고 우베즈 강을 따라서 베종라로멘*으로 갔다. 로마 인들은 기원전 2세기쯤 이 지역에 자리잡았다. 그런데 오늘날엔 몇몇 유적만 남아 있을 뿐이었다. 들쭉날쭉하고 야트막한 석벽, 말라 버린 수반, 금세 허물어질 것 같은 기둥들밖에 없었다.

가스파르가 두 손을 청바지 주머니에 꽂고 포즈를 취했다.

네모는 계속 카메라 렌즈를 들여다보며 빈정대는 투로 말했다.

"폼 좀 그만 잡아요. 아직 작동도 안 시켰으니까."

"이런, 바보짓을 하다니! 자, 다시 하자!"

"찍는다!"

*베종라로멘(Vaison-la-Romaine) : 프랑스 남동부 보클뤼즈 지방에 속하며 우베즈 강을 끼고 있는 도시로, 중요한 고대 로마 유적지가 많다.

네모가 소리쳤다.

가스파르는 방금 그 생각을 한 것처럼 아주 자연스럽게 베종라로멘에 대한 소개를 정확히 되풀이해서 말했다.

"좋아! 형은 진짜 '프로'야!"

네모는 이미 '프로'라는 말이 칭찬이란 것을 알고 있었다. 네모는 카메라를 제자리에 두고, 주위를 한번 둘러보았다.

"이쪽은 이상하게 허물어졌어!"

가스파르가 대꾸했다.

"그렇게 싫은 얼굴 하지 마. 신석기 시대 마을을 떠올려 봐. 여러 장소를 되살려 내려면 상상력을 발휘해야 돼. 예컨대 이 곳은 고대 로마의 널찍한 장원 터야. 많은 방들이 딸린 아주 안락한 집이었지. 부엌과 식당, 서재, 그리고 많은 살롱과 방이 있고, 또 욕실이 몇 개나 있는 집이었다고."

"형이 어떻게 다 알아?"

네모가 의심쩍은 듯 물었다.

가스파르는 한쪽 눈을 찡긋하며 털어놓았다.

"고고학자인 친구 도움을 받았어. 그리고 책도 여러 권 읽었고. 봐라, 여기가 부엌이야."

가스파르가 네모를 커다란 탁자 쪽으로 이끌고 갔다. 잿빛 돌로 된 탁자였는데, 달걀 모양 구멍이 두 개 나 있었다.

"수챗구멍이야?"

"아니, 화덕이야. 수챗구멍은 이쪽 저 큰 대야에 뚫려 있었어. 뒤쪽에 있는 가느다란 홈을 판 돌을 통해 구정물이 흘러 내려가는 거야."

"잘 돼 있네."

관람을 계속하는 가스파르를 바짝 뒤쫓으면서 네모가 중얼거렸다.

두 사람은 어떤 조각 앞에서 발을 멈추었다. 여자 두상처럼 머리숱이 아주 많았다.

가스파르가 해설을 해 주었다.

"아폴로 상이야. 말하자면 복제품이지. 원작은 베종 박물관에 있어."

"아가씨 같은데! 로마 사람들 취미도 참 이상하네. 그런데 로마 사람들이 프랑스에서 무슨 짓을 했어? 어젯밤에 대답 안 해 줬잖아!"

"나도 몰라."

가스파르가 농담을 했다.

가스파르는 편백나무 한 그루가 드리운 변변찮은 그림자 아래 앉았다. 배낭에서 막 물러지기 시작한 초콜릿 하나와 비스킷 한 통을 꺼내 네모에게 내밀었다. 그리고 이야기를 계속했다.

"로마 인들은 이탈리아 로마 시에서 출발하여 지중해 주변에 거대한 제국을 만들었어."

"베종도 제국 안에 있었어?"

"그래. 예수가 태어나기 전 시대에 로마 인들은 프랑스 전역에 자리 잡고 있었어. 이 시대에는 프랑스를 갈리아(골)라 불렀고, 갈리아에는 갈리아 인들이 살고 있었지."

"아스테릭스같이?"

"정확히 말했어."

"그래서 갈리아 사람들이 늘 로마 사람들이랑 싸운 거야?"

"로마 사람들이 많지 않았을 땐 그런 대로 괜찮게 지냈어. 하지만 율리우스 카이사르가 나라 전체를 정복하려 들자 갈리아 인들은 반란을 일으켰지! 결국 베르생제토릭스가 이끄는 갈리아 군대는 기원전

52년에 패배했어. 그리고 갈리아 사람들은 로마 사람들의 생활 방식, 그들의 관습이나 신들을 차츰차츰 받아들여 갈로로맹*이라 부를 정도까지 됐어. 갈로로맹이 우리 먼 조상이야."

"하지만 난 갈로로맹이 아냐."

비스킷을 와작와작 씹으면서 네모가 대꾸했다.

"그래, 넌 프랑스 사람이야."

"내가 프랑스 말을 하기 때문인가?"

가스파르는 빈 초콜릿 봉지와 비스킷 통을 주웠다. 눈을 돌려 쓰레기통을 찾았지만 보이지 않자 포기하고 배낭에 집어 넣었다.

가스파르는 네모가 한 말을 되받아 따라 했다.

"넌 프랑스 말을 해. 프랑스에서 자랐고, 비록 네가 기억은 못 하지만 프랑스 문화를 물려받았어. 이런 것들을 통틀어 프랑스 사람이라고 하는 거야."

"문화라고? 그게 뭐야? 또 학교인가?"

"문화는 단지 학교만 말하는 게 아니야! 물론, 프랑스 작가들 책이나 지리, 프랑스 역사가 포함되지. 또한 요리나 축제 등과 같은 전통도 있고."

"문명하고도 좀 비슷한 건가?"

"그래. 그렇지만 그게 다는 아냐. 프랑스 사람은 프랑스에 살 권리가 있고, 프랑스 법에 따라야 하지. 프랑스 여권을 가지려면, 다시 말해 프랑스 '국적'을 가지려면 부모가 프랑스 사람이어야 해. 혹 부모가 외국인이더라도 프랑스에서 태어나 살고 있는 아이들은 프랑스 사

---

*갈로로맹(Gallo-Romains) : 로마 지배에 영향을 받은 갈리아 사람들.

람이 될 수 있어.”

“복잡한데.”

“그래. 프랑스 여권이 없으면서 프랑스에서 살고 싶어하는 사람들도 있어. 난 그들도 스스로 어느 정도는 프랑스 사람이라고 느낀다고 봐.”

“스스로 무엇이라고 ‘느낀다’……. 나한테는 제법 어려운 일인데.”

네모가 탄식하며 말했다.

네모는 포석이 길게 깔린 산책로를 바라보았다. 그 길을 따라 높이가 들쭉날쭉한 기둥들이 세워져 있고, 길은 진한 초록빛 정원으로 사라졌다. 나무들 뒤편으로 불그스름한 지붕을 한 배종의 석조 가옥들이 언뜻언뜻 보였다.

한참 있다 네모가 다시 입을 열었다.

“그러면 형이 말하는 갈로로맹은 언제 프랑스 사람이 됐어?”

가스파르가 탄성을 질렀다.

“이런, 이런! 하루아침에 그렇게 된 건 아냐! 갈리아를 정복한 지 몇 세기가 지나자 로마 제국은 너무 거대해진 나머지 통치하기가 힘들게 됐지. 그리하여 사방에서 공격을 받았어.”

“누구한테?”

“4세기부터 훈족이라는 아시아의 한 민족이 양식과 가축을 찾아 서쪽으로 이동했어. 훈족은 길을 가로막는 게르만 부족들과 싸웠어. 그리고 또한 여러 게르만 부족들을 서쪽으로 몰아냈어. 이 흉악한 사람들은 조금씩 조금씩 갈리아, 나아가 로마 제국 전체를 침략했지.”

“훈족이 그토록 무시무시했어?”

“호전적인 족속이야. 정말이지 인정머리라곤 전혀 없는 사람들이라고.”

"훈족과 싸운 다른 '부족들'은 뭐야?"

"게르만 부족들이야. 로마 인들은 이 부족들의 말을 전혀 알아듣지 못해서 이들을 '야만인'이라 불렀지. 그리스 사람들은 예전에 그리스 말을 제대로 못 하는 사람들을 모두 야만인이라고 부른 적이 있었어. 프랑크족, 부르군트족, 서고트족, 동고트족, 반달족과 또 지금 생각이 나지 않는 부족들도 많아!"

"그 때 갈로로맹은 뭐 했어?"

"끔찍한 전투가 여러 번 일어났어. 476년에 서로마 제국이 멸망했는데, 그 결과 서로마 제국이 왕국 몇 개로 갈라졌지. 갈리아는 프랑크 왕국이 됐어. 프랑크족의 왕 클로비스는 기독교로 개종하고 라틴 어를 배웠지."

"그런데 '프랑크족'은 '프랑스 사람'이잖아. 프랑크족은 프랑스 말을 하지 않았어?"

"아니, 그 때 프랑스 말은 있지도 않았어!"

"형이 날 놀리는구나! 그럼 누가 그걸 발명해 냈단 말야?"

"아무도 아냐. 말은 '발명하는' 게 아냐. 말은 조금씩 조금씩 만들어지는 거야. 갈리아 인들은 켈트 어를 썼지. 그 다음 라틴 어를 배웠다. 그러나 갈리아에서 쓴 라틴 어는 벌써 로마 인들이 쓰던 라틴 어와는 달랐어. 갈리아 인들은 발음을 변화시키고 자기네 말들을 덧붙였지. 프랑크족도 그렇게 했어. 그러면서 차츰차츰 프랑스 말이라는 새 말이 나타나게 돼."

"그럼 사람들은? 그들 역시 차츰차츰 프랑스 사람이 됐어?"

"국민이라는 것도 언어처럼 서서히 형성되는 거야. 시간이 걸리지."

"언제 프랑스 국민이 완전히 형성되었어?"

"아직도 끝나지 않았어! 오늘날에도 여전히 계속되고 있어. 어느 시대든지 외국인들이 그 나라에 들어오면 그들 나름대로 살아가는 방식과 말하는 방식 등을 새로 가져온다. 갈리아 인들뿐 아니라 프랑스에 살러 온 모든 이민도 우리 조상이야. 즉, 침략을 당했을 때는 물론이고, 일하러 오거나 전쟁을 피해서 온 사람들, 프랑스 사람을 사랑해서 온 사람들도 모두 우리 조상이야."

가스파르는 마지막 말을 덧붙이며 허공을 쳐다보았다.

가스파르의 마음이 이미 레아한테 날아갔다는 사실을 알면서도 네모는 미심쩍은 눈초리로 빤히 바라보았다. 네모는 가스파르를 현실로 되돌아오게 할 양으로 질문을 했다.

"그렇다면 프랑스 사람들은 혼혈 국민 같은 건가?"

가스파르는 갑작스레 깨어난 것처럼 말했다.

"뭐라고? 혼혈? 혼혈이고말고. 모든 국민들이 다 그렇듯이. 물론, 네가 프랑스 사람이란 걸 아는 게 중요해. 그렇다고 프랑스 사람이라는 사실이 남들보다 더 낮다거나 더 중요하다는 뜻은 아니야. 왜냐하면 모든 사람은 혼혈이니까."

가스파르가 손목시계를 보았다.

"어두워지기 전에 도착하려면 지금 떠나야 해, 네모."

"어디 도착한다고? 낮 동안을 차 안에서 보내게 될 거라고 말하기 싫어서야?"

가스파르가 인정했다.

"허…… 그래. 넌 규칙을 알고 있잖니. 우린 휴가 온 게 아냐. 우린 영화를 찍고 있어! 영상이 필요하단 말야!"

'이 곳에서 841년 6월 25일, 루이 르 데보네르 자식들 사이에 퐁트누아 전투가 일어났다. 샤를 르 쇼브가 승리하여 프랑스를 서로마 제국에서 분리시켜 프랑스라는 나라를 독립국으로 세웠다.'

무척 길고도 고된 하루의 저녁 무렵이었다. 좁다랗고 길쭉한 돌 위에 새겨진 비문을 판독한 뒤, 네모는 카메라를 향해 돌아섰다. 네모의 기분은 나아지지 않았다. 네모가 소리쳤다.

"이거 참, 몇 시간 동안 달린 게 고작 들판 한가운데에 와서 이해도 안 되는 이 따위를 읽기 위해서란 말야!"

비석은 부르고뉴 들판 한가운데 있는 언덕 위에 세워져 있었다. 네모와 가스파르 앞으로는 밀 이삭과 해바라기밖에 보이지 않았다. 큼지막한 노란 꽃은 고개 숙여 그들을 바라보는 것 같았다. 멀리 작은 퐁트누아 마을이 눈에 들어왔다. 교회 종탑 둘레로 집들이 옹기종기 모여 있었다. 아주 고요했다.

가스파르는 네모가 언짢아해도 놀라는 기색을 보이지 않았다. 그것이 네모를 더욱 짜증나게 만들었다.

"그런데 왜 여기서 서로 싸웠을까? 세상에서 가장 고요한 곳인데! 소리 하나 들리지 않고, 사람 그림자도 얼씬하지 않는데!"

가스파르는 네모가 비석 가장자리 위로 올라갈 수 있게 도와 주었다. 둘은 거기서 온 계곡을 굽어보았다.

"터무니없는 짓 같지 않아? 잘 이해하려면 수첩에다 연대 몇 개를 적어야 할걸. 476년 서로마 제국이 분할된 다음, 유럽은 천 년 이상 계속되는 아주 긴 시대를 맞이한다. 역사가들은 이 시대를 '중세'라고 불러.”

“왜 ‘중간’이야?”

네모가 턱을 무릎에 괴며 중얼거렸다.

“두 시대 사이에 있다는 뜻이야. 인간의 기록 역사가 시작되는 고대와, 현대와 가장 가깝고 모든 게 아주 빨리 바뀐 ‘근대’ 사이에 말야.”

“틀림없이 중세는 별 사건 없이 지나갔을 거야, 천 년 이상이나!”

“역사책을 봐야 돼. 프랑크족의 왕 클로비스 기억하니? 클로비스 이후 샤를마뉴 황제에 이르기까지 수많은 왕들이 왕위를 이어 왔어. 샤를마뉴 황제 때는 영토가 오늘날 프랑스보다 더 넓었지. 비문 읽어 봤니? 루이 르 데보네르는 샤를마뉴의 아들이야. 루이 르 데보네르가 죽자 루이의 자식들, 즉 샤를마뉴의 손자들은 합의를 하지 못했어. 모두 다 왕위에 오르려고 했던 거야. 그들이 여기 퐁트누아에서 서로 싸움을 벌인 거란다. 843년에 이들은 베르됭 조약을 체결하고 왕국을 셋으로 나눴어. 그 가운데 하나가 프랑스가 됐지.”

“그게 여기서 일어났다고?”

“그래. 이렇게 고요한 들판에서 진짜 전투가 일어났어. 상상해 봐, 창이나 칼 같은 걸로 무장한 군사들을. 게다가 말들과 공포에 찬 외침, 부상자들과 죽은 병사들을. 어떻게 보면 프랑스는 이 곳에서 생겨난 거야.”

네모는 다시 고개를 들었다. 사실을 믿기 힘들었다.

“그 다음에는? 다른 왕들이 있었어?”

“그럼. 수많은 영주들도 있었어. 때로 영주들은 왕들보다도 더 강력했어. 하지만 왕은 특권이 하나 있었어. 가톨릭 교회의 우두머리인 교황으로부터 서품을 받는 거였지.”

“‘서품 받는’ 게 뭐야?”

가스파르가 웃었다.

“하느님의 권위를 대신한다고 여겨지는 교황이 왕의 머리에다 왕관을 씌워 주는 거야. 마치 하느님이 왕으로 선택한 것처럼 말야. 왕을 거역하는 일은 그러니까 하느님을 거역하는 셈이지. 이런 생각이 거의 모든 사람들에게 겁을 준 거야!”

네모가 놀라 소리쳤다.

“왜?”

“교회에서는 성실하지 못한 교인들한테 죽은 뒤에 지옥에 갈 거라고 못박아 말했지.”

“지옥에?”

“그래, 끔찍한 곳이야. 거기 가면 영원히 고통을 겪게 돼.”

그 말에 놀란 네모가 다시 물었다.

“세상에! 그런데 사람들이 그걸 믿었어?”

“그럼. 교회는 전능했어. 사람들 생활을 완전히 휘어잡았지. 마을이란 마을은 다 여기 퐁트누아처럼 교회를 중심으로 생겨났어. 또 교회가 시간도 알려 주었단다.”

“무슨 말이야? 교회가 시간을 알려 주다니?”

“그 이상이야! 아침 일찍 종이 울렸어. 그리고 저녁에는 하루 일이 끝났다고 알렸지. 그게 ‘삼종 기도를 알리는 종’이었어. 모든 사람이 잠시 쉬며 기도를 올렸어. 축일이나 세례식, 결혼식, 장례식에도 종이 울렸지. 특별히 울리는 경종이 있는데, 이건 불이 나거나 전쟁 또는 폭동 등이 일어났을 때 마을 사람들을 불러모으는 종 소리였어.”

네모는 혼잣말을 하듯 다시 입을 열었다.

프랑스 인의 조상이 된 이민자들

고대에는 프랑스를 **갈리아**라고 불렀다.
출신지가 다양한 주민들이 갈리아에 자리잡고 서로 섞인다.
이렇게 하여 차츰차츰 **프랑스 국민**이 생겨나게 된다.

기원전 59~49년 로마 장군 율리우스 카이사르가 갈리아를 점령한다.
원년 예수 그리스도가 태어났다. 서기에 접어든다.
기독교 세계에서는 곧 이 해를 기준으로 모든 사건의 연대를
'기원전' 또는 '기원후' 하고 헤아리게 된다.

370~375년 훈족이 갈리아까지 쳐들어온다.

391년 로마 제국이 기독교를 공인한다.

395년 로마 제국이 동로마 제국과 서로마 제국으로 갈라진다.

406~409년 반달족이 갈리아와 스페인을 침공한다.

476년 이방인들이 로마를 점령한다. 이것으로 서로마 제국이
멸망하고 수많은 왕국으로 나눠진다. 서로마 제국의 멸망은
고대가 끝나고 중세가 시작되었음을 나타낸다.

486년 클로비스가 프랑크 왕국을 세운다.

800년 샤를마뉴가 황제로 즉위한다.
샤를마뉴 제국은 유럽의 대부분을 차지한다.

841년 퐁트누아 전투!

843년 베르됭 조약으로 샤를마뉴 제국은
샤를마뉴의 세 손자들이 셋으로
나눠 가진다. '프랑시 옥시당탈'이
프랑스가 된다. 그러나 아직 육각형을
이루지 않는다. 다음 여러 세기를 거쳐
전쟁을 수차례 치르면서 자주 국경선이
바뀐다.

계속……

베르됭 조약 후의 프랑시 옥시당탈

율리우스 카이사르

예수 그리스도

샤를마뉴

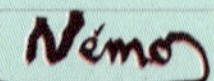

“하느님이 왕을 선택한다는 걸 교황이 어떻게 확신할 수 있지? 하느님이 말하지도 않았고, 아무도 하느님 말을 듣지도 않았는데!”

“교황과 왕은 특히 사람들을 복종시키기를 원했던 모양이야.”

멀리 퐁트누아 종루에서 종이 여섯 번 울려 퍼졌다.

네모가 중얼거렸다.

“종 소리는 처음 듣는데……. 음…… 아름다운데.”

네모는 앉아 있던 곳에서 펄쩍 뛰어내렸다. 비석 발치에 등을 기대고 가스파르 쪽으로 고개를 돌렸다.

“이따금 난 뭔가가 얼마나 아름다운지 ‘느껴’. 근데 그뿐이야. 다른 것들은 ‘느끼지’ 못해. 어쩌면 난 절대로 남들처럼 될 수 없겠지.”

네모는 좀 망설이면서 말했다.

“형은 레아를 사랑한다는 걸 어떻게 ‘느꼈어’?”

가스파르는 생각에 푹 잠기려는 듯 눈을 감았다.

“레아를 보자마자 알았어. 레아가 막 텔레비전에 나와 자기 공연 얘기를 할 때였지. 우리 둘은 토론을 벌였고, 난 오래 전부터 레아를 알고 있는 듯한 느낌이 들었어. 레아는 아주 아름다웠어…….”

가스파르가 허공을 쳐다보며 소리 없이 웃었다. 네모는 가스파르를 놀리고 싶지 않았다. 네모가 입을 열었다.

“수니타에게 난 ‘느끼지’ 못해. 병원에서 수니타를 만난 거 빼고는 아무 기억도 없어. 정말로 사랑하는지 어떻게 알 수 있지?”

“그 점에 대해선 남자 대 남자로서 얘기해 주마, 네모. ‘내가 그녀를 사랑하는 걸까, 아닐까?’ 하고 네가 의아하게 생각한다면, 즉 네가 정말로 사랑하는지 아닌지 모른다면, 넌 사랑하지 않는 거야! 레아에게 난 한 번도 의문을 품은 적이 없었단 말야. 그래서 사랑한다는 걸 알았지!"

"수니타가 더 이상 전화하지 않는 게 이상하지 않아?"

"맞아, 걱정이 되는데. 이집트에 있을 땐 통화할 수 없었지만 지금은……."

해가 언덕 너머로 기울기 시작했다. 가스파르는 카메라를 꺼내 비석을 빙 돌며 찍기 시작했다.

"여기는 프랑스가 처음 생겨난 곳입니다!"

네모는 카메라를 향해 두 팔을 펼치며 장엄하게 부르짖었다.

가스파르가 지지를 보냈다.

"훌륭해! 멋진 장면이 될 거야! 자, 가자!"

"가자고?"

"그래, 베즐레를 향해!"

네모가 주먹 쥔 손을 허리에 대고 소리를 질렀다.

"아! 안 돼! 지겨워 죽겠어! 차는 더 타고 싶지 않다고! 자고 싶단 말야! 수영장에서 헤엄치고, 새 책들을 읽으며, 크레프*를 먹고 샴페인을 마시고 싶어! 휴가를 이틀 주지 않으면 난 더 안 찍을 거야!"

*크레프(crêpe) : 밀가루, 우유, 달걀을 반죽해 프라이팬이나 철판에서 전처럼 넓적하게 부친 빵.

10장
너는 진보의 자식이야

은밀한 목소리

"어! 그래도 운전은 제대로 해야지! 난 봤어! 마치 산 위에 걸터앉은 큰 배 같았어!"

네모가 소리를 질러 댔다.

"베즐레의 마들렌 대성당이야!"

가스파르가 알려 주었다.

숲을 빠져 나오자 가파른 오르막길이 시작되었다. 자동차는 가파르고 좁다란 길을 여러 번 기어오른 다음, 어마어마한 건물 앞 광장으로 나아갔다. 네모는 종루와 뾰족 지붕, 거대한 벽 사이사이에 다닥다닥 붙어 있는 창문들을 살펴보았다. 벽은 밝은 회색과 불그스름한 베이지색이 어울려 아주 부드러운 빛깔을 띠고 있었다.

오늘 아침 네모는 전혀 졸고 싶지 않았다. 막 이틀 동안 휴가를 보
낸 터였으니! 이틀 내내 드넓은 부르고뉴 지방 공원을 돌아다니며 숲
속 오솔길을 한가로이 거닐기도 하고, 작은 초목들 속으로 사라지는
신비로운 도랑을 따라가며 시간을 보냈다. 나무 위에 만든 작은 집에
몸을 숨기고 몇 시간씩 암사슴과 멧돼지 떼를 지켜보기도 했다. 지금
네모는 다시 여행을 떠날 준비가 되어 있었다.

네모는 가스파르 옆에 붙어 널찍한 돌계단을 올라갔다. 아주 높은
곳에 자리잡은 둥그스름한 첫 번째 현관문을 통과해서 아주 큰 실내
로 들어섰다. 이 곳 역시 거대한 조각들이 얹혀진 또 다른 현관문이
나 있었다.

선생이 인솔하는 아이들 한 무리가 그들 앞을 지나갔다. 가스파르
는 두 번째 현관문으로 네모를 데리고 갔다. 대성당 전체가 한눈에 들
어왔다. 수없이 많은 기둥들이 둥근 천장을 떠받치고 있었다. 그리고
맨 끄트머리, 아주 멀리 저 높은 곳에서 아침 햇살이 하늘을 향해 우
뚝 솟은, 비좁고 투명한 창문들을 비춰 주었다.

네모와 가스파르는 천천히 나아갔다. 이상한 멜로디가 어렴풋이 땅
에서 새어나오는 것 같았다. 네모는 발을 내려다보았다. 널따란 잿빛
판석밖에 보이지 않았다.

"영혼이 소리를 내는 것 같지 않아?"

네모가 속삭였다.

"절대 아냐!"

구경하느라고 온 정신이 팔려 있던 가스파르가 대답했다.

중앙 통로 한가운데 우뚝 선 가스파르는 네거리 한가운데 선 교통

경찰처럼 몸짓을 크게 했다. 가스파르가 설명했다.

"여기가 '중앙 홀'이야. 둥근 천장들과 단순한 선들 보이지? '로마네스크 양식' 건축물이야. 거의 중세 초기에 시작된 양식이지. 이 부분이 대성당에서 가장 오래 된 거야."

가스파르가 두 팔을 들어 크게 휘둘렀다. 네모는 고개를 들었다.

"'로마네스크' 양식은 천장이 둥글어?"

네모가 물었다.

가스파르는 고개를 끄덕였다.

"그렇지. 여기 중앙 홀의 맨 앞, 널찍한 이 부분은 '내진'*인데 '고딕' 양식이야. 나중에 지어진 뾰족한 천장을 보면 '고딕' 양식인 것을 알 수 있지."

"대성당을 짓는 데 아주 오래 걸렸어?"

"거의 100년! 마을 사람 모두가 그 일에 매달렸어."

"모두가? 왜 모두가 그 일을 한 거야?"

"중세 기독교도들은 신에게 잘 보이려고 무지하게 애썼고, 또 죽은 뒤 지옥에 가는 걸 피하려고 했지. 때로 반란을 일으키기도 했어. 여기 베즐레에서 건축을 감독하던 한 신부는 농부들 돈을 하도 많이 뺏은 탓에, 농부들한테 살해당한 일도 있었어!"

"가스파르…… 형, 들려?"

목소리가 한결 가깝고 구슬프게 들리는 듯했다.

"형은 지옥이 진짜 없다고 생각해?"

가스파르가 네모한테 조용히 하라고 손짓했다. 둘은 견학 중인 아

---

*내진: 성당 내부에서 주제단과 성가대석이 있는 부분.

로마네스크 양식일까, 고딕 양식일까?

중세 건축가들은 신앙심에서 영감을 받는다.
이들은 교회를 건축하고 장식한다.
스테인드 글라스(채색 유리창), 그림, 조각은
그 당시 여전히 글을 읽을 줄 모르는 기독교도들에게
성서의 주요 장면을 되살리게 해 준다.

로마네스크 양식 

로마네스크 양식은 둥글다.

11세기와 12세기에 건축가들은 완벽을 상징하는 원의 형태를
이용한다. 그래서 이들은 (굉장히 큰) 둥근 천장을 만든다.
매우 육중한 둥근 천장은 두꺼운 벽으로 지탱되며,
또 한가운데 놓인 홍예 머릿돌에 의지하고 있다.
창문이 많지 않아서 교회는 어둡다.

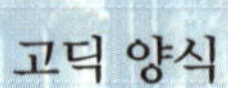

고딕 양식 

고딕 양식은 뾰족하다.

12세기부터 사람들은 교회를 하늘을 향해
아주 높이 치솟는 불꽃 같은 것으로 생각한다.
이것이 고딕 양식의 시작이다.
먼저 기둥을 세우고, 기둥을 서로 만나게 해서
뾰족한 아치로 연결시킨다.
이 아치가 고딕식 첨두형 아치다.
넓은 창문들을 통해 빛이 들어오게 한다.

베즐레 대성당은 로마네스크 양식으로
11세기에 완공되었다. 그런데 12세기 말에
내진이 고딕 양식으로 다시 지어졌다.
그래서 내진은 아주 높고 창문들은 뾰족뾰족하다.

베즐레의 마들렌 대성당 내부

이들을 다시 만났다.

"누가 십자군 원정이 뭔지 설명해 볼래?"

선생이 물었다.

"따분한 거예요!"

볼을 볼록하게 하면서 남자아이가 대답했다.

"너무 웃겨! 십자군 원정은 예루살렘에 있는 예수의 무덤을 해방시키러 간 전쟁이야. 다시 말해, 이교도들과 벌인 전쟁이었대."

"이교도들은 부인이 여러 명이래!"

또 다른 사내아이가 소리를 질렀다. 아이들이 웃기 시작했다. 짜증이 난 선생이 소리를 빽 질렀다.

"조용! 팔레스타인 지역을 차지하고 있던 이슬람 교도들을 '이교도'라고 불렀어요. 중세 영주들은 기독교도가 되거나, 아니면 죽어야 했거든요! 1차 십자군 원정을 1096년에 떠났어요. 그리고 바로 여기 베즐레에서 베르나르 드 클레르보가 '하느님께서 원하시니!' 하고 외치면서 1146년에 2차 십자군 원정 출정식을 올렸죠."

"저 사람이 어떻게 그걸 알아?"

네모의 목소리가 또렷하게 들렸다.

아이들이 네모 쪽으로 고개를 돌렸다. 모두가 호기심 어린 시선으로 네모를 빤히 쳐다보았다. 몇 명은 서로 옆구리를 쿡쿡 쳤다. "쟤 누구야?" 하는 소리가 들렸다. 그런 다음 갑자기 "네모다! 텔레비전에 나온 녀석 말야!" 하는 소리가 났다.

"텔레비전에서 너 봤어! 근데 여기서 뭐 해? 기억은 찾았니? 또 텔레비전에 나와?"

네모는 '방송에 나갔을' 때 그렇게 했듯이 '프로처럼' 웃음을 지어 보았다. 아이들은 네모를 밀치고 당겼다. 한 여자아이는 사진기를 꺼내 네모의 눈을 향해 플래시를 터뜨렸다. 또 한 여자아이는 네모한테 '오르토그라프'를 하나 써 달라고 부탁했다.

"오르토그라프?"

어리둥절해진 네모가 여자아이의 말을 따라 했다.

"오토그라프*. 네 이름을 자기 공책에 기념으로 써 달라는 거야."

가스파르가 네모에게 속삭였다.

네모는 자기 이름을 굵게 써 주었다. 그러자 모든 아이들이 다 사인을 원했다. 이건 너무한데! 네모는 자기 쪽으로 디밀어진 공책들을 밀어내려고 발버둥쳤다. 뒤로 물러서려 하다가 네모는 의자 더미에 부딪혔다. 의자들이 와르르 무너졌다. 한 사내가 달려왔다. 선생은 벌을 주겠다며 고래고래 소리를 질렀다.

가스파르는 네모의 손을 잡아 잽싸게 끌고 갔다. 그리고 아무도 눈치채지 못했던 좁다란 계단으로 밀어 넣었다. 계단은 지하로 나 있었다. 네모는 암흑 속으로 빠져 들어갔다. 굴러 떨어지는 소리에 이어 "빌어먹을!" 하는 큰 소리가 뒤따랐다. 가스파르는 낮은 천장에 머리를 부딪히고는 계단 밑으로 심하게 내동댕이쳐졌다.

그 때 네모는 심장이 목으로 올라오는 느낌이 들었다. 은밀한 목소리가 들린다! 늘 같은 가사에 같은 가락을 반복하는 듯한 끝날 줄 모르는 노래였다. 아무것도 보이지 않았다. 네모는 본능적으로 뒷걸음질쳤다. 그러나 바닥이 울퉁불퉁해서 발을 삐었다. 등이 쇠창살에 부딪혔다. 네모는 몹시 추운 듯 몸을 부르르 떨었다. 가스파르가 네모

---

*오르토그라프(orthographe : 철자)와 오토그라프(autographe : 사인)가 서로 발음이 비슷해서 빚어진 실수이다.

쪽으로 조심스레 몸을 기울였다.

"무슨 일이야, 네모? 무섭니?"

"괜찮아……."

둘은 차츰 어둠에 익숙해졌다. 네모는 무릎을 꿇은 한 떼의 사람들을 어렴풋이 알아보았다. 커다란 십자가 아래 희미하고 붉은 불빛이 너울거렸다.

"어디야?"

네모가 속삭였다.

"지하 예배당. 교회 내진 바로 아래쪽 지하실 안이야."

가스파르가 낮은 목소리로 대답했다.

"영혼들 아냐?"

"천만에! 기도 집회가 한창인데 우리가 떨어졌나 봐."

점점 '그들'이 더 잘 보였다. 그들은 고개를 앞으로 숙이고 눈을 감은 채 두 손을 모으고 있었다.

"저 사람들은 왜 몸을 숨기는 거야?"

"아마 신비로운 분위기를 찾으려는 게 아닐까?"

"중세 때도 저랬어?"

"신앙은 아마 주술과 흡사했을 거야. 사람들은 알지 못하는 무시무시한 것들에 공포심을 느끼며 살았으니까. 페스트나 굶주림, 그리고 또 늘 일어나는 수많은 전쟁 같은 거 말야. 사람들은 하느님한테서 기적을 기대하고 교회를 통해 보호받으려 했던 거야."

"어떤 보호?"

"교회는 가난한 사람들을 돕고 아이들을 가르쳤지. 또 쫓기는 사람 모두에게 피난처, 즉 안전하게 몸을 숨길 곳을 마련해 줄 수 있었어.

갈리아가 **프랑스**가 되었다. 이미 프랑스는 또 다른 침략자들에게 위협을 받았다.
북유럽에서 내려온 바이킹들이었다. 스스로 방어를 하기 위해 귀족들은 요새를 건설하고,
더 강력한 영주들의 보호를 요청한다.
이렇게 하여 **봉건** 사회가 조직된다.
기독교 신앙이 모든 것을 떠받치는 중추가 된다.
작은 성당과 대성당을 많이 세운다. 또 십자군 원정을 보낸다.

필립 오귀스트

생 루이

루이 11세

987년 영주들이 위그 카페를 프랑스 왕으로 추대한다.
위그 카페는 세습 군주국을 만든다. 위그 카페가 죽자
그의 맏아들이 왕위를 이어받는다. 그렇지만 왕은 아직
작은 지역밖에 통치하지 못한다.
1095년 예루살렘에 있는 예수 무덤을 '해방시킬' 목적에서
교황 우르비노 2세가 신도들에게 십자군 원정을 떠나라고 명한다.
1096년과 1270년 사이에 일곱 차례* 십자군 원정을 하게 된다.
1100년 무렵 프랑스 어로 된 최초의 시 '롤랑의 노래'가
샤를마뉴 대왕의 무공을 노래한다.
1180~1223년 프랑스 왕 필립 오귀스트는 영국과 영국 동맹국들과
전쟁을 벌여 왕국의 영토를 넓힌다.
1209년 교황 이노센트 3세는 남프랑스 '이교도들'인 알비주아*에
대해 다시 십자군을 진격시킨다.
1270년 생 루이가 십자군 원정 중에 죽는다.
생 루이는 프랑스 정의를 확립하고 이교도와 싸우는 데 일생을 바친다.
1337~1453년 프랑스 국왕과 영국 국왕이 프랑스를 놓고 다툰다.
이것이 '백년 전쟁'이다.
1347~1353년 무시무시한 전염병인 페스트가 유럽을
휩쓸고 지나간다. 유럽 인구 사분의 일이 페스트로 죽는다!
1358~1359년 굶주림으로 죽어 가는 농민들이 귀족에 대항해
반란을 일으킨다. 이것이 '자크리' 농민 폭동이다.
1483년 루이 11세가 죽었을 때 왕령은 거의 프랑스 전체로 확대된다.
1492년 가톨릭 국왕 스페인 왕 페르디난도 2세와
카스티야 여왕 이사벨 1세가 힘을 합쳐 자기네 나라에서
유태인들과 아랍인들을 추방한다.

계속……

*일반적으로 여덟 차례로 보고 있다.
*알비주아(Albigeois) : 12~13세기에 남프랑스의 알비(Albi) 지역과 미디 지역에
퍼져 있던 중세 카톨릭 이단 가운데 하나인 카타리파 교도들을 일컫는 이름.
카타리파는 풍속의 극단적 순화를 주장하여 완전주의자라고 불렸다.

하지만 교회는 또 사람들에게 무거운 세금을 거둬들였지. 사람들한테
지옥에 떨어진다고 협박을 하고 사상을 감시했어.”

“사상을? 사상은 감시할 수 없는 건데!”

네모의 목소리가 높아졌다. 몇 사람이 고개를 돌렸다. 나무라는 투
의 “쉿!” 하는 소리가 들렸다. 가스파르도 손가락을 입에 갖다 대었다.
그리고 들릴락 말락 한 목소리로 설명했다.

“교회는 ‘믿어야 하는’ 것을 정했어. 걸핏하면 동의하지 않는 사람
을 화형시켰지. 유태인들 기억하지?”

“물론. 아브라함의 종교.”

“중세 때 많은 유태인들이 유럽 여러 나라에서 추방을 당했어. 때로
교회는 유태인들을 강제로 기독교도로 만들거나 도시의 다른 지역과
격리된 제한 구역인 ‘게토’라는 곳에다 감금시키기도 했어.”

“쉿! 쉿! 쉿!”

모든 사람이 다 불만스러운 표정으로 두 사람을 향해 고개를 돌렸다.

네모와 가스파르는 뒤로 물러났다. 계단 위로 올라와서 둘은 공기
를 한 모금 들이마셨다. 습하고 찬 지하 예배당에서 막 올라온지라 공
기가 미지근하게 느껴졌다. 햇빛을 받아 성가대석이 새하얗게 빛났
다. 아주 고요했다. 다행히 아이들은 사라지고 없었다. 네모는 눈살을
찌푸리고 가스파르를 따라갔다. 바깥으로 나오자마자 네모가 물었다.

“신자가 되는 건 나쁜 일인가?”

가스파르가 대답했다.

“그렇지 않아! 나쁜 일은 광신도가 되는 거야. 진리를 깨달았다고
지나치게 믿은 나머지 다른 사람들한테도 그걸 강제로 믿게 하는 거
말야.”

“이슬람 근본주의자들같이?”

“그렇지. 중세 사람들 대부분은 늘 복종만 하고 살았어. 교회에, 왕에게, 영주에게…….”

“내 맘엔 안 들어!”

이 점에 대해 분명한 생각을 갖고 있는 네모가 소리쳤다. 네모는 이미 허리춤에 두 손을 짚은 채 멈춰 서 있었다.

차 있는 데로 가면서 가스파르가 말했다.

“가자. 나한테 온 메시지를 듣고 싶어. 구경하는 동안 휴대 전화기를 꺼 놓았거든.”

“다행이야. 안 그랬더라면 형을 화형장으로 보냈을 거야!”

“시대가 바뀌었어.”

전화기 번호판을 연신 두드리며 가스파르가 중얼거렸다. 그는 멍한 표정으로 듣고 있었다.

“나 바꿔 줄래?”

네모는 마지막 메시지를 다시 들었다. 물론 레아였다.

“가스파르, 나야. 정말 지쳤어. 한밤중에 일어나 아침인 프랑스에 전화를 했는데, 자긴 전화를 꺼 놓았더라고. 어떻게 해야 될지 모르겠어. 우린 몇 시간 뒤에 산타페를 떠나. 오늘 저녁에 공연이 있어.”

가스파르는 레아의 순회 공연 일정표를 꺼냈다. 종이쪽은 여러 군데 줄을 긋고 화살표를 치고 고치기도 한 터라 너저분했다. 가스파르는 산타페 호텔 전화 번호를 찾아 냈다.

“여보세요? 여보세요? 프랑스 무용단이랑 통화하려고 합니다. 아, 벌써 떠났다고요. 메시지 남기지 않았습니까? 고맙습니다, 안녕히 계십시오.”

네모가 물었다.

"어떻게 됐어? 설명해 줘."

"너도 영어 배울 때가 됐어, 네모. 다음 번에 여행하게 되면 여행지는 미국이 될 거야. 레아는 이미 출발했고, 호텔엔 아무 메시지도 남기지 않았대."

"너무 걱정 마, 레아를 다시 만날 테니까. 다른 메시진 없어?"

"있어, 네 엄마가 남긴 거야. 네 엄마가 빨리 전화해 달래. 목소리가 좀 이상하고 불안하게 들렸어."

네모는 번호를 눌렀다. 전화 벨이 열 번 정도 울렸지만 응답이 없었다.

가스파르가 투덜거렸다.

"이거야 원……. 틀림없이 외출했을 거야. 나중에 하자. 그 동안 대성당을 배경으로 몇 장면 찍자고."

"그리고 점심 먹어야지. 길모퉁이에 있는 크레프 빵 가게를 미리 봐 뒀어."

네모가 덧붙였다.

사라짐

몇 시간 뒤, 네모와 가스파르는 루아르 강변을 따라가다 멋진 클로뤼세* 성에 다다랐다. 이 곳은 화가이자 발명가인 레오나르도 다 빈치가 1519년에 죽을 때까지 살았던 데다. 네모는 어떤 방에 걸린, 천

*클로뤼세(Clos-Lucé): 레오나르도 다 빈치는 1516년 말 이탈리아에서 프랑스로 온 다음, 1517년에서 1519년 5월 2일에 죽을 때까지 이 곳에서 살았다.

으로 만든 커다란 새 같은 기구에서 눈을 떼지 못했다.

"한번 타 볼까?"

네모가 물었다.

"절대 안 돼! 이건 날 수 있게 고안해 낸 최초의 기구야. 하지만 레오나르도 다 빈치 자신도 이 기구를 작동시키진 못한 모양이야."

가스파르가 대꾸했다.

"단 한 번도?"

실망한 네모가 탄식하며 말했다.

구경을 시작할 때부터 네모는 이미 매료되어 있었다. 네모는 지붕이 뾰족뾰족하고 아담한 이 성이 마음에 들었다. 성에 딸린 정원이랑 아주 널찍한 부엌도 마음에 들었다. 하지만 불행히도 부엌에는 먹을 것이 전혀 없었다. 네모는 특히 신비로운 지하도에 마음이 끌렸다. 프랑수아 1세와 레오나르도 다 빈치가 서로 방문할 때 이용한 지하도였다. 네모는 이 터널이 왕이 살던 성과 정말 이어지는지 확인해 보려고 계단 아래쪽으로 급히 뛰어내려갔다. 그러자 안내원이 큰 소리로 네모를 막았다. "불가능해요! 통로는 이미 막혀 버렸고 통행 금지가 되었어요! 또 날 수 있게 고안한 기계는 이제 날지 않아요!"

네모는 클로뤼세의 아주 넓은 지하에 전시된 신비로운 기구들을 손짓으로 가리키며 가스파르에게 물었다.

"이것들도 다 작동이 안 돼?"

"그래. 레오나르도의 고안에 따라 제작해 놓은 거야. 이것들을 보면 레오나르도의 천재성을 알 수 있지. 4세기 반 전에 레오나르도는 낙하산, 헬리콥터, 탱크, 심지어 자동차 비슷한 것도 상상했다니까!"

"근데 형은 그전에 나한테 레오나르도는 '모나리자'를 그린 위대한 미술가라고 했잖아.”

“그래. 그는 관심 갖지 않은 것이 없었어. 모든 걸 알고자 했던 거야. 진짜 르네상스의 천재지.”

“르, 뭐라고?”

네모가 눈을 동그랗게 뜨고 물었다.

“르네상스. 다시 태어난다는 말이지. 중세가 끝날 무렵, 사람들은 세상을 배우고 발견하려는 열정을 되찾게 돼. 그래서 탐험을 떠나고, 바깥바람을 쐬러 나가기도 하지!”

“학교엔 안 가?”

가스파르는 눈을 찡긋하면서 네모 쪽으로 고개를 돌렸다.

“그건 네 맘에 들 거다. 그 시대에는 아직 학교가 거의 없었어. 게다가 책도 거의 없었고. 책이란 책은 모두 손으로 베꼈어.”

“설마!”

네모는 서서히 채워 가고 있는 자기 수첩을 생각했다. 책 한 권을 어떻게 다 베낄 생각을 한단 말인가?

가스파르가 다시 설명했다.

“그래. 1450년 무렵에 정말 세상이 변해. 수도사인 구텐베르크라는 사람이 인쇄술을 발명했거든. 모든 지식이 전 세계로 퍼져 나갈 수 있게 되자 사람들은 더욱더 책을 많이 읽게 되지.”

휴대 전화기가 울렸다. 책이든 책이 아니든 소식은 오늘날이 르네상스 때보다 훨씬 빨리 전해지는군, 하고 네모는 생각했다.

가스파르가 전화기에 대고 말했다.

“여보세요? 그럼, 오늘 아침에 전화해 봤지. 뭐라고? 있을 수 없는 일이야, 절대로! 우리 역시 아무것도 몰라! 잠깐, 네모 바꿔 줄게.”

“네모? 너야? 잘 지내?”

네모 어머니였다. 어머니는 소리치다시피 했다. 이런저런 말들이 마구 쏟아져 나왔다.

“네모, 어떻게 말해야 할지 모르겠다. 어제 저녁에…… 어제 저녁에…… 수니타가…… 사라졌어.”

“사라졌다고?”

“학교가 끝나고 집에 돌아오지 않았어. 수니타 어머니가 여기저기 찾아보고 밤새도록 기다렸대. 장사꾼들에게 물어 보기도 하고, 친구들한테 전화도 해 봤지만 헛수고였다구! 수니타가 요즘 아주 이상해 보였어. 말도 거의 없고 아무도 만나려 하지 않았어. 사고를 당했는지도 몰라. 아니면 도망을 쳤거나…….”

“근데…… 왜?”

“수니타가 인도로 떠나기 싫어한다는 거 너도 잘 알잖아. 너한테 아무 말 안 했어?”

“나한테? 전혀! 왜?”

“네모, 기억을 더듬어 봐. 예전에 너희 둘은 아주 친한 사이였잖니. 수니타 어머니는 네가 뭔가를 알고 있다고 굳게 믿고 있어. 수니타 어머니는 네가 사고당하기 전…… 전에…… 수니타가 네게 무슨 말을 했을 거라고 생각해. 제발, 네모, 노력해 봐. 기억해 내야 한단 말야!”

“일부러 기억하지 않으려는 게 아냐! 수니타는 잘 모르는 애야. 왜 수니타가 나한테 전화했는지도 모르겠다니까!”

네모는 눈살을 잔뜩 찌푸린 채 얼굴이 벌개져 있었다. 네모는 전화기를 가스파르에게 되돌려주었다.

가스파르가 다시 입을 열었다.

“그래, 물론. 조심해야 돼. 쇼크를 더 받지는 않았어. 알았어. 또 금방 전화할게. 소식 알려 줘. 잘 있어.”

네모는 땅바닥만 내려다볼 뿐 가스파르를 바라보려고도 하지 않았다.

가스파르가 네모에게 말했다.

“갑갑한데. 따라와.”

바깥에 나오자마자 네모는 버럭 화를 냈다.

“왜 걔가 날 난처하게 하지? 걔는 왜 내가 정상이 아닌 것처럼 대할까? 다시 병원에 들어온 것 같아. ‘그게 되살아나지 않아요.’ 하는 한결같은 소리도 들리는 것 같고.”

“쉿! 진정해, 네모. 잘 알아. 그런데 아이가 사라지는 일은 끔찍한 거야. 최악이지. 나중에 알게 될 거야.”

“난 언제 기억을 되찾게 될까? 내가 남들처럼 될 때 알게 될 거란 말이지?”

“아니, 너 역시 아버지가 되면.”

미심쩍어하며 네모가 탄식 조로 말했다.

“맙소사, 형도 아이가 없으면서!”

“사실이야. 하지만 난 상상할 수 있지. 게다가 난 너보다 나이가 많아! 곧 아이를 가질 수도 있다고!”

“레아하고? 형은 레아가 알을 낳게 할 거야? 형이…….”

가스파르는 네모의 말을 끊어 버렸다.

“네모! 못 살게 좀 굴지 마!”

네모가 입을 다물었다. 네모는 가스파르와 다시 이전처럼 여행을 하고 싶었다. 둘이서 함께 네모가 잃어버린 기억을 두고 농담하던 때처럼. 그리고 가스파르가 네모한테 이따금 "난 괜찮아. 이렇게 하면서 내가 원하는 걸 작은 네 머릿속에 집어 넣을 수 있는 거지 뭐!" 하고 말하던 때처럼 말이다. 그런데 그들이 여행을 떠난 뒤 처음으로 네모의 기억상실증이 문제가 된 것이다.

네모가 비판 정신을 찾다

가스파르는 클로뤼세 정원에 앉아 신경질적으로 조그만 풀잎들을 뜯어 대며 잠자코 있었다. 그러더니 벌떡 일어서서 네모에게 손을 내밀었다.

가스파르가 말했다.

"자, 우린 수니타를 위해 아무것도 할 수 없어. 난 걱정거리가 있을 땐 일하려고 애쓰지. 날 도와 줄래?"

가스파르가 카메라를 꺼냈다. 네모는 카메라 앞에 섰다. 네모는 멈칫거리다가 한 마리 새처럼 두 팔을 훨훨 휘젓기 시작했다.

네모가 알려 주었다.

"클로뤼세! 레오나르도 다 빈치가 고안한 나는 기구!"

네모는 빙빙 돌았다. 그러더니 차례차례 자동차, 헬리콥터, 낙하산 천 속에서 허우적거리는 낙하산 타는 사람 흉내를 냈다. 그런 다음 네모는 가스파르 곁에 앉았다.

"말해 줘. 르네상스 시대 사람들은 뭘 발명해 냈어?"

가스파르는 조그만 조정 화면을 껐다. 그리고 배낭을 닫다 지퍼에 손가락이 끼였다.

"정말 그 얘기를 지금 듣고 싶어? 좋아, 중세란 말 기억나지? 그 때 사람들은 무엇보다 우선 죽음이나 지옥, 천당을 생각했어. 르네상스 시대 사람들은 인간이나 지구, 세계를 이해하려 들었던 말야.”

“더 이상 신은 안 믿었어?”

“믿었지. 하지만 사람들은 또한 ‘비판* 정신’을 발견하지.”

네모는 깜짝 놀랐다.

“‘비판’? 절대 의견을 같이하지 않는 사람들처럼?”

가스파르는 배시시 웃었다.

“그래! 르네상스 때 학자들은 서로 ‘의견이 같지’ 않았어. 학자들은 ‘그건 그래!’ 하는 식의 미지근한 태도로는 만족 못 해. 증거를 대려고 하지.”

“그럼 난 르네상스 때 학자겠네?”

“거의 그렇지. 증거를 보여 주는 일은 때론 좀 힘들단다. 그렇지만 ‘왜’와 ‘어떻게’가 없으면 진보가 있을 수 없지.”

네모가 눈살을 찌푸렸다. 힘들다고? 이 여행을 구상한 사람은 바로 자기면서! 좀 퉁명스런 표정으로 네모가 물었다.

“진보란 게 그 전에는 없었던 건가?”

“그래, 진보는 더 나은 쪽으로 변화하는 거야. 르네상스 때 학자들과 예술가들은 대단한 진보를 이뤄 냈어. 조각가들과 화가들은 레오나르도처럼 인체나 인체의 움직임을 훨씬 정확하게 묘사했어.”

“그리고 또?”

“세계를 발견했지. 이제 크리스토퍼 콜럼버스의 여행 얘기를 해야

*본문에서 ‘비판’이라고 옮긴 것은 원문에서 ‘critique’라는 형용사이다. ‘비평의, 비판적인, 비난하기 좋아하는’이란 뜻을 지니고 있다. 네모는 ‘비판 정신’을 비난하기 좋아하는 정신으로 받아들이고 있다.

겠군. 그런데 그러려면 필요한 게 있는데……."

가스파르가 배낭을 뒤져 좀 구겨진 세계 지도를 꺼냈다.

"크리스토퍼 콜럼버스는 르네상스 때 항해사였어. 고대 그리스 학자들은 지구가 둥근 것으로 알고 있었다. 그런데 중세에 들어서 사람들은 지구가 크레프 빵처럼 납작하다고 믿었어. 하지만 콜럼버스는 지구가 분명 둥글다고 생각하고 그걸 증명하기로 결심했어."

가스파르는 손가락으로 평면 구형도 위의 한 지점을 가리켰다.

"상상해 봐. 1492년에 크리스토퍼 콜럼버스는 스페인에 있다. 그는 배 세 척을 이끌고 갈 수 있는 데까지 가장 멀리 서쪽으로 출발한다."

가스파르의 손가락은 푸른색으로 넓게 칠해진 데로 미끄러져 갔다.

"콜럼버스는 대양에 떠 있고, 물밖에는 아무것도 안 보여. 그의 선원들은 만일 지구가 둥글지 않다면 세상 끝에 이르지 않을까, 깊은 구렁으로 떨어지지 않을까 하여 두려움에 떨고 있다. 콜럼버스 자신은 앞쪽으로 줄곧 나아가면 아시아에 이르게 된다고 굳게 믿고 있다."

"아메리카는?"

"바로 그거야! 이 시대 유럽 사람들은 아무도 아메리카가 있는 줄 몰랐어! 북유럽에서 내려온 바이킹들은 그린란드를 알고 있었지. 몇몇 어부들이 신세계까지 간 적은 있었어. 하지만 그들은 거대한 대륙에 다가갔다는 걸 깨닫지 못했어."

"그럴 리가!"

가스파르가 카리브 해의 작은 섬들을 가리키며 말했다.

"아니, 맞아! 이 믿을 수 없는 사건을 생각해 봐. 콜럼버스는 이 곳에 도착해. 그는 중국이나 인도 사람들한테 왔다고 확신했어. 그런데 바닷가에 뭐가 보였을까? 자신처럼 어리둥절해하는 원주민을 볼 줄이야! 콜럼버스는 이들을 인도 사람이라는 뜻으로 '인디언'이라고 불렀어. 그 이름이 지금까지 남은 거야. 나중에 인디언을 '아메리카 인디언'이라고 부르게 되지."

"인디언들 역시 바다 저편에 뭐가 있는지 몰랐던 거야?"

"짐작조차 못 했지. 인디언들은 배를 보고 떠다니는 섬이라고 생각했다니까! 그 다음 그들은 이상하게 차려입고 알아듣지 못하는 말을 지껄이면서 배에서 내리는 콜럼버스와 선원들을 보았어. 인디언들은 유럽 사람들이 자신들의 재산과 금을 빼앗고 또 개종시키려고, 즉 기독교도로 만들러 왔다고는 생각하지도 못했다니까!"

"강제로? 중세 때 그랬던 것처럼?"

"그래. 콜럼버스가 항해한 뒤로 많은 배들이 대서양을 횡단했다. 그 가운데는 사제와 탐험가, 군인들이 있었지. 포르투갈, 스페인, 네덜란드 사람들이 대서양을 횡단했어. 뒤이어 프랑스와 영국 사람들은 대서양을 건너 북아메리카로 향했다. 어떤 사람들은 남아서 인디언 땅을 식민지로 만들었어."

"식민지?"

"아메리카뿐 아니라 아프리카와 아시아에도 넓은 영역에 걸쳐 유럽 사람들이 터를 잡았어. 유럽 사람이 여기는 자기네 나라니까 하고 싶은 대로 하겠다고 선포해 버렸지."

"인디언들이 찬성했어?"

"안 했지! 인디언들은 스스로를 지키려고 했지만 무기가 형편없었지. 많은 인디언들이 병에 걸려 죽어 갔어. 나머지 인디언들은 광산이나 플랜테이션 농장에서 강제 노동을 하게 되었고. 인디언들이 모든 일을 다 해낼 만큼 충분치 않자, 유럽 사람들은 아프리카 사람들을 찾으러 갔어. 그래서 아프리카 사람들을 노예로 부리려고 아메리카로 끌고 온 거였어. 노예가 뭔지 알아?”

“아니, 몰라!”

깜짝 놀란 네모가 대답했다.

가스파르는 심각한 표정을 지으며 곰곰이 생각했다.

“노예는 마치 물건처럼 주인에게 속해 있는 사람이야. 주인은 노예를 사서 돈도 안 주고 부리면서 외출도 금지시켜. 주인은 노예를 벌하거나 죽일 수도 있고 또 되팔 수도 있어.”

네모가 탄성을 질렀다.

“사람을 판다고! 시장에서처럼!”

“그래, 정확해. 게다가 이런 장사를 해서 아주 부자가 된 사람들도 있었어.”

분개한 네모가 소리쳤다.

“그래, 바로 이게 형이 말하는 진보야? 먼젓번엔 전쟁, 화형, 그리고 믿고 싶어도 마음대로 믿을 수 없는 사람들 얘기를 하더니 이제 와선 또 노예야! 형은 이 따위를 다 내 기억 속에 집어 넣길 바라는 거야?”

네모가 반짝반짝하는 눈으로 가스파르를 쳐다보았다. 이상하게도 그 눈빛이 예전의 네모를 떠올리게 했다. 아주 격렬하게 웃거나 울던 네모 말이다. 가스파르는 네모를 자극할까 봐 두려운 듯 아주 부드럽게 말했다.

“진보는 지구를 탐험하는 것이며 새로운 생각들을 주고받는 거야. 아울러 남을 존중하고 자유롭게 두는 것이기도 하지.”

네모가 어깨를 으쓱해 보이며 말했다.

“형은 늘 거창한 말을 끌어대는데, 난 바보가 아니라고. 남을 존중하지 않는 게 어떤 일인지 알아. 병원에서 간호사들은 나를 들먹이면서 마치 내가 그 자리에 없는 것처럼, 내가 비정상인 것처럼 말하곤 했어.”

가스파르는 네모가 분개하는 것을 보자 놀라서 머리를 설레설레 흔들었다. 그래도 네모는 이야기를 계속했다.

“그렇다면 유럽 사람들은 진보를 전혀 못 깨달은 게 아닐까? 남의 나라에 쳐들어가 그 나라 사람을 모조리 무시했다며?”

가스파르가 망설였다. 그러다 마침내 대답했다.

“네 말이 옳다고 봐. 유럽 사람들은 먼 곳에 있던 문명을 전혀 이해하지 못했어. 그들은 자신들이 주인이라고 생각했어. 무기를 가진데다 나중에는 기계도 갖추었기 때문이지. 지금은 식민지가 없어. 아메리카 흑인들은 이제 노예가 아냐. 하지만 바로 그 시절 때문에 많은 문제가 생겨나고 있어. 하지만 알겠지, 여러 민족은 서로 발견하지 않을 수 없었다는 걸. 다만 서로 더 잘 처신했더라면 좋았을걸.”

“그런데 우리는 누가 발견했어?”

“우리?”

가스파르는 말을 멈추고 머리를 긁적이더니 탄성을 질렀다.

“아무도! 발견된 사람들은 인디언들이었지 유럽 사람들이 아냐!”

“그래? 그렇다면 인디언들도 분명 발견되고 싶지 않았을 거야! 그리고 유럽 사람들도 ‘당신들은 발견되었으니까 우리가 주인이야!’ 하면서 배에서 내려오는 사람들을 봤다면, 아주 묘한 표정을 지었을 거라고.”

네모가 펴는 논리에 어쩔 줄 몰라하며 가스파르가 소리쳤다.

그들은 지구를 발견한다

15세기 말 유럽의 뱃사람들은 지구를 발견하러 나선다.
이들은 여러 대륙을 발견한다. 금이나 향신료, 이국적인
과일 등을 거래한다. 지구는 서로 연결이 된다.
예술가들도 사람의 몸을 탐구하고 자연 과학과 생명에
관심을 가진다. 조각과 회화에 표현된 인물들은 너무나
자연스러워 마치 살아 있는 듯하다. 바로 **르네상스**다.
르네상스는 여러 가지 사상과 예술이 다시 태어나는 것이다.
미켈란젤로, 라파엘로, 레오나르도 다 빈치 같은
이탈리아 화가들이 프랑스 사람들에게 영감을 주게 된다.

크리스토퍼 콜럼버스

레오나르도 다 빈치

갈릴레이

1450년 무렵 구텐베르크가 인쇄술을 발명한다. 책이여 만세!

1492년 크리스토퍼 콜럼버스가 '신세계'를 발견한다.
나중에 아메리고 베스푸치라는 뱃사람의 이름을 따서
'아메리카'라 부르게 된다.

1497~1498년 바스코 다 가마가 남아프리카 희망봉을 통해
인도로 간다.

1510년 무렵 최초의 아프리카 노예들이 아메리카로 끌려간다.

1515년 프랑스에서 프랑수아 1세가 왕이 된다.
프랑수아 1세는 아름다운 성을 여러 개 건축하는데,
방어 목적이 아니라 축제를 열기 위한 것이다.

1519년 레오나르도 다 빈치가 앙부아즈 근처에 있는
클로뤼세에서 죽는다.

1519~1522년 마젤란이 최초로 세계 일주를 이뤄 낸다.

1534~1535년 자크 카르티에가 북아메리카에 있는
생로랑 강을 탐험한다.

1543년 코페르니쿠스가 "지구가 태양 둘레를 돈다."고 주장한다.
갈릴레이도 1632년에 지동설을 확인한다.

1562~1598년 프랑스 사람들은 종교 전쟁으로 몹시 고통을 당한다.

1602년 윌리엄 셰익스피어가 가장 유명한 극작품 〈햄릿〉을 쓴다.

계속……

"그런 일이 일어날 뻔했지! 크리스토퍼 콜럼버스 훨씬 이전에 중국 항해사들이 아시아와 아프리카를 탐험하다가 유럽 대륙에 가까이 온 적이 있었어. 그런데 그들은 이렇게 말하면서 포기를 했대. '이놈들처럼 미개인들한테 관심 가질 필요야 없지!'"

"그들 말이 옳아. 사실, 형의 르네상스는 별거 아니잖아!"

"내 르네상스가 아냐. 어쨌든 나머지 모든 업적을 잊어선 안 돼. 예를 들어, 과학자들이 해낸 위대한 발견들을 말야."

"그들이 뭘 찾아 냈는데?"

"그 전에는 대개 태양이 지구 둘레를 돈다고 믿고 있었어. 1543년에 코페르니쿠스, 1632년에 갈릴레이, 그 당시에는 시대를 무척 앞서 간 두 과학자가 그 반대라고 주장했지. 지구가 태양 둘레를 돌고 또 지구는 자전을 한다! 이 두 사람 이름은 수첩에다 적어야 할걸."

네모는 머리를 끄덕이며 "그래." 하고 동의했지만 눈살은 계속 찌푸리고 있었다.

"알겠니? 이 두 과학자가 발견한 사실이 인정받기 아주 힘들었다는 걸. 교회는 그들한테 자신들이 틀렸다고 말하도록 강요했다니까."

네모가 깜짝 놀라 물었다.

"그래서 그들이 생각을 바꿨어?"

"전혀. 하지만 그런 척했지. 안 그러면 화형당하니까!"

"아 참, 난 르네상스가 중세와 뭐가 다른지 모르겠어!"

"르네상스에 와서 더욱더 많은 사람들이 자유롭게 사고하게 된 거지. 마침내 비판 정신이 이긴 거야. 어떤 이들은 교회가 권력과 돈밖에 모른다고 하면서 감히 교회를 비판하고 나섰다고!"

"교황이 그 사람들을 죄다 태워 죽이지 않았어?"

가스파르가 하늘을 쳐다보며 탄성을 질렀다.

"아이구, 무슨 말이야! 모르니까 하는 소리지! 이의를 제기한 사람들이 마침내 가톨릭과는 다른 교회를 세웠어. 이들을 프로테스탄트라고 불렀어."

네모가 가스파르의 말을 끊으며 끼어들었다.

"프로테스탄트가 옳았어, 의견이 달랐다면 말야."

"맞아. 하지만 가톨릭 교도들은 프로테스탄트를 그냥 놔 두려 하지 않았어. 이렇게 해서 피비린내 나는 종교 전쟁이 일어났지. 종교 전쟁은 프랑스는 물론 전 유럽에 걸쳐 수십 년 동안 지속되었어."

가스파르가 한숨을 지었다.

"이 시기가 아주 혼란스러웠던 건 사실이야. 하지만 세계와 인간에 대한 사상이 진보한 것도 사실이지."

네모는 허공을 멍하니 바라보며 손가락 끝을 자근자근 물어뜯었다. 네모는 정원을 바라보지도 않았고, 아담한 성의 뾰족 지붕을 쳐다보지도 않았다. 어쨌든 진보란 거저 얻은 선물은 아니었어.

11장
너는 민주주의의 지킴이야

네모가 분노하다

"폐하, 시간이 됐나이다!"

네모는 눈을 동그랗게 뜨고 가스파르를 보면서 말했다.

"형, 뭐가 씌었어? 이젠 내 이름도 몰라?"

"네모야, 네가 아니라 루이 14세를 두고 한 말이야. 이렇게 말하면서 시중드는 하인이 아침마다 정확히 일곱시 반에 그를 깨웠대. 오늘 우린 바로 그의 침실로 들어가게 돼."

가스파르가 웃으며 말했다.

전날 오후 느지막이 네모와 가스파르는 클로뤼세를 떠났다. 그리고 베르사유 성 근처에 있는 작은 호텔에 들었다. 가스파르는 규칙적으로 네모 어머니에게 전화를 걸었다. 그렇지만 수니타 소식은 감감했다. 레아 역시 그 이상으로 감감무소식이었다. 그런데도 가스파르는 베르사유 성에 도착한 이후로 걱정을 잊어버린 것 같았다. 가스파르는 끊임없이 놀라워했다.

"정말 멋져! 진짜 웅장하고 눈부시게 화려하네! 루이 14세 때 유럽의 모든 지식인들은 프랑스 어를 배웠지. 태양 왕의 위엄이 그만큼 대단했거든!"

둘은 왕이 쓰던 침실로 들어갔다. 눈이 휘둥그레진 네모는 바닥에서 천장까지 온통 금으로 도금한 널찍한 방을 둘러보았다. 목공 세공한 내장재, 조각상, 수놓은 천들뿐이었다. 오만 데가 다 금이었다! 엄청나게 큰 침대 주변으로 역시 금도금한 나지막한 울타리가 쳐 있어서 관람객들이 들어가지 못하게 되어 있었다. 침대는 창문과 금으로 도금된 발코니를 향해 놓여 있었다. 침대 위에는 깃털 다발 네 개로 치장된 침대 지붕이 달려 있었다. 침대 지붕에는 붉은 바탕에 금실, 은실로 장식된 두꺼운 방장이 드리워져 있었다.

가스파르가 낮은 울타리를 가리키며 다시 말했다.

"이 울타리 보이지? 이 울타리는 극장 무대처럼 경계를 짓는 거야. 루이 14세는 귀족들뿐만 아니라 프랑스, 나아가 전 유럽에 자신이 예외적이며 절대 권력을 가진 존재라는 걸 보여 주려고 한평생을 연극 배우처럼 살았어."

네모는 가스파르를 보았다가 거대한 침대를 보았다가 다시 가스파르를 보았다. 그러더니 말했다.

"루이 14세가 어떻게 살았는데?"

"아침마다 하인이 깨운 다음 주치의들이 그를 깨웠지. 가족들은 그가 기도를 하거나 세수할 때 들어왔어. 아주 빨리 손만 씻는 게 고작이었지!”

네모는 불쾌한 듯 얼굴을 찡그렸다.

“그 다음에는?”

“왕은 가발을 고르고 치장을 계속했어. 주요 인사들이 도착하는 동안에도 말야. 어떤 이는 셔츠를 내밀고, 또 어떤 이는 어복(御服)이나 운검(雲劍)을 내밀었어. 귀족들은 왕의 모자나 휴대용 촛대를 받드는 걸 매우 자랑스럽게 여겼거든.”

“왕을 가까이하는 사람들은 많았어?”

“엄청났지! ‘궁정’ 귀족들로 이루어진 모든 ‘궁정인들’은 왕 가까이 살았어. 대귀족들, 대사들, 국무회의 의원들……. 이런 사람들이 침대 둘레에 몰려들었다니까! 하루가 그런 식으로 지나갔어. 사람들이 보는 가운데 왕은 혼자 식탁에 앉아 식사를 하고 잠을 잤으며, 심지어 남들이 보는 가운데 의자형 변기에 앉아 대소변을 보았다고!”

네모는 코를 틀어쥐고 혀를 내밀며 눈동자를 굴렸다.

마침내 네모가 말했다.

“그런데 귀족들이 그걸 참아 냈어? 쉽사리 복종하지 않은 것 같던데!”

“루이 14세와 더불어 모든 게 바뀌었어. ‘절대 군주제’였다고. 절대 권력이 단 한 사람에게 주어진 거야. 왕은 빈둥거리며 노는 궁인들한 테도 봉급을 주었어. 궁인들을 위해 화려한 축제를 벌이곤 했지. 하지만 누군가 맘에 들지 않을 땐 이유도 밝히지 않고 감옥에 처넣었어. 이런 걸 두고 ‘절대 지배자’라고 부르지. 자기 하고 싶은 대로 다 했던 거라고. 더 말할 것도 없어.”

네모는 믿기지 않았다.

“정말 자기가 하고 싶은 대로 다 할 수 있었어?”

“그럼, 모두 다. 그렇지만 또 한편으로 루이 14세는 프랑스를 잘 조직된 근대 국가로 변화시키려고 많은 일을 했어. 콜베르 장관과 함께 ‘매뉴팩처’를 여럿 설립했지. 이런 대규모 공장에서는 직물이나 자기, 거울을 만들었어. 인공 수로인 운하를 여러 개 건설해서 수송 수단을 향상시켰고. 그리고 예술가들을 후원했지. 몰리에르라는 이름 들어 봤지?”

“형도 참 짓궂어! 형은 내가 ‘잊어버렸어.’ 하고 대답하길 바라는 거야?”

“아, 네모야! 또 그 기억상실 타령이구나!”

네모는 체면치레로 어깨를 으쓱할까 말까 했다.

가스파르가 말을 이었다.

“몰리에르는 위대한 극작가였어. 그는 그 시대 인물들을 묘사했어. 그가 어찌나 글을 잘 쓰고 얼마나 훌륭한 이야기를 만들어 냈던지, 그의 작품들은 지금까지 여전히 인기가 아주 좋아.”

“몰리에르는 하고 싶은 말을 할 수 있었을까? 루이 14세가 화내지 않았을까?”

“신중해야 했겠지. 그렇지만 그가 통치하기 시작할 무렵이 말년보다 덜 엄격했어. 루이 14세는 진짜 재능 있는 인물을 알아볼 줄 알았지. 또 오페라와 발레를 아주 좋아했어.”

“무용을? 레아처럼?”

“거의 비슷해! 아마 루이 14세는 춤을 아주 잘 추었을 거야. 직접 공연에 참가하기도 했으니까.”

“세상에! 그건 별로 왕답지 못한 짓인데!”

"걱정 마, 그는 역할을 선택할 줄 알았단 말야. 태양 역을 맡았거든!"

"그런데 루이 14세가 제대로 못 한 일이 뭐야?"

"베르사유 궁을 건축하고 왕궁을 화려하게 치장하느라고 나라를 파산시켰어. 그 당시 프랑스 사람들은 배고픔과 추위에 못 이겨 죽는 일이 잦았지. 루이 14세는 1643년에 왕위에 올라 1715년에 죽을 때까지, 자기 위력을 과시하려고 유럽에서 전쟁을 여러 차례 일으켰어. 그가 통치하는 동안 30년도 넘게 전쟁을 치른 셈이라고!"

"30년!"

"그래, 전쟁이 끊일 날이 없었지! 게다가 그는 낭트 칙령을 철회해 버렸어."

"내가 알아들을 수 있게 설명해 줘."

"낭트 칙령은 앙리 4세가 정한 건데, 음…… 몇 년이더라……."

가스파르는 당황해하면서 머리를 긁적였다.

"도무지 기억이 안 나!"

"형은 그럴 이유가 없잖아!"

네모가 아주 만족해하면서 말했다.

가스파르는 붉은 벨벳으로 된 기다란 의자에 앉아 옆구리에 끼고 있던 역사책을 훑어보기 시작했다.

"아하! 1598년 앙리 4세는 낭트 칙령에 서명하여 프로테스탄트에게 종교의 자유를 허락했어. 하지만 오래는 못 가. 1685년 루이 14세가 다시 개신교를 금지시켰거든. 또다시 시작된 거야! 종교 전쟁과 학살이 일어나고, 프로테스탄트는 외국으로 도피하려고 했지."

"한 번만이라도 평화를 누렸으면……."

네모가 마치 자신을 위해 말하듯 중얼거렸다.

가스파르는 계속 둘러보자고 했다. 네모는 아무 말 없이 가스파르 뒤를 따랐다. 둘은 침실에서 살롱으로, 대기실에서 접견실로 옮겨 다녔다. 온통 다 화려하게 장식되어 있었다. 네모는 계속 걸었고 아무 말도 하지 않았다. 둘은 '아폴로 관'을 지나갔다. 그 곳에는 루이 14세의 커다란 초상이 걸려 있었다. 루이 14세는 흰색 모피 망토를 걸치고 어마어마한 가발을 쓰고 있었다. 다음에는 '전쟁관'으로 들어갔다. 네모는 장중한 조각상 앞에 우뚝 멈춰 섰다. 말을 탄 루이 14세였다. 여전히 가발을 덮어쓰고 로마 황제처럼 작은 치마를 걸친 모습이었다. 네모는 눈살을 찌푸렸다.

네모가 계속 입을 다물고 있자 가스파르가 입을 열었다.

"어떻게 생각해?"

"형은 루이 14세가 미쳐도 단단히 미친 사람이라는 걸 몰라서 물어!"

가스파르가 대꾸했다.

"하지만……. 물론 루이 14세는 대단히 권위적인 왕이었어. 또 아주 영리하고 야심찬 사람이었다고."

네모가 가스파르의 말을 가로막았다.

"가스파르 형, 보라고! 베르사유 궁은 전체를 다 둘러볼 수도 없을 만큼 어마어마하지, 오만 데에다 금칠을 해 놨지, 저 꼬마만한 사람 혼자 쓰는 침대가 엄청나질 않나! 그런데다 '얼마나 아름다운지 날 보세요, 내가 빵을 먹을 때나 코를 후빌 때, 또 오줌을 눌 때!' 하는 완전히 바보 같은 저 루이 14세는 어떻고. 형은 그게 정상이라고 봐? 그는 괴물에다 진짜 미치광이야!"

안경을 낀 키 큰 소년 하나가 박수를 쳐 대면서 외쳤다.

"혁명 만세! 귀족들을 가로등에 매달아라!"

모든 사람들이 네모를 바라보았다. 한 일본인 관광객은 네모 쪽으로 카메라를 들이댔다. 네모는 달음박질치기 시작했다. 가스파르가 바짝 뒤따라갔다. 네모는 거울의 방으로 돌진했다. 아주 길쭉하게 생긴 방인데 수많은 샹들리에와 조각, 번쩍번쩍하는 거울로 장식되어 있었다. 네모는 달리고 또 달렸다. 붉은 벨벳 줄을 뛰어넘어 탁자 위로 올라갔다. 그리고 수정 횃불을 떠받치고 있는 금도금된 세 아기 천사상 뒤쪽을 붙들었다. 얼마나 야단법석이었겠는가! 관리인들이 호각을 불며 달려왔다. 한 사람이 네모를 움켜잡으려 하자 네모는 옆으로 뛰어내리다가 균형을 잃었다. 벌렁 나자빠져 창문께까지 미끄러지며 머리를 심하게 부딪혔다.

"아, 안 돼!"

가스파르가 비명을 질렀다.

"다가가지 마세요! 그 앨 가만히 놔 둬요!"

가스파르가 관리인들에게 소리를 질렀다. 그러고는 네모에게 달려갔다.

"꼭 정원이 궁 안에 들어와 있는 것 같네!"

엄청나게 큰 거울 속에 비친 정원의 모습을 보며 네모가 말했다.

"안 다쳤어? 내가 누군지 기억나? 네 이름이 뭔지 알아?"

"형, 바보야? 물론 내 이름이 뭔지 알고말고!"

머리를 문지르면서 네모가 대꾸했다.

"여보쇼! 당-장 당신 아들을 데리고 나가지 않으면, 경찰을 부르겠소, 경-찰-을!"

얼굴이 새빨개진 관리인이 고함을 쳤다.

가스파르는 곧장 나가는 게 좋겠다고 판단했다. 그리고 심하게 발버둥치는 네모를 들어올렸다.

"아첨꾼 같으니라고!"

네모가 관리인에게 대놓고 소리쳤다.

하지만 가스파르는 네모를 옆구리에 낀 채 여러 방과 계단을 지나 정원 쪽 출구로 데려갔다. 관리인은 그 때까지 고래고래 소리치고 있었다.

"별꼴 다 보겠네. 터무니없어! 터-무-니-가!"

모든 것을 바꾼 생각

한 시간 뒤 네모는 대운하 위를 유유히 미끄러져 가는 작은 배 위에 앉아 있었다. 네모는 편안한 마음으로 멀어져 가는 베르사유 성을 보았다.

"가스파르 형, 나한테 노 좀 넘겨 줄래?"

대답이 없었다. 네모는 초콜릿 섞인 아이스크림을 계속 핥아먹었다. 정원이 마음에 들었다. 웅장하기 그지없는데! 나무들도 아주 멋졌다. 조각들은 마치 공원길에 놀러 나온 듯한 기분이 들게 했다. 게다가 관리인한테 쫓기지 않고 여기저기 뛰어다닐 수도 있다. 그러나 가스파르는 입을 꼭 다물고 있었다.

"말 좀 해 봐, 가스파르 형. 삐친 척 그만 해!"

"삐친 게 아니라 골똘히 생각하는 거야."

"걱정 마! 궁 안에서 뛰면 안 된다는 건 잘 알았으니까! 하지만 어느 누구도 루이 14세한테 '안 돼! 이젠 지긋지긋해!' 하고 한마디도 하지 않은 게 정상이란 말야?"

가스파르가 대답했다.

"바로 그 생각을 하고 있었어. 귀족들은 자기들 특권을 잃을까 봐 안절부절못했지. 농민들도 정말 견디기 힘들 때는 때로 반란을 일으켰어. 그러면 경찰은 서슴없이 그들을 죽였어! 게다가 백성들은 아주 무식했지. 루이 14세 때 사람들 대부분이 글을 읽을 줄도 몰랐다는 거 아니?"

"인쇄술이 발명됐다면서? 또 '비판 정신'도 생겨났다면서?"

"그건 얼마 안 되는 몇몇 지식인에만 해당되는 얘기고. 하지만 비판 정신이 사라진 건 아냐. 그 반대야! 작가들이나 '지혜의 친구들'이란 뜻을 가진 '철학자들'은 백성을 훌륭하게 다스리는 방식에 대해 점점 많은 질문을 하게 됐어."

"어떤 질문을 했는데? 어떻게 왕한테 '아니오' 하고 말하지?"

"왜 왕은 온갖 권력을 다 가지고, 평범한 농부들은 권력이라곤 하나도 없었을까? 그건 정상이 아니지. 사람들은 그 상황이 두렵기도 했고 또 잘 몰랐기 때문에 받아들인 거였어. 이미 플라톤이나 아리스토텔레스 같은 고대 그리스 철학자들은 이 문제를 깊이 생각했었다고."

"프랑스에는 어떤…… 어떤…… 철학자들이 있었어?"

가스파르는 노를 배 안으로 올려놓으면서 대답했다.

"자, 잠깐 멈추자. 네 수첩에다 몇몇 이름을 적었으면 좋겠다."

"그 다음엔 내가 노 젓게 해 줘!"

네모는 벌써 수첩과 연필을 꺼냈다.

가스파르가 설명했다.

"루이 14세가 죽고 난 다음 시대를 '계몽주의 시대'라고 일컫는 거 알아? 철학자들은 사람들이 저지른 잘못들을 밝히면서, 또는 ‘계몽하면서’ 그야말로 세상을 바꿔 놓았어.”

“철학자들 이름이 뭐냐니까?”

네모가 거듭 물었다.

“되는 대로 적어. 틀린 글자는 저녁에 고치자구. 먼저 몽테스키외. 몽테스키외는 이렇게 생각했지. 단 한 사람이 모든 권력을 다 가져선 절대로 안 된다! 왕 역시 모든 사람의 행복을 위해 정해진 규칙을 따라야 한다. 단지 자기 맘에 안 든다는 이유로 사람들을 감옥에 가둘 권리는 없다.”

“몽테스키외가 맘에 드는군. 또 누가 있어?”

“볼테르. 볼테르는 종교의 자유를 많이 옹호했지. 자신이 믿고 싶은 걸 믿을 수 있게 해라!”

“좋았어! 그 다음은?”

“디드로도 적어 둬. 디드로는 〈백과 사전〉이라고 부른 전집에 그 시대의 모든 지식을 하나도 빠짐없이 담으려고 한 철학자야.”

“디드로가 수첩을 만들었어?”

가스파르가 웃었다.

“하고많은 수첩들이지……. 그 시대, 즉 18세기에는 우주와 세계를 더 잘 알게 되지. 화학을 연구하고 물리학 실험을 했어. 이건 중요해. 과학이 이뤄 낸 진보는 철학자들로 하여금 세계와 인간 생활을 더 잘 이해하게 하는 데 도움이 됐으니까.”

“또 다른 ‘철학자들’도 있었어?”

“그럼. 특히 장자크 루소를 잘 기억해 둬. 루소는 왕이 필요 없다고 생각한 철학자야. 모든 사람이 함께 결정하고, 규칙이나 법률을 만들 권리를 가져야 한다고 주장했지. 루소는 이를 '사회 계약'이라고 불렀어."

"분명히 프랑스 왕들 마음에 안 들었겠는데!"

"그럼. 루소가 주장한 것은 '군주제'가 아니라 '민주 정치'였기 때문에 왕들 마음에 들 리가 없었지. 민주 정치란 '국민이 통치한다'는 뜻이야. 이것 역시 고대 그리스 사람들의 생각이지. 그런데 이 생각이 세상을 바꿨다니까!"

네모는 소리내서 읽으며 적었다.

"'민-주-정-치'. '모든 사람이 결정한다'는 뜻이야?"

"그렇다고도 할 수 있겠지. 국민이 조직을 만들어서 중대한 결정을 내리고, 모든 사람이 똑같은 권리를 가지는 거야."

"그 때는 그럼 왕이 떠나 버린 뒤인가?"

"잠깐 기다려 봐. 아메리카에서 대단한 변혁이 시작됐어. 그 곳에 자리잡은 유럽 사람들은 큰돈을 벌기를 원했을 뿐 아니라, 자유롭게 살고 자유롭게 생각하기도 바랐지. 많은 사람들이 종교 전쟁을 피해 온 터였어."

"나 같아도 그랬을 거야, 난 떠났을 거라고!"

"넌 충분히 그럴 애야! 단지 말이야, 북아메리카 대부분이 영국 식민지였어. 신대륙의 아메리카 사람들은 계속해서 영국 왕의 지배를 받아야 했단 말야. 아메리카 사람들은 영국 왕에게 세금, 즉 돈을 지불했어. 그런데도 왕은 그들에게 의견을 물어 보는 법이 없었다고."

"그래서 그들은 마침내 '이젠 지긋지긋해! 더는 복종하고 싶지 않아!' 하고 말한 거지?"

"맞아! 그들은 그런 내용을 글로 쓰기도 했단다."

가스파르가 역사책을 다시 꺼냈다. 그리고 접혀 있던 커다란 간지를 잡아당겨 펼쳤다.

"'미합중국 독립 선언서, 1776년 7월 4일'. 잠깐, 좀 쉽게 말해 볼게. '모든 사람은 평등하게 태어난다. 모든 사람은 자연권을 갖는다. 특히 생존권, 자유권, 행복 추구권을 갖는다.'"

네모가 되풀이해 말했다.

"모든 사람은 평등하다……. 모든 사람은 똑같은 권리를 가진다. 이게 바로 계몽주의 철학자들이 말했던 거지?"

"그래. 이 선언서를 작성한 토마스 제퍼슨은 계몽주의 철학자들을 잘 알고 있었어."

"영국 왕은 어떻게 대응했어?"

"형편없이 대응했지! 무력을 사용했어. 그래서 미국 독립 전쟁이 일어나게 된 거야. 영국엔 매우 강력한 군대가 있었기 때문에 아메리카 사람들만으로는 이길 수 없었을 거야. 다행히 프랑스 국왕 루이 16세가 구원병을 파견해 주었지."

네모가 말을 가로막으며 끼어들었다.

"잠깐! 뭐가 뭔지 모르겠어. 그러니까 프랑스 국왕이 더 이상 왕이 필요 없다고 주장하는 사람들을 도왔다고? 음…… '민주 정치'를 원하는 사람들을?"

"루이 16세는 영국의 힘을 약화시킬 속셈이었지. 자신한테 무슨 일이 닥칠지는 알지도 못하고. 이 미국 혁명은 모든 사람들의 상상을 자극했단 말이지. 프랑스 사람들은 물론이고!"

"모든 걸 변화시키는 혁명이라고? 신석기 시대처럼?"

"그래, 모든 게 다 바뀌었어. 프랑스 대혁명은 몇 년 뒤 바로 여기

베르사유에서 시작되었지. 바로 여기서 민주 정치의 위대한 문서 하나를 표결했어. ‘인간과 시민의 권리 선언’을 말이야. 너랑 함께 이 선언을 했던 정확한 장소를 찾아보고 싶어.”

“왜 형은 계속 ‘정확한’ 장소로 날 데려가려고 해? 프랑스가 태어난 들판으로, 프랑스 대혁명이 시작된 곳으로…….”

“중요하기 때문이야. 감동적이기도 하고. 사건을 더 잘 느껴 볼 수 있고, 어쩌면 더 잘 이해할 수도 있으니까.”

가스파르가 잠시 사이를 두었다가 물었다.

“인제 노를 넘겨 줄까?”

네모는 뒷전으로 재빨리 자리를 옮기면서 소리쳤다.

“일찍도 넘겨 주네! 걱정 마, 형! 식은 죽 먹기일 테니까!”

가스파르는 책과 공책을 겨우 안전한 곳에 놓았다. 벌써 물 한 줄기가 가스파르 어깨 위로 쏟아져 내렸다. 가스파르가 소리쳤다.

“멈춰! 멈춰! 물 튄단 말야!”

네모는 노를 크게 휘둘러서 “철벅!” 소리를 내며 떨어뜨렸다. 이런 형편없는 배도 돌릴 수 없다니! 네모는 다시 한 번 노를 들어올렸다. 그 때 휴대 전화가 울렸다.

“잠깐만, 네모! 잠깐!”

가스파르는 짜증을 내며 두 손을 셔츠에 어설프게 닦았다. 그러나 허리띠에 찬 전화기는 떼어 내지 못했다. 그러다 겨우 “여보세요? 여보세요?” 하고 말했다. 그러자 통화가 끊어졌다는 ‘삐삐’ 소리밖에 들리지 않았다. 가스파르가 머리를 설레설레 흔들며 소리를 질렀다.

“정말 어처구니없어! 이 시간이면 아마 레아일 텐데!”

배를 이쪽 저쪽으로 흔들리게 하느라 정신이 나간 네모가 말했다.

“나중에 전화하면 되잖아.”

“그게 안 된다는 거 잘 알잖아. 레아는 다른 호텔로 옮겼어. 내가 통화할 수 있는 번호가 없다고. 이놈의 시차는 정말 지옥이야! 레아 찾다가 볼장 다 보겠네!”

네모가 조용히 말을 거들었다.

“수니타도 여전히 감감무소식이잖아.”

“맞아. 수니타는 훨씬 심각해. 수니타는 정말로 사-라-졌-다-고!”

네모는 얼굴을 잔뜩 찌푸리고 가스파르를 올려다보며 대꾸했다.

“그런 눈으로 보지 마! 다들 내가 수니타가 어디로 갔는지 알고 있다고 생각해. 정말 바보 같은 생각이야. 수니타가 내게 뭘 말했겠냐고!”

가스파르는 슬픈 표정을 지으며 고개를 가로저었다.

네모가 갑작스럽게 물었다.

“그런데 돌아가려면 어떻게 해야 돼?”

가스파르는 입술을 깨물었.

“노를 똑바로 집어 넣고 밀어. 같은 쪽으로 여러 번. 자…… 잘 했어! 좀더! 이제 노 두 개를 다 저어. 성 안에 있는 서점으로 갔으면 좋겠는데.”

총검의 힘

“우린 ‘인간과 시민의 권리 선언’을 표결했던 곳을 찾고 있습니다.”

가스파르는 서점에서 초등학교 선생 같아 보이는 안경 낀 작달막한 사내에게 물었다.

"정확한 장소 말이에요."

네모가 덧붙였다.

계산대 위에다 책을 여러 권 쌓아올리며 책방 주인이 대답했다.

"아! 아! 이 책들을 한번 훑어보시죠."

가스파르는 가장 두꺼운 책을 재빨리 뒤적거려 보았다. 그러다 어느 삽화에서 멈추었다. 많은 기둥이 둘러쳐진 직사각형의 널따란 강당을 보여 주는 사진이었다. 왕은 계단 맨 위쪽 왕좌에 자리잡고 긴 의자에 앉은 군중들을 마주하고 있었다.

"1789년에 있었던 '삼부회' 모임이야. 귀족 대표들과 성직자 대표들, 그리고 뒤쪽에 '제3 신분'이라 불렸던 평민 대표들이 보이지? 그때 루이 16세는 한푼도 없었어. 그래서 루이 16세는 새로 세금을 만들 속셈이었어. 그러기 위해서는 삼부회의 동의가 필요했지. 마침내 평민들은 국가 중대사를 결정하는 데 참여할 수 있으리라고 기대했어."

가스파르가 설명했다.

"그래서?"

네모가 물었다.

"왕의 입장에서 보면 그건 있을 수 없는 일이었지. 왕은 세상이 많이 바뀌었다는 사실을 미처 깨닫지 못했어. 많은 사람들이 글을 깨쳐서 벽보를 읽었어. 사람들은 자유나 인간의 권리 같은 새로운 사상에 대해 토의했지. 그러니까 이제 절대 왕정을 더 이상 견딜 수 없었던 거야."

"그들은 정말 옳아!"

누구나 여러 권리가 있고, 아무도 이 권리를 뺏을 수 없다.
17세기 때부터 사람들은 이런 생각을 하기 시작했다.
1679년 영국에서 '인신 보호법(Habeas Corpus)'(이것은
'그대는 신체를 가질지니.'라는 뜻이다)으로 재판관 결정 없이
사람을 투옥하는 것을 금한다. 그 전에는 왕은 이렇다 할 이유가
없어도 투옥하고 싶은 사람은 누구라도 감옥에 보낼 수 있었다.
영국에서 최초로 인권 선언을 했으며, 이어서 미국에서,
그 다음에 프랑스에서 인권 선언을 했다.
1948년에 **국제 연합**에서도 모든 사람의 자유와 평등을 선언했다.
불행하게도 많은 나라에서 이 선언은 오늘날에도 여전히
적용되지 않고 있다.

미국 독립 선언

(1776년 7월 4일)

'우리는 다음의 사실들을 분명한 진실이라고 생각한다.
모든 사람은 평등하게 창조되었다. 모든 사람은
침해받을 수 없는 몇 가지 권리를 창조주로부터 부여받았다.
이 권리 가운데 생존권, 자유권, 행복 추구권이 있다.
이런 권리들을 보장하기 위하여 사람들은 정부를 세운다……'

인간과 시민의 권리 선언

(1789년 8월 26일)

제1조 : 인간은 자유롭게 태어나고, 자유롭게 살아가며,
법적으로 평등하다. (……)

제2조 : (……) 이 권리들은 자유권, 소유권, 안전을 누릴 권리,
압제에 저항할 수 있는 권리다.

제4조 : 자유는 남을 해치지 않으면서 모든 것을 할 수 있는 것이다.

제7조 : 법률이 정한 바에 따르지 않고서는 어느 누구도
고소하거나 체포하거나 억류할 수 없다.

제10조 : 아무리 종교적인 의견일지라도, 어느 누구도
자기의 의견 때문에 괴롭힘을 당해서는 안 된다.

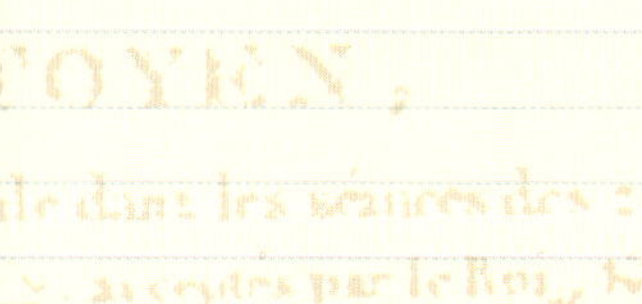

세계 인권 선언

(1948년 12월 10일)

제1조 : 모든 인간은 자유롭게 태어나고 동등한 존엄성과 권리를
가진다. 모든 인간은 이성과 의식을 가지고 태어나며,
서로서로 우애의 정신으로 행동해야 한다.

제2조 : (……) 인종, 피부색, 성, 언어, 종교, 정치적 견해든 또 다른
견해든지 그 차이에 (……) 상관없이 누구나 이 선언서에 공포된
모든 권리나 자유를 누릴 수 있다.

제3조 : 모든 개인은 생존권, 자유권 그리고 신변 안전에 대한
권리가 있다.

제4조 : (……) 노예 제도나 노예 거래는 어떤 형태로든 금지한다.

제5조 : 어느 누구도 고문을 당해서는 안 된다.

제18조 : 모든 사람은 사상과 양심 그리고 종교의 자유를 가진다.

제23조 : 모든 사람은 노동권을 가진다. (……)
모든 개인은 같은 노동에 대해 같은 임금을 받을 권리가 있다.

제26조 : 모든 사람은 교육을 받을 권리가 있다.

"왕이 그들의 말에 귀 기울이지 않자, 평민 대표들은 스스로 '국민의회'를 만들어 법을 제정하기로 결정했어. 왕은 그들이 계속 모임을 갖던 므뉘플레지르 강당을 폐쇄하여 법률 제정을 저지하려고 했지. '할 수 없지! 다른 데로 가야지!' 하고 제3 신분이 대응을 했어."

책방 주인이 덧붙였다.

"우선 그들은 실내 스포츠관, 즉 '죄드폼'*에 다시 모였어요."

가스파르가 말을 이어 나갔다.

"그리고 그들은 거기서 프랑스 헌법을 만들기 전에는 해산하지 말자고 선서를 했어. 헌법, 다시 말해 국왕의 권리를 제한하고 개인에게 여러 권리와 자유를 주는 성문법을 제정하자고 결의한 거야."

"그 다음에는?"

네모가 물었다.

"'인간과 시민의 권리 선언'을 표결하려고 다시 한 번 모였지. 봐라."

가스파르가 보여 주는 책에는 그 유명한 인권 선언 표결 장면 그림이 있었다. 평민 대표들은 원형 경기장처럼 강당을 빙 둘러 설치한 계단식 좌석에 앉아 있었다. 발언하는 사람들은 모든 사람들에 둘러싸여 좌석 아래쪽에 서 있었다.

가스파르가 설명했다.

"실내 배치가 매우 중요하다는 거 알겠니? 계단식 강당이야. 그래서 누구나 보고 듣고 또 들리게 할 수 있지. 이번엔 모든 사람이 똑같은 조건이 된 거야. 진짜로 민주 정치가 시작된 거지. 정말 이 장소를

---

*죄드폼(Jeu de paume) : 보통 명사로는 실내 폼(paume : 테니스의 전신) 구장이란 뜻이며, 역사적으로는 1789년에 죄드폼 선서를 한 곳을 가리킨다.

찾아보고 싶어."

네모는 아주 주의 깊게 삽화를 관찰했다. 몇 사람은 서로 토론을 하는 것 같았고, 어떤 이들은 피곤한 기색으로 기둥에 기대어 있었다.

네모가 갑자기 소리쳤다.

"기둥이야! 첫 번째 삽화와 똑같아!"

"므뉘플레지르 강당? 삼부회 모임 때처럼? 그렇게 생각해?"

"잘 보라고! 천장을 장식하는 커다란 천이나 벽 위쪽에 그려진 그림들이 정말 똑같아."

"그렇다면 그들이 되돌아갔단 말이네! 그들은 그저 실내 장식을 바꿔 계단식 좌석을 설치한 거였어. 정말 놀라운데!"

가스파르는 몹시 기뻐했다.

"그런데 아직도 므뉘플레지르 강당이 있을까요?"

책방 주인이 대답했다.

"잘 모르겠네요. 하여튼 성 안에는 없어요. 관람 장소 축에도 못 끼죠. 그 시대 지도를 한번 살펴보지 그래요?"

책방 주인은 또 다른 책을 내밀었다. 가스파르는 조금 뒤에 1789년 당시 베르사유 지도를 발견해 냈다. 프랑스 각 지방에서 올라온 국회의원들이 길을 찾을 때 길잡이가 되게 그린 지도였다.

가스파르가 말했다.

"자, 성에서 몇백 미터 가면 파리 가(街)가 나오지. 그쪽으로 가야 돼, 네모!"

네모와 가스파르는 책방 주인에게 고맙다는 인사를 건네고는 차 있는 데로 돌아왔다. 1789년도 지도를 쥐고 네모는 길 안내를 했다.

네모가 말했다.

“계속 가다 보면 비스듬히 나 있는 길이 나올 거야. 그 다음엔 큰 네거리가 나오고.”

“벌써 너무 멀리 와 버렸네.”

가스파르가 중얼거렸다.

가스파르는 다음 네거리에서 어렵사리 유턴을 해 뒤로 되돌아왔다. 그러나 아무것도 보이지 않았다.

“저기야!”

네모가 볼품없는 노란 건물을 손가락으로 가리키며 소리쳤다.

실제로 검은 표지판에 ‘오텔 데 므뉘플레지르’라고 씌어 있었다.

“이런, 조그맣잖아! 화려할 것 같지도 않은데!”

네모가 탄식하듯 내뱉었다.

가스파르는 차를 주차시켰다. 둘은 차에서 내려 안뜰로 들어갔다. 포석이 깔린 안뜰은 작은 건물 세 개로 둘러싸여 있었다. 열린 창문을 통해 음악이 흘러 나왔다. 가스파르는 무턱대고 문을 밀었다. 한 아가씨가 등을 돌리고 서 있었다. 아가씨는 뺨을 기울여 악기에 갖다 댄 채 바이올린을 켜고 있었다. 네모와 가스파르는 아가씨의 목덜미와 한쪽 어깨를 덮은 숱 많은 금발, 그리고 능란하게 활을 켜는 날씬한 팔밖에 보지 못했다. 매료된 가스파르는 손가락을 입에 갖다 댔다. 하지만 네모에게 신호를 보낼 필요는 없었다. 네모는 리듬에 맞춰 머리를 가만가만 까닥거리고 있었다. 연주를 끝낸 뒤 아가씨가 몸을 돌렸다. 얼굴이 갸름한 아가씨는 눈웃음을 지었다.

“뭘 찾으세요?”

아가씨가 물었다.

“삼…… 삼부회요.”

네모가 떠듬떠듬 말했다.

"삼부회? 여긴 베르사유 바로크 음악 센터예요!"

"인권 선언을 표결했던 강당이 바로 여기 아닌가요?"

가스파르가 덧붙였다.

아가씨가 알아들었는지 대답했다.

"강당이라……. 실망하실 거예요! 오래 전에 다 변해 버린걸요. 관람할 수도 없어요."

"아주 잠깐만이라도 안 될까요?"

네모는 파랗고 큰 눈으로 아가씨를 쳐다보았다.

"자, 내가 안내해 줄게. 하지만 비밀로 하자. 알았지?"

네모는 머리를 끄덕여 '네' 하는 시늉을 했다. 그리고 가스파르에게 득의양양한 눈짓을 보내며 바로 아가씨를 뒤따라갔다.

다시 안뜰로 나오면서 아가씨는 두 사람에게 말했다.

"바이올린을 켜지 않을 때 저는 역사 공부를 해요. 대혁명 시대를 제법 잘 알죠."

아가씨는 왼쪽에 있는 작은 건물을 손가락으로 가리켰다.

"교회 대표자인 성직자들은 여기 이층에 모이곤 했죠. 한편 귀족들은 모퉁이 건물에 모였어요. 지금은 모든 건물이 음악가와 무용가의 연습장으로 바뀌었지만. 우린 왕이 있던 시절처럼 베르사유 축제를 준비하고 있답니다."

아가씨는 두 사람을 작고 아주 가파른 시멘트 계단으로 안내했다. 계단은 안쪽 건물을 둘로 가르며 나 있었다. 세 사람은 두 번째 안뜰로 들어섰다. 먼젓번 뜰보다 지면이 더 높았다. 나무 몇 그루가 벽을 따라 심어져 있고 돌 틈에는 잡초들이 발 디딜 틈 없이 우거져 있었다.

아가씨가 간단히 말했다.

"보세요."

네모와 가스파르는 무슨 영문인지 몰라 서로 멀뚱멀뚱 바라보았다. 아무것도 없었다. 그냥 볼품없는 뜰밖에는.

"바로 여기예요. 여기서 삼부회가 모였어요. 그리고 바로 이 곳에서 최초의 의회가 인권 선언을 표결했죠. 대혁명이 끝난 뒤 강당은 어떤 목재상에게 팔렸어요. 거의 모두가 허물어졌죠. 몇 년 전 강당 바닥에다 석판으로 최초의 집회 지도를 다시 그려 놓은 게 전부예요."

"저런!"

네모가 탄성을 질렀다.

바닥에 계단식 강당을 석판에 새긴 그림이 보였다.

"그게 그렇게 중요해? 넌 그토록 역사를 좋아하니?"

아가씨가 물었다. 아가씨는 마음 아파하는 것 같았다. 그리고 언뜻 생각이 하나 떠오른 모양이었다.

"나랑 연극 놀이 할래? 마치 프랑스 대혁명을 일으키듯이 말야. 자, 내가 왕을 맡을 테니 네가 제3 신분을 해라!"

"정말 멋진 생각인데요! 제가 촬영을 해도 괜찮겠습니까?"

아가씨가 가스파르를 보며 환하게 웃었다. 그러더니 벌써 자기 역에 빠져 들어간 듯 위엄에 찬 표정으로 오래 된 돌에 가서 앉았다.

아가씨가 네모한테 말했다.

"여러분, 프랑스는 많은 돈이 필요합니다!"

네모가 망설이며 말했다.

"황송하나이다, 폐하! 황송하나이다. 저희들은 정부에 대한 저희들의 생각을 밝힐까 하나이다!"

"뭣이라! 창피한 줄 아시오! 귀족들과 성직자들을 보세요. 저들은 아무 불평도 없지 않소!"

네모가 대꾸했다.

"그들은 일하지 않습니다! 하지만 저희들은 늘 폐하께 돈을 갖다 바칩니다. 더욱이 폐하께서는 언제라도 저희들을 감옥에 처넣을 수 있습니다! 이제 그만 하시옵소서!"

"짐은 왕이오! 내 맘대로 할 거요!"

"끝났소이다! 우리들이 국민 의회를 만들 것이오! 우리들이 법률을 만들 것이란 말이오!"

"당신들한테 금지령을 내리겠소! 이 강당을 닫아 버리게 하겠소!"

아가씨가 네모한테 달려가 귀에 대고 뭐라고 소곤거렸다.

네모가 물었다.

"총검이 뭐예요?"

"총이랑 칼! 무력이라는 뜻이야."

네모는 방금 아가씨가 말해 준 대로 소리쳤다.

"폐하, 저는 미라보라고 합니다! 저희들은 백성들 뜻에 따라 여기 모였습니다. 총검을 써서 억지로 몰아내면 모를까 그러기 전에는 여기서 나가지 않을 것입니다!"

"잘 했어!"

가스파르가 환호성을 질렀다.

네모와 아가씨가 가스파르 쪽으로 돌아왔다.

이 대수롭지 않은 놀이에 매료된 네모가 물었다.

"실제로 왕은 어떻게 했어?"

가스파르는 카메라를 내려놓았다.

"버티려고 노력했지. 아주 어설프기 짝이 없게 버티려고 들었어. 그리하여 프랑스는 그야말로 혁명의 소용돌이에 휘말리게 되었지."

"모든 게 다 바뀐 거야?"

"그래. 1789년 7월 14일, 파리 시민들은 바스티유 감옥을 무너뜨렸어. 파리 한복판에 떡 버티고 있던 이 감옥이 시민들한테는 절대 왕권의 상징물이었지. 그리고 1792년에 최초의 '공화국', 다시 말해 왕이 없는 민주 정치가 시작되었어."

"왕은 떠나갔어?"

"그런 게 아니라…… 왕은 1793년에 단두대에서 처형당했어."

아가씨가 손을 목에 대면서 말해 주었다.

"단두대에서 처형당했어?"

네모가 말을 따라 했다.

"왕의 목을 잘라 버렸어."

네모는 잠자코 있었다.

가스파르가 이어서 설명했다.

"유럽 모든 나라들이 프랑스를 공격했어. 왕들이 자기 백성들도 프랑스 백성들을 따라 할까 봐 두려웠기 때문이지. 프랑스에서는 대혁명을 이끄는 우두머리들이 더욱더 전제적이고 냉혹하게 변하기 시작했고. 이들은 적을 수두룩하게 만들어 냈어. 그들은 왕비, 많은 귀족들과 성직자들, 그리고 혁명에 반대하지도 않은 보통 시민들도 단두대로 보냈지. 공포 정치였어!"

네모가 더듬거리며 말했다.

"자신이 원하는 대로 생각할 권리가 있다고 생각했다면서?"

“평등, 자유…… 정말 훌륭한 사상이야. 하지만 사람들은 권력을 잡고 남을 복종시키기 위해선 무슨 짓이든 다 할 태세가 돼 있었어. 혁명이 가라앉았을 때, 이제 더 이상 왕이 없던 프랑스 사람들은 1804년에 황제를 맞이했지.”

네모가 외쳤다.

“황제는 어디서 나온 거야?”

“나폴레옹이라는 사람이야. 그는 자유를 옹호했어. 하지만 우두머리가 되자 결국 그도 절대 권력을 가지려고 했지. 나폴레옹은 전 유럽에 전쟁을 일으켰어.”

“그래서 혁명은 다 쓸모없이 돼 버린 거야?”

“아냐. 그래도 혁명은 세상을 변화시켜 놓았어. 사람들은 민주주의를 좋아하게 되었어. 그런데 사람들은 민주주의를 날마다, 그러니까 오늘도 지켜야만 된다는 사실을 쉽게 잊어버려.”

그 때였다.

“마리! 사방을 다 찾아다녔어! 모두 다 기다리고 있단 말야!”

네모와 가스파르는 불쑥 들어온 사람 쪽으로 몸을 돌렸다. 퉁퉁하고 땅딸막한 대머리 사내였다. 사내는 숨을 헐떡거렸다. 아주 불쾌한 기색이었다.

“아 참, 연습이 있었지! 까맣게 잊고 있었네!”

아가씨가 계단 쪽으로 뛰어가면서 말했다. 머리카락이 뒤로 휘날렸다. 아가씨가 뒤로 돌아서더니 네모에게 물었다.

“이름이 뭐야?”

“네모!”

“난 마리야! 그럼 안녕!”

자유를 얻어 가는 과정

16, 17세기에 유럽을 지배한 것은 절대 왕정이다. 왕들은 절대 권력자다.

이들은 아프리카와 아메리카 그리고 아시아에 식민지를 세운다.

프랑스에서는 위대한 작가들이 나타난다.

몰리에르, 라신, 코르네유, 부알로, 보쉬에, 파스칼 등.

18세기에 오면 철학자들이 자유와 정의를 더욱더 많이 외친다.

다르게 살고 싶어한다. 혁명이 일어나려 한다.

므뉘플레지르 강당

루이 14세

1682년 루이 **14세**가 베르사유로 왕궁을 옮긴다.

1624년에 건축을 시작한 성은 한 세기가 지난 뒤에도

여전히 공사 중이었다.

1685년 루이 **14세**가 낭트 칙령을 '철회'한다.

개신교가 다시 금지된다. 종교 전쟁이 다시 일어난다.

1783년 미국이 영국을 상대로 독립 전쟁에서 이긴다.

1789년 6월 17일 베르사유에 있는 므뉘플레지르 강당에서

제3 신분 대표들이 최초의 국민 의회를 만든다.

1789년 7월 14일 파리 시민들이 바스티유 감옥을 점령한다.

프랑스 대혁명이 시작된다.

1789년 8월 26일 국민 의회가 인권 선언을 표결한다.

1792년 공화국이 선포된다.

바스티유 감옥

1793~1794년 공포 정치! 대혁명을 이끈 우두머리 가운데 한 사람인

로베스피에르는 자기의 반대파들을 모두 단두대에서 처형시킨다.

자신 역시 단두대에서 처형당할 때까지.

1799년 젊은 장군 나폴레옹 보나파르트가 권력을 잡는다.

나폴레옹은 1804년에 스스로 황제에 즉위하게 된다.

로베스피에르

1815년 워털루에서 패한 다음 나폴레옹은 귀양을 가게 된다.

프랑스에 다시 왕이 등장한다. 정말 프랑스 대혁명을 일으킬

필요가 있었을까!

계속…….

나폴레옹 보나파르트

Némo

마리는 가스파르에게 작은 손짓을 해 보이고 달려갔다. 네모와 가스파르는 서로 바라보았다. 무슨 말을 해야 할지 몰랐다. 드디어 네모가 중얼거렸다.

"마리가 가 버려 섭섭하네. 예쁜 여자였는데 말야……."

가스파르는 대답이 없었다. 그는 휑뎅그렁한 뜰과 마리가 사라져 버린 계단을 뚫어지게 바라보았다.

"그런데 인권 선언은?"

네모가 물었다.

"뭐라고?"

"인권 선언은 여전히 남아 있는 거야?"

"그럼. 전 세계 모든 사람들한테 본보기로 남아 있지."

"그래서 형이 많은 것들을 내 머리에 집어 넣으려고 하는구나? 내게 여러 가지 권리가 있다는 걸 알게 하려고?"

가스파르가 네모 머리를 쓰다듬으며 대답했다.

"바로 말했어. 네 권리들을 알고 그 권리를 지키게 하려고. 민주주의는 길러지는 거란다. 이 점을 꼭 기억해야 돼. 우리는 모두 다 민주주의의 지킴이야!"

시멘트 계단 아래쪽에서 젊은 민주주의 지킴이가 우뚝 멈춰 섰다. 가스파르도 네모를 따라 걸음을 멈추었다. 건물 안에서 장난기 섞인 듯한 바이올린 연주가 들려 오기 시작했다.

"마리……."

가스파르가 중얼거렸다.

"어디서 들었던 건데."

네모가 작은 목소리로 말했다.

밝고 경쾌한 곡조로 된 승리의 노래였다. '라 마르세예즈'* 첫 소절
이었다. 마치 네모와 가스파르에게 주는 작은 선물 같았다.

*라 마르세예즈(La Marseillaise) : 프랑스 국가.

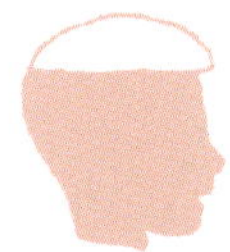

석탄 흙더미 위에서

"돌아오시오! 돌아오라니까! 저 사람들이 뭐 하는 거야? 정말 못 말리겠군!"

네모가 가스파르의 소매를 잡아당겼다. 스웨터를 입은 꺽다리가 그들 쪽으로 달려오고 있었다. 키가 껑충한 사내는 '광산에서 버린 흙'으로 된 가파른 언덕을 기어오르며 손짓했다. 가스파르는 그걸 '석탄 흙더미'라고 이미 설명해 주었다.

석탄과 비슷한 흙더미였다. 네모는 그 언덕이 석탄이라고는 전혀 상상하지 못했다. 진짜 산 같은데! 지면은 울퉁불퉁했다. 여기저기 자갈이 흩어져 있고, 쪼글쪼글한 풀이 듬성듬성 나 있었다. 네모는 땅이 모래처럼 무를 줄 알았다. 그러나 웬걸, 땅은 단단하고 딱딱했다.

287

꼭대기에 오른 네모와 가스파르는 잿빛 하늘 아래로 드러난 낯선 풍경을 바라보았다. 직각으로 교차하는 작은 길들, 똑같은 집들이 줄지어 늘어선 모습, 그리고 바로 아래쪽에 작은 에펠 탑 같은, 철로 된 발판이 눈에 들어왔다. '광산 들머리에 설치한 작업대'라고 가스파르가 설명했다. 가스파르는 서서히 돌면서 풍경을 찍었다. 그는 지금 누가 소리를 지르며 달려오는데도 아랑곳하지 않았다.

가스파르가 휴대 전화기에 대고 소리쳤다.

"우린 광산 지역인 아라스 가까이 와 있어. 아니, 아직 되살아나지 않았어! 아니, 의사한테는 연락하지 않았어. 어쨌든 의사가 미리 알려 줬잖아, 어쩌면 영원히 되살아나지 않을지도 모른다고!"

"이렇게 날 오랫동안 달려오게 할 거요?"

푸른색 스웨터를 입은 사내가 드디어 두 사람을 따라잡았다. 사내는 숨이 차서 헐떡거렸다.

"가만 놔 두지 못해요!"

가스파르가 사내에게 버럭 소리를 질렀다.

네모는 깜짝 놀랐다. 예절바른 말이랑 남을 존중하는 태도는 어디로 가 버렸지?

가스파르가 전화기에 대고 다시 얘기했다.

"아니, 누나한테 소리지른 게 아냐! 네모는 활기가 넘치고 영리하고 상냥해! 나? 난 그걸로 됐어. 수니타 일만 아니면……. 그런데 경찰 쪽에서는? 여전히 아무것도? 끔찍한데……. 네모도 어쩔 수가 없지. 아니, 아니. 네모는 잘 지내. 좋아, 내가 다시 전화할게."

"이런 웃기는 짓 계속할 거요?"

사내가 고함을 쳤다.

가스파르도 그 사내처럼 언성을 높여 대꾸했다.

"우릴 못 놔 두겠소? 근데 당신은 누구요?"

"뤽 르노, '라부아뒤노르'에서 원고료 받고 기사 쓰는 신문 기자요!"

사내는 목청을 훨씬 높여 내뱉었다. 그는 어깨에 비스듬히 멘 카메라에 복수라도 하듯 손가락질했다.

가스파르가 말했다.

"됐어요, 귀머거리 아니니까! 우리한테 무슨 볼일 있소?"

"두 분을 따라다닐까 해서요. 상상해 봐요! 기억을 잃어버린 아이, 네모가 북부 지역을 방문한다, 이거 괜찮은 기삿거리 아닌가요, 네?"

"누가 알려 줬죠?"

가스파르는 깜짝 놀랐다.

"나한테도 연락망이 쫙 깔려 있다구요! 그게 내 일이잖소! 자기 정체성을 찾아 나선 여행, 기본 지식…… 이쯤은 다 알고 있죠!"

뤽 르노는 가스파르 곁에 털썩 주저앉았다. 그리고 두 손으로 적갈색 머리카락을 마구 헤적거렸다. 그러더니 눈을 끔벅이며 호주머니에서 아주 납작한 술병을 꺼냈다.

"위스키요."

"아직 좀 일러요!"

가스파르가 대답했다.

"샴페인이랑 비슷한 거야?"

갑자기 흥미가 발동한 네모가 물었다.

네모가 한마디 거들자 뤽 르노는 웃지 않을 수 없었다. 뤽 르노는 평정을 되찾기 시작했다. 그는 가스파르에게 물었다.

"네모가 무슨 짓을 했기에 그렇게 고래고래 소리질렀소?"

“네모가요? 네모는 아무 일도 저지르지 않았어요. 그런데 네모와 가장 친하게 지내는 여자 친구 수니타가 사라졌어요. 모두 다 네모가 수니타와 관련된 비밀을 알고 있다고 생각하죠. 그렇지만 예전에 는⋯⋯.”

“그것 때문에 모든 사람이 날 귀찮게 해요! 경찰까지도!”

네모가 가스파르의 말을 끊으면서 끼어들었다.

“맞아. 우리한테 물으려고 어제 찾아왔었지. 하지만 네모는 아무것 도 몰라요.”

가스파르가 확실히 말했다.

위스키 한 잔을 마시면서 뤽 르노가 말했다.

“나도 사연을 알아요. 인도 여자애죠. 어제부터 경찰서에 그 여자 아이 사진이 나붙었어요.”

땅바닥을 뚫어지게 내려다보며 가스파르가 다시 입을 열었다.

“경찰은 모든 단서를 다 조사하고 있어요. 어린이 유괴나 심지어 더 나쁜 경우까지도⋯⋯. 처음에 수니타 어머니는 그냥 가출이라고 생각 했대요. 아세요? 그전에 네모와 수니타는 붙어살다시피 했지요. 그런 데 참 이상해요. 하필이면 지금 사라지다니⋯⋯.”

뤽 르노가 고개를 끄덕였다. 그는 두 손을 문지르며 자리에서 일어 섰다. 그리고 이렇게 말했다.

“지금으로서는 어쩔 수 없네요. 그러면 내가 이 지역을 구경시켜 줄 테니까 두 분은 기사 쓰는 걸 좀 도와 주쇼! 괜찮습니까?”

화제가 바뀐 데 아주 만족해하며 가스파르도 몸을 일으켰다.

“좋습니다. 원칙 아시죠? 네모는 역사 속으로 여행하고 있어요. 오 늘 우리는 대단한 격동기였던 19세기를 탐구하려고 합니다.”

가스파르가 네모 쪽으로 고개를 돌렸다.

"나폴레옹 1세 황제가 물러간 뒤로 1815년 프랑스에서는 왕이 권좌에 다시 올랐어."

"왕이? 또?"

"오래 가진 못했지! 또 다른 혁명이 터졌거든, 1830년과 1848년에. 백성들은 더 많은 자유를 원했어. 유럽 전역에 반란이 일어났지. 프랑스에서는 제2 공화정에 이어 나폴레옹 3세라는 또 한 사람의 황제가 나타났고 마침내 다시 공화정이 되었지.* 그렇지만 쉽게 된 건 아니었어."

"아휴!"

네모가 소리쳤다.

"민주주의 제도에서 사는 법을 배우기까지 시간이 걸린다는 사실은 너도 알겠지? 프랑스 사람들은 '정당'을 조직하기 시작했어. 정당이란, 같은 사상을 갖고 의회나 정부에서 자기네 사상을 옹호하는 사람들의 무리를 말해."

네모는 지루해지기 시작했다. 단조로운 풍경을 바라보면서 네모가 갑자기 물었다.

"근데 참, 이 석탄 더미 위에서 뭐 해? 여긴 아무 일도 없었는데!"

뤽은 마치 개인적인 일이 얽혀 있기라도 하듯 외쳤다.

"아, 그런데 늘 그런 건 아니었다구! 옛날 이 곳에는 사람들이 와글

---

*1815년 – 왕정 복고(루이 18세 즉위). 1824년 – 샤를 10세 즉위. 1830년 – 7월 혁명으로 입헌 군주제가 된다(루이 필립을 왕으로 추대). 1848년 – 2월 혁명으로 제2 공화정으로 바뀐다. 1852년 – 나폴레옹 3세의 등장으로 제2 제정이 된다. 1870~1871년 – 보불 전쟁이 일어나 제2 제정이 붕괴되고 파리 코뮌이 일어난다. 1875년 – 제3 공화국이 들어선다.

거렸어!"

네모는 깜짝 놀랐다.

"왜요?"

"석탄 때문이라니까, 석탄! 19세기에 산업 혁명, 다시 말해 기계 혁명이 이 지방을, 나아가 전 유럽을 변화시켰단 말야."

"아직도 석탄이 많이 남아 있네."

네모가 단단한 바닥에 발길질을 하며 덧붙였다.

뢱이 대꾸했다.

"천만에, 이건 석탄이 아냐! 이 산더미는 질 나쁜 석탄과 흙, 그리고 탄광을 파 들어갈 때 나오는 자갈 부스러기로 이루어진 거야. 쓰레기 통이라고나 할까. 시커먼 진짜 석탄을 캐려면 아주 깊숙이 들어가야 돼. 석탄은 수백만 년 전부터 땅 속 깊숙이 저장돼 있던 거라구."

"수백만 년?"

네모가 뢱 르노를 따라 되풀이해서 말했다.

가스파르가 확실하게 말해 주었다.

"그래. 석탄은 지구 탄생 초기에 우거졌던 식물의 잔해가 남아서 만들어진 거야. '화석' 암석인 거지."

뢱이 단호한 어조로 끼어들었다.

"가자, 내가 수직 갱도 들머리를 보여 줄게."

뢱은 가스파르와 네모를 앞질러 작은 에펠 탑 쪽을 향해 석탄 흙더미 언덕을 내려갔다.

뢱이 네모에게 다시 말했다.

"내 아버지, 할아버지 그리고 증조할아버지도 광부였어. 광부는 힘들고도 위험한 직업이었지. 광부들은 좁은 갱도 속으로 미끄러지듯 내려갔어. 때때로 갱도가 내려앉기도 하고, 땅 밑에 있던 가스 때문에 폭발하기도 했지. 더군다나 광부들은 석탄 가루를 들이마셔서 폐가 나빠졌지. 하지만 이 지방 사람들은 광부들을 아주 자랑스럽게 여긴다구. 광부들은 갖은 위험을 무릅쓰고 온 나라가 필요로 하는 것을 조달해 주었던 거야.”

가스파르가 말을 이어받았다.

“석탄을 이용해서 에너지와 열을 만들어 냈어. 다른 광산에서 캐낸 철로는 기계를 만들었고.”

가스파르의 말을 듣고 뤽이 강한 지지를 보냈다.

“정확하게 말하셨소! 역직기, 온갖 공구, 레일, 기차, 증기선, 그리고 마침내는 자동차까지! 사람들은 더욱더 빨리, 더 멀리 여행을 하게 됐고, 프랑스는 차츰차츰 공장과 철도로 뒤덮여 갔어.”

뤽은 이런 모든 변화가 바로 자기 집 앞, 이 고장에서 일어난 듯 팔을 크게 벌려 풍경을 껴안았다. 세 사람은 철골 발판 아래에 도착했다. 작업대는 석탄 흙더미 언덕에서 볼 때보다 훨씬 더 커 보였다.

뤽이 다시 말했다.

“이게 작업대야, 네모. 고개를 젖혀 봐! 저 위에 도르래 보이지?”

네모는 굵은 쇠줄이 매달려 있는 도르래를 보았다. 쇠줄은 철탑 한복판으로 늘어뜨려져 마치 땅에 닿을 듯이 작은 층계참까지 내려와 있었다.

뤽이 알려 주었다.

“승강기야. 저길 통해 모든 게 오르내리지. 공구, 광차 그리고 사람. 매일 새벽 네시 반에 광부들이 땅 속으로 들어가곤 했지!”

가스파르는 더 이상 대화에 끼어들지 않았다. 그는 카메라에 새 카세트를 밀어 넣었다. 언제라도 영화에 활력소가 될 특별한 순간을 찾고 있었다. 뤽 르노라는 녀석, 성질은 나쁘지만 행운을 몰고 왔다니까!

네모가 물었다.

"그런데 아저씬 왜 광부가 안 됐죠?"

"아이구, 얘야, 광산은 오래 전에 문을 닫았단다! 이 곳에는 더 이상 석탄이 없어. 그렇지만 석탄말고도 석유나 가스, 원자력 같은 다른 에너지원도 있지. 어쨌거나……."

뤽은 카메라를 비스듬히 바라보았다. 그리고 투덜거리며 재빨리 덧붙였다.

"어둠이 무서워. 갇히는 건 참을 수 없다구! 갇히기를 두려워하는 걸 밀실 공포증이라고 하지!"

이렇게 말하면서 뤽은 두 사람을 옆 골목길로 이끌고 갔다. 네모는 이쪽 끝에서 저쪽 끝까지 길게 나 있는 인도를 바라보았다. 집이란 집이 다 똑같이 생겼네! 붉은 벽돌 벽에 일층에 창문 두 개, 이층에 창문 하나가 있고, 길가의 공원과 비슷한 조그만 뒤뜰이 있는 것까지 말야.

뤽이 알려 주었다.

"광부들이 사는 집이야! 여기 있는 모든 건 다 사업주 거야!"

"모두 다?"

"그래. 집, 가게, 병원, 축구장과 축제 홀까지……. 하지만 알겠니, 광부들이 가장 불행한 사람들은 아니었다는 사실을. 저마다 작은 집이 있고, 아이들이 다닐 학교도, 아플 때 돌봐 줄 의사와 노인들을 위한 양로원도 있었으니까. 사업주가 모든 걸 다 돌봐 주었어. 다른 노동자들은 이만큼도 누리지 못했지."

"노동자들이 뭐야?"

뤽이 네모 목소리를 흉내내며 되풀이했다.

"'노동자들이 뭐야?' 넌 가스파르 형한테 틈도 안 주고 '이게 뭐야? 이게 뭐야?' 하는구나?"

가스파르가 카메라를 정리하며 말했다.

"두말하면 잔소리죠! 다시 공부하는 느낌이에요! 그러니까 노동자들은 공장에서 일하는 사람들을 말해. 1820년부터 1850년대 초창기 노동자들은 무척 비참하게 살았어. 사고가 자주 나는 위험한 기계 옆에서 하루에 열다섯 시간 이상 일했지만 휴가라곤 없었어. 보수는 굶어 죽지 않을 만큼만 받았고, 집이라곤 닭장 같은 데서 살았지. 어린 아이들도 마찬가지였고."

"어린아이들도?"

네모는 몹시 놀랐다.

뤽이 대답했다.

"물론이지! 너 같은 어린이들도 여섯 살 때부터 공장에서 일했다구! 게다가 말 안 듣는다고 매까지 맞으면서!"

"그런데 왜 아이들이 도망치지 않았죠? 왜 부모는 자식들을 보호하지 않았어요?"

가스파르가 설명했다.

"잘 생각해 봐, 네모. 공장을 짓고 기계를 들여놓고 석탄이나 철, 목화 같은 원료를 사들이려면 큰돈이 필요했어. 은행을 이용해서 부자들은 자기네들끼리 무리를 이루고, 여럿이서 많은 회사를 사들였단다. 이것을 주식 회사라고 불렀지. 그 다음 노동자들이 만든 상품을 팔아서 사업주들은 더욱더 부자가 되었어. 가난한 사람들은 어쩔 수

기계의 세기

기차에 이어서 전기와 전화, 또 계속해서
자동차(**1887**)와 영화(**1895**)가 발명된다.
19세기의 이러한 발명품들은
사람들의 생활을 변화시킨다.
공장에서는 기계가 쉴새없이 돌아간다.
노동자들은 비참하게 살아간다.
노동자들은 노동 조합이나 정당으로
다시 모인다.
유럽에서는 같은 말, 같은 문화,
대개는 같은 종교를 공유하는 인구 집단이
독립 국가를 만들고자 한다.
바로 '민족'에 대해 눈뜬 것이다.
1830년과 **1848**년에 반란이 많이 일어난다.

1848년 2월 혁명이 일어나 프랑스 국왕을 쫓아낸다.
마지막 국왕이 되리라! 제2 공화국이 세워진다.
1852년 나폴레옹 1세의 조카 나폴레옹 **3**세가 모든 권력을 잡고
스스로 황제라고 선언한다.
1863년 미국에서 남북 전쟁 동안에 노예 제도가 폐지된다.
1864년 프랑스 노동자들이 파업할 권리를 얻는다.
1870~1871년 프랑스가 보불 전쟁에서 프로이센에게 패한다.
나폴레옹 **3**세가 폐위된다. 굶주림에 허덕인 파리 시민들이
반란을 일으킨다. '파리 코뮌'이다.
파리 코뮌으로 2만 명이 죽게 된다. 제3 공화국이 세워진다.
1881~1882년 프랑스에서 초등학교가 의무 교육이 된다.
그런 바보짓을 하다니!
1898~1906년 유태인 출신 프랑스 군 장교인 알프레드 드레퓌스가
적과 내통했다는 이유로 부당하게 유죄 선고를 받는다.
반유태주의(유태인에 대한 인종 차별)가 일부 사람들 사이에 퍼진다.

계속…….

나폴레옹 3세

알프레드 드레퓌스

없이 가난뱅이로 남았던 반면에 말야. 가난뱅이들이 뭘 할 수 있었을
까?"

"형이 알지, 내가 어떻게 알아?"

"형편없는 월급 가지고는 저축도 할 수 없었지! 어떤 노동자가 불
평할라치면 해고되어 다른 사람으로 바뀌었어."

뤽이 만족스러운 표정으로 대화에 끼어들었다.

"노동자들은 오직 때때로 모두 함께 일을 중단함으로써 반항을 했
다구. 이것을 파업이라고 하지. 돈이 아무리 많아도 사장 혼자선 공장
을 돌리지 못하거든!"

가스파르가 다시 입을 열었다.

"이렇게 해서 노동자들은 차츰차츰 나은 노동 조건을 얻어 나갔어.
임금이나 노동 시간, 휴일에 대해서. 그리고 어린애들을 위한 가장 좋
은 보호 조처로 초등학교가 의무 교육이 되었다구!"

뤽이 우스갯소리를 했다.

"넌 믿기 힘들지, 응? 하지만 어린애 입장에선 학교가 탄광보다야
백 번 낫지 뭐!"

네모가 소리쳤다.

"그럴까……? 근데 학교말고 다른 건 어떻게 됐어?"

가스파르가 계속 말했다.

"19세기 말에 이르러서 노동자들은 자기네 권리를 주장하려고 단
체, 즉 '노동 조합'을 만들었어. 어떤 노동자들은 정당에 참여하기도
했지. 예컨대 '사회주의자들'은 부를 나눠 가져야 한다고 생각했어.
또 다른 정당은 노동자들이 권력을 잡아야 한다고 주장했고. 그들을
'공산주의자들' 또는 칼 마르크스라는 철학자 이름을 따서 '마르크스

주의자들'이라고 불렀어. 마르크스는 '계급 투쟁', 다시 말해 부유한 사업주와 노동자 사이의 투쟁을 말한 사람이야."

아주 흥미로워진 네모가 물었다.

"누가 이겼어?"

뤽은 숨이 막힐 듯 목메인 소리로 말했다.

"누가 계급 투쟁에서 이겼냐고?"

가스파르가 끼어들었다.

"저런! 저런! 이제 20세기로 들어간다, 네모. 그런데 슬픈 일이야. 1917년 러시아에선 혁명가들이 '권력을 잡는' 데 성공하게 돼. 하지만 결국 노동자들은 행복해지지 않아. 사실 공산당 간부들이 황제나 옛날 부유층 자리를 차지하게 되니까. 또 반항하는 사람은 모조리 감옥에 가두거나 죽였어. 옛날 러시아 제국이었던 소비에트 연방에서는 이렇게 해서 수백만하고도 또 수백만을 더한 사람들이 죽게 된다고."

"형은 '수백만하고도 또 수백만을 더한 사람들이 죽게 된다.'고 말하는데 그게 어느 정도인지 머릿속으로 짐작이 안 가. 또 그게 사실인지도 모르겠어."

네모가 힘없이 말했다.

"누구도 상상하기 힘들 거야, 너무 끔찍해서."

"프랑스에서도 그런 일이 일어났어?"

가스파르가 손목시계를 흘긋 보면서 대답했다.

"아니. 하지만 전쟁이 일어났지. 바로 그래서 우리가 북부 지방을 여행하고 있는 거야. 우린 곧 1차 세계 대전의 격전지였던, 여기서 아주 가까운 비미를 방문하게 될 거야. 떠날 때가 됐어."

뤽이 이의를 제기하고 나섰다.

"어, 잠깐만! 또 사진이 필요하단 말씀이야!"

뤽은 카메라를 네모에게 맞추고서 석탄 흙더미 언덕을 배경으로 여러 각도에서 마구 찍어 댔다. 그런 다음 두 사람에게 손을 내밀었다.

"잘 가쇼! 즐거운 여행이 되길!"

가스파르가 다시 말을 꺼냈다.

"기사가 나오면 알려 주세요."

기자가 멀어지자 가스파르가 덧붙였다.

"날 단 한 번도 찍지 않다니!"

"당연해! 어쨌든 내가 텔레비전 스타잖아!"

네모가 대꾸했다.

참호 속의 외젠 할아버지

"괜찮아? 그쪽으로 갈 수 있어?"

네모의 작은 갈색 머리가 참호를 겨우 지났다. 모래주머니로 보강된 벽으로 둘러쳐진 긴 구덩이 같은 거였다.

"뭔가 보이니?"

가스파르가 물었다.

"달 같은데! 분화구 천지야!"

네모가 소리쳤다.

가스파르도 풍경을 내다보려고 목을 늘여 뺐다. 주변 평원에 온통 구멍이 뚫려 있었다. 큼지막한 구멍들과 멈춰 버린 파도 같은 능선들이었다. 혹은 거대한 쟁기로 갈아엎은 땅 거죽처럼 보이기도 했다.

가스파르가 설명했다.

"저 구멍 하나하나는 폭발로 파인 거야."

네모는 철책에 걸린 붉은 표지판을 읽었다.

"위험. 들어가지 말 것. 불발탄."

가스파르가 해설을 달았다.

"맞아. 여기 비미 벌판에는 아직 땅 속에 파묻힌 불발 포탄들이 수두룩하게 깔려 있어. 모두 다 설명해 줄게. 오늘 우린 전혀 다른 안내자를 따라가게 될 거야. 바로 외젠 할아버지셔, 내 할아버지. 너한테는 증조할아버지시지."

네모가 탄성을 질렀다.

"형은 내가 진짜 바본 줄 아나 봐! 그 할아버지가 돌아가셨다는 건 나도 알고 있어."

가스파르는 팔짱을 끼고 참호 벽에 기대 섰다.

"할아버지가 돌아가셨을 때 난 다섯 살이었다. 하지만 난 할아버지가 아직도 살아 계시는 것 같아. 할아버지는 늘 누워서 기침을 하셨지."

"어디가 아프셨는데?"

"전쟁 중에 독일군들은 허파를 타 들어가게 하는 유독 가스를 사용했어. '이페리트 가스'라고 불렀지. 이프르* 전투에서 사용했는데, 이프르는 독일군들이 처음으로 독가스를 프랑스 전선을 향해 발사했던 곳이야. 이 독가스를 마시고 많은 병사들이 죽었어. 다른 수많은 병사들은 병에 걸려 돌아왔고. 이들을 '독가스에 중독된 사람들'이라고 불

---

*이프르(Ypres) : 벨기에의 한 도시. 1차 세계 대전 때 대단한 격전지였다.

렀지. 할아버지가 그런 경우였어. 할아버지는 평생 독가스 중독으로 고통을 겪으셨어.”

“할아버지한테 직접 들은 거야?”

“아니, 그 때 난 너무 어렸어. 더군다나 할아버지는 전쟁 얘기는 통 안 하셨지.”

“할아버지도 기억을 잃으셨나?”

“그 반대야. 잊고 싶어하셨을 거야! 할아버지가 돌아가시고 한참 뒤 어느 날, 할머닌 마침내 당신이 알고 있는 모든 걸 들려 주셨지. 이걸 봐, 사진을 몇 장 가지고 왔어.”

가스파르는 배낭에서 노랗게 바랜 조그만 종이 꾸러미를 꺼냈다. 모서리가 떨어져 나간 사진들이 푸른색 리본에 묶여 있었다. 가스파르는 네모에게 조금 빛바랜 옛날 사진 두 장을 내밀었다. 첫 번째 사진은 크고 검은 눈에, 숱 많은 머리 한가운데다 가르마를 탄 청년의 사진이었다. 청년은 밝은 색 양복에 하얀 넥타이를 매고 있었다. 두 번째 사진에서 청년은 군복 차림에 아주 근엄한 모습이었다. 네모는 사진 두 장을 쥐고 흥미로운 듯 들여다보았다. 가스파르가 첫 번째 사진을 손가락으로 가리켰다.

“이 사진은 외젠 할아버지께서 1914년 8월, 생일을 기념해 찍은 거야. 그 며칠 뒤 난리가 터졌지.”

네모는 사진을 돌려주었다. 그리고 잰걸음으로 미로 같은 참호 속으로 걸어갔다. 두 번씩이나 벽과 맞닥뜨렸다. 마치 두더지가 굴을 파다 망설인 것처럼 참호는 오른쪽과 왼쪽으로 갈라져 있었다.

“잠깐!”

배낭을 다시 꾸린 가스파르가 불렀다.

네모는 가스파르 쪽으로 몸을 돌렸다.

"이 전쟁은 어떻게 해서 일어난 거야?"

네모가 물었다.

네모는 참호의 전초 속에 있는 발사대로 기어 올라가기 시작했다. 그리고 조준한 다음 적을 향해 사격하는 중이라고 상상했다. 가스파르가 카메라를 꺼냈다.

가스파르가 말했다.

"프랑스와 막강한 프로이센 사이엔 이미 1870년에 다른 전쟁이 일어났었어. 그 이후 독일과 프랑스는 적대국이 되어 서로 감시를 늦추지 않았지. 끊임없이 충돌이 일어날 징조가 있었어. 유럽 모든 나라들이 전쟁에 대비하던 중이었지. 모든 나라들마다 더 강대해지려고 서로 무리를 지었어. 한쪽엔 프랑스와 영국, 러시아가 '연합국'을 이루고 있었고, 다른 한쪽에선 독일과 오스트리아-헝가리 제국이 한편을 만들었어. 그러던 중 1914년에 오스트리아의 왕위 계승자인 프란츠 페르디난트가 세르비아 사람에게 암살당하는 사건이 일어났고, 오스트리아는 세르비아에 전쟁을 선포했지."

"세르비아가 뭐야?"

"남유럽에 있는 조그만 나라야. '연합국들'은 세르비아를 지원했고, 독일은 오스트리아를 지원했지. 그래서 전 유럽이 전쟁의 소용돌이에 휘말려들어간 거야."

네모는 사격장에서 아래로 뛰어내렸다. 네모는 카메라 앞에서 손을 흔들었다.

"잠깐만 멈춰! 모든 사람이 싸우기 시작했어? 수많은 나라들이 다? 단 한 사람이 암살된 것 때문에?"

“그래. 어떤 나라들은 연합국에 가담했고, 또 어떤 나라들은 독일과 오스트리아 편을 들었어. 연합국을 도우러 1915년에 캐나다 사람들이, 1917년엔 미국 사람들이 도착했어. 전쟁이 세계로 번진 셈이었지.”

네모는 참호 한쪽 구석에 몸을 숨겼다. 분명 한 사람이 몸을 숨기기 위한 곳으로 보였다. 네모는 한순간 카메라를 피하고 싶은 생각이 들었다.

“할아버지께는 어떤 일이 일어났어?”

“1914년 8월에 헌병들이 할아버지를 찾으러 왔어. 헌병들은 할아버지에게 전쟁터로 나가야 한다고 말했지.”

“하지만 할아버진 가고 싶지 않으셨을 텐데.”

“복종하지 않는 사람은 바로 그 자리에서 총살당했어. 할아버지는 전쟁터로 떠났지. 다른 이들처럼 몇 주만 지나면 전쟁이 끝난다고 믿고서. 할아버지는 고향 마을과 가족을 뒤로 하고 떠났어. 군복을 받았지. 처음에 병사들은 빨간 바지를 입었는데, 그게 정말 어처구니없는 결과를 가져왔어! 그 바지 때문에 독일군은 몇 킬로미터 밖에서도 프랑스 병사들을 알아볼 수 있었거든. 프랑스 젊은이 수천 명이 군복 색깔 때문에 그렇게 허망하게 죽은 거야!”

“외젠 할아버지는?”

“할아버지는 이 곳 북부 지방에 계셨지. 처음에 프랑스 군대와 독일 군대는 상대방과 맞서려고 매우 빨리 진격했어. 그 다음엔 두 쪽 다 더 이상 갈 수가 없었지. 두 나라 군대가 마주 보고 진을 치게 된 거야. 병사들은 스스로를 지키려고 참호를 팠지. 그리고 4년 동안 몇 미터밖에 안 되는 땅덩이를 서로 차지하려고 쌈질을 한 거야.”

네모는 참호 가장자리로 다시 올라가서 주위를 둘러보았다. 30미터가 될까 말까 한 맞은편에 발사대가 보였다.

가스파르가 손가락으로 가리켰다.

"저기 보이지? 독일 전선이야."

"저렇게 가까이? 서로 말을 주고받을 수도 있었겠네?"

"그럼. 가끔 그렇게들 했지. 외젠 할아버지는 맞은편에서 풍기는 음식 냄새도 맡곤 했대. 한번은 할아버지가 숲을 빠져 나왔는데 엉겁결에 독일 병사 한 명과 마주치게 되었단다. 두 사람 모두 같은 데로 물 길으러 가던 중이었어. 그래서 두 사람은 서로 손짓을 하고는 각자 제 갈 길로 갔다나!"

"그런데 왜 싸웠지? 정부끼리 서로 다퉜다 치더라도 그들 잘못은 아니었잖아! 참호 속에 있던 병사들은 서로 알지도 못했는걸. 서로 죽이고 싶지 않았을 게 분명해!"

네모는 눈을 들어 얽히고설킨 참호들과 많은 발사대 그리고 구멍이 푹푹 뚫린 까마득한 벌판을 둘러보았다.

"형, 난 기억이 없어서 이해를 못 하는 거야?"

"난 그 반대라고 봐. 넌 처음으로 이 모든 걸 보고 있고, 또 이 전쟁이 어떤 점에서 터무니없는지 깨닫고 있어. 할아버지는 이 참호 속에서 여러 달을 지냈어. 밤낮없이 포탄이 떨어졌지. 아마 할아버지는 포탄 소리를 견디기가 몹시 힘들었을 거야. 진흙탕 속을 걸어다니기도 했고, 추위에 떨기도 했지. 동료들은 줄줄이 쓰러져 갔어. 누가 다음 차례가 될지 전혀 모르는 형국이었지."

"그런데 그 기간 내내 할아버지는 뭘 하셨어?"

"공격을 기다리셨지. 장교가 호각 소리를 내면 병사들은 차례대로 작은 사다리를 타고 구덩이 바깥으로 기어올라 적에게 덤벼들었어.”

“할아버지도 그렇게 하셨어?”

가스파르는 네모를 이끌고 참호 들머리 쪽으로 되돌아나왔다.

“다른 병사들처럼 할아버지도 복종할 수밖에 없었어. 그렇지만 할아버지는 이내 상관인 장교들에 대한 믿음을 잃었지. 장교들은 부하들을 사지로 내몰고는 자신들은 안전 지대에 머물렀으니까! 할아버지는 공격 전에 나눠 주던 럼주를 마시지 않았지. 맑은 정신으로 싸움터를 잘 살펴서 쥐구멍이라도 있으면 몸을 숨길 속셈에서였어. 다른 불쌍한 병사들은 반쯤 취해 있었고, 뭐가 뭔지 알지 못했어. 어쩌면 죽을 수도 있고 아니면 심하게 다쳐 돌아온다는 사실을 알면서도 말이야. 그렇게 싸움터로 떠나는 게 끔찍하게 무서운 일이라는 걸 너도 이해할 수 있겠지.”

참호를 빠져 나오며 네모는 바로 그게 ‘겁난다’는 거구나, 하고 생각했다. 끔찍한 일이 일어날 걸 미리 아는 것이…….

금발 머리에 어깨가 딱 벌어진 젊은 청년 한 사람이 두 사람 쪽으로 다가왔다. 그 청년은 우스꽝스런 말씨로 가스파르에게 말했다.

“가시죠. 문을 열어 두었습니다! 눈에 띄지 않도록 하세요. 보통 열두 살 이하 어린이는 땅굴을 관람할 수 없답니다.”

가스파르는 웃으며 손가락을 입에 갖다 대었다. 그리고 청년을 앞질러 갔다. 가스파르는 네모 귀에 대고 소곤거렸다.

“캐나다 안내원이야. 비미 격전지는 캐나다 사람들한테 넘겨 주었어. 1917년에 그들이 마침내 이 대단한 전투에서 이겼거든.”

철문을 통과하자 아주 가파른 계단이 나타났다. 계단은 땅 속으로 바로 빠져 들어갔다.

네모가 중얼댔다.

"피라미드 속에 들어온 것 같은데!"

그들은 아래로 나 있는 지하 통로로 빠져 들어갔다. 지하 통로는 하도 길어서 끝이 보이지 않았다. 공기는 습하고 땅에선 찬 기운이 올라왔다.

가스파르가 설명했다.

"지하 10미터 지점이야."

가스파르가 스위치를 누르자 거의 모든 불이 꺼졌다. 작은 비상등 하나가 지하 통로 몇 미터를 군데군데 겨우 비추었다. 그 나머지는 다 어둠 속에 묻혀 버렸다.

가스파르가 다시 말했다.

"할아버지가 비미에 있을 적엔 이 정도 불빛밖에 없었어. 할아버지도 아마 너처럼 이 벽에 기대셨을 거야."

벽에도 기억이 있다면 아마 벽을 만졌던 병사들을 기억할 거라고 네모는 생각했다. 네모는 지금 바로 할아버지를 우연히 마주칠 것만 같았다. 더러워진 군복을 걸치고 여러 날 깎지 못해 수염은 텁수룩한데다 겁에 질린 어두운 눈동자를 한 할아버지를.

"할아버진 두더지처럼 땅 속에서 뭐 하셨지?"

"병사들이 적의 눈에 띄지 않고 참호까지 갔다가 되돌아오는 데 땅굴을 이용한 거지."

가스파르가 다시 불을 켰다. 그리고 네모한테 벽 속으로 파인 작은 방을 보여 주었다.

"이 통로는 너무 좁아서 두 집단이 마주 지나가지는 못해. 후방에서 오는 사람들에게 늘 우선권이 있었어. 전투에서 돌아오는 병사들은 이런 구석에 몸을 숨겨 새로 나가는 병사들이 지나가게 해 주었지.”

“왜 몸을 숨겼어?”

“싸우러 나가는 병사들이 부상병들을 보지 못하게 하려고. 공격이 끝난 다음에 땅굴은 죽은 병사들과 부상당한 병사들의 신음 소리로 가득 찼어.”

네모는 눈을 감았다. 네모는 얼굴을 알아볼 수 없을 정도로 피투성이가 된 할아버지가 부상병들 사이에 널브러져 있는 모습을 보았다.

“그런데 할아버지는?”

네모가 다시 물었다.

“할아버지는 팔을 한 번 다치셨어. 심한 부상은 아니었지. 그러나 1917년엔 독가스를 쐬셨어. 외젠 할아버지 동생 루이 할아버지는 1918년 8월에 전사하셨고. 루이 할아버지는 가슴 한복판에 총알을 맞아 돌아가셨어.”

가스파르와 네모는 다시 밖으로 나왔다.

“그리고 1918년 11월 11일 정오에 전쟁이 끝났음을 알리는 나팔 소리가 울려 퍼졌어. 연합국들이 전쟁에 이겼던 거야.”

“할아버지는?”

“할아버지는 그 때 프랑스 동부에 있는 어느 병원에 계셨어. 할아버지는 몇 달이 지난 뒤에야 집으로 돌아오실 수 있었대.”

“그러면 할아버지는 전쟁에 이긴 사람이 아니었네?”

“ ‘전쟁에 이긴다’는 말이 뭘까? 정부로 볼 때는 영토를 넓히고 독일로부터 돈을 받아 피해를 복구하는 거였지. 하지만 유럽의 수많은 가족들은 아들과 형제, 남편을 잃었어. 전 세계적으로 거의 1천만 명이 죽었고 부상자를 2천만 명이나 냈단다!”

골짜기에 잠자는 사내

그 곳은 시냇물 졸졸 흐르는 푸르른 웅덩이,
우뚝 솟은 산 위에서 해가 비치면,
수풀에 걸려 찢긴 누더기가 새하얗게 빛나고,
햇살이 부서져 내리는 작은 골짜기.

어느 젊은 병사 하나 잠자고 있네,
입은 헤벌어지고 모자는 벗겨진 채, 새파랗고 싱싱한
물냉이를 베고서. 구름이 떠 가는 풀밭에 누워,
햇빛 쏟아지는 풀빛 침대에 창백한 얼굴로.

두 발을 글라디올러스에 묻고 젊은 병사 잠자고 있네.
앓는 아이처럼 웃음을 머금고 잠을 잔다네.
자연이여, 그는 추울지니 따사롭게 흔들어 재워라.

향기를 쐬어도 코는 벌름거릴 줄 모른다네,
햇빛 쪼이며 한 손 가슴에 대고 젊은 병사 고요히
잠들어 있네. 오른쪽 옆구리에 붉은 구멍이 두 개.

아르튀르 랭보, 1870.

네모가 같은 질문을 되풀이했다.

"외젠 할아버지는?"

"할아버지는 몇 달 뒤 우리 할머니를 만났어. 할머니는 할아버지가 돌아가실 때까지 돌보았지. 두 분이 편안하게 사시지는 못했어도 난 두 분 모두 행복했다고 생각해. 할아버지가 할머니한테 시를 적어 보낸 거 알아?"

"정말이야? 시에 곡을 붙여서?"

가스파르는 폭탄이 터져 생긴 구덩이 가장자리에 앉았다. 그리고 배낭에서 노랗게 변한 종이 뭉치를 다시 꺼냈다.

"봐! 여러 개 있을 거야."

네모는 종이 여러 장을 펼쳤다. 그러고는 소리내어 읽었다.

"'무척 사랑하는 노에미⋯⋯.' 참, 형! 내가 읽어 봐도 괜찮아?"

가스파르가 '괜찮다'고 고개를 끄덕였다. 네모는 다른 글을 찾아 내어 가스파르한테 내밀었다.

가스파르가 말했다.

"이건 할아버지가 할머니를 위해 베낀 거야. 할아버지가 가장 좋아했던 '골짜기에 잠자는 사내'라는 시란다. 아르튀르 랭보가 1차 세계 대전 훨씬 이전에 쓴 시야. 랭보는 왜 싸우는지조차 모르는 전투에서 어처구니없이 죽어 간 젊은 병사들을 노래하고 있어. 루이 할아버지처럼 가슴에 총탄을 맞은 모든 병사들을 말야."

네모가 읽기 시작했다.

"그 곳은 시냇물 졸졸 흐르는 푸르른 웅덩이⋯⋯."

시를 다 읽고 나서 네모는 잠시 말없이 있다가 무언가를 결심한 듯이 가스파르를 보았다.

"이 시를 옮겨 적어야겠어. 할아버지께서도 내가 이 시를 잊지 않기를 바라실 거야, 틀림없어!"

파니 할머니의 다락방

"아, 얘야! 가스파르. 인생에서 자기가 뭘 바라는지 알아야만 해! 레아가 널 버린다 하더라도 나한테 넋두리할 생각은 마. 레아는 널 기다리며 세월을 보낼 테니까!"

파니 할머니는 엄한 표정으로 입술을 오므렸다. 하지만 뭔가 놀리는 눈빛이었다. 두 사람은 그 날 아침 파니 할머니 집에 도착했다. 네모는 매우 즐겁게 놀았다. 가스파르는 네모한테 더 이상 가르치지 않았다. 파니 할머니가 가스파르보다 더 많이 알았으니까!

파니 할머니가 네모의 컵에 코코아를 한 잔 더 따르면서 다시 말을 꺼냈다.

"그런데 네모야, 넌 레아 봤니?"

"아니오, 못 봤어요. 가스파르는 레아가 일본에 있기 때문에 전화하지 않는 거라고 우겨요. 하지만 아마 형은 결국 다 털어놓게 될 거예요!"

네모가 대답했다.

파니 할머니는 즐거운 듯 웃음을 터뜨렸다. 다락방의 나지막한 천장 아래서 네모와 가스파르가 오래 된 여행용 가방 위에 앉은 것을 보고 파니 할머니는 무척 기쁜 얼굴빛이었다. 파니 할머니가 꼭대기 층에서 간식을 먹자고 고집해서 올라온 거였다. 방 두 개가 한쪽으로 나란히 나 있었다. 좁다랗고 비스듬한 창문으로 빛이 들어왔다. 방 안은 마분지 상자와 건들거리는 책장, 오래 된 옷장으로 발 디딜 틈이 없었다.

"저 위에서 가끔 시간을 보낸단다!" 하고 다락방에 올라오기 전에 파니 할머니가 말해 주었다.

파니 할머니는 가스파르를 바라보았다.

"여자들이 집에서 얌전하게 기다리던 시절은 끝났어! 다행이지 뭐냐! 게다가 난 그런 생각은 전혀 하지 않았어. 아버지도 날 그렇게 키우지 않으셨고. 가스파르, 네모에게 아버지 얘기 제대로 해 줬니?"

네모가 끼어들었다.

"외젠 할아버지 말씀이죠? 물론이에요! 비미에 갔을 때 참호 속에서 해 줬어요."

파니 할머니는 손을 조금 내저으며 말을 가로막았다.

"아, 안 봐도 뻔해. 을씨년스런 일이나 전쟁 얘기 같은 것만 해 줬겠지 뭐. 근데 난리가 터진 게 다는 아니었다구! 우리 집에서 어려운 시절을 배겨 내게 해 준 건 바로 음악과 책이었지. 네모 네 또래였을 적에 난 피아노를 치곤 했단다. 네가 악보를 읽을 줄 알면 좋겠는데."

"아니오, 못 읽어요."

네모가 대답했다. 네모는 이걸 아주 심각하게 여기는 눈치였다.

"시작하기에 좋을 때야! 그렇지만 가스파르, 내가 너를 아무리 가르쳐 봤자 무슨 소용이냐구."

가스파르는 진정으로 유감스러운 표정을 지으며 말했다.

"제가 그건 따라잡게 할게요."

"네모한테 위대한 낭만주의 작곡가들에 대해 얘기해 줬니? 또 19세기 문호들은? 내가 아버지, 어머니와 함께 읽었던 책들은?"

네모가 말했다.

"19세기를 알기 위해서 저는 특별히 석탄 광산을 봤죠!"

"바로 날 보러 올 때였구나! 가스파르가 네게 18세기 철학자들 얘기는 해 줬겠지? 가스파르는 그런 딱딱하고 합리적인 정신을 아주 좋아하니까! 한데 온갖 몽상이나 낭만주의자들의 감동은……."

"가스파르 형도 역시 감동하지 않아요?"

몹시 놀란 네모가 물었다.

파니 할머니가 크게 웃었다.

"들어 봐, 네모야. 기억을 되찾는 데는 문학 서적들이 프랑스 왕들의 역사보다 더 중요한 거란다!"

"이 집은 온통 기억으로 꽉 차 있네요!"

네모가 다락방에 차 있는 골동품들을 흘끔 보면서 말했다.

"내가 1930년에 여기서 태어났다는 거 알고 있니? 내 부모님은 1924년 파리에 정착하셨어. 부모님은 아래층에서 작은 식료품 가게를 열었지. 난리 통에 아버지는 다른 일을 제때 배우지 못하셨던 거야. 우리는 이층에서 살았어. 결혼해서 나는 삼층에 자리잡았지. 가스파르와 네 엄마가 거기서 태어났어. 나중에 가게는 팔았지만 다락방은 줄곧 남겨 두었어. 파리에서 다락방이 얼마나 놀라운 곳인지 알겠지!"

"저 페달이 달린 탁자는 뭐예요?"

네모가 물었다. 네모는 묘하게 생긴 기계를 살펴보려고 일어서 있었다. 기계는 여행 가방과 의자 더미 사이에 처박혀 있었다.

파니 할머니가 웃으면서 대답했다.

"우리 어머니가 쓰시던 최초의 재봉틀이야. 난 어머니가 재봉질할 때면 어머니 가까이 바닥에 앉아 있곤 했지. 어머니가 페달을 밟는 동작을 보고 난 완전히 매료되었다구! 이 기계는 하나의 작은 혁명이었어. 우리 부모님의 삶은 시골에서 사셨던 할아버지, 할머니와는 전혀 딴판이었다. 전기를 쓸 수 있었고, 단추만 누르면 전깃불이 들어왔단 말야! 게다가 가끔 영화도 보러 갔다구! 물론 너한테는 그게 당연해 보일 테지만."

"꼭 그렇지도 않은걸요. 가스파르는 저를 영화관엔 절대 데려가지 않으니까요!"

네모가 재봉틀을 움직여 보면서 대꾸했다.

파니 할머니는 말을 이어 나갔다.

"또 우리 집에 있던 최초의 자동차가 생각나네! 배달할 때 쓰던 작은 화물차였어. 그런데 내가 가장 궁금해했던 건 바로 비행기였지! 비행기 소리만 나면 창가로 쪼르르 달려가곤 했어. 그리고 고개를 쳐들고 있었지."

파니 할머니는 자리에서 일어나 양탄자 한 자락을 걷어 냈다. 그러자 큼지막한 나무 상자 하나가 드러났다. 상자에는 문자판 하나에 스위치 세 개가 붙어 있었다.

"우리 집에 있던 최초의 라디오야, 네모. 아버지가 누워 계실 적에 늘 곁에 두셨던 물건이지. 아버지는 안 듣는 게 없었지. 노래나 스포츠, 물론 뉴스도 들으셨어. 난 뭔가 이상하게 흘러가고 있다는 낌새를 금세 알아차렸다."

"어떻게요?"

네모가 스위치를 돌려 보면서 물었다.

파니 할머니는 낡은 흔들의자에 앉았다.

“아버지는 독일이 1914년 이전의 영토와 위력을 되찾고 싶어서 안달이 나 전쟁 채비를 한다는 사실을 잘 알고 계셨거든. 이렇게 말씀하시곤 하셨지. ‘저놈들은 다시 올 거요. 그런데 우리는 대비가 안 되어 있을 텐데.’ 이웃 사람이 늘 이렇게 되풀이하던 말도 기억나. ‘아따! 식료품 장수 양반, 당신은 패배주의자군요! 프랑스 군대가 세계 최강이라는 걸 모르신단 말예요?’ 하지만 불행히도 아버지 말이 옳았어. 히틀러가 유럽을 침공했고, 프랑스는 스스로를 지킬 수가 없었어.”

“히틀러가 누구야? 독일 우두머리?”

네모가 물었다.

“그래. 히틀러는 1933년에 권력을 잡았어. 당연히 내게 그런 기억은 없어, 세 살이었으니까. 나중에 라디오에서 가끔 히틀러가 야만인처럼 고함치는 소리를 들었지. 히틀러는 독일 사람들에게 모든 불행은 외국인들, 즉 ‘열등 인종’에 해당하는 사람들 때문에 생긴다고 되씹어 댔어. 물론 ‘우등 인종’은 ‘독일 인종’이었지.”

“바보 같아! 가스파르 형이 인종은 존재하지 않는 거라고 잘 설명해 줬는데!”

다시 여행 가방에 걸터앉은 네모가 외쳤다.

“가스파르가 제법 가르치긴 가르쳤구나! 그런데 ‘나치즘’이라고 하는 모든 히틀러 체제는 다른 사람들, 특히 유태인들에 대한 얼토당토않은 증오심에 근거를 두었어. 히틀러는 유태인들을 깡그리 없애려고 했지.”

“사람들이 히틀러가 그런 짓거리를 하게 가만 놔 뒀어요?”

네모가 한마디 거들었다.

할머니는 대답하지 않았다. 그리고 아주 오래 된 나무 궤짝을 뒤졌다. 뚜껑에는 아직도 동글동글하게 예쁜 글씨로 씌어진 할머니 이름 ‘파니’가 남아 있었다.

“어쨌거나 히틀러와 독일 군대가 유럽을 침공했을 때 얼마나 겁에 질렸었다구!”

할머니는 둥근 렌즈 두 개와 코끼리 코 같은 것이 달린 작은 밤색 헝겊 한 뭉치를 꺼냈다. 할머니는 이것들을 네모의 코에 갖다 대었다.

“방독면이야! 1939년부터 갖고 있었단다. 물론 허파가 타 들어간 불쌍한 아버지가 또다시 독가스 공격을 받지 않을까 무서워하셨기 때문이야!”

“할머니 이거 실제로 써 봤어요?”

한바탕 재채기를 한 다음 네모가 물었다.

“아니. 독일군들은 장갑차와 전투기를 앞세우고 전속력으로 진군해 왔어. 독가스는 필요 없었지. 독일군은 1940년 5월 프랑스에 쳐들어왔는데, 6월 14일에 이미 파리를 점령해 버렸어. 얼마나 난리 법석이었는지 넌 상상도 못 할 게다! 모든 이들이 피난을 떠났어. 자동차나 자전거를 타고, 심지어 헌 마차를 타고……. 어떤 사람들은 유모차에도 더 이상 실을 수 없을 만큼 짐을 가득 싣기까지 했다니까!”

“할머니는?”

“아버지가 지독하게 숨이 가빠서 어머니는 남아 있기로 결정했어. 어머니는 ‘피난길에서 당신을 죽게 하진 않겠어요!’ 하고 말했지. 난 6월 14일 이른 아침에 독일군들이 들어오는 걸 보았어. 덧문 틈새로 내다보았지. 한 무리가 발을 맞춰 포도 위로 군화 소리를 내며 내려오고 있었어. 지금도 ‘딱딱’ 하는 그 소리가 들리는 것 같구나! 4년 내내 그 소리만 지겹도록 들었다니까!”

할머니는 주먹을 불끈 움켜쥐고 궤짝을 '딱, 딱, 딱' 두드리기 시작했다.

"이 소리를 빼고 나면 파리는 온통 정적 속에 파묻혔지. 휘발유는 다 떨어졌고, 거리는 텅텅 비었어. 자동차도 버스도 없었어. 자전거나 중국 인력거와 엇비슷한 자전거 택시를 타거나 아니면 걸을 수밖에 없었지! 심지어 말이 다시 등장하는 것도 보았어. 게다가 먹을 것도 마땅찮았고."

"왜 그랬죠?"

네모가 물었다.

"독일군이 모든 걸 다 차지해 버렸거든. 휘발유뿐만 아니라 빵, 고기, 우유, 야채 따위까지도. 석탄, 가죽, 천, 비누도 마찬가지였어. 우리에겐 아무것도 없었단다. 점령 기간 내내 어른들은 특히 난방과 먹을 거리, 이 두 가지만 입에 올렸다는 거 아니냐! 당근 가지고 과자를 굽고, 도토리로 커피를 만들고, 아무도 먹지 않는 사료용 스웨덴 순무로 국수를 만들어 먹곤 했지. 지금도 이런 것만 보면 그 비참했던 시절이 떠올라. 오층에 살던 우리 이웃은 발코니에서 닭을 여러 마리 쳤다니까!"

"그런데 식료품 장사를 어떻게 하셨어요?"

"아! 정말이지 너무 까다로웠어! 독일 사람들과 또 그들과 손잡고 일한 프랑스 당국자들이 모든 걸 다 통제했다구. 사람들은 식료품 배급 카드랑, 이것처럼 생긴 식료품권을 받았단다."

파니 할머니는 네모에게 노란 종이 한 장을 내밀었다. 잘라 쓸 수 있는 작은 우표처럼 생긴 조각들이 붙어 있었다.

"음식 종류에 따라 갖가지 색깔이 다 있었어. 아기들은 우유를 좀

더 받을 수 있었고, 젊은이들은 빵을 더 받을 권리가 있었지만, 너나 없이 배를 굶았단다! 그 판에 몇몇 장사꾼들은 이걸 이용해 파렴치하게 부자가 되었어. 자신들이 받은 가장 좋은 배급품을 놔 뒀다가 아주 비싼 값에 몰래 팔았던 거지. 이걸 '암시장'이라고 불렀지. 하지만 우리 부모님은 절대 이런 짓거리는 안 하셨다구!"

파니 할머니는 궤짝을 계속 뒤졌다. 공책 몇 권과 오래 된 앨범 하나, 또 굽이 무척 높은 묘하게 생긴 신 한 짝을 꺼냈다.

"내가 처음 신은 나막신이야! 가죽이 없었기 때문이지. 그 때 난 열네 살이었는데 나막신을 신으면 더 커 보였단다. 나막신을 얼마나 자랑스러워했던지! 그래도 내가 체포되던 날 나막신을 신지 않았던 건 정말 다행이었어. 첫 번째 기회가 왔을 때 바로 달아났거든."

파니 할머니는 몸을 숙이고 궤짝을 뒤졌다. 네모는 몹시 놀란 상태였다. 가스파르는 조심스레 카메라를 조절하여 자기 어머니와 동생에게 맞추었다.

"할머니가 체포됐었다고요?"

어리둥절해진 네모가 다시 물었다.

"1944년 7월, 독일 경찰 게슈타포에게 체포되었어. 난 그 때 어린 아이에 불과했다구!"

"할머니가 무슨 짓을 했다고?"

"그 때 난 레지스탕스에게 전해 줄 우편물을 몇 개 들고 있었어. 실제로는 별거 아니었지만."

"레, 뭐라고요?"

"레지스탕스. 독일 사람들과 맞서 저항하고 싸운 프랑스 사람들이야. 레지스탕스는 우리 나라를 해방시키려고 목숨을 내걸었어. 나치 독일의 점령을 받아들이지 않던 드골 장군은 영국에 자리잡고 레지스탕스를 조직했지. 사람들은 밤마다 집에 틀어박혀 '라디오 런던'을 들었어. 물론 금지된 일이었지만! 라디오로 '자유 프랑스'*의 우두머리가 하는 말을 듣곤 했지."

"그런데 할머니, 우편물을 전달할 때 겁나지 않았어요?"

"겁이 나서 죽을 뻔했지. 난 용감한 구석이라곤 손톱만큼도 없었거든!"

"외젠 할아버지랑 노에미 할머니는요?"

"아버지와 어머니는 자신들을 필요로 하는 사람한테는 늘 문을 열어 두었어. 낯선 사람들이 자주 우리 집에서 밤을 새고 갔지. 또 가끔내 친구 라셸이 우리 집에서 잤어. 우리는 멋진 일이라고 생각했어. 몇 시간이고 얘기할 수 있었거든!"

파니 할머니는 목을 긁었다. 목소리가 아주 가늘어졌다.

"나중에 알았지만 우리 집에 묵어 갔던 사람들 모두가 다 라셸처럼유태인이었어. 경찰에 체포될까 두려워 '일제 단속'을 하는 저녁이면몸을 피한 거였어. 그런데 그 경찰이란 족속이 거의 프랑스 경찰 나부랭이였다니까! 이튿날이면 학교에서 아이들 여러 명이 없어졌어. 그아이들은 다시는 되돌아오지 않았지. 유태인들은 외투에다 큰 글씨로'유태인'이라고 새긴 노란 별 하나를 꿰매서 달고 다녔단다. 모두가다 알아볼 수 있도록 그렇게 한 거였지. 유태인이란 게 수치스러운 것인 양 말야! 난 아이들을 상대로 싸움질하는 세상에 사는 게 정말 부끄러웠어."

*자유 프랑스(France libre) : 1940년 휴전을 거부하고 투쟁을 계속한 프랑스 사람들.

“그게 사실이에요? 히틀러가 유태인들을 죽인 게?”

할머니는 네모가 하는 말을 듣지 않는 것 같았다.

“라셸은 온 가족과 함께 1942년 7월 17일에 체포되었어. 또 파리에 살던 유태인들이 수천 명이나 체포되었다. 라셸은 영원히 돌아오지 않았어.”

“어디서 돌아와요?”

파니 할머니는 고개를 들어 가스파르를 보았다. 가스파르는 천천히 카메라를 내려놓았다. 할머니가 중얼거렸다.

“쟤한테 아무 말도 안 해 줬니? 내가 해 줘야 되나?”

가스파르는 말없이 고개를 끄덕였다. 네모는 한 줄기 바람을 쐰 것처럼 이상하게 등골이 잠시 오싹해지는 느낌을 받았다. 이게 무서움일까? 외젠 할아버지가 참호 속에서 겪어야 했던 그런 걸까?

파니 할머니가 머뭇머뭇하다가 다시 입을 열었다.

“어떻게 말해 줘야 할지 모르겠구나, 애야. 하고많은 사람들이 1차 대전 중에 죽었단다. 그런데 또다시 먼젓번보다 훨씬 더 큰 세계 대전이 벌어진 거야. 히틀러 군대는 모든 레지스탕스를 수용소에 가뒀어. 수용소는 엄청나게 넓은 장소에 막사와 주위를 온통 가시철사로 둘러친 철책이 있고, 포로들이 달아나려고 할 적엔 포로들한테 총을 쏴 대는 보초들이 있는 곳이야. 수백만 명이 굶주림과 추위, 모진 학대로 죽었단다. 유태인들과 몇몇 다른 민족들을 위해서 히틀러는 생판 다른 장치를 고안해 냈어.”

파니 할머니는 다시 입을 다물었다. 또다시 네모는 등골이 좀 오싹해졌다.

마침내 할머니가 말을 이었다.

“히틀러는 유태인들을 단 한 사람도 남기지 않고 모조리 죽일 작정이었다. 독일 군대는 점령한 나라에서 유태인들을 찾아 내어 특별 수용소, 즉 ‘대량 학살’ 강제 수용소로 압송했어.”

“강제 수용소가 뭐예요?”

목이 잠긴 네모가 작은 목소리로 물었다.

“포로들을 죽이기 위한 수용소를 말해. 그런데 이 불쌍한 사람들은 생각만큼 그리 빨리 죽지 않았단다. 그래서 이들에게 단체로 독가스를 쐬게 한 다음 시체를 불에 태웠어. 6백만에 이르는 유태인들이 강제 수용소에서 죽었다. 남녀노소 가릴 것 없이 오로지 유태인이란 이유만으로 죽음을 면치 못했어.”

“아이들까지도…….”

네모가 중얼거렸다. 네모는 두렵지 않았다. 파니 할머니처럼 눈에 물이 고이지도 않았다. 네모는 아무 느낌도 들지 않았다. 단지 추울 뿐이었다. 몹시 추웠다.

“이리 와.”

네모의 등을 힘주어 쓰다듬기 시작한 가스파르가 말했다.

할머니가 소리쳤다.

“관둬! 사내아이는 쓰다듬어 주는 걸 별로 좋아하지 않아. 특히 기억을 잃어버린 사내아인 말야. 그런데 오늘은…….”

할머니는 두 팔을 벌려 네모를 껴안았다. 네모가 사고를 당하고 처음으로 안긴 것이었다. 파니 할머니는 자기 뺨을 네모의 갈색 머리카락에 댄 채 말을 이어 나갔다.

“하루도 내 친구 라셀을 떠올리지 않은 날이 없어. 그렇게 많은 세월이 흘렀는데도. 나치는 모든 유태인들의 씨를 말리려 들었단다. 그러니까 죽은 이들을 절대로, 절대로 잊어선 안 돼.”

“하지만 무슨 소용이 있죠? 이미 죽었는데 말예요.”

네모가 속삭이듯 말했다.

“나치 편에 서지 않기 위해서야. 나치는 죽은 이들에 대한 기억마저도 지워 버리려 했단다.”

네모가 말했다.

“비미에 있는 커다란 캐나다 장병 기념비에는 수많은 이름이 죽 새겨져 있었는데…….”

“그래, 죽은 병사들의 이름이야. 이렇게 말하려고. ‘우린 그대들을 잊지 않고 있다오. 그대들은 헛되이 죽지 않았소. 우리가 교훈을 되새길 거요.’”

파니 할머니는 손자의 얼굴을 두 손으로 어루만지며 자세히 들여다보았다.

“사람은 자신한테 일어나는 일에 비해 무척 미미한 존재란다. 사람은 어마어마하게 넓은 우주에서 아주 조그만 지구에 파묻힌 존재라구. 하도 작은 나머지 때로 너무 많은 불행을 다 견뎌 낼 수 없단다. ‘난 아파요’ 하고 말할 방법을 찾아야 해. 또한 잔혹한 과거를 기억해야 돼. 그걸 다시는 되풀이하지 않도록. 사람은 하도 아둔해서 좀체 깨닫지 못해.”

네모는 할머니의 품에서 벗어났다. 그리고 눈을 비볐다. 이상하게 눈이 콕콕 쑤셨다.

“그런데 할머니, 할머니는 어떻게 감옥에서 빠져 나오셨어요?”

네모가 물었다.

파니 할머니는 살포시 웃었다.

세계 대전이 일어나다

희한한 세기야! 끔찍한 세계 대전이 두 번이나 일어나서, 엄청나게 많은 사람이 죽게 되다니!

1945년 이후, 세계는 두 진영으로 나눠진다. 즉, 자본주의와 공산주의로 양분된다. 냉전이라고 하는 것이다.

20세기 후반이 되면 사정이 좀 나아진다. 식민지를 산 나라들은 자유를 되찾는다.

좁은 지구를 벗어나 우주를 탐험한다. 유럽과 북아메리카는 잘 살게 된다.

그렇지만 아프리카와 같은 다른 대륙은 배고픔과 질병, 또 아직도 수많은 전쟁을 겪고 있다.

스탈린

아돌프 히틀러

드골 장군

1914~1918년 1차 세계 대전이 유럽을 휩쓸고 지나간다.

사망이 천만 명, 부상이 2천만 명이었다.

1917년 러시아 혁명이 일어난다. 더 정의로운 사회가 되길 기대한다.

그러나 소련에서는 레닌에 이어 1924년부터 스탈린 같은 공산주의자들이

반대파들을 제거하게 된다. 그 결과 3천5백만 명이 죽었다고 한다.

1929년 경제 대공황이 일어나서 수백만 명이 일자리를 잃는다.

1939년 1933년부터 독일을 통치하던 나치 히틀러가 폴란드를 침공한다.

2차 세계 대전이 시작된다.

1940년 독일이 프랑스 반쪽을 점령한다.

페탱 원수와 일부 프랑스 사람들은 독일에 협력한다.

1940년 6월 18일 드골 장군이 런던에서 프랑스 사람들에게

독일에 항쟁하라고 호소한다.

1944년 6월 6일 미국군이 프랑스 해방을 도우려고 상륙한다.

한편 1945년에 소련은 독일을 침입하게 된다.

1945년 5월 8일 2차 세계 대전이 끝났다! 나치가 항복한다.

2차 세계 대전으로 4천만 명이 죽었다. 6백만 유태인들이

나치 수용소에서 학살당했다.

1948년 국제 연합이 유태인 국가 이스라엘 창설을 가결한다.

1957년 로마 협정에 조인함으로써 유럽 여러 나라들은

'유럽 공동체'를 만들어 가기 시작한다.

1969년 닐 암스트롱이 달 위를 걷는 최초의 사람이 된다.

1989년 공산주의자들이 동유럽에서 권력을 잃는다. 소련이 해체된다.

1990년대 아직도 아프리카와 보스니아, 중국 같은 곳에는

전쟁과 학살, 강제 수용소가 있다.

21세기가 되면 사람들은 과연
함께 사는 법을 배우게 될까?

"1944년 여름 동안 독일군들은 전쟁에 지고 있었어. 혼란스럽기가 이루 다 말할 수 없었지! 그 작자들은 나를 독일로 가는 기차에 처넣었는데 파리를 몇 킬로미터 벗어났을 때 철도 노선이 폭격을 받았어. 그러자 보초들이 피신을 했고, 나는 들판을 향해 걸음아 날 살려라 하고 달아난 거야."

"그 다음에는?"

"하루 내내 달음질쳤지. 그리고 나서 난 베르사유에 있는 우리 부모님 친구분 댁에 숨어 들어갔어. 난 때맞춰 도착했어. 프랑스 해방을 도우려고 미군들이 왔거든!"

"또 미군들이에요?"

"그래. 다행히도 그들이 왔단다!"

네모는 가스파르가 커다란 여행 가방 한 귀퉁이에 내던져 둔 카메라를 집어 들었다. 네모 역시 다락방과 큼지막한 라디오, 재봉틀, 오래 된 나무 궤짝을 찍기 시작했다. 그러고는 할머니의 얼굴을 보면서 자못 심각하게 물었다.

"마침내 사람들이 교훈을 얻었나요? 이젠 더 이상 다른 사람들을 죽이지 않아요?"

할머니는 손가락 끝으로 의자 팔걸이를 톡톡 두드렸다.

"사람들은 여전히 교훈을 얻지 못했단다. 2차 세계 대전이 끝나 갈 무렵, 미군은 엄청난 파괴력을 가진 원자 폭탄을 일본에 터뜨렸어. 그 뒤로 많은 나라들이 실제로 쓰지는 않지만, 이런 원자 폭탄을 만들어서 그걸로 다른 나라를 겁주고 있단다. 전쟁은 끊일 날이 없어. 또 강제 수용소도 계속 남아 있어."

파인더 뒤로 몸을 반쯤 숨긴 채 네모가 따라 말했다.

한 세기에 걸쳐 제작된 수많은 영화 가운데 어떤 영화를 골라야 할까?
여기에 빠뜨릴 수 없는 뛰어난 작품들을 뽑아 보았다.
외국 영화일 때는 원어판 영화를 선택하는 게 낫다.
배우들의 실제 목소리와 연기하는 방식을 감상할 수 있기 때문이다.

더 키드, 찰리 채플린 (1921) (언제 봐도 멋지다!)
프랑켄슈타인, 제임스 웨일 (1931) (탁월한 공포 영화)
킹콩, 메리언 C. 쿠퍼, 어네스트 B. 슈더색 (1933)
위대한 환상, 장 르누아르 (1937) (1차 세계 대전)
생타질의 사라진 사람들, 크리스티앙 자크 (1938) (해골을 위해)
환상적인 말타기, 존 포드 (1939) (뛰어난 서부 영화)
바람과 함께 사라지다, 빅터 플레밍 (1939) (뛰어난 멜로드라마)
오즈의 마법사, 빅터 플레밍 (1939) (내게 만일 심장이 있다면…….)
독재자, 찰리 채플린 (1940) (걸작!)
텍스 아베리의 만화 영화 (1949) (특히 '빨간 두건 소녀')
인생은 아름다워, 프랭크 카프라 (1946) (미래의 삶을 보라.)
빗속에서 노래를, 스탠리 도넌 (1952) (뮤지컬 코미디)
너무 많이 아는 사내, 알프레드 히치콕 (1956) (인질이 된 아이)
밤과 안개, 알랭 르네 (1956) (강제 수용소에 대한 기억)
영광의 길, 스탠리 큐브릭 (1957) (참호 속에서)
엑소도스, 오토 프레밍거 (1957) (이스라엘의 시작)
400번의 구타, 프랑수아 트뤼포 (1959) (반항적인 청소년)
배리 린던, 스탠리 큐브릭 (1975) (18세기의 모험담)
스타 워즈, 조지 루카스 (1977) (힘이 그대와 함께하길!)
E.T, 스티븐 스필버그 (1982) (외계인과 친구 되기)
아마데우스, 밀로스 포먼 (1984) (모차르트를 위해)
마농의 샘, 클로드 베리 (1986) (프로방스에서 일어난 비극)
굿바이 칠드런, 루이 말 (1987) (독일 점령 기간 동안에)
곰, 장 자크 아노 (1988) (희한한 새끼 곰의 일생)
죽은 시인의 사회, 피터 위어 (1989) (한 중학교에서)
시네마 천국, 주세페 토르나토레 (1989) (영화를 향한 사랑)
시라노 드 베르주락, 장 폴 라프노 (1990) (위대한 연극에 얽힌…….)
그린 파파야 향기, 트란 안 훙 (1993) (베트남에서)
비밀의 정원, 아네츠카 홀랜드 (1993) (감동을 되찾기)
쿤둔, 마틴 스콜세즈 (1998) (어린 달라이 라마와 티벳)

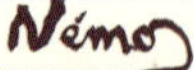

“강제 수용소도?”

“그래. 동유럽 공산주의 나라들에서는 수백만 명이 강제 수용소에서 죽었어.”

“가스파르 형이 얘기해 줬어요. 그렇지만 공산주의자들은 노동자들을 행복하게 해 주려 했다고 생각했는데…….”

“모든 사람을 행복하게 해 준다고 떠벌리는 사람들을 늘 조심해야 돼. 요즘 유고슬라비아에서 전쟁이 일어났을 때 강제 수용소를 다시 봤어. 아프리카에서도 그렇고. 아마 중국에도 강제 수용소는 여전히 있을 거야.”

네모는 카메라를 내려놓았다.

“아무도 제대로 깨닫지 못했는데, 잊지 않는다는 게 무슨 소용이 있어요?”

“네가 잘못 생각하는 거야. 몇몇 사람은 깨닫는다구. 1945년부터 대재앙은 다행히 없었다. 예를 들어 식민지를 겪었던 나라들이 자유를 되찾았지. 그리고 1989년부터 동유럽에서 공산주의가 사라졌어.”

할머니는 의자에서 일어났다.

“하여튼 선택할 여지는 없단다, 얘야. 인간이나 여성 그리고 아이로서 가진 권리를 지켜야만 해, 언제든지 말야. 또 그렇게 하기 위해서는 잊어서는 안 돼. 너 또한 자식들한테 이 사실을 말해 줘야 돼. 자식들이 알게끔 말야. 너도 이제 사람에 대한 기억을 갖게 되었어. 자, 내려가자. 멋진 영화 한 편을 보여 주고 싶구나. 찰리 채플린의 ‘독재자’야. 이 영화는 지금 말한 모든 것들을 나보다 한결 쉽게 잘 설명해 줄 거야.”

“할머니 집에 영화 많이 있어요?”

계단을 내려오면서 네모가 물었다.

"꽤 되지! 가스파르가 널 절대 영화관에 데려가지 않는다니 놀라워! 내가 널 보살필 때가 됐나 보다!"

13장
너는 한 사람의 시민이다

하원에서 피운 소동

"베르사유에 온 것 같은데!"

네모는 머리를 꼿꼿이 세우고 아주 넓은 하원 의사당 복도를 걸어갔다. 금도금, 벨벳, 그림, 벽지, 조각, 휘황찬란한 샹들리에, 이런 것들이 끝 간 데 없었다. 그들한테 길을 열어 주는 '경비원'은 검은 제복에 흰 나비 넥타이를 매고 있었다. 경비원이 미라보다 더 굳은 얼굴로 꼼짝도 하지 않고 서 있을 수 있다니! 그래, 베르사유랑 거의 같아.

"또 왕이 있는 걸까?"

가스파르가 재미있다는 듯 네모를 바라보았다.

"우린 지금 오래 된 어떤 관저에 와 있어. 이 건물은 18세기 초에 루이 14세의 딸 부르봉 공작 부인을 위해 지은 거야. 그리고 혁명가들

327

은 1792년에 이 건물을 압수했어. 국민들을 대표하는 하원 의원 의사당으로 쓰인 지 2세기가 됐어.”

“형이 말하는 하원 의원들은 난처하지 않을까? 그들이 혁명을 일으켰지만 왕궁을 슬쩍하기도 했으니깐!”

들떠 보이는 한 떼의 무리가 복도를 왔다갔다했다. 네모는 바삐 움직이는 사람들을 바라보았다. 몹시 근엄한 경비원들, 서류를 잔뜩 옆구리에 낀 젊은 여자들, 넥타이를 매고 칙칙한 색상의 정장을 입은 남자들이 지나갔다.

가스파르가 말을 이었다.

“여긴 3천 명 정도가 모여 사는 마을 같은 곳이야. 사무실, 우체국, 도서관, 이발소, 음식점, 그리고 내빈들을 위한 아주 귀한 포도주가 가득한 지하 저장고까지 있지.”

“의원들은 관저 안에서 살아?”

“아니, 길 건너편 호텔에서 묵지. 의사당에서 시작되는 작은 지하 통로를 따라가면 그쪽으로 바로 이르게 돼.”

또 터널이군. 라스코 동굴이나 참호, 이집트 무덤처럼 비밀스런 곳이군, 하고 네모는 생각했다. 의원 생활은 썩 괜찮은데.

“의원들은 줄곧 호텔에 살아?”

“아냐, 파리에서 일할 때만. 나머지는 자기 선거구를 돌보지.”

“자기, 뭐라고?”

“자기 선거구. 프랑스를 여러 지역으로 나눴을 때 한 지역이라고 할 수 있겠지. 프랑스는 577개 선거구로 나눠져 있어. 각 선거구 주민들은 6년마다 여기 하원에서 자신들을 대표할 의원을 뽑아.”

네모와 가스파르는 경비원의 뒤를 따라서 빨리 걸어갔다.

“의원을 뽑으려면 어떻게 해?”

네모가 다시 물었다.

“투표해서 뽑아. 프랑스 사람이면 누구나 만 18세부터 투표를 할 수 있지. 이걸 ‘보통 선거’라고 불러. 민주 정치에서 모든 사람은 자기 의사를 표시할 권리가 있어. 선거일에 자신이 선택한 사람 이름이 적힌 투표 용지를 제출함으로써 의사 표시를 하는 거야. 가장 많은 표를 얻은 사람이 선출되는 거지. 이런 식으로 대통령, 하원 의원 그리고 또 다른 국민 대표자들을 뽑게 돼.”

“또 다른 국민 대표자들이 있어?”

“그렇지! 프랑스는 레지옹, 데파르트망, 코뮌으로 나눠지고 그 때마다 대표자들로 구성되는 의회가 있어. 이런 지방 의회 의원들이 도로, 교통, 학교 따위에 관한 일을 맡아 처리하지.”

몇 킬로미터나 되는 복도를 지나서야 경비원이 문을 열어 주고는 머리를 숙이며 들어가게 했다. 네모는 텔레비전에서 본 적이 있는 반원형으로 된 붉은 좌석이 놓인 넓은 강당을 알아보았다.

가스파르가 네모한테 앉으라고 권하며 속삭였다.

“반원형 본회의실이야.”

둘은 맨 위쪽 기자석에 자리를 잡았다. 회의실 좌석의 반은 비어 있었다.

“지금은 의원들이 휴가 기간일 거야. 그런데 임시 의회가 열려 소집된 거야.”

가스파르가 정확하게 말해 주었다.

앞쪽 연단에서 마이크를 잡은 한 의원이 몸짓을 크게 하면서 연설하고 있었다. 그리고 연단 바로 뒤 좀더 높은 곳에 놓인 탁자에 앉은

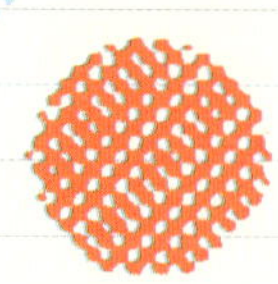

프랑스는 **공화국**이다. 즉, 국민 대표자들이 통치하는 민주주의 국가다.
프랑스 국민들은 **헌법**을 존중해야 한다.
헌법이라고 하는 것은 개인의 책임을 정의해 놓은 문서다.

입법부 :
법률을 의결한다.

행정부 :
법률을 집행한다.

하원

직접 선거를 통해 선출되는 하원 의원은 577명으로,
임기는 5년이다.

상원

상원 의원 수는 321명이며 임기는 9년이다.

하원과 상원이 함께 **국회**를 구성한다.
어떤 법률안에 대해 일치가 이루어지지 않을 경우는
하원이 우선권을 가진다.

대통령

직접 선거를 통해 선출되며 임기는 7년이다.
대통령은 헌법이 잘 지켜지고 있는지 감시하고
법률에 조인하는 일을 하며,
하원을 해산할 수 있는 권한을 가진다.
또 어떤 특별한 문제를 두고 국민들에게
투표를 요구할 수 있다(국민 투표).
대통령은 수상을 지명한다.
수상과 각료들이 **정부**를 구성한다.

사법부 :
법을 어긴 사람들을 벌한다.
독립적인 재판관이 사법권을 행사한다.

또한 프랑스 국민들은 또 다른 의회 의원들도 선출한다.
이들은 레지옹과 데파르트망, 그리고 코뮌을 직접 돌보는 의원들이다.

레지옹은 지방 의회가
통치한다. 본토에 22개,
해외에 4개의 레지옹이 있다.

데파르트망은 도의회와 정부가
임명하는 도지사가 통치한다.
본토에 96개, 해외에 4개의
데파르트망이 있다.

코뮌은 시의회가 통치하며
시장이 의장이 된다.
36,763개의 코뮌이 있다.
파리는 파리 시장과
파리 시의회가 통치한다.

사람이 회의실을 지켜보고 있었다.

가스파르가 정확하게 설명해 주었다.

"하원 의장이야. 토론을 이끌고 발언권을 주며, 어떤 결정을 할 때는 의원들에게 표결하게 하는 사람이지. 중요 인물이야."

"선생 같은 거구나!"

"글쎄……."

게다가 진짜 교실 안처럼 몇몇 사람은 듣고 있어도, 대부분의 사람들은 산만하거나 아니면 다른 일에 정신이 팔려 있는 듯했다.

"의원들은 정확히 무슨 일을 해?"

"모든 프랑스 사람들이 지켜야 하는 법률을 만든단다."

"최초의 국민 의회처럼?"

"그래. 그렇지만 혁명은 완전히 끝났어. 의원들은 정부와 장관들을 통제하고, 프랑스 예산을 표결한다."

"예산?"

"해마다 프랑스 사람들은 세금을 내. 나라에선 세금으로 학교를 짓고 군인 급료를 지불하며 매우 가난한 사람들을 돕는 등의 일을 하지. 그런데 이 돈을 어떻게 나눠야 할까? 군대에 더 많은 돈을 줘야 하나, 학교에 더 많이 줘야 하나?"

"학교는 안 돼!"

네모가 소리쳤다.

"아니면 병원 짓는 데 더 많은 돈을 써야 하나? 해마다 정부는 돈을 나누는 방식을 제안해. 그러면 의원들이 그것을 두고 토론을 벌이지."

"의원들 사이에도 의견이 엇갈려?"

"일치가 안 돼! 의원들은 법률이나 예산을 표결하기에 앞서 오랫동

안 토론을 벌이지. 특히 의원들은 두 파로 나뉘져 있어, 우파와 좌파
로.”

“좌파니 우파니 하는 말이 뭐야?”

“이런, 이런…….”

가스파르는 ‘자업자득이지 뭐람. 잠자코 있을걸.’ 하는 투로 말했
다. 가스파르는 한참 동안 생각에 잠겼다.

“음……. 우파에선 개인한테 권리와 자유를 더 많이 주어서 개인 스
스로 알아서 하는 걸 더 좋아한다. 그러나 한 가지 위험이 도사리고
있어. 힘없는 사람이 잘 보호받지 못할 때는 힘센 사람이 힘없는 사람
을 억누를 수 있어. 좌파는 사람들이 더 평등해지길 원해. 그래서 정
부가 국민들을 더욱 많이 도와야 한다고 생각하지. 하지만 또 다른 위
험이 있어. 사람들이 지나치게 보호받으면, 다시 말해 너무 많이 도움
을 받게 되면 그 결과 덜 자유로워진다는 거지…….”

가스파르는 한참 잠자코 있었다.

“사실은 그보다도 훨씬 복잡해.”

그래, 그 말은 복잡해 보였다. 네모가 전혀 알아듣지 못한 게 틀림
없었다. 회의장이 술렁이는 바람에 네모는 입을 다물었다. 일부 의원
들이 목청을 높이기 시작했다. 그 가운데 몇몇 의원들은 고래고래 소
리질렀다.

“절대 받아들일 수 없소! 말도 안 되는 소리요!”

몇몇은 자리에서 일어났고 또 몇 명은 탁자를 두드렸다. 네모는 깜
짝 놀랐다.

“진짜 학교 같네!”

맨 마지막 줄에 앉아 있던 의원이 일어서서 소리쳤다.

“그런데 당신, 당신이 각료로 있을 때 어떻게 했소? 내 말은 당신이 프랑스를 배반했다는 말이오!”

반대편 끝에 있던 의원 몇 명이 일어나더니 한꺼번에 고함을 쳤다.

“수치스러운 줄이나 아시오! 계속 그렇게 해 보시오! 모든 사람에게 다 프랑스 국적을 주고 국경을 활짝 열어 놓으란 말이오! 당신이 자리에 있을 때, 모든 외국인들을 다 받아들이시오. 그러면 누가 배반자인지 알게 될 거 아니오!”

“프랑스는 이 아이들을 선별할 수는 없습니다! 프랑스는 모든 시민을 자유롭게 해야 합니다!”

두 번째 줄에 앉아 있던 젊은 여성 의원이 새된 소리로 대꾸했다.

네모는 더 잘 보려고 난간 위로 몸을 기울이고 있었다.

“형, 잘 보고 있지? 저들은 혁명을 일으키고 있다고!”

가스파르가 대답했다.

“그게 아냐. 저들은 외국인 부모한테서 태어났더라도 프랑스에서 태어난 아이들이면 모두가 프랑스 사람이 될 수 있는지 아닌지에 대해 토론을 벌이고 있어.”

아래쪽에서는 토론이 점점 더 격렬해졌다. 의장은 탁자를 망치로 두드리면서 “조용히들 하십시오, 조용히…….” 하고 되풀이했다. 그러나 아무도 의장의 말을 듣지 않았다. 얼마나 시끌시끌한지!

갑자기 네모가 까치발을 하고 일어서서 앞쪽으로 몸을 기울이고는 목이 터져라 소리를 질렀다.

“전 어린아이고 프랑스 사람이에요. 아이들이 원하면 프랑스 사람이 될 수 있는 거예요!”

모든 의원들이 네모 쪽으로 고개를 돌렸다. 고함 소리가 오가고, 항

유럽 시민

프랑스는 **유럽 연합**이라는 좀더 큰 민주 정체에 속해 있다.

유럽 연합은 1957년 6개국(프랑스, 서독, 이탈리아, 벨기에, 네덜란드, 룩셈부르크)이 조인한

로마 조약과 함께 출발했다. 그 때는 유럽 연합을 유럽 경제 공동체라고 불렀다.

오늘날 유럽 연합의 회원국은 15개 나라이다.

유럽 연합은 다음 조직으로 운영된다.

유럽 연합 위원회　　위원 20명은 회원국 정부에서 지명한다. 위원회는 계획안을 제출하는 일을 한다.

(브뤼셀에 본부)　　　　이사회가 승인을 하면 계획안을 집행하게 된다.

유럽 연합 이사회　　각 회원국 정부에서 파견되는 장관들이 모여 이사회를 구성한다.

　　　　　　　　　　　이사회는 결정권을 가진다.

유럽 연합 의회

(각 회원국　　　　　유럽 연합 의회 의원 수는 626명이며,

유권자들이　　　　　임기는 5년이다. 유럽 연합 의회는

선출하며 본부는　　　계획안에 대해 의견을 발표하고,

스트라스부르)　　　　유럽 연합 위원회 활동을 감시한다.

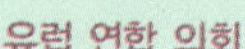

의가 뒤따랐으며, 웃음도 터져 나왔다. 가스파르는 네모를 뒤쪽으로 끌어 내리려고 했지만, 네모는 훨씬 더 큰 소리로 계속 외쳤다.

"인권 만세! 프랑스 사람 만세!"

의장은 마이크에 대고 고래고래 소리쳤다. 네모는 전혀 이해하지 못했다. '퇴장'시키라는 말이었다. 검은 제복을 입은 경비원들이 취재석으로 들이닥쳤다. 경비원들의 얼굴에는 이미 굳은 듯한 표정이 사라지고 없었다. 그들은 네모의 팔을 낚아채 밖으로 끌어 내리려고 했다.

네모가 큰 소리로 외쳤다.

"놓으세요! 총검을 써서 억지로 몰아내면 모를까, 그러기 전엔 여기서 나가지 않을 거예요!"

네모는 발이 묶인 채 전속력으로 복도를 통해 실려 가는 느낌이 들었다. 가스파르가 옆에 붙어 목이 터져라 외치는 소리가 들렸다. 가스파르 것보다 훨씬 큰 카메라를 멘 카메라맨이 뜀박질을 하면서 그들을 따라왔다. 그들은 네모를 짐꾸러미처럼 정원에 내려놓았다. 엄청나게 큰 공 모양의 검은 돌덩이를 떠받치고 있는 네모난 돌 아래였다. 네모는 그 돌에 인권 선언문이 새겨진 것을 보았다!

"참 훌륭하기도 해라!"

네모는 또 한 번 항의하듯 외쳤다.

가스파르는 네모더러 입을 다물고 가만 있으라고 말했다. 가스파르는 따로 떨어져 한동안 정장을 입은 사람, 경비원, 기자들과 이야기를 나누었다.

마침내 네모 쪽으로 온 가스파르가 말했다.

"의회에서 쫓겨나다니, 잘 했다! 게다가 텔레비전 기자들이 널 촬영했어. 화젯거리가 될걸……."

가스파르는 얼굴이 새빨개져서 네모를 바라보았다. 그러더니 웃음을 터뜨렸다.

“네모야, 지금은 혁명 기간이 아냐. 의정 활동을 하고 있는 의원들을 방해해선 안 돼. 의원들이 하는 일이 바로 민주주의라니까!”

네모는 두 뺨이 화끈 달아오르는 느낌이었다.

“뭐라고? 형은 그걸 일한다고 말해? 의원들은 정말 형편없는 바보들이던데!”

네모는 수니타가 즐겨 쓰는 표현을 떠올렸다. 수니타는 어디로 가버린 걸까? 가스파르의 휴대 전화기가 수없이 울려 댔다. 가스파르는 점점 더 긴장하고 불안해하는 눈치였다. 수니타한테 무슨 일이 일어나긴 한 모양인데, 그게 뭘까?

하원 건물을 빠져 나오자 카메라 기자들이 두 사람을 기다리고 있었다. 네모는 걸음을 늦추고 카메라 쪽으로 몸을 돌렸다. 가스파르에게 일부러 웃어 보이고는 의젓하게 걸어나왔다. 진짜 ‘프로’처럼!

세계 시민

파리의 거리는 아주 더웠다. 시원한 물 속으로 뛰어들고만 싶고, 한낮에는 꼼짝하기 싫은 그런 더위였다. 물론 이집트보다는 덜 더웠다. 그런데 이상하게도 훨씬 참기 힘들었다. 게다가 네모는 아직도 묘한 기분이 들었다. 의사당에서 일어났던 사건 때문이었다.

“민주주의, 별거 아니네.”

네모가 투덜거렸다.

“말하긴 쉬워. 민주주의를 만들려면 늘 노력해야 돼. 민주주의엔 절대 끝이란 없어. 예를 들면 유럽 여러 나라들은 더 큰 민주 국가로 모이고 있다. 이미 유럽 연합 의회와 단일 화폐가 있지. 이런 새 유럽을 통해 20세기 초에 그랬던 것처럼 이웃 나라 사이에 전쟁은 더 이상 없을 거야.”

“더 이상 없을까?”

“유럽 나라들 사이에는 전쟁이 없을 거야. 넌 프랑스 시민으로 남아. 우리 이웃이 독일 시민이나 벨기에 시민으로 남듯이. 우린 모두 유럽 시민이야. 그리고 민주주의가 발전해 나가다 보면 유럽만 남게 되는 거지. 사람들은 끊임없이 각자의 권리를 신장하려고 애쓴다. 예전엔 프랑스에서도 여자가 남자보다 권리가 적었다는 사실 아니?”

“왜?”

“여자를 어린아이처럼 돌봐야 하는 존재로 생각했거든. 여자는 직장에 나가지 않고 가정에 남아야 하고, 남편한테 복종을 해야 했지. 프랑스에서 여자들은 1944년이 되어서야 투표권을 얻게 되었다니까! 이제 사정이 많이 변했어. 여자들은 투표도 하고, 직장도 나가며, 또 더욱 자유로워졌어. 먹는 피임약이 생기고 의술이 발달해서 여자들은 아이를 가질지 안 가질지도 결정할 수 있어.”

가스파르는 마치 연설하듯이 힘을 주어 말했다.

“그렇지만 많은 나라에선 아직도 여자들이 노예 취급을 받아. 남자는 여자를 공포 속에 살게 하고, 집 밖으로 나가지도, 학교에 다니지도 못하게 해. 여자를 무지한 상태로 있게 해서 여자에게 계속 영향력을 행사하려는 속셈이지.”

“바로 그것 때문에 수니타가 엄마랑 같이 인도로 가고 싶어하지 않는 거구나……”

“맞아. 인도는 엄청나게 큰 나라인데, 아주 현대적이면서도 매우 뒤떨어진 나라야. 유식하고 독립적인 여자들도 수두룩해. 하지만 시골의 전통적인 가정에서 여자들은 포로처럼 살아. 수니타 어머니는 이런 처지에 놓일 거야. 생판 모르는 남자와 결혼을 하고, 남편한테 복종할 수밖에 없을 테지. 내가 수니타 어머니의 일자리를 구해 준 거 아니?”

“일자리를? 프랑스에서?”

“그래, 번역하는 일이야.”

“그렇다면 수니타 엄마는 안 떠나도 돼?”

“그럼. 내가 수니타 어머니하고 여러 번 통화했어. 수니타 어머니는 확실히 여기 남기로 결정했어. 그런데 수니타를 찾지 못하면, 수니타 어머니가 어떻게 될진 나도 모르겠어.”

둘은 아무 말 없이 한참을 걸었다. 걱정스러운지 가스파르의 이마에 주름이 한 가닥 잡혔다. 네모의 머릿속은 인권이나 여권, 여태 끝나지 않은 민주주의 이야기들로 어지러웠다.

“그런데 어린아이들은?”

가스파르가 무슨 영문인지 몰라 네모를 바라보았다.

“뭐라고? 어린아이들이 어쨌다고?”

“우리 아이들은 아무 권리가 없단 말야! 의회에서 말할 수도 없잖아!”

“프랑스에선 아이들을 꽤 잘 보호하고 있어, 알겠니? 세계적으로 보면 많은 아이들이 학대받고, 얻어맞으며, 전쟁터에 끌려가기도 한단다. 또 2억 5천만에 이르는 아이들이 일을 해!”

네모는 걸음을 멈춘 채 가스파르를 쳐다보았다.

“19세기 때처럼?”

“그래. 여섯 살 때부터 하루에 열 시간씩 광산이나 공장에서 일해. 양탄자를 짜고, 비디오 카세트를 만들며, 셔츠나 신발 바느질을 하지. 이렇게 만든 물건들이 프랑스나 다른 나라에서 팔리고 있어. 어른을 고용하지 않고 어린아이한테 일을 시켜 돈을 더 많이 벌려는 거야. 아이들한테는 돈을 거의 주지 않으니까.”

“이런 끔찍한 일들은 언제나 다 돈 때문이군.”

“돈 때문에 온갖 범죄를 저지른단다. 또 더 나쁜 것은…….”

가스파르는 망설였다.

“몇몇 나라에서는 아이들을 강제로 고용해서…… 어른들과 성적인 접촉도 시켜.”

“사랑하는 사람들처럼?”

“절대 아냐! 그런 것엔 사랑이 없어! 오히려 그 반대지!”

네모는 사랑 이야기에 싫증이 나 버렸다.

“사랑, 사랑! 형은 끊임없이 사랑 어쩌고저쩌고 하는데, 사랑이 뭔지 확실하게 설명할 줄도 모르잖아!”

“맞아. 제대로 설명을 못 해 주겠어. 나에겐 워낙 까다로운 거라서! 하지만 한 가지는 확실히 말할 수 있어. 사랑은 힘이나 돈하고는 전혀 상관이 없다는 거야. 사랑하는 대상을 존중하고 자유롭게 해 줘야 돼, 알겠니?”

아니, 네모는 깨닫지 못했다. 그래도 네모는 가스파르가 뭔지 모르게 불안해한다는 것을 알아차렸다. 그래, 두려움 같은 걸 거야.

네모가 물었다.

“수니타…… 수니타도 형이 말했듯이 어른들과 어떤 문제가 있는 거야?”

가스파르가 다시 망설였다.

“경찰은 아무 실마리도 찾지 못하고 있대. 여러 사람들이 전화를 해 오고 있지만 대단한 정보는 아냐. 수니타 어머니는 더욱더 불안해하고 계셔. 수니타 어머니는 계속 수니타가 인도로 떠나기 싫어서 달아났다고 생각하시거든. 그런데 수니타는 어디로 갔을까? 시간이 흐를수록…….”

센 강변 도로에는 헌 책방을 찾는 사람들이 모여들었다. 헌 책방엔 없는 게 없었다. 오래 된 신문, 포스터, 우편 엽서, 빛바랜 책들……. 네모는 그것들이 기억의 편린들이라고 생각했다. 가스파르는 네모를 데리고 강둑 아래로 내려가 물가 쪽으로 갔다. 조금이라도 시원한 곳을 찾고 싶어서였다.

둘은 누더기를 걸치고 땅바닥에 주저앉아 있는 젊은이 앞을 지나갔다. 젊은이는 자기 앞에 ‘먹을 것을 주세요.’라고 쓴 종이쪽을 펼쳐 두고 있었다.

“왜 형은 저 사람한테 돈을 안 줘?”

네모가 물었다.

“자주 주는 편이야. 하지만 모든 사람한테 다 줄 수는 없는 거야, 알겠어?”

그래도 가스파르는 걸음을 멈추고 호주머니를 뒤졌다. 동전 몇 닢을 꺼내 젊은이가 내놓은 돈통에 집어 넣었다. 가스파르는 그에게 어떻게 이 지경이 되었냐고 물었다. 젊은이에겐 가족도 아내도 자식도 없었다. 그는 공장에서 몇 달 동안 일했는데, 공장이 문을 닫아 버렸다. 얼마 지나지 않아 그는 방세를 낼 수 없게 되었다. 그래서 그는 집도 일자리도 없이 거리로 나앉게 되었다. 일자리를 찾고 싶었지만 어떻게 찾아야 할지 막막했다. 게다가 그는 주소도 없었다.

네모와 가스파르는 젊은이에게 다시 찾아오겠다는 약속을 하고서 자리를 떴다. 그 사람에게 뭘 해 줘야 할까? 네모는 잠자코 한참을 걸었다. 네모는 다시 한 번 자신 안에 뭔가 이상이 생겼다고 느꼈다. 네모는 여행한 일과 여행하며 들은 모든 이야기를 곰곰이 되새겼다. 넌 별들의 아이야, 네모. 넌 인류에 속해. 넌 민주 국가에서 살고 있어. 이제 그만 해…… 수백만 년이 걸려 현재에 이르렀어! 여러 차례 일어난 전쟁, 계속해서 서로 죽이는 사람들, 노예 상태에 있는 어린아이들, 프랑스에서 집도 먹을 것도 없이 거리로 나선 사람들…… 가슴속에서 작은 응어리가 치밀어오르는 것 같았다. 네모는 감정을 터뜨렸다.

"우리가 역사 속으로 여행한 건 '더 나은 세상', 즉 진보를 향한 여행이었잖아! 하지만 실제로 나아진 게 하나도 없어! 어쩌면 진보란 없는 게 아닐까? 난 사람들이 이전에 더 행복했다고 봐!"

가스파르가 물었다.

"뭐 이전에? '더 행복했다'는 건 무슨 말이야?"

"그렇게 할 수만 있다면 난 선사 시대에 살고 싶어!"

네모가 말했다.

"정말이야? 라스코 동굴에 살았던 사람들은 아주 빨리 죽었을뿐더러 살기 힘든 환경에서 질병에 시달리고 야생 동물의 위협을 받았어."

네모는 얼굴을 찡그리고 들었다.

"오늘날 우린 한결 편하게 살고, 세계를 더 잘 알고 있으며, 수많은 질병들을 고칠 수 있어."

작은 불티, 사람

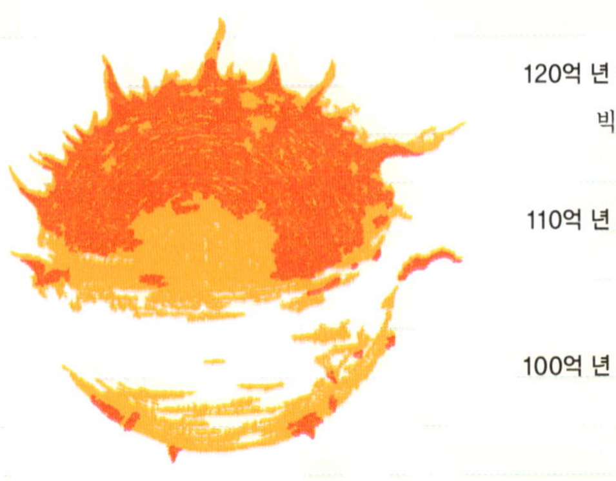

우주는 적어도 120억 년 전에
생겨났다. 인류가 나타난 지는
3백만 년쯤 되었다.
서기는 2천 년이 되었다.
이 모든 기간을 비교하기란
쉽지 않다.

시간에 대한 개념을 가지기 위해 우주의 역사를 하루로 생각하고
빅뱅이 0시에 일어난 것으로 가정하자.
그러면 다음처럼 된다. 우주가 0시에 태어난다.
지구가 나타나려면 15시까지 기다려야 한다! 생명체는 17시에 출현한다.
공룡은 23시 30분에 겨우 나타나 23시 42분에 사라진다.
호모 사피엔스는 **자정 7초 전**에 출현하고, 예수는 자정 **100분의 1초 전**에 나타난다.
이제는 자정이고, 또 우리는 이 시점에서 문제를 제기하고 있다.
이런 척도로 보면 사람의 일생은 기껏해야 **5만분의 1초**밖에 지속되지 않을 것이다.

우주 역사에서 우리 인간은 정말 작은 불티에 지나지 않는다.

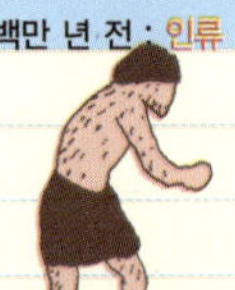

"

“에이즈가 있다는 것쯤은 나도 알아. 또 마약도 있고.”

네모는 세기적인 질병을 다룬 텔레비전 르포를 떠올렸다. 또한 마약 중독으로 대꼬챙이처럼 깡마른 젊은이들을 본 적이 있었다.

가스파르가 네모 말에 맞장구를 쳤다.

“네 말이 옳아. 지구에 사는 사람 대부분은 비참하게 살고 있어.”

“진보하지 않았다는 걸 형도 잘 알겠지?”

가스파르는 생각에 잠긴 듯했다.

“모르겠어……. 네 증조부, 증조모님인 외젠과 노에미를 떠올려 봐. 그분들이 어렸을 적엔 전화도 텔레비전도 없었어. 이웃 도시보다 더 먼 곳은 가지 못했어. 그들이 우리보다 덜 행복했을까? 그들은 교통 혼잡이나 공해는 모르고 살았어. 세상이 달랐던 거야. 더 이상 말할 필요가 없어. 다만 내 부모, 조부모, 증조부, 증조모님들은 모두 평생에 전쟁을 한 차례씩, 사람에 따라서는 몇 번씩 겪기도 했어. 네모 너나 나는 다행히 프랑스에서 전쟁을 체험하지 않은 거야.”

“형은 사람들이 전쟁을 그만 할 거라고 봐?”

가스파르는 심각하게 네모를 바라보았다.

“남을 지배하고, 남보다 더 부자가 되고, 남의 영토를 차지하려는 사람들은 늘 있게 마련이야.”

“그런데 왜 그래? 사람들은 왜 그런 짓을 저지를까?”

“사람들은 자신이 한순간 반짝였다가 사라지고 마는 아주 작은 불티라는 사실을 깨닫지 못해. 자신들이 강자이며 유력자라고 생각하고 있어.”

“그렇다면 사람들은 절대 변하지 않을까?”

가스파르는 잠시 생각에 잠겼다.

"어쩌면, 아마 변하지 않을걸. 사실 인간의 역사는 이제 막 시작인 셈이야. 인류는 3백만 년 전에 출현했지만, 고대에 있었던 몇몇 사소한 경험을 빼고 나면 민주주의 역사는 고작 200년밖에 안 돼. 200년이란 시간은 정말 별거 아냐! 틀림없이 수백 년은 필요할걸. 어쩌면 수천 년이 걸려야 사정이 나아질지 모르지."

수천 년씩이나! 네모는 지레 지쳐 버린 느낌이 들었다.

"그럼 난 아무것도 바꿀 수 없겠네!"

"아냐, 분명 바꿀 수가 있어! 각자가 아주 조그만 일을 한다면, 결국 그것은 아주 큰 일이 되는 거야. 프랑스 사람 한 사람 한 사람이 지구에 있는 가난한 아이 한 명씩을 돕는다면, 엄청나게 많은 아이들을 돕게 되는 거야. 넌 세상을 바꿀 수 있어, 네모. 그럼, 세상을 바꿀 수 있고말고."

푸른 눈의 여인

하루 일정이 끝난 게 아니었다! 이튿날부터 가스파르는 '그들의' 영화 편집에 매달려야 했다. 그런데 가스파르는 네모를 부모에게 데려다 주기 전에 기필코 '미술'을 보여 주고 싶어했다.

"파니 할머니 때문에 그러는 게 빤해!"

네모가 놀렸다.

두 사람은 센 강을 건너 많은 기둥으로 장식된 거대한 석조 건물을 향해 걸어갔다. 정문 현관 위로 '미술의 한 세기'라고 씌어 있는 대형 플래카드가 눈에 들어왔다.

가스파르가 구체적으로 말해 주었다.

“우린 20세기 회화와 조각 기획전을 보러 가는 거야. 전시회는 내일 개막돼. 미리 전시회를 둘러보는 셈이지. 텔레비전은 너도 잘 알다시피……."

물론 네모도 알고 있었다. 방송국에서 일하면 아주 편리해!

가스파르가 네모를 앞질러가더니 뒷걸음질치면서 네모가 전시장에 들어오는 모습을 촬영했다. 첫째 방에는 커다란 그림 몇 개가 하얀 벽에 걸려 있었다. ‘세기말’이라는 제목으로 그림들을 모아 두었다. 네모는 이상한 그림 앞에 멈춰 섰다. 그림에는 시내인지 아니면 아주 파란 호수인지 그 위에 작은 다리가 놓여 있었다. 그는 가까이 다가섰다. 그림은 작은 점들로 이루어진 것 같았다. 다시 더 가까이 그림에 바짝 다가갔다. 붓질 자국이 생생하게 보였다. 그런데 풍경은 사라지고 없었다. 뒤로 물러서야 풍경이 다시 보였다.

“신기하지 않니, 응?”

가스파르가 웃으면서 네모를 촬영했다.

“클로드 모네가 1899년에 파리 가까이 있는 지베르니 정원에서 이 그림을 그렸어. 수련으로 뒤덮인 연못 위에 놓인 조그만 일본식 다리를 그린 거야.”

“그런데 왜 이런 작은 점들로 그렸어?”

“모네는 ‘인상주의’ 화가였어. 그는 자신이 본 대로 정확하게 그리려 한 게 아니라 오히려 자기 인상, 즉 자신이 느낀 걸 그리려고 했어. 다리에 대해 품고 있던 생각을 말야. 게다가 모네는 서로 다른 시기에 맑은 날, 흐린 날, 아침 또는 저녁을 택해서 이 풍경을 여러 번 그렸대. 그리고 그 때마다 다른 ‘인상’을 만들어 냈어. 인상주의는 회화에서 혁명을 일으킨 거나 다름없다니까!”

“형 눈엔 혁명이 일어나지 않은 데가 없군!”

“그렇고말고. 그림 역시 인간 역사에 상응하는 역사가 있거든. 라스코 동굴 기억나?”

“물론이지! 그 곳에서 인류 최초의 그림들을 봤잖아.”

“그래. 우린 그 다음도 보았어. 고대 이집트의 신들과 매력적인 여신들을 그린 멋진 벽화를 봤지.”

“에, 에……”

네모가 야유했다.

가스파르는 매력적인 여자 이야기만 나오면 늘 어딘가 좀 이상한 표정을 짓곤 했다.

“됐어요, 됐어!”

가스파르의 볼이 조금 발그스름해졌다.

가스파르가 다시 입을 열었다.

“미술은 자기 시대를 닮게 마련이야. 우린 미술을 통해 그 당시 사상이나 지식을 알 수 있어. 중세는 종교가 지배적이었다. 그래서 그림으로 성서 장면을 보여 주지. 르네상스 때 사람들은 현실 세계에 관심이 많아서 인물을 그리고 초상화를 제작하며, 레오나르도 다 빈치처럼 빛으로 효과를 나타내기도 하지. 프랑스 대혁명 이후에 사람들은 훨씬 더 자유롭다고 생각한다. 그래서 감정을 묘사하려고 하지. 그리고 20세기 초반이 되면, 사실성을 버리고 화가들은 자신의 느낌을 그리게 된다. 또 그 뒤에 가서는 추상적인 것을 그리게 돼……. 어쩌면 세상이 너무 잔인해진 걸까? 회화도 사상처럼 변화한단다.”

침대 하나와 작은 의자 몇 개가 비스듬히 놓인 이상한 방을 그린 그림 하나가 눈에 띄었다. “아를르에 있는 반 고흐의 방, 1888.” 하고 네모가 읽었다.

"이 그림에서 반 고흐는 원근법을 이용하고 있어."

"원, 뭐라고?"

"원근법. 본 대로 그리려면 '트릭', 즉 기교가 필요해. 예컨대 사물이 우리에게서 멀리 있을수록 더 작게 그려야 한다. 이걸 원근법이라고 하지. 그림을 보면 저절로 알게 된다니까!"

네모는 이런 생각에 솔깃해지지 않았다.

가스파르가 덧붙였다.

"안심해. 화가가 어떻게 색이나 선, 빛을 썼는지 알아 내려고 하면서 그림을 감상할 수도 있어. 또 질문을 던지지 않고 그냥 재미로 그림을 볼 수도 있고. 정서를 위해서 말이지."

가스파르가 네모 쪽으로 고개를 돌렸다.

"자, 실험을 한번 해 볼까? 너 혼자 전시실을 거닐다가 맘에 드는 그림을 골라 봐."

네모는 그럴 수 있을지 의심쩍었다. 그래도 네모는 통로로 걸어 나가면서 그림 하나하나마다 잠시 눈길을 던졌다. 어떤 그림들은 뭔가를 닮았는데, 어떤 것들은 전혀 그렇지 않았다. 피카소, 마티스, 미로, 마그리트. 네모는 이 화가들의 작품을 모두 보았다. 심지어 아무 데생도 없이 완전히 푸른 칠로만 된 그림도 있었다. 이 그림은 진짜로 세상을 비웃고 있는데, 하고 네모는 생각했다. 네모는 몇 번이고 되돌아왔다. 특히 두 그림이 마음에 들었다. 두 그림을 비교해 볼 양으로 이쪽 저쪽으로 여러 번 왔다갔다했다. 그리고 가스파르를 불러 그림을 가리켰다.

가스파르는 감탄하는 표정으로 네모를 바라보았다.

"내가 여러 번 말한 감정이 네게 정말로 되살아나고 있다는 걸 알 겠니? 넌 아주 감동적인 두 작품을 선택했어. 그러니까……."

첫 번째 그림은 전시장 맨 앞쪽에 걸려 있었다. 가스파르라면 아주 매력적이라고 했음직한 두 여인을 그린 작품이었다. 고갱이 1899년 에 그린 '타히티의 두 여인'이었다. 두 여자는 길고 검은 머리를 늘어 뜨리고 행복에 겨운 표정을 짓고 있었다. 중간에 자리잡은 여인은 젖 가슴을 내놓았고, 조용하지만 생기 넘치는 얼굴을 하고 있었다. 그 여 인은 네모를 바라보았다. 네모는 뒷걸음질쳤다. 여인은 네모한테서 눈 을 떼지 않았다. 네모는 또다시 뒤로 물러섰다. 전시실 출구까지 아주 멀리 물러났다. 여인은 줄곧 네모를 바라보는 것 같았다. 여인이 네모 를 사로잡아 버렸다.

옆 전시실에 걸린 두 번째 그림은 더욱 이상한 여자의 모습이었다. 모딜리아니가 1918년에 그린 '푸른 눈의 여인'이라는 작품이었다. 여 인은 검은 드레스를 입었는데 아주 기다란 손으로 옷을 쥐고 있었다. 여인의 얼굴은 타히티 여자처럼 달걀 모양이었다. 여인은 생각에 잠 겨 있는 듯했다. 마치 꿈에서 막 깨어난 것 같았다. 네모는 그 여인의 눈에 매료되었다. 네모의 눈보다도 한결 더 푸른 눈이었다.

이 두 여인의 얼굴이 네모 머릿속에 들어와 박혔다. 눈을 감아도 두 여인이 계속 어른거렸다.

한참 뒤에 가스파르가 입을 열었다.

"두 걸작을 찾아 냈군. 난 네가 무슨 생각을 하는지 알아."

"내가 무슨 생각을 하는지 안다고? 형이 어떻게 알아!"

"넌 말로 생각하는 게 아니라, 네 마음 속에서 뭔가를 느끼고 있어. 미술이란 감정을 표현하고 세상을 이해하는 또 하나의 방편이며 말을 하는 또 다른 방식이야. 대개 말보다 더 잘 이야기하게 되지.”

가스파르는 잠시 뜸을 들였다. 그런 다음 다시 말했다.

“레아는 춤을 출 때 아무 말도 안 해. 하지만 레아는 보는 이들에게 아주 강렬한 뭔가를 주지. 이걸 뭐라고 표현해야 되는지 모르겠지만, 그건 마치…… 레아의 본질, 인간의 본질 같은 거야. 레아는 내가 행복에 겨워 울고 싶도록 만들거든.”

형이 아주 오랜만에 레아 얘기를 하네. 레아는 언제 돌아올까? 형은 레아가 곁에 없어 무척 힘든 모양인데.

마지막 전시실에 도착한 네모는 두 개의 조각 작품 앞에서 걸음을 멈추었다. 두 작품 가운데 큰 쪽은 매우 홀쭉하고 깡마른 남자 조각이었다. 무척 길고도 마른 나머지 철삿줄처럼 보였다. 이 남자는 팔을 축 늘어뜨린 채 불행한 표정을 지으며 걸어가고 있었다. 남자는 쓰러질 때까지 걷고 또 걷지 않을 수 없는 듯 보였다. 그리고 두 번째 작품, 그러니까 작은 조각도 역시 큰 쪽과 비슷하게 아주 길쭉하고 홀쭉한 남자상이었다. 이 남자는 두 다리가 몸을 다 떠받치지 못해서 앞으로 꼬꾸라지는 중이었다.

카메라를 들고 조각품을 빙 돌면서 가스파르가 해설을 해 주었다.

“자코메티의 ‘걸어가는 사람’과 ‘넘어지는 사람’이야. 자코메티는 이 두 작품을 1950년과 1960년 사이에 조각했어. 자코메티는 이렇게 말했다고 해. ‘난 늘 인간이 약한 존재라는 느낌이 들었어요. 마치 인간이 서 있기 위해서는 엄청난 힘이 필요한 것처럼 말이에요.’”

“자코메티 말이 맞아. 우리가 두 다리로 버티고 설 수 있다는 건 굉장히 이상해.”

네모가 대꾸했다.

“그래. 난 이 조각들이 인간의 나약함을 잘 표현했다고 봐. 지구 위에서 불안하게 균형을 잡고 있는, 아주 조그맣고 쉽게 부서지기 쉬운 존재들을. 걸어가고 단지 잠시 지구에 들렀다 가는 인간, 또한 어쩌면 괴로워하는 인간을. 이렇게 대단한 꺽다리 같은 인물들은 실제로는 없어. 그런데 이런 인물들은 진짜 사람보다 더 진짜처럼 보여.”

거리에 나와서도 네모는 계속 두 여인의 얼굴과 길쭉하고 슬퍼 보이는 두 남자의 모습을 떠올렸다. 형 말이 맞아. 그 작품들은 말보다 더 많은 걸 얘기해 주고 있어.

그런데 벌써 또 다른 ‘예술’ 프로그램이 기다리고 있지 않은가! 저녁을 먹은 다음 가스파르는 ‘우리 여행을 멋지게 끝맺음하려고’ 네모를 연주회에 데려갈 거라고 귀띔해 주었다.

가스파르는 이렇게 말했다.

“볼프강 아마데우스 모차르트를 모르고서야 우리 여행을 마감할 수 없지. 모차르트는 신동이었어. 모든 시대를 통틀어 가장 위대한 작곡가야. 모차르트는 18세기 말 무렵에 살았던 사람이야. 여덟 살에 이미 교향곡을 작곡했다니까!”

“여덟 살이라고!”

“그래! 모차르트는 남들에게 없는 뭔가를 타고난 사람이야. 그는 자기 내부로부터 음악을 들었어. 그는 마치 젊어서 죽게 될 사실을 알고 있었던 것처럼 아주 빨리 곡을 썼어. 오페라 20개, 교향곡 44개, 세레나데와 협주곡, 사중주곡 등을 많이 작곡했지.”

“그게 다 뭐야?”

“음악이야, 네모. 대규모 오케스트라나 소규모 오케스트라 또는 여러 대의 바이올린이나 피아노 한 대만을 위한 음악들이지. 수많은 모차르트의 작품들이 전 세계에서 끊임없이 연주된단다. 이제껏 작곡된 작품 가운데 가장 아름다운 곡들이야.”

두 사람이 들어선 연주회장은 엄청나게 넓었다. 청중들이 자리에 앉으려고 통로로 몰려들었다. 그런데 아이라고는 네모밖에 없었다.

가스파르가 설명해 주었다.

“부모들은 아이들이 지루해할까 봐 연주회에 잘 데려오지 않는단다. 그건 잘못된 생각이야. 음악은 많이 들을수록 더 좋아하게 되거든. 독서랑 똑같아. 많이 읽을수록 더욱더 책읽기를 좋아하게 되니까.”

두 사람의 좌석은 다섯 번째 줄 한가운데 자리였다. 무대 위에서는 연주자 수십 명이 바삐 움직이고 있었다. 네모와 가장 가까이에 있는 연주자들은 바이올린을 들고 있었다. 모든 연주자들이 다 검은 정장을 입었는데, 앞보다 뒤가 더 긴 연미복 차림이었다. 모든 연주자들이 자기 악기를 만지작거리며 아주 귀에 거슬리는 소리를 냈다. 얼마나 요란한 소리인가! 연주회가 시작되면 나아지겠지……

가스파르가 웃으면서 네모에게 속삭였다.

“음을 맞추는 거야. 모든 연주자들이 다 똑같은 음에 맞추는 거지. 우리 앞에 있는 악단은 악기 구성이 가장 많은 ‘교향곡’ 오케스트라 야.”

가스파르는 그들 앞에 있는 오케스트라의 편성을 자세하게 설명해 주었다. 맨 앞줄이 제1 바이올린과 제2 바이올린이다. 모서리 쪽에 첼로, 그 뒤쪽으로 콘트라베이스다. 그 다음엔 목관 악기인데, 즉 오보에, 플루트, 클라리넷, 바순이다. 또 그 뒤에 있는 것들은 금관 악기로 트롬본, 트럼펫, 호른이다. 그리고 가장 뒤쪽은 타악기들이다. 팀파니, 큰북, 차임 등이다. 좀 떨어져 있는 것은 하프와 피아노이다. 이것만

음악에서 즐거움을
찾으려면 듣고 또 들어서
미지의 세계를 기꺼이
탐험해야 한다
(고전 음악이 어른들만
듣는 음악은 아니니까!).
음악을 자꾸 듣다 보면
신비한 매력에 이끌리고,
결코 잊지 못할 아주 진한
감동을 느끼게 된다.

클래식

'죽은 이들을 위한 미사' **마르크 앙트완 샤르팡티에**

'사계' **안토니오 비발디** (고전 가운데 고전)

'골드베르크 변주곡' **요한 세바스찬 바하** (글렌 굴드가 연주한 것)

'레퀴엠' **볼프강 아마데우스 모차르트** (불후의 걸작), '피아노 협주곡 21번', 작품 번호 '100', 모차르트

'돈 조반니' **모차르트** (오페라를 한번 들어 보기 위해서)

'전원 교향곡' **루트비히 판 베토벤**, '트리오 2번',

'환상 교향곡' **엑토르 베를리오즈**, '뱃노래' **프레데릭 쇼팽** (밤에 듣는 노래)

'마지막 네 노래' **리하르트 스트라우스**

'짐노페디와 야상곡' **에릭 사티**, '볼레로' **모리스 라벨**

재즈

우리 마음에 드는 첫을 알아 내기 위해, 루이 암스트롱,
듀크 엘링턴, 엘라 피츠제럴드, 카운트 바시, 아트 타툼,
디지 길레스피, 스테판 그라펠리 등의 위대한 재즈 히트곡 모음.
특히 마음을 들뜰 것. 마일스 데이비스의 '카인드 오브 블루'
델로니스 몽크와 게리 물리건의 '투 오브 마인드'

록, 팝, 그 외

60, 70년대를 산책하기 위해,
비틀즈의 '저전 페퍼스' (특히 '일생에 하루')
핑크 플로이드의 '달의 어두운 표면'
무디 블루스의 '지나간 미래의 나날들'
밥 딜런의 '히트곡 모음'

음유 시인 가수들

조르주 브라상스의 '오베르냐를 위한 샹송'
자크 브렐의 '늙은이들'
샤를 트레네의 '바다'

세계의 음악

밥 말레이의 '소리' (레게)
라비 샹카르 (인도 시타르)
펠라 (나이지리아 리듬), 노아 (이스라엘의 미녀)
라이 바레토 (푸에르토리코의 살사), 칼레드 (알제리의 라이)

세기말

포티셰드의 '더미'
엠시 솔라르의 '랩'

Némo

해도 상당한 숫자였다. 역시 검은 정장을 입은 사람 몇 명이 다시 무대 위에 자리를 잡았다.

가스파르가 설명해 주었다.

"합창 단원이야. 가수라고 할 수 있지. 오늘 저녁 프로그램은 '레퀴엠'부터 시작한다. 모차르트는 이 작품을 죽기 바로 전 침대에 누워서 작곡했어."

"침대에 누운 채?"

"그래, 아주 허약한 상태였거든. 그가 각 악기의 음들을 불러 주면 다른 작곡가가 오선지에다 옮겨 적었지. 모차르트는 이렇게 자기 자신의 진혼곡을 작곡한 거였어. 마지막 작별 인사로 말야."

연주장 불빛들이 꺼졌다. 그러자 고요해졌다. 모든 사람이 숨을 죽였다.

그 때 오케스트라에서 아주 감미로운 멜로디가 흘러 나왔다. 금관 악기와 바이올린이 한꺼번에 낮은 소리를 냈다. 이어서 팀파니와 첼로⋯⋯. 멜로디가 커지고 거세졌다. 합창 소리가 바다처럼 불어났다. 무언가가 오르고 올라서 온몸을 다 사로잡았다. 매우 높은 여자 목소리가 하늘에서 들려 오는 것 같았다. 네모는 꼼짝 않고 들었다. 합창 단원 한 사람이 한 발 앞으로 나오더니 노래하기 시작했다. 가수의 노랫소리를 바이올린과 합창이 떠받치고, 오케스트라 전체가 고무시키는 듯했다. 남자 가수들이 다시 노래했고, 조금 사이를 두고 여자 가수들이 이어받았다. 부드럽기도 하고 강하기도 하고 뜨겁기도 했다.

네모가 가스파르 쪽으로 고개를 돌렸다. 가스파르는 눈을 감은 채 듣고 있었다. 잠시 침묵을 지킨 오케스트라는 다시 더욱 빠르게 연주했다. 남자 가수와 여자 가수 노래가 뒤따랐다. 네모도 역시 눈을 감았다. 눈을 감자 음악이 한층 더 잘 들렸다. 영상이 보였다. 차창을 통해 보는 것처럼 휙휙 지나가는 풍경이 떠올랐다. 때때로 모든 악기들이 한꺼번에 연주되기도 했다. 네모는 무더기로 쏟아지는 음들에 파묻혀 전속력으로 끌려가는 기분이었다. 때로 가수 한 사람이 바이올린 반주로만 노래하기도 했다. 마치 그들끼리만 대화를 나누려고 다른 사람들은 제쳐 두는 것처럼 보였다. 다시 고요해졌다. 그러고 나서 합창 단원 모두가 한꺼번에 큰 소리를 냈다. 바이올린이 합창을 뒤따랐다. 여자 가수들이 신음 소리에 가까운 낮은 소리를 냈다. 그 뒤를 이어 남자 가수들과 바이올린이 폭풍우처럼 쾅쾅 울리는 곡을 연주했다.

음악은 네모의 머릿속에 완전히 들어가 박혔다. 네모는 침대에 누운 모차르트를 생각했다. 또 슬퍼 보이고 창백한 어린아이도 떠올랐다. 어린아이는 지휘자처럼 손을 움직여 자기 음악을 지휘했다. 그래, 아름다워!

네모는 볼에 뭔가를 느꼈다. 눈을 뜨고 눈꺼풀을 만져 보았다. 촉촉한 뭔가가 느껴졌다. 그는 깨달았다. 눈물이야. 수니타처럼, 가스파르처럼……. 네모는 눈물을 흘렸다.

과거가 외치는 소리

그런데 누가 잔디를 깎았을까? 짧게 깎아서인지 잔디는 아픈 것 같
아 보였다. 또 나무들은 여느 때보다 더 많아 보였다. 네모는 이제껏
부모님의 정원이 이토록 넓은 줄 몰랐다. 하도 넓어서 끝이 보이지 않
았다. 네모는 천천히 걸어 나갔다. 꽃 한 송이, 특히 수련은 한 송이라
도 밟지 않으려고 조심했다. 그는 수련을 몹시 좋아했다. 정원은 수련
으로 가득했다.

집은 이제 뒤쪽으로 멀리 보였다. 하지만 여전히 터널 들머리가 눈
에 띄지 않았다. 어디 있지? 아, 저기 큰 보리수가 있군. 꼬맹이였을
때 그는 나무 꼭대기에다 오두막을 만들었다. 오래 된 판자를 이용했
다. 무슨 까닭인지는 몰라도 판자는 여러 해 전부터 차고 한구석에 쌓

여 있었다. 굵은 끈으로 판자들을 동여매어 두 가지 사이에 지붕을 만들었다. 그리고 커다란 침대 시트를 걸어 벽을 대신했다. 너무 뚱뚱하지만 않으면 그 안에 두 사람은 들어갈 수 있었다. 네모는 오두막 위에서 수니타 곁에 바싹 붙어 여러 시간을 보내곤 했다. 바로 거기서 맨 처음 수니타를 껴안았다.

터널 들머리가 개나리 덤불 바로 뒤에 가려져 있었다. 이 울창한 노란 꽃 덤불은 네모가 다섯 살 때 네모 어머니가 심었다. '내 개나리, 내 개나리' 하고 네모 어머니는 노래를 불렀다. 누가 짓밟지나 않을까 걱정이 되어서였다. 그래, 바로 여기야. 네모는 엎드려서 구멍 안으로 미끄러져 들어갔다. 터널은 비좁았고 빛이 희미하게 스며들었다. 재빨리 나아갔지만 길은 끝이 없는 것 같았다. 그는 그들이 숨곤 했던 '동굴' 옆을 지나갔다. 수니타가 기다리고 있었다. 수니타는 얼굴이 야위고 지쳐 보였다. 그는 늘 그랬듯이 수니타와 비스킷 몇 개를 나눠 먹었다. 그리고 그는 수니타와 헤어졌다. 누가 그를 불렀기 때문이다.

조심해! 터널 속에는 네모와 마주친 군인 한 무리가 그를 밀치면서 지나갔다. 군인들은 얼굴이 시커멓고 몇몇은 피범벅이 되어 있었다. "거기 있지 마라! 거기 있지 마, 네모!" 하고 증조할아버지가 외쳤다. 증조할아버지 역시 진흙투성이 군복을 걸치고 있었다. 증조할아버지는 천천히 네모 어깨에 손을 얹었다. 그리고 부드러운 표정으로 네모를 바라보며 거듭 말했다. "거기 있지 마라, 애야. 거기 있지 마." 그리고 군인들을 따라 사라졌다.

네모는 방독면을 벗고 사다리를 타고 기어 올라갔다. 바깥은 더웠다. 그는 나무 밑에 퍼질러 앉아 있는 젊은 거지에게 동전 한 닢을 주었다. 음악 한 곡조가 어렴풋이 들려 왔다. 소리가 나는 쪽으로 갔다. 오케스트라였다. 넓은 야외 무대에서 연주를 하고 있었다. 한 어린아이가 침대에 앉아서 가냘픈 손으로 연주자들을 지휘하고 있었다. 음악은 느릿느릿했고, 마치 깊은 물 속에서 나오듯이 잘 울려 퍼지지 않았다. 한 바이올리니스트가 너무 빨리, 너무 세게 연주를 해서 다른 악기들의 소리를 망쳐 버렸다. 가스파르였다. 옆사람이 눈살을 찌푸렸지만 가스파르는 계속해서 더욱더 세게, 한층 더 엉터리로 연주했다. 세상에 이런 불협화음이 다 있나! 그 때 검은 제복을 입은 경비원 두 명이 불쑥 나타났다. 경비는 다짜고짜 가스파르를 의자에서 일으켜 세우더니 무대 멀리 끌고 갔다. 네모는 그들을 따라가려고 했다. 그러나 너무 늦었다. 그들은 이미 사라지고 없었다.

네모는 다시 고개를 들었다. 조금 멀리 떨어진 곳에 레아가 있었다. 무척 아름다웠다. 크고 푸른 눈에 갸름한 얼굴이었다. 레아는 긴 손가락으로 검은 드레스 단추를 채우고 있었다. 그녀는 이상한 표정으로 네모를 보지 않는 것처럼 바라보았다. 레아는 정말 아름다워……. 네모는 레아에게 가까이 가려고 했다. 그렇지만 가까이 다가갈수록 더 멀어지는 것 같았다. 네모는 걷고 또 걸었지만 결코 그 여자를 따라잡을 수 없었다. 마치 몸이 철삿줄로 변해 길쭉해지고 아주 가벼워진 느낌이 들었다. 네모는 큰 키로 높은 데서 사물들을 굽어보았다. 세상이 아주 조그맣게 보였다. 그는 걷고 또 걸었다.

"조심해! 조심!" 누군가 소리쳤다. 네모는 뒤돌아보았다. 자동차 한 대가 전속력으로 달려왔다. 네모는 차를 피하려고 빨리 걸었다. 그러나 그는 너무 약했다. 철사로 된 몸은 휘어지고 비틀거리다가 꼬꾸라졌다. 자동차가 갑자기 커다랗게 변해 자기 몸 위로 덮치는 것을 보았다. 네모는 공포에 질려 목이 터져라 고함을 지르고 또 질렀다.

"네모야? 네모야? 괜찮아? 어디 아프니?"

아버지와 어머니가 네모에게 몸을 구부렸다. 네모는 어리둥절해서 어머니와 아버지를 잠깐 쳐다보았다. 네모는 땀에 흥건히 젖은 채 침대에 누워 흐느끼며 어깨를 들썩였다.

"괜찮아질 거야, 괜찮아질 거라구."

네모 어머니가 되풀이해서 말했다.

"악몽을 꾼 모양이구나."

네모 아버지가 덧붙였다.

네모는 침대를 붙들고 가까스로 일어나 앉았다. 많은 영상들이 아직도 머릿속을 맴돌았다. 터널, 보리수나무, 정원…….

"개나리는 아직 거기 있어요?"

이번에는 네모 어머니가 어리둥절한 표정을 지었다.

"뭐? 개나리라니? 그런데 네모야……."

푸른 눈의 아가씨, 증조할아버지, 연주자들 그리고…… 자동차. 그는 기억해 냈다. 자동차…… 사고를 낸 자동차를. 또 오두막 속에 있던 수니타도. 영원한 친구 수니타를.

네모는 부르르 떨었다. 그는 숨을 돌리고는 부모를 쳐다보며 아주 작은 소리로 말했다.

"저는 수니타가 어디 있는지 알아요."

자료실의 비밀

아침 여섯시밖에 되지 않았다. 이미 해가 떠 있었다. 세 사람 모두 재빨리 옷을 입고 자동차에 탔다. 네모가 원한 대로 학교를 향해 떠났다. 어머니는 네모를 품에 껴안으며 쉴새없이 "네가 기억을 되찾았구나, 기억을……." 하고 되풀이했다.

그래, 네모는 기억해 냈다. 어제 연주회에서 그는 자신 안에서 뭔가 일어나는 것을 느꼈다. 힘있고 뜨거운 무엇이었다. 그것은 그를 바다처럼 뒤덮으며 사로잡아서 잠기게 해 버렸다. 뭐라고 설명할 수는 없었지만, 그 무엇은 갑자기 넘쳐흘렀다. 네모는 눈물을 흘렸다. 그렇게 여러 번 말해 왔던 감정을 마침내 다시 찾은 것이다!

그런데 어젯밤 잠을 자는 동안 과거의 영상들이 표면으로 다시 떠올랐다. 그는 어린아이였을 때 정원에서 놀던 자신을 보았다. 사고를 당하던 끔찍한 순간을 다시 체험하기도 했다. 네모는 또렷이 떠올렸다. 그는 네거리 쪽으로 급히 걸어가고 있었다. 무척 바빴다. 너무 바쁜 나머지 차도로 걸어가면서도 앞을 보지 않았다. 누가 소리를 크게 질렀지만 너무 늦었다. 타이어 끌리는 엄청난 굉음을 내면서 자동차가 그를 덮쳤다. 그러고는 아무것도 없었다. 병원에서 깨어났을 때, 외계인이 지구에 떨어진 것처럼 네모의 기억은 지워져 버렸다.

이제 모든 게 좋아졌다. 머릿속에 온갖 생각이 다 밀려왔다. 사고 전에 일어났던 일과 사고 뒤에 배운 것을 조금씩 혼동하기는 했지만, 어쨌든 그의 기억은 말짱하게 되돌아와 있었다. 기억이 되살아난 것은 정말 중요했다. 특히 수니타를 위해서.

불쌍한 수니타! 수니타가 얼마나 괴로웠을까. 그 동안 네모는 수니타에게 차갑게 대했다. 분명히 네모는 수니타를 사랑했다. 이제 그는 그걸 알았다. 그저 잊고 있었을 뿐이었다. 네모는 수니타가 용서해 주리라고 확신했다. 수니타는 네모에게 유일한 사람이었다. 무엇보다 먼저 수니타를 구해야 해요. 수니타가 아직 살아 있기만 하다면……..

네모는 학교로 가는 도중에 부모님께 얘기했다.

"수니타는 인도로 떠나고 싶어하지 않았어요. 저도 수니타가 떠나는 걸 바라지 않았죠. 이 문제는 너무 심각했어요. 그래서 우리 둘은 한 가지 방법을 생각했어요. 몰래 숨을 곳을 마련한 거예요. 이게 우리의 비밀이었죠. 지금 수니타는 학교에 있어요."

네모의 부모는 눈이 휘둥그레졌다.

"학교에 있다고?"

"그럼요, 수니타가 잘 있기만 한다면요."

네모가 대답했다. 네모는 정말 걱정이 되었다. 수니타가 사라진 지 벌써 며칠째인가.

학교 앞에서 네모는 아버지한테 낡은 건물들을 돌아서 높은 담벼락 뒤에 멈추라고 말했다. 거기서 네모는 가까이 세워져 있는 굵직한 콘크리트 전신주 쪽으로 걸어갔다. 그는 수리공들이 으레 이용하는 작은 발판을 딛으면서 전신주를 타고 올라가기 시작했다.

"이건 사다리나 마찬가지예요."

네 번째 발판에 이르자 담 위에 발을 올려놓고 반대쪽으로 뛰어내리기에 충분했다. 잠시 주저하다가 네모 아버지와 어머니도 네모가 한 대로 따라 했다.

학교는 텅 비어 있었다. 모두 다 휴가 중이었다. 네모는 그의 부모와 함께 학생 식당에 이르는 복도로 걸어갔다. 그런 다음 긴 계단을 내려갔다. 아래쪽에는 산더미처럼 많은 서류들이 먼지 속에 쌓여 있었다.

"자료실이군."

네모 아버지는 교회 안에 들어오기라도 한 듯 나지막이 말했다.

그들은 길쭉한 교실 두 개를 가로질러 오래 된 책장들로 가로막힌 곳 앞에 이르렀다. 네모는 책장 뒤로 살며시 빠져 나갔다. 책장 뒤로 작은 나무문이 나타났는데 어슴푸레한 빛에 겨우 보였다. 네모가 문을 열려고 했지만 문이 안에서 잠겨 있었다. 네모가 불렀다.

"수니타?"

세 사람 모두 숨을 죽였다. 대답이 없었다.

"수니타? 수니타? 안에 있니?"

네모가 소리쳤다.

그러자 맥없이 가느다란 목소리가 들려 왔다. 어찌나 소리가 약한지 들릴락 말락 했다.

"네모?"

세 사람 모두 기뻐서 펄쩍펄쩍 뛰었다. 수니타가 여기 있구나! 수니타가 살아 있다니!

수니타가 열쇠를 자물쇠에 넣고 돌리자 문이 열렸다. 수니타는 잠이 덜 깬 눈에 창백한 얼굴로 세 사람을 바라보았다.

"네모…… 부모님께서도!"

수니타의 얼굴이 환해졌다. 수니타는 어떻게 된 일인지 금세 알아차렸다.

"기억을 되찾았니?"

네 사람이 한덩어리로 엉겨 서로 껴안았다. 네모는 수니타에게 숨

돌릴 틈도 없이 이야기를 해 주었다. 그래, 난 방금 기억을 되찾았고, 우리의 비밀을 기억해 냈어. 그래서 널 구하러 온 거야. 더군다나 네 어머니는 인도로 떠나지 않고 프랑스에 남아 계신다. 일자리도 찾으셨어. 수니타가 감탄하며 네모 이야기를 듣는 사이, 네모 부모는 '은신처'를 살펴보았다. 채광창으로 밝혀진 좁은 실내에는 적어도 백 년은 됐음직한 오래 된 가구들과 책상, 걸상이 들어차 있었다.

네모가 설명했다.

"어느 날 수니타와 내가 학교를 두루 돌아다니다가 찾아 낸 거예요. 우린 여기다 비스킷과 통조림, 초콜릿을 갖다 놓았죠. 며칠 동안 나가지 않고도 살 수 있게 말이에요. 솜이불도……."

"옳아! 그 솜이불이 여기 와 있었군! 몇 주일 전부터 그걸 찾고 있었는데 말야!"

네모 어머니가 탄성을 질렀다.

수니타가 덧붙여 말했다.

"또 책이 가득 차 있어서 지루하진 않았어요. 소설을 열 권 가량 읽은걸요. 전기도 있어요. 단지 전구는 갈아 끼워야 했죠. 하여튼 전 손전등에 갈아 넣을 건전지도 가지고 있었어요. 또 멀지 않은 곳에 물이 나오는 작은 개수대가 있어요. 들키지 않고 물을 여러 병 채우러 갈 수 있어요……."

수니타는 그들에게 자기 아파트를 보여 주기라도 하듯 자잘한 비밀들을 다 털어놓았다. 수니타는 쇠약해 보였지만 건강 상태는 좋았다.

"이제 네 어머니께 알리러 가자. 몹시 걱정하고 계셔."

네모 아버지가 말했다.

떨어졌던 사람들끼리 다시 만나는 데 한나절이 지나갔다. 수니타 어머니는 네모 아버지가 전화를 하자마자 곧장 달려왔다. 수니타와 어머니는 오랫동안 얼싸안고 있었다. 네모도 눈에 눈물이 그렁그렁했다. 감정이란 참 이상했다. 감정은 끊임없이 되살아났다. 특히 되살아날 거라고 기대하지 않았을 때도. 그 다음에는 파니 할머니가 도착했다. 그리고 수니타 친구들, 아르튀르와 폴이 도착했다. 이어 브누아 박사도 와서 네모를 검진했다. 물론 가스파르도 나타났다. 가스파르는 왕이라도 된 듯 즐거워하며 수니타를 붙들고 기쁨에 들떠 잠시 춤을 추기도 했다. 그리고 경찰도 왔다. 경찰이 온 것은 별로 유쾌한 일이 아니었다. 경찰 두 명은 네모한테 수없이 질문을 해 댔다. 언제 은신처를 발견했느냐? 또 누가 알고 있느냐? 왜 이 사실을 미리 말하지 않았느냐?

가족과 친구들은 저녁에 다시 정원에 모였다. 네모 부모가 사람들을 초대했고, 크레프를 산더미같이 준비했다. 수니타와 네모는 텔레비전 방송이 끝나고 여행 가는 것이 결정되었을 때 함께 먹은 마지막 저녁 식사를 떠올렸다. 이번에 수니타는 쾌활했다. 수니타는 쉴새없이 웃어 댔다. 수니타와 네모가 결국 이겼다!

저녁 식사가 한창일 때 전화가 울렸다.

"처남한테 온 거야."

네모 아버지가 가스파르한테 수화기를 건네며 말했다.

가스파르가 말했다.

"방송국이겠지. 잠시도 가만 놔 두지 않는다니까. 여보세요?"

네모는 가스파르를 바라보았다. 가스파르 얼굴이 눈에 띄게 바뀌고 있었다. 표정이 부드러워지고, 눈에는 웃음이 번지고, 입은 벙긋 벌어졌다. 가스파르는 기분 좋게 한참 동안 이야기했다. 전화를 끊었을 때

가스파르가 어떠했을지 짐작해 보라. 그의 눈엔 눈물이 고여 있었다.

"레아예요!"

감동 어린 목소리로 가스파르가 말했다.

그러나 모든 사람이 이미 그 사실을 다 알고 있었다.

"레아가 돌아온대요. 시사회에 참석하려고 여기로 온답니다."

네모는 가스파르를 쳐다보았다. 네모는 농담을 하면서 팔꿈치로 가스파르를 툭툭 쳤다.

"아, 사랑이여!"

절대 잊지 마, 네모

꽤 많은 사람들이 텔레비전 방송국 3층 영사실 입구 쪽으로 모여들었다. 수니타를 다시 만난 지도 벌써 3주일이 흘렀다. 대부분의 신문들이 수니타와 네모가 나온 사진과 함께 타이틀을 대문짝만하게 뽑아 보도했다. '네모가 자기 여자 친구를 구하다', '기억을 되찾은 네모'……. 또 이런 제목도 있었다. '네모와 수니타, 두 아이의 사랑.' 네모는 이제 훨씬 더 유명해졌다. 여행 기록 영화는 텔레비전을 통해 곧 방영될 것이다. 그 날 저녁 네모는 초대 손님들과 함께 시사회에 참석할 예정이었다.

얼마나 대단한 초대 손님들인가! 네모는 깜짝 놀랐다. 부모는 물론, 파니 할머니, 수니타와 어머니, 브누아 박사가 포함되었다. 또한 피크 뒤미디의 천체 물리학자, 우스꽝스런 억양으로 말하던 코스 바위산의 고고학자, 므뉘플레지르 강당에서 만난 젊은 여자 바이올리니스트 마리, 또 익살스러운 신문 기자 뤽까지. 여행하는 동안 가스파르가 촬영했던 거의 모든 사람이었다. 그리고 또 아르튀르와 폴이 있었다. 둘은 이 기회에 나비 넥타이를 매었다. 또 학교 친구 한 패도 보였다. 이자벨, 카롤린, 앙토냉, 조안나, 셀리아였다. 이들은 미친 듯이 웃어 댔다. 마지막으로 자리잡은 사람은 레아였다. 검은색 짧은 원피스를 입은 레아는 매혹적이었다. 가스파르가 레아를 소개해 준 다음부터 네모는 레아를 매우 좋아했다. 레아가 한결 명랑하기는 해도, 레아는 정말 모딜리아니가 그린 푸른 눈의 여인과 비슷했다.

가스파르가 마이크를 손에 들고 앞으로 나와 참석자들한테 "와 주셔서 고맙습니다." 하고 인사를 했다. 가스파르는 네모에게 일어난 기억상실증과, 첫 번째 방송에서 성공을 거두자 여행을 다니면서 영화를 찍자는 제의가 들어왔다는 이야기를 했다.

객석에서 오랫동안 박수가 터져 나왔다. 가스파르는 조용해지기를 기다렸다가 다시 말을 꺼냈다.

"이제 우리가 만든 '네모의 기억'이란 영화를 다 함께 보겠습니다. 그 전에 한마디만 더 하겠습니다."

가스파르는 네모 쪽으로 몸을 돌렸다.

"난 모든 사람들 앞에서 너한테 이런 얘기를 해 주고 싶구나. 너와 함께 한 이번 여행이 정말 즐거웠다고. 난 여러 나라를 가 봤고 기이한 사람들도 많이 만나 보았다. 하지만 너와 함께 한 체험이 아마도 내 생에서 가장 풍요로운 경험일 거야. 네가 나한테 배운 만큼 아마 나도 너한테서 배웠을 거야."

가스파르는 네모를 둘러싸고 있는 친구들에게 말했다.

"여러분은 삶에서 무엇이 가장 중요한지 알기 때문에, 무엇이 아름답고 무엇이 참된 것인지 알고 있습니다. 어른들은 여러분 말에 더욱

더 귀를 기울여야 한다고 생각합니다. 이런 모든 이유로 내 친구가 돼 버린 네모 너에게 '고맙다'고 말하고 싶구나."

영사실에 조명이 꺼졌다. 그 다음 일어난 일은 네모에게 마술 같은 순간이었다. 영화는 여정을 따라 여행을 되새기고, 또 어떤 식으로 네모가 자기 정체성을 되찾아 갔는지 이야기해 주었다. 기억이 새로 되살아난 네모 앞에 갖가지 영상이 펼쳐졌다. 첫 번째 방송에서 심리학자한테 화를 내어 객석을 웃음바다로 만든 일, 비행기 안에서 샴페인을 마신 뒤 보인 야릇한 태도, 피크뒤미디에서 별을 향해 고개를 젖히고 놀라 바라보던 눈길……. 거의 모든 장면에 네모는 빠짐없이 나왔다. 가스파르가 옷을 다 입은 채 물을 뚝뚝 흘리며 펭귄처럼 부르르 몸을 터는 광경이 나오자 또 한 차례 폭소가 터져 나왔다. 그리고 전짓불로 밝혀진 라스코 동굴 벽화가 나타날 때와 매력적인 여자 복원가를 따라 람세스 무덤을 살펴보는 장면에서는 쥐 죽은 듯 고요했다. 가스파르의 목소리가 여러 화면을 설명해 주었다. 웃음 띤 얼굴로 카메라를 바라보며 현장에서 여행지를 소개하는 가스파르의 모습도 때때로 보였다. 영상은 더없이 좋았다. 퐁트누아의 해바라기밭, 베즐레지하 예배당의 이상한 어둠, 프랑스 대혁명의 장면을 연기하는 여자바이올리니스트의 얼굴.

"와아, 매력적인 아가씨들이 천지네! 레아가 질투하겠는데."

네모가 속삭였다.

"걱정 마, 우린 둘 다 열렬히 사랑하니까."

가스파르가 네모의 머리카락을 헝클어뜨리며 대꾸했다.

거울의 방에서 화가 나 벌겋게 달아오른 네모와 하원 본회의장에서 끌려나가는 네모 모습이 나오자 관객들은 또 한 번 웃음보를 터뜨렸다. 관객들은 화면이 지나감에 따라 네모가 점점 더 박식해지고, 더욱 더 예민해져 간다는 것을 알았다. 영화는 네모가 수니타에게 되찾은 어린 시절을 이야기할 때, 네모의 빛나는 두 눈을 클로즈업시키며 끝났다.

우레와 같은 박수가 터져 나왔다. 관람객들은 "브라보, 브라보!" 하고 외치기도 했다. 그런데 가스파르가 조용히 시켰다.

"기다리십시오, 아직 끝나지 않았습니다!"

실제로 화면에는 네모의 얼굴이 사라지고, 눈이 시리게 파란 하늘 아래 펼쳐진 사막 풍경이 나타났다. 모래 빛깔의 바위들과 구분이 안 되는 어떤 건축물 쪽으로 카메라가 서서히 다가갔다. 네모는 임호테프의 피라미드임을 알아보았다. 카메라가 더 가까이 접근하자 한 사람의 윤곽이 드러났다. 하얀색 정장 차림에 이상하게 생긴 작은 모자를 쓴 남자였다. 나이 지긋한 교수였다. 주름이 지긴 했어도 아름다운 교수의 얼굴에는 웃음이 번졌다.

"네모, 네가 여러 신들의 기억을 간직하고 있는 이 곳에 날 보러 왔을 때, 넌 이렇게 말했지. '난 내가 누군지 잘 모르겠어요…….' 네가 떠난 뒤 그 문제를 곰곰이 생각해 보았다. 그런데 네 친구 가스파르의 도움으로 너한테 이런 얘기를 해 주고 싶다."

네모는 무척 놀랐다.

"형이 이집트에 다시 갔다 왔어?"

네모가 가스파르에게 속삭이며 물었다.

"응, 방송국 사람들과 함께 그저 갔다 오기만 했어. 네게 뜻밖의 선물을 안겨 주려고 말야."

"네모와 아울러 이 영화를 지켜본 시청자에게도 이 말을 들려 주고 싶어요."

　화면에 나타난 교수는 말을 계속해 나갔다.

　"어린아이일 때는 사실 자신이 누구인지, 뭐가 될지 잘 알 수가 없단다. 어른을 닮고 싶지는 않아도 무럭무럭 크고는 싶지. 먼저 이 말을 해 주고 싶구나. 너무 많이 변하지 마라, 네모. '남들'과 똑같이 되지는 마라. 끊임없이 '왜', '어떻게' 하고 질문하도록 해라. 세상을 살아가는 데는 질문하는 것이 대답보다 더 중요하단다. 질문이 바로 세상을 변화시키는 거야. 너는 막 기억을 되찾았고, 네 또래 아이가 알아야 하는 것도 재발견했어. 그래도 너는 계속 배워야 한다! 우리는 평생 생각하고, 아름다운 것과 참된 것을 추구하며, 우리 자신이 되는 법을 배운다. 너는 네모야. 특히 너는 네모가 될 거야. 너는 평생을 통해 참된 네모가 되어 갈 거야."

　교수는 숨을 돌리려고 잠시 말을 멈추었다. 그리고 계속 말을 이었다.

　"어떻게 너 자신이 될까? 너를 좋아하고 네가 좋아하는 사람들을 따라서. 또 네 영리한 머리를 활용하고, 네 감정을 표현하고, 네 자신의 생각에 따라서 그렇게 될 거야. 네가 어려울 때마다 어떻게 해야 할지 모를 때는 네 본심을 찾아봐라. 겁쟁이인 네모 말은 듣지 마라. 겁이라는 것은 별로 중요하지 않아. 남들처럼 하고 싶어하는 네모 말은 듣지 마라. 그런 네모는 좀 나약하고, 때로 너는 그런 네모를 부끄러워할 테니까. 한층 더 깊이, 네 속 아주 깊숙이 파고들어가 봐. 아주 평온한 그 곳에서 너는 늘 진실만 말하는 조그만 네모를 발견하게 될 거야. 그런 네모를 믿어라. 다른 어떤 네모도 그런 네모를 대신해 결정하게 하지 말아라. 너는 이 세상이 너무 크고 지나치게 냉혹하고,

부당한 일과 불행이, 또 고통받는 사람들이 너무 많다고 생각하지? 그래도 너는 행동할 수 있어, 네모! '나는 혼자이고 아주 어린데 뭘 할 수 있을까요?' 하고 내게 되묻겠지. 지구 위에 있는 모든 사람은 다 혼자고 작은 존재야. 너는 자유로워. '아니오!' 하고 말할 자유가 있어. 더욱 인간답게 살려고 남들과 힘을 합쳐 싸울 자유도 있어. '누구랑 함께?' 이렇게 말하는 사람들을 따르지 마라. '그렇다니까, 아무것도 할 수 없어.'라고 말하는 이들은 스스로 방호벽을 쳐 놓은 사람들이며, 자기네 진심을 따를 줄도 몰라. 너 대신 널 행복하게 해 주고 싶다고 말만 번지르르하게 하는 사람들 또한 조심해라. 이런 사람들이 성실한지 아닌지 어떻게 알 수 있을까? 그들이 하는 말을 듣기 전에 그들이 하는 짓을 봐. 말은 속일 수 있을지라도 행동은 언제나 진실을 말한다. 이 사실을 명심하도록, 네모. '행동은 진실을 말한다.'"

카메라가 가까이 다가갔다. 교수의 두 눈이 빛났다.

"너도 앞으로 어른이 될 거야. 하지만 생각이 너무 굳어진 어른이 되지 않도록 조심하거라. 네 안에서 타오르는 작은 불꽃을 꺼뜨리지 마라. 부당함을 보고 화를 내고, 아름다움을 보고 눈물을 흘리며, 사랑하게 만드는 그 불꽃을 말야. 네모야, 사람이 가진 것 가운데 가장 값진 게 바로 사랑, 사랑이란다. 감탄할 줄 알고 호기심이 있어야 돼. 네모, 네 자신이 되어라. 그리고 네가 어른이 되어도 네 안에 남아 있는 어린아이 네모를 절대 잊지 마라."

교수의 주름진 얼굴이 서서히 화면에서 사라졌다. 한참 동안 침묵이 흘렀고, 이어서 우레와 같은 박수 소리가 터져 나왔다. 관객들은 자리에서 일어나 샴페인이 차려진 탁자 쪽으로 자리를 옮겼다. 축하해 주려고 안달이 난 초대 손님들에게 둘러싸인 네모를 수니타와 가스파르가 한 손씩 잡고 데리고 갔다. 네모의 머릿속은 교수가 해 준 말들로 가득 찼다. 물론 눈에는 눈물이 어렸다. 네모는 얼떨떨했지만 기뻤다. 교수가 말한 조그만 불꽃이 자기 안에서 뿜어 내는 열기를 느꼈다. 그리고 네모는 속으로 '아니, 이번에는 절대 잊지 않을 거야.' 하고 다짐했다.

감사의 글

여러 기회를 통해 우리들에게 지식이나 조언을 준 사람들과, 때로는 작품 속 인물들의 모델이 되어 준 사람들에게 고마움을 전한다.

장 필립 로웨(이집트 연구가이며 건축학자) : 사카라의 피라미드 발치에서 열의와 풍부한 감수성으로 우리들을 감동시켰다.

스텔라 바룩(수학자) : 아주 색다른 수학 수업에 우리를 초대해 주었다.

이브 코펜스(콜레주 드 프랑스 교수) : 최초의 인간들, 그리고 최초의 오스트랄로피테쿠스인 루시의 유적으로 우리들을 인도해 주었다.

장 클로트(문화재 관리국장) : 라스코 동굴로 들어가는 보물의 문을 열어 30분 동안 우리들을 마술의 도가니로 몰아넣었다.

장 쿠르탱(선사학자) : 우리가 서둘러 작성한 숫자들을 고쳐 주고 크로마뇽인의 위치를 바로잡아 주었다.

드니 게지(수학자) : 우리가 세운 방정식들을 재빠르고 올바르게 검토해 주었다.

장 길렌(콜레주 드 프랑스 교수) : 우리들을 선사학이라는 거친 길을 기어오르도록 하였다.

알베르 자카르(유전학자) : 지능이라고 하는 이상한 것에 대해 우리들이 오랫동안 곰곰이 생각하게 만들었다.

앙드레 랑가네(인류학자) : 우리들에게 희한한 동물인 인간이 어떻게 해서 지구를 차지하게 되었는지 열심히 이야기해 주었다.

프랑수아 라르세(건축가) : 참을성 있게 우리들을 카르낙 신전의 미로 속으로 이끌고 가 주었다.

실비 오젠느(복원가) : 우리들을 위해 람세스 2세의 무덤 속에서 고대 이집트 여신들을 환한 조명으로 비춰 주었다.

위베르 리브(천체 물리학자) : 우리가 은하수 광채를 바라보게 도와 주었고, 언제 우리가 별들을 혼동하는지 알려 주었다.

조엘 드 로네(파리의 라 빌레트 과학관 관장) : 우리들에게 남조류와 작은 곤충들이 어떻게 생겨나게 되었는지 설명해 주었다.

켄트 위크스(고고학자) : 일반인은 들어가지 못하게 되어 있는 왕들의 무덤 속에서 우리들한테 오시리스 신을 보여 주었다.

수니타 싱그 : 인도와 아메리카, 차에 대해 도움을 주었고 또 우리가 밤샘 작업을 하는 동안 격려해 주었다.

우리들의 부모인 드니즈 시모네와 마르셀 시모네 그리고 지네트 기는 우리들에게 가장 중요한 것을 가르쳐 주었으며, 이 책 모든 내용에는 이들의 인간미가 스며들어가 있다.

그리고 최초의 독자인 이자벨, 앙토냉, 카롤린, 조안나, 셀리아, 마리에게 고마움을 전한다. 이들은 원고가 얼룩덜룩하도록 박식한 주석을 달아 주었다.

네모의 책

2000년 4월 28일 1판　1쇄
2012년 4월 30일 1판 18쇄

지은이 : 니콜 바샤랑·도미니크 시모네
옮긴이 : 박창화

기획·편집 : 최옥미·이주현
편집 관리 : 청소년교양팀
디자인 : 김수미
마케팅 : 이병규·최영미·정은숙
제작 : 박홍기

출력 : 한국커뮤니케이션
인쇄 : 천일문화사
제책 : 정문바인텍

펴낸이 : 강맑실
펴낸곳 : (주)사계절출판사 | 등록 : 제406-2003-034호
주소 : (우)413-756 경기도 파주시 문발동 파주출판도시 513-3
전화 : 031)955-8558, 8588
전송 : 마케팅부 031)955-8595　편집부 031)955-8596
홈페이지 : www.sakyejul.co.kr | 전자우편 : skj@sakyejul.co.kr
독자카페 : 사계절 책 향기가 나는 집 cafe.naver.com/sakyejul
페이스북 : www.facebook.com/sakyejul
트위터 : www.twitter.com/sakyejul

값은 뒤표지에 적혀 있습니다.
잘못 만든 책은 서점에서 바꾸어 드립니다.

사계절출판사는 성장의 의미를 생각합니다.
사계절출판사는 독자 여러분의 의견에 늘 귀기울이고 있습니다.

ISBN 978-89-7196-905-2 03860
ISBN 978-89-5828-570-0 (세트)

책을 읽는 시간

세상을 향해 눈을 뜹니다

사□□계절

주니어클래식 시리즈 · 3

고전의 감동을 청소년과 함께! 고전 강독 시리즈

1318교양문고 · 9

스스로 발견하는 기쁨! 인문 · 사회 · 자연과학 입문서

지식소설 · 18

소설과 지식이 만났다! 누구나 주인공이 되어 지식의 세계를 누빈다

교실밖 시리즈 · 22

교실 밖으로 나온 즐거운 교과서

자연과학과 기타 교양 · 26

통합적 사고의 밑거름

종의 기원,
자연선택의 신비를 밝히다

윤소영 지음 | 234쪽 | 컬러

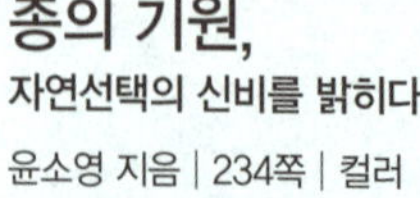

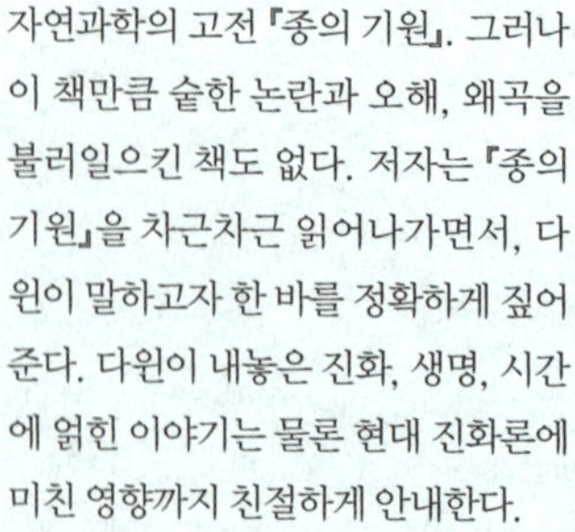

자연과학의 고전『종의 기원』. 그러나 이 책만큼 숱한 논란과 오해, 왜곡을 불러일으킨 책도 없다. 저자는『종의 기원』을 차근차근 읽어나가면서, 다윈이 말하고자 한 바를 정확하게 짚어 준다. 다윈이 내놓은 진화, 생명, 시간에 얽힌 이야기는 물론 현대 진화론에 미친 영향까지 친절하게 안내한다.

★ 한국출판인회의 선정도서
★ 과학기술부 선정 우수과학도서
★ 교보문고 선정도서
★ 어린이도서연구회 권장도서

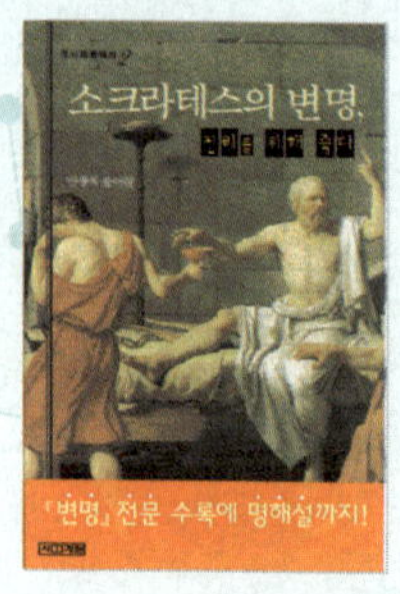

소크라테스의 변명,
진리를 위해 죽다

안광복 지음 | 272쪽 | 컬러

냉철한 논리와 준엄한 꾸짖음으로 진리와 정의, 올바른 삶을 성찰하게 하는『변명』. 저자는『변명』의 전문을 이해하기 쉽게 옮기고 고대 그리스의 상황, 고발자들의 논리, 법정의 풍경을 전달한다. '톡 쏘는' 사이다와 같은 저자의 평설, 생생하게 복원되는 문화와 역사, 그리고 그 안에서 펼쳐지는『변명』의 진의를 만나 보자.

★ 한국출판인회의 선정도서

리바이어던, 근대 국가의 탄생

박완규 지음 | 244쪽 | 컬러

근대 초기, 여러 세력이 부딪쳐 전쟁과 혼란을 빚고 있을 때, 영국의 정치철학자 홉스는 『리바이어던』을 써서 이 혼란에 대한 해답을 제시한다. 자연상태라는 독창적인 이론으로 전개한 홉스, 과연 그는 만인에 대한 만인의 투쟁 상태를 어떻게 극복할 수 있다고 생각했을까? 그의 생각을 따라 근대 국가 형성의 비밀을 들여다본다.

플라톤의 국가, 정의를 꿈꾸다

장영란 지음 | 288쪽 | 컬러

지혜로운 논리와 재미있는 비유로 가득 찬 『국가』. 그 안에는 이상국가를 향한 진보와 파격의 철학 실험이 있다. 저자는 플라톤의 핵심 사상이 담긴 『국가』를 친절하고 정직한 해설로 안내해 누구나 읽을 수 있도록 돕는다. 위대한 철학자가 남긴 사유를 만나 보자.

★ 아침독서신문 추천도서
★ 청소년인문학읽기전국대회 주제도서

프로테스탄트 윤리와 자본주의 정신,
노동의 이유를 묻다

노명우 지음 | 256쪽 | 컬러

자본주의 형성의 비밀을 파헤친 베버의 명저를 새롭게 읽는다!

자본주의 발생의 수수께끼를 푼 『프로테스탄트 윤리와 자본주의 정신』. 우리는 이 책을 통해 오늘날 사회가 어떻게 이루어졌는지 알 수 있고, 우리 삶에서 노동과 직업의 의미에 대해 성찰할 수 있다. 노동에 갇힌 삶이 아닌 진정 자유를 누릴 수 있는 삶으로 안내한다.

★ 아침독서신문 추천도서

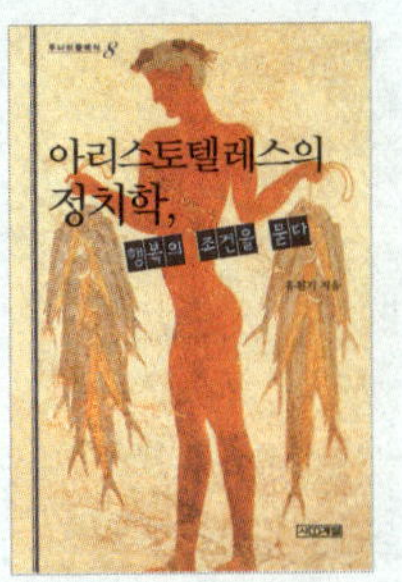

갈릴레오의
두 우주 체계에 관한 대화,
태양계의 그림을 새로 그리다

오철우 지음 | 238쪽 | 컬러

아리스토텔레스의 정치학,
행복의 조건을 묻다

유원기 지음 | 264쪽 | 컬러

갈릴레오의 『두 우주 체계에 관한 대화』를 친절하게 해설해 고전의 재미와 감동을 오늘날 독자들과 나눈다. 저자는 '갈릴레오 사건'을 종교와 과학의 대립으로 보는 관점을 넘어서, 낡은 과학과 새로운 과학의 충돌로 보아 당대 과학적 성과를 새롭게 밝힌다. 과학 혁명의 현장을 생생히 느낄 수 있다.

모두가 행복할 수 있는 국가, 어떻게 만들 수 있을까? 사적 소유가 좋을까, 공동 소유가 좋을까? 어떤 국가 체제가 가장 바람직할까? 아리스토텔레스는 현실 속의 다양한 정치 체제를 비교해 가면서 스승 플라톤의 이상국가에 대한 철학을 진전시킨다. 가장 좋은 국가에 대한 아리스토텔레스의 물음은 시공을 넘어 지금 우리에게도 대답을 기다리고 있다.

★ 한국간행물윤리위원회 청소년 권장도서
★ 국립어린이청소년도서관 추천도서
★ 학교도서관저널 추천도서

중용,
극단의 시대를 넘어 균형의 시대로

신정근 지음 | 294쪽

이 책은 난해하기로 소문난 동양 고전 『중용』을 오늘날의 감수성으로 쉽게 풀이한다. 주자(朱子)의 해석에 머무르지 않고, 개념 이해에 일관된 철학적 틀을 제시한다. 극단의 시대를 경험한 우리를 돌아보게 하고 그를 극복할 사유가 담겨 있어 큰 의미가 있다.

★ 문화체육관광부 선정 우수교양도서

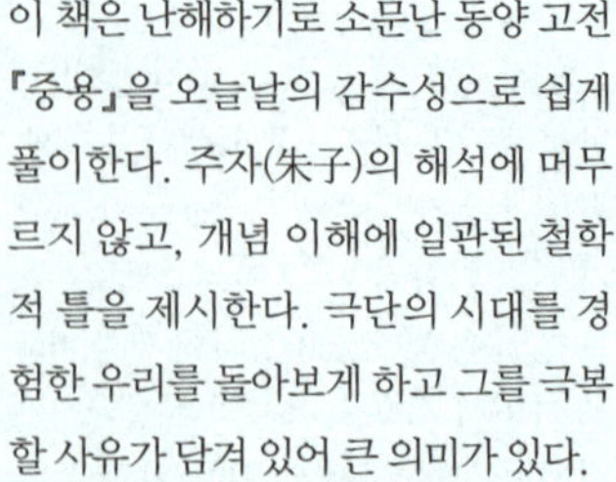

호모 루덴스,
놀이하는 인간을 꿈꾸다

노명우 지음 | 276쪽

놀이는 어린아이가 하는 유치한 행동? 시간을 헛되이 쓰는 것? 역사학자 하위징아의 『호모 루덴스』는 우리의 통념을 뒤집는다. 그에게 놀이는 문명 창조의 동력이자 원천이다. 인간과 문화의 관계를 통찰할 수 있는 고전 『호모 루덴스』를 친절하게 안내하고 오늘날 시각에서 새롭게 읽는다.

★ 문화체육관광부 선정 우수교양도서

떡갈나무 바라보기
동물들의 눈으로 본 세상

주디스 콜 · 허버트 콜 지음 | 이승숙 옮김 | 140쪽

인간이 아닌 다른 생명체의 눈으로 보면 세상은 어떤 모습일까?

동물의 세계를 통해 세상을 보는 안목을 키워 주는 '내셔널 북 어워드' 수상작이다. 과학과 철학이 어우러진 전문 지식과 수필 형식의 흥미로운 이야기로, 동물들이 어떻게 시공간을 감지하고 세계를 인식하는지 알려 준다. 그리고 인간 중심의 관점을 벗어나 세계를 좀 더 폭넓게 바라보는 법을 감동적으로 일깨운다.

★ 교보문고 권장도서
★ 중앙일보 선정도서
★ 책으로따뜻한세상만드는교사들 권장도서

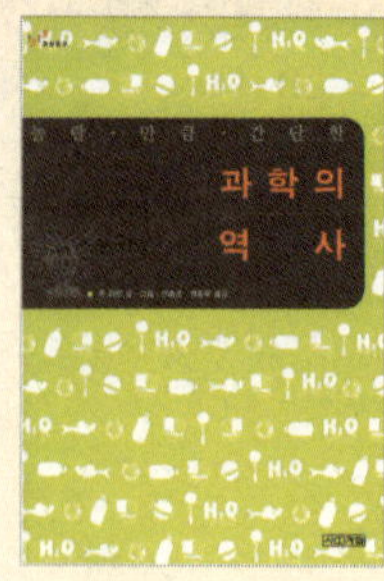 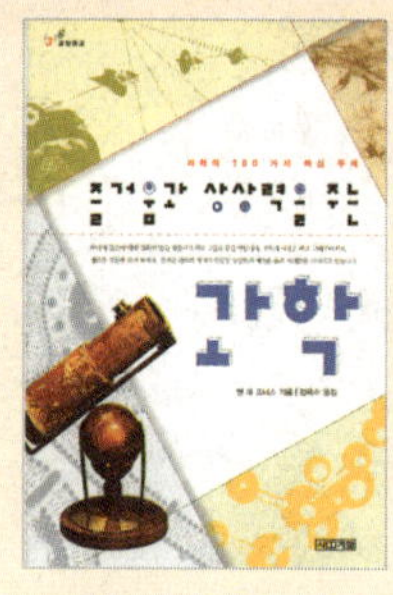

놀랄 만큼 간단한
과학의 역사

존 파먼 글·그림 | 이충호 옮김 | 360쪽

원시 문명에서 디지털 시대까지 위대한 과학 성과들을 비롯해 기발하고 엉뚱한 이론들, 수많은 과학자들의 탐구 과정 등을 파노라마처럼 펼쳐놓았다. 재치 넘치는 설명을 통해 과학적 사실과 그 이면을 꿰뚫어 주는 유쾌하고 흥미진진한 과학사 책이다.

즐거움과 상상력을
주는 과학

앤 래 조너스 지음 | 김옥수 옮김 | 328쪽

이 책은 과학의 100가지 핵심 주제를 다루었다. 지식 전달에 그치지 않고, 호기심과 상상력을 자극해 과학자들의 '과학하는 방법'을 실감 나게 경험해 보도록 했다. 인문 교양과 일상생활 속의 사례가 풍부하며, 별개로 여기던 사실들을 기초 원리로 이어 줌으로써 과학을 통합적으로 인식하게 한다.

이야기 파라독스

마틴 가드너 지음 | 이충호 옮김 | 260쪽

현대 사회를 살아가는 우리의 생활과 밀접하게 관련된 논리, 수, 집합, 확률, 통계, 시간 등 수학의 모든 분야에서 일어나는 논리적 역설을 일상적인 사례를 들어 분석함으로써 깨닫게 해 준다. 따라서 복잡다단한 현실을 논리적으로 생각해 보고 자기 삶을 체계적으로 설계하는 데 좋은 길잡이가 된다.

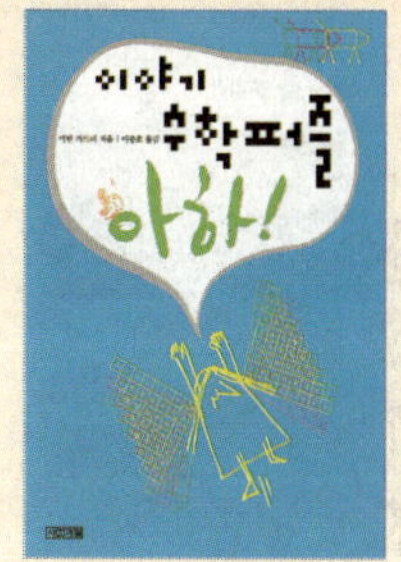

이야기 수학퍼즐, 아하!

마틴 가드너 지음 | 이충호 옮김 | 296쪽

아무리 어려워 보이는 문제에도 뜻밖의 간단한 해결 방법이 있을 수 있다. 이 책은 논리, 수, 조합, 기하학, 절차, 언어 분야의 수학퍼즐을 통해 창조적 사고력을 길러 준다. 저자가 들려주는 명쾌하고도 폭넓은 해석은 수학이 정형화된 방법의 적용이 아니라 자유롭게 생각함으로써 문제 해결의 기쁨을 주는 학문임을 깨닫게 한다.

청소년을 위한 환경 교과서
기후 변화에서 미래 환경까지

클라우스 퇴퍼, 프리데리케 바우어 지음 |
박종대, 이수영 옮김 | 234쪽 | 컬러

환경 위기와 그것을 둘러싼 세계의 사회 · 정치 문제에 대해 가장 잘 알아야 할 사람은 다름 아닌 청소년이다. 청소년들을 위해 지구가 처한 상황에서부터 미래를 바꾸는 방법까지 풍부한 식견으로 자상하게 설명하는 종합 환경 교과서. 유엔환경계획(UNEP) 사무총장과 독일 환경부 장관을 지낸 세계적 환경 지도자가 말하는 지구 환경 이야기를 들어 본다.

★ 과학기술부 선정 우수과학도서

칸트처럼 생각하기
가이어 아저씨와 떠나는 철학 여행

만프레트 가이어 지음 | 조병희 옮김 |
256쪽 | 컬러

호기심 많은 소년 토니와 철학자 가이어 아저씨가 만났다. '나'는 어디에 있죠? 모든 게 꿈일까요? 자유의지는 얼마나 자유로운가요? 신은 어디에 있나요? "너 자신의 지성을 사용하는 용기를 가지라"고 했던 칸트의 말처럼 스스로 생각하기에 나선 이들에게, 가이어 아저씨의 철학 이야기가 든든한 디딤돌이 될 것이다.

★ 한국간행물윤리위원회 권장도서

어찌 이방이
사또를 치리오

비판적 사고를 깨우는 논리 이야기 1

김광수 지음 | 정우열 그림 | 192쪽

솔로몬은 진짜 어머니를
가려 냈을까

비판적 사고를 깨우는 논리 이야기 2

김광수 지음 | 정우열 그림 | 222쪽

못된 사또를 몰아내려고 관아의 사람들이 지혜를 모으는 이야기 등 옛이야기나 우화를 비롯해 신문 기사, 교과서에 실린 글, 문학 작품에 이르기까지 청소년들이 신나게 읽을 만한 자료들을 한껏 활용하여, 추론의 방법, 논증을 재구성하는 법 등 비판적 사고의 기본기를 알려 준다.

논리를 응용해 문제를 해결하는 방법을 소개했다. 솔로몬의 유명한 재판 역시 논리적 사고를 적용한 결과임을 분석하면서, 최선의 판단은 과연 어떤 것인가 하는 문제의식을 던져 준다. 가설로 가득한 세상에서는 가설이 사실처럼 보일 때가 많다. 삶에서 올바른 판단과 선택을 하기 위해 비판적 사고가 꼭 필요함을 일깨우는 책이다.

로봇이 인간이 될 수 있을까?

수수께끼와 역설의 유쾌한 철학 퍼즐

피터 케이브 지음 | 남경태 옮김 | 240쪽

한 사람을 희생해서 네 사람을 살려도 좋을까, 어떻게 천국에 갈 것인가, 결백한 살인자가 있을까 등 흥미로운 철학적 수수께끼의 세계로 안내한다. 다루는 주제들은 미학, 형이상학, 법학, 정치학, 윤리학에 걸쳐 있어 우리가 평소에 하는 말이나 생각들이 과연 옳은 것인지 곰곰이 따져 보게 만든다. '생각'의 근육을 단련시키고 싶다면 철학퍼즐에 도전해 보자.

★ 대한출판문화협회 선정 올해의 청소년도서
★ 한겨레21 추천도서

문화로 읽는 세계사

주경철 지음 | 368쪽

선사 시대부터 근·현대까지 역사 속에서 인간이 어떠한 문화를 일구어 왔는지 35가지 주제로 살펴본다. 로마법 해석을 비롯해 사랑의 문제, 괴물의 계보에 대한 분석 등 역사를 이루는 자잘한 삶의 결들을 포착하였다. 고대 서사시, 민담, 성서, 자서전, 지도, 소설, 영화 등까지 사료로 삼은 점이 돋보인다.

청소년을 위한
세계 종교 여행

김나미 지음 | 224쪽 | 컬러

부처는 왜 '천상천하 유아독존'이라고 했나? 예수는 왜 유대교를 혁신하려고 했나? 야훼, 하나님, 알라는 같은 신인가, 다른 신인가? 종교의 신념은 헛된 환상인가, 숭고한 신앙인가? 우리가 미처 몰랐던 놀라운 세계가 펼쳐지는 종교 여행을 떠나자!

★ 한국간행물윤리위원회 청소년 권장도서
★ 아침독서신문 추천도서
★ 대한출판문화협회 선정 올해의 청소년도서
★ 한우리독서문화운동본부 Good Book 선정 도서
★ 문화체육관광부 선정 우수교양도서

우리 곁에서 만나는
동서양 신화

이경덕 지음 | 252쪽 | 컬러

우리나라 신화를 비롯해 동서양의 여러 신화들을 소개하면서 청소년들을 고대인들의 풍요로운 정신세계로 안내한다. 신화 읽기의 문법을 일러 줄 뿐 아니라 신화 속의 문제들이 우리 삶과 어떻게 맞닿아 있는지, 현대의 생활과 문화에서 신화들이 어떻게 살아 숨 쉬고 있는지 재미있게 들려준다.

★ 문화체육관광부 추천도서
★ 책으로따뜻한세상만드는교사들 권장도서

청소년, 시와 대화하다

김규중 지음 | 275쪽 | 컬러

일방적인 해설 방식에서 벗어나, 활기찬 학생들과 친절한 선생님의 대화로 구성했다. 시의 느낌이나 의미, 질문거리를 서로 나누면서 시어의 의미와 주제 등을 찾아간다. 이들의 즐거운 대화를 따라 가면, 어느새 시의 매력에 빠지고 시를 읽는 힘도 기르게 된다. 중학교 1학년부터 고등학교 1학년까지 단계를 밟아가며 효과적으로 시 읽는 수준을 높일 수 있다.

★ 문화체육관광부 선정 우수교양도서
★ 서귀포 시민의 책 선정도서
★ 학교도서관저널 추천도서

수학암살
수학적 사고가 있다면 범하지 않을 오류들

클라우디 알시나 지음 | 김영주 옮김 | 212쪽

재치와 익살이 넘치는 수학 오류 사례 모음집. 상품 광고, 정책 선전, 여론 조사 결과, 신문 기사 등에서 그럴듯하게 보이는 수학 오류 사례를 풍자하고 일상생활에 적용된 수학의 힘을 보여준다. 수학과 논리의 중요성을 깨우치고 수학적 사고의 힘을 기를 수 있는 교양서다.

동에 번쩍 서에 번쩍
우리나라 지리 이야기

조지욱 지음 | 256쪽 | 컬러

우리나라의 위치 때문에 어떤 일이 생길까? 독도가 국토의 막내라고? 한반도는 몇 살일까? 우리나라는 정말 온대 기후일까? 이 책은 처음 지리를 접하는 청소년들을 위해 우리나라를 둘러싼 지리적 문제, 기후와 지형을 만드는 원리, 환경과 도시 문제에 이르기까지 지리 교과에 대한 흥미를 북돋고 지리에 대한 올바른 인식을 심어주는 내용들로 가득하다.

★ 대한출판협회 선정 올해의 청소년도서
★ 한국출판문화상 본선 선정 도서
★ 아침독서신문 추천도서
★ 중앙일보 선정도서

동에 번쩍 서에 번쩍
세계 지리 이야기

조지욱 지음 | 288쪽 | 컬러

흥미로운 물음과 명쾌한 답변으로 세계 지리에 친근하게 접근하였다. 유럽은 아시아와 붙어 있는데 왜 대륙이라고 할까? 적도가 가장 뜨거울까? 무엇이 동물의 낙원을 만들었을까? 서남아시아보다 무슬림이 많은 곳은 어디일까? 파리에는 왜 높은 건물이 없을까? 세계 지리의 핵심 개념과 원리를 인상적인 사례와 연결시켜 이해력과 문제해결력을 기를 수 있다.

지식 소설

사랑을 물어봐도 되나요?
십대가 알고 싶은 사랑과 성의 심리학

이남석 지음 | 183쪽 | 컬러

**언제나 똑같은 성교육은 지겨워요
이젠 사랑을 말해 주세요**

중학생 주인공이 사랑에 대한 궁금증을 풀어가는 독특한 구성의 지식소설로, 청소년들이 알고 싶어 하지만 누구도 가르쳐 주지 않는 사랑에 대해 알려 준다. 사랑에 관한 흥미로운 심리학 이론과 연구 결과를 담고 있으며, 관련 철학, 과학, 미술 작품 등도 다채롭게 소개한다. 섹스, 야동, 성폭력 대처법 등도 알려 주는 사랑과 성에 대한 종합 안내서다.

★ 학교도서관저널 추천도서

★ 전국청소년독서감상문발표대회 선정도서

★ 책으로따뜻한세상만드는교사들 권장도서

★ 대만 수출 도서

자아 놀이 공원

심리학자들과 떠나는 환상 여행

이남석 지음 | 222쪽

'쿨' 하지도 열정적이지도 않은 '찌질한' 10대 학생 남상준. 그는 어느 봄날 '자아 놀이 공원'에 초대받아 색다른 경험을 하게 된다. 신기한 놀이 시설, 다양한 등장인물, 흥미로운 사건을 경험하며, 주인공 남상준은 심리학 지식의 도움으로 자아를 발견하고 성장하게 된다.

★ 한국간행물윤리위원회 선정도서
★ 책으로따뜻한세상을만드는교사들 권장도서
★ 문화체육관광부 선정 우수교양도서

주먹을 꼭 써야 할까?

십대를 위한 폭력의 심리학

이남석 지음 | 256쪽

수영복 가방에 달랑 펜 두 자루 들고 학교를 다니는 종훈. 그는 '잘나가는 일진'이다. 그러나 교사에게 수영복 가방을 빼앗기고 특별한 과제를 하게 된다. 이 작품은 여러 등장인물이 벌이는 사건을 통해 폭력의 심리와 양상을 다각도로 살펴본다. 폭력에 노출된 청소년들과 그 곁의 어른들이 올바른 태도와 선택을 할 수 있게끔 지혜를 준다.

★ 학교도서관저널 추천도서
★ 대한출판문화협회 선정 올해의 청소년도서

네모의 책

니콜 바샤랑 · 도미니크 시모네 지음 | 박창화 옮김

374쪽 | 컬러

'네모야, 넌 네가 되어야 해.'

네모는 잃어버린 기억과 자신의 정체성을 찾기 위해 외삼촌과 함께 여행길에 오른다. 선사 시대부터 현대에 이르는 역사의 현장을 둘러보고 다양한 사람들을 만나면서 인류의 역사와 문명, 문화를 새롭게 발견하며 그 과정에서 자신이 어떤 존재인지 알게 된다.

★ 한국출판인회의 선정도서
★ 중앙일보 선정도서
★ 한국간행물윤리위원회 선정도서
★ 교보문고 권장도서

네모의 미국 여행

니콜 바샤랑 · 도미니크 시모네 지음 |
이수련 옮김 | 280쪽 | 컬러

할아버지의 친구인 지미가 약혼녀에
게 보내는 편지를 품고 미국에 온 네
모. 뉴욕 토박이 친구 린다와 함께 미
국 여행에 나선다. 미국의 역사, 문화,
언어를 체험하고 지미의 사랑에 얽힌
비밀을 알게 되면서 네모는 한결 성숙
해지고 인간에 대한 참사랑의 의미를
깨닫는다.

네모의 이집트 여행

니콜 바샤랑 · 도미니크 시모네 지음 |
이수련 옮김 | 312쪽

이집트에 막 도착한 네모는 쪽지 하나
를 받는다. "이집트의 진정한 보물을
찾고 싶다면 모하메드 카페로 나와
라." 누가 보낸 걸까? 네모는 모조품
으로 가득한 이집트에서 베일에 싸인
진짜 보물을 둘러싸고 숨 가쁜 모험과
반전을 겪는다. 그 속에서 삶과 죽음
의 의미, 인생에서 추구해야 할 진정
한 가치에 대해 생각하게 된다.

교실밖 시리즈

교실밖 세계사여행

김성환 지음 | 296쪽 | 컬러

역사 분야의 필독서
개정판으로 새롭게 태어나다

고대 그리스에서 민주주의가 꽃필 수 있었던 배경은 무엇일까? 십자군 전쟁은 유럽 봉건제의 몰락에 어떤 역할을 했을까? 미국인들이 인디언 복장을 하고 영국의 차를 바다에 내던진 이유는? 이 책은 그동안 외우기에 급급했던 역사의 사실들에 의문을 던지고, 그 배경과 의미를 논리적으로 풀어주고 있어 세계사에 대한 새로운 인식을 갖게 하며 역사를 보는 안목을 크게 길러 준다.

★ 한국간행물윤리위원회 추천도서

교실밖 국사여행

역사학연구소 지음 | 326쪽 | 컬러

역사적 사실과 그 뒤에 숨겨진 이야기를 통해 역사의 배경이나 이유를 찬찬히 따져 보게 함으로써 역사에 흥미를 갖게 한다. 중요한 사실인데도 교과서에 빠져 있거나 학계의 연구 성과와 견주어 교과서에 명백히 잘못 쓰인 내용, 한 번쯤 짚어 봐야 할 역사적 쟁점들을 새로운 시각으로 다루었다.

교실밖 국어여행

강혜원·박영신·서계현 지음 | 264쪽

소설, 시, 표현, 언어 등 국어 교과의 주요한 주제들을 통합적인 관점에서 재미있게 엮었다. 주제별로 다양하게 구성된 이야기 45편을 통해 국어의 중요한 개념이나 내용을 쉽게 이해하고, 나아가 국어란 우리 겨레의 역사와 삶 속에서 말과 글의 모습으로 살아 움직이는 실체임을 느낄 수 있다.

교실밖 지리여행

노웅희 · 박병석 지음 | 296쪽 | 컬러

풍부한 예화와 새로운 시각, 지리를 보는 높은 안목을 길러준다

'지리'는 우리가 날마다 숨쉬며 살아가는 생활의 조건이며, 인간다운 삶의 터전을 가꾸어 가도록 새로운 생각을 열어 주는 학문이다. 이 책은 지리적 사고력, 즉 삶과 지리의 관계를 이해할 수 있는 능력을 키워 준다. 여러 가지 역사 자료와 시사 사진, 지도와 도표 등 다양한 시각 자료로 이해의 폭을 한층 높였다.

★ 대한출판문화협회 선정 올해의 청소년도서

교실밖 수학여행

김선화 · 여태경 지음 | 208쪽 | 컬러

교실밖 생물여행

윤소영 지음 | 318쪽

수학을 이야기 듣듯이 배워 흥미와 자신감을 갖도록 했다. 수업 시간에 충분히 다루지 못하는 중요한 개념과 원리를 폭넓게 알려 주며, 수학 문제에서 자주 접하면서도 제대로 이해하지 못하는 부분들은 따로 뽑아 설명했다. 새로운 시각, 다양한 접근 방법, 최신 이론들을 덧붙여 수학적 사고를 북돋는다.

★ 서울시교육청 선정도서

생물의 기본 원리를 파악하고 개념과 원리들 간의 관계를 체계적으로 이해하여 생물에 대한 전체적인 상을 그려 보게 했으며, 독립 주제들 안에서 여러 가지 문제를 제시해 스스로 논리적 사고를 전개해 보도록 했다. 문제 해결 과정에서 생물의 핵심 개념이나 원리, 법칙들의 연결고리를 파악할 수 있다.

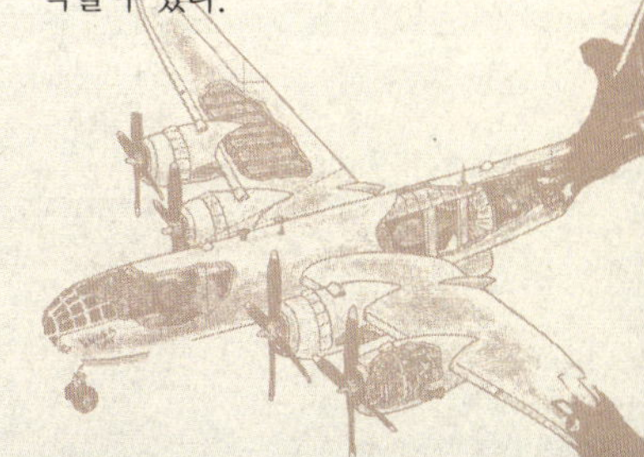

자연과학과 기타 교양

몸, 그 생명의 신비

최달수 글·그림 | 252쪽 | 컬러

우리 몸에 깃든 인류의 문화를 읽는다

인체에 대한 과학적 사실들과 자연과학의 성과를 바탕으로 인체 각 기관의 기능과 구조를 충실히 설명하면서도 코에 대한 원시 부족들의 믿음, 머리카락에 대한 문화적 배경, 유방과 마녀사냥에 얽힌 이야기 등도 함께 다루고 있다. 인체에 대한 과학적 지식을 전달함과 동시에 인체에 대한 다양하고 종합적인 안목을 키워 주는 만화 교양서다.

★ 한국과학문화재단 선정도서
★ 서울시교육청 선정도서

반갑다, 마인드 맵

한국부잔센타 지음 | 나애경 그림 | 200쪽

마인드 맵이란 읽고, 분석하고, 생각
하고, 기억하는 그 모든 것들을 마음
속에 지도로 그리는 방법을 말한다.
이 책은 이미지와 핵심 단어, 색과 부
호를 사용하여 좌뇌와 우뇌의 기능을
유기적으로 결합함으로써 두뇌의 기
능을 최대한 발휘할 수 있는 사고력 중
심의 두뇌 개발 프로그램인 마인드 맵
을 손쉽게 익힐 수 있는 한국 최초의
마인드 맵 활용서이자 입문서이다.

중·고생을 위한
마인드 맵 수학

라나 이즈라엘 · 토니 부잔 지음
한국부잔센타 옮김 | 194쪽

수학에 대한 일반적인 편견을 점검해
보고, 수학과 두뇌의 상관관계와 함께
수학의 마인드 맵 사례를 구체적으로
제시해 줌으로써 왜 수학을 공부해야
하고, 실제로 수학이 우리 생활에서
어떻게 적용되는지 잘 알 수 있게 쓰
여진 책이다. 특히 우리나라 중·고등
학교의 수학 이론 중에서 가장 중요한
27개 주제를 선정하여 활용 가능성을
최대화했다.

곤충의 행성

하워드 에반스 지음 | 윤소영 옮김 | 430쪽

곤충에 관한 고전적 작품에 속하는 이 책은, 우리 주변에 늘 있고 우리에게 많은 영향을 끼치고 있지만 우리의 관심을 별로 끌지 못하는 곤충들에 대한 풍부한 이야기를 담고 있다. 곤충과 관련된 전문적 과학 지식 외에도 곤충과 관련된 인문 지식, 역사 사료 등을 풍부하게 담고 있어 곤충들의 생태뿐만 아니라 그들의 삶을 통해 우리의 삶을 돌이켜볼 수 있게 해 준다.

야누스의 과학

20세기 과학기술의 사회사

김명진 지음 | 252쪽

두 차례의 세계대전과 냉전, 정부와 기업의 대규모 지원으로 이뤄진 20세기 과학기술의 발전 과정과 원자력 개발, 우주개발, 지구 온난화, 환경호르몬, 유전자 변이 등과 같은 과학기술이 만들어낸 사회적 환경적 논쟁들을 비판적인 관점에서 정리한다. 과학기술 발전이 시대와의 상호작용으로 이뤄지는 것임을 밝히는 20세기 과학기술사다.

★ 한국간행물윤리위원회 2008 우수출판기획안 공모전 최우수상 수상

모두를 위한 물리학

한스 그라스만 지음 | 319쪽

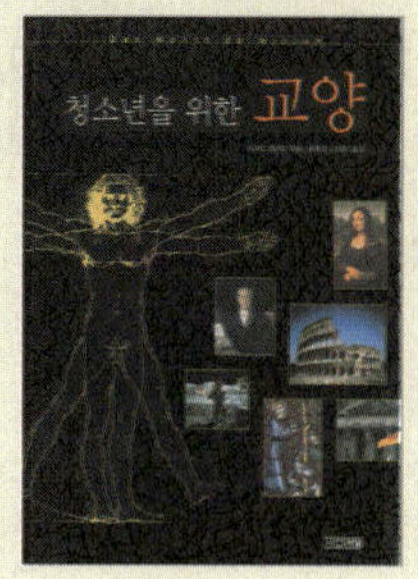

청소년을 위한 교양

마르틴 침머만 엮음 | 하우케 코크 그림
박종대 · 이정모 옮김 | 360쪽

현대와 같이 고도로 발달한 과학 기술 시대에 기초 학문으로서의 물리학은 무엇을 할 수 있을까? 한스 그라스만은 환경을 구하고 에너지 문제를 해결할 희망의 열쇠가 물리학에 있다고 말한다. 그리고 그것을 실험으로 증명해 보인다. 그는 물리학이 기본으로 돌아감으로써, 곧 모든 사람이 이해할 수 있는 물리학을 함으로써 인류가 부닥친 현실적 문제들도 해결할 수 있을 것이라고 말하며 물리학의 흥미로운 여정으로 우리를 안내한다.

청소년들이 다양한 분야의 지식과 교양을 쌓는 것은 매우 중요한 일이다. 역사와 철학을 꿰뚫고, 음악 · 미술 작품들을 감상하면서 인간의 정신이 부딪혀 온 문제들을 이해할 수 있을 때 한층 성숙한 교양을 얻게 될 것이다. 이 책은 각 분야의 전문가들이 현재 우리의 삶에 큰 영향을 미친 인류의 정신적 · 물질적 유산을 간결하면서도 재치 있게 전달하고 있어 폭넓은 교양을 쌓는 데 큰 도움이 된다.

★ 문화체육관광부 선정 우수교양도서

문학으로 역사 읽기, 역사로 문학 읽기

주경철 지음 | 272쪽 | 컬러

문학의 세계에서 역사를 만나다

이솝이 살았던 고대 그리스 사회는 어떤 곳이었을까? 단테의 『신곡』에는 왜 성경에는 없는 연옥이 들어 있을까? 동화와 민담에서 역사가는 무엇을 읽어 낼까? 영국의 엘리자베스 여왕이 해적 드레이크에게 기사 작위를 내린 이유는 무엇일까? 세계적인 문학 작품과 그 배경이 된 역사를 씨줄과 날줄로 삼아 지난 시대의 모습과 인간의 내면을 촘촘히 엮어 냈다.

★ 한국간행물윤리위원회 청소년 권장도서
★ 문화체육관광부 선정 우수교양도서
★ 대한출판문화협회 선정 올해의 청소년도서

순수에게 십대에게 말 거는 손석춘의 에세이

손석춘 지음 | 209쪽

청소년기의 순수함을 올곧게 지켜 나가기 위해 성찰해 보아야 할 문제들을 담았다. 거짓이 진실의 가면을 쓰는 세상, 진실은 어떻게 찾을 수 있을까? 신문은 누가 그리는 그림일까? 정치에 무관심하다고 정치를 떠날 수 있을까? 우애와 연대보다 경쟁이 더 중요한 가치가 된 까닭은 무엇일까? 싱그러운 십대를 살아가는 모든 친구에게, 평생을 순수하게 살고 싶은 모든 사람에게 띄우는 책이다.

열일곱 살의 인생론
성장을 위한 철학 에세이

안광복 지음 | 172쪽 | 컬러

청소년 시절의 고민으로 엮은
15가지 철학 물음

현직 고등학교 철학 교사이자 상담 교사인 저자가 청소년들의 고민을 담은 질문에 자신의 경험과 철학적 성찰을 담았다. 돈이 많으면 더 행복할까? 삶의 낙오자는 언제 결정될까? 인정받아야 행복한 삶인가? 사람은 무엇으로 사는가? 등의 물음에 대해 가슴에 새길 이야기들이 넘쳐난다.

★ 책으로따뜻한세상만드는교사들 권장도서
★ 아침독서신문 추천도서
★ 경향 청소년문학대상·독서논술대상 선정도서
★ 중국 수출 도서

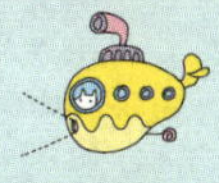

Who am I? 나는 내가 만든다

정창현·안광복·한채영·강동길·최원호 지음 | 160쪽

우리 청소년들은 인생의 중요한 시기를 대학 입시에만 매달려 보낸다. 나를 알아야 꿈을 키울 수 있다. 이 책은 청소년들에게 '나'를 알아 가는 기회를 주고 삶의 방향을 잡는 데 도움을 주기 위해 기획된 자기 탐색 교과서다.

★ 서울시교육청 선정도서 ★ 대만 수출 도서

사□계절 (주)사계절출판사

(우)413-756 경기도 파주시 문발동 파주출판도시 513-3
대표전화 031-955-8558, 8588 / 마케팅부 전송 031-955-8595, 기획편집부 전송 031-955-8596
전자우편 skj@sakyejul.co.kr / 홈페이지 www.sakyejul.co.kr
독자카페 사계절 책 향기가 나는 집 http://cafe.naver.com/sakyejul
페이스북 http://www.facebook.com/sakyejul / 트위터:http://www.twitter.com/sakyejul